KB265600

만월의 연

만월의 연 1

초판 1쇄 찍은 날 § 2006년 10월 1일
초판 1쇄 펴낸 날 § 2006년 10월 10일

지은이 § 류은수
펴낸이 § 서경석

편집장 § 문혜영
편집책임 § 이종민
편집 § 한지윤

펴낸곳 § 도서출판 청어람
등록번호 § 제1081-1-89호
등록일자 § 1999. 5. 31
어람번호 § 제5-0110호

주소 § 경기도 부천시 원미구 심곡1동 350-1 남성B/D 3F (우) 420-011
전화 § 032-656-4452 팩스 § 032-656-4453
http://www.chungeoram.com
E-mail § eoram99@chollian.net

ⓒ 류은수, 2006

ISBN 89-251-0338-9 03810
ISBN 89-251-0337-0 (SET)

만월의 연
1
류은수 지음
도서출판
청어람

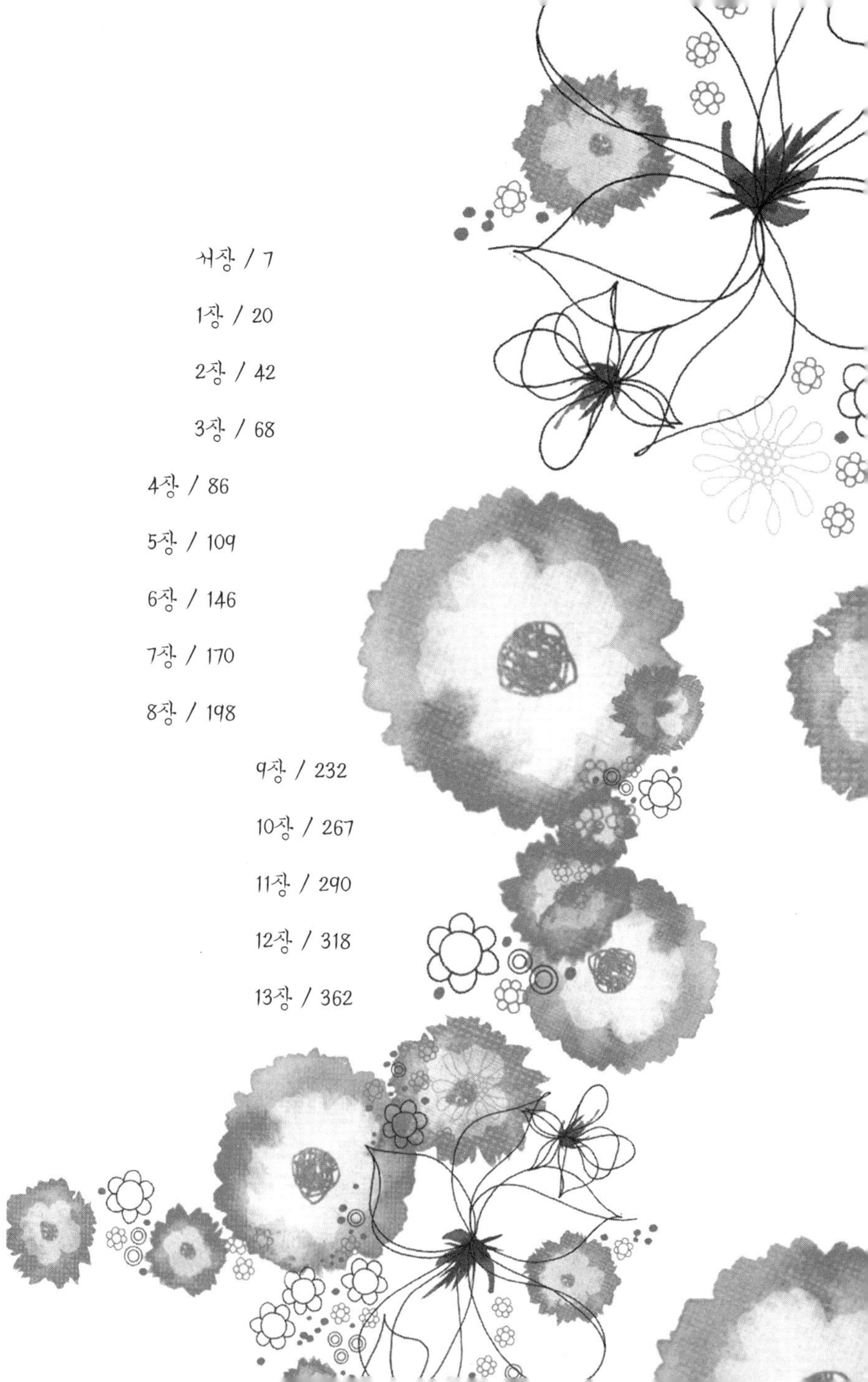

명진력 394년, 후대륙 대부분의 땅을 차지하고 있는 상천국의 주인이 바뀌는 해였다.

살아 있는 대부분의 시간을 후대륙의 정복을 위해 애썼던 문경제의 승하로 그의 아들 혜운이 황제의 자리에 올랐다. 아직 약관의 나이에 황위라는 위험하고도 존엄한 자리에 오른 터라 반역의 기미가 좀처럼 수그러들지 않는 시기가 계속되었다. 그러나 가장 반발이 심했던 둘째 숙부 무융왕야를 처단하고 나서야 나라가 순탄하게 흘러가기 시작했다.

그리고 이 년의 시간이 흐른 뒤, 극동의 하륜국에서도 왕위 이양이 이루어지고 있었다.

　어둠을 물리치는 만월이 하얀 눈에 비쳐 세상을 밝히던 밤, 어둑한 숲 그림자에 묻혀 황급히 달리는 이가 있었다. 바스락거리며 뺨을 스치는 나뭇잎의 소음조차 조마조마한 심정이지만 한가하게 기척을 죽일 시간이 모자랐다. 등에 업힌 이의 체온이 점점 싸늘해지며 물먹은 솜마냥 무거워지는 것이 자꾸만 마음을 안달나게 만들었다. 혹여 달리다가 부상을 입은 이가 자칫 떨어질까 봐 천으로 단단히 묶어두었지만 어깨 위에 걸쳐둔 팔이 아래로 힘없이 떨어지자 심장이 떨어질 것처럼 벌렁거렸다. 게다가 바로 뒤까지 바짝 추격해 온 이들의 숨소리가 사방에서 조여오는 듯하여 도망치는 이는 힘없이 풀어지려는 다리를 추스르며 무거운 발을 억지로 놀렸다.

　시야가 어두운 것은 마냥 나무들에 가려진 달빛이 비추지 않기 때문만은 아니었다. 이마에서 구슬땀과 더불어 타고 흐르는 붉은 핏줄기가 거추장스럽게도 자꾸만 시야를 가로막고 있기 때문이었다. 벌써 닷새째, 추격대의 손을 피해 국경 근처로 몸을 피하고 있었다. 국경만 넘는다면, 이 하륜국에서만 벗어난다면 저 넓은 후대륙 어딘가에 그녀들의 몸을 피할 곳이 있을 터였다. 말은 이미 추격대의 공격으로 고꾸라져 쓸모없어졌다. 덕분에 벌써 반나절 가까이 부상 입은 몸으로 경공을 펼치고 있었다. 아무리 고매한 무공 실력을 가진 그녀일지라도 제대로 먹지도, 쉬지도 못한 나머지 이젠 한계에 도달하고 있었다.

하얀 입김과 더불어 거친 숨소리가 자신의 입술에서 터져 나왔지만 그녀는 그 사실조차 깨닫지 못할 만큼 지쳐 있었다. 하지만 희의 마음속에는 누군가에 대한 극심한 분노만이 가득했다. 비록 살갑지 않은 사이지만 세상에 하나뿐인 누이가 아닌가? 그 어린 누이에게까지 칼을 겨룬 새 국왕의 잔혹함이 뼈에 사무치도록 원망스러웠다. 선왕의 명에 의해 그를 위해 했던 모든 시간과 노력들이 사무치게 후회스러웠다.

그가 받지 못한 선왕의 극진한 어여쁨을 받았다는 이유만으로 아직 여인의 향도 지니지 못한 어린 누이에게까지 흉악한 살수의 손길을 뻗치는 대건의 인정머리없는 성품에 이를 바득 갈았다. 선왕의 총애하던 후궁이며 지금 희의 등에 업혀 있는 소녀의 어머니이신 수향마마를, 능에 묻힌 선왕의 체온이 차마 식기도 전에 어전으로 이끌어내 왕실을 어지럽힌 죄라며 난도질한 것도 모자라 자신의 어린 누이마저 죽이려는 그 흉악한 성품 앞에서 그녀가 할 수 있는 일이라고는 고작 어린 공주를 끌어안고 도망치는 것뿐이었다.

희의 손에 이끌리다시피 도성에서 벗어나면서 조금씩 안도의 숨을 쉬게 되면서, 어린 공주 설화는 그녀를 죽이려 드는 왕의 진심을 왜곡하며 희를 답답하게 만들었다. 그럴 리 없다고, 이제 막 왕이 된 주상과 자신은 피를 이는 남매라며 어찌 주상이 자신을 해하겠냐며 굳게 왕을 두둔하고 나섰다. 왕 곁에 어리석고 탐욕스러운 외척이 많아 일어난 일이라며 끝까지 왕에 대한 믿음을 저버리지 않았다. 왕의 친위대로 이루어진 추격대의 손에 화살을 맞아 숨을 헐떡이는 순간까지도 설화 공주는 오라비인 왕을 믿었다. 어리석다 타박하며 성급한 손길로 화살 맞은 부위를 지혈하며 그녀를 들쳐 업고 달아나는 희에게 설화 공주는 그래도 오라비라며 힘없이 중얼거렸다.

"공주님, 정신 차리십시오. 당신이 죽으면 저도 죽습니다."

등으로 전해지는 체온이 자꾸만 싸늘하게 식어갔다. 작지만 뜨거운 숨결은 이미 멈춘 지 오래였지만 희는 간곡하게 속삭였다. 한 번이라도 만나고 팠던 어머니와 동복동생인 가연을 멀리서라도 보고팠던 희가 어쩌다 공주의 호위무사로 들어가게 된 이후부터 그녀의 인생은 온전히 공주의 무사안위와 행복만을 위해 바쳐졌다. 후회하지는 않았다. 그것이 어린 공주의 안위를 바라는 어머니의 마음과 그로 인해 자매가 조금이라도 더 가까워지길 바라는 어미의 소원이었고 애써 냉담한 척 굴어도 점차 마음이 쏠리고 만 혈육의 정 때문인지도 몰랐다.

선왕은 언젠가 연회 자리에서 처음 본 그녀의 어미에게 천지가 뒤흔들리는 애욕에 사로잡혔다고 들었다. 친동기간보다 더욱 절친한 친우의 아내를 마음에 담았다는 사실만으로도 염치없음을 아는지 전전긍긍하기만 하였다 들었다. 가슴속에 타 들어가는 애틋한 정염이, 그리움에 하루하루 사무쳐 가는 절절한 애욕이 그를 반쯤 미치광이로 만들었다 하였다. 결국 희의 아비가 선왕에게 총애받는 것을 두려워한 간신배들의 꼬임에 넘어간 선왕은 먼 바닷길로 그를 내보내고 홀로 남은 그녀를 강탈하다시피 궁으로 데려오고 말았다. 현군(賢君)으로 이름 높던 선왕의 치세 중 유일한 오점으로 남는 일이었다.

하루아침에 대갓집 마나님에서 왕의 후궁이 되어버린 기구하고도 어이없는 현실에 넋을 잃고 만 그녀에게 선왕은 잔인하게도 뒤에 남은 부군과 아이의 미래를 떠올리게 만들었다. 한순간에 자신의 선택으로 지아비와 딸의 목숨이 오락가락할 수 있는 상황에서 그녀가 선택할 수 있는 길은 더러운 년이라는 오명을 뒤집어쓰면서도 선왕의 곁에서 목숨을 부지하는 방법뿐이었다.

먼 바다에서 그 기구한 사연을 전해 들은 아비는 다정했던 친우에서 잔혹한 군주로 안면을 몰수한 선왕을 떠올리며 분함과 배신감을 안고 자결을 결심하려다 부디 살아달라는 지어미의 바람대로 딸을 데리고 하륜국을 떠나는 수밖에 없었다. 아비는 하루아침에 어미를 강탈당하고 폐허 같은 분위기의 대갓집에 덩그러니 놓인 딸을 끌어안고 피 토할 것 같은 울분을 삭일 수밖에 없었다.

똘망똘망하지만 처연한 빛이 감도는 눈망울을 접하자 아비는 영특한 그의 딸이 어느 정도 상황을 알고 있다는 것을 깨달았다. 울면서 어미를 찾지도, 힘없는 아비를 원망하지도 않고 도리어 처연한 눈빛으로 아비를 위로하는 아이의 모습에 아비는 마른침을 삼켰다. 규방에서만 생활하는 여인네들의 폐쇄적인 삶을 살기에는 딸이 너무나 영특하고 재주가 뛰어남을 깨달았던 것이다. 어차피 하륜국을 떠나야 한다면 굳이 하륜국의 관습에 맞게 아이를 키우지 않겠다고 결심했다. 그래서 다른 이들의 반대에도 불구하고 어린 딸에게 제 한 몸은 물론이거니와 소중한 사람들까지 지킬 수 있게 무공을 혹독하게 가르쳤다. 세상의 관습과 한 사내에게 매여 새장 속에 갇혀 한 여인의 삶 따위는 살게 하지 않겠노라고 독선생(獨先生)까지 고용해 학문의 상승을 꾀하였다. 어미를 빼다 박은 이 아이만큼은 사내들에게 휘둘리지 않게 강인한 아이로 키우겠노라고 가슴에 한자한자 피로써 새겼다.

　그리고 구 년의 시간이 흐른 다음 매년 열리는 왕실 무도회에 참가하게 되었다. 전국 각지에서 모인 고수들 속에서 단연 돋보이는 것은 여린 체구에 선이 고운 희였다. 험상궂고 거친 사내들 틈에서 유일한 여무사인 희는 단연 돋보였다. 노골적인 언사와 희롱하는 시선들에 불쾌함을 한 번쯤 드러낼 만도 했지만 대나무 숲의 청량한 바람처럼 그녀는 외딴 공간을 유지하고 있었다. 젊은 날 도성에서 제일가는 미인으로 손꼽히던 수향마마의 미색을 무색하게 만들었으며 조금의 흔들림 없는 매서운 칼끝으로 상대방을 제압하는 솜씨에 비아냥거리던 이들을 입을 단숨에 다물게 만들었다. 당시 일부 눈이 밝은 노신(老臣)들은 한눈에 그녀의 내력을 알아차렸다. 선왕 역시 그녀의 내력을 간파했음이 분명하건만 어찌 된 영문인지 아무런 말도 하지 않아 노신들은 서로의 눈치를 살피다 입을 가만히 다물었다. 노신들은 그저 선왕께서 오랜 시간 끝에 그 격렬하던 질투심이 가라앉아 한때는 절친한 친우였던 이에 대한 그리움으로 눈을 감은 것이 아닌지 짐작할 따름이었다. 왕족의 호위무사 자리를 얻을 수 있는 왕실 무도회에서 희는 놀랍게도 여인의 몸으로 상위로 입상하였고 설화 공주의 호위로 내정되었다. 희의 미모는 한눈에 탐하였던 수향을, 그녀의 무공 실력은 아꼈지만 내칠 수밖에 없는 신하를 닮아 있었다. 그렇기에 아마도 선왕께선 친우처럼 여기던 이의 안해를 빼앗고 그를 먼 바다로 내친 자신의 과오가 부끄러웠을 것이다. 그럼에도 불구하고 어찌 시간이 되돌려진다 하더라도 다시 그와 같은 선택을 했을 선왕의 격렬한 감정을 알고 있던 노신들은 조금이나마 그 죄책감을 덜기 위해 선왕께서 희의 내력을 모른 척해준 것이 아닐까 짐작했다.

그렇게 해서 희는 가까스로 구 년을 떨어져 있던 어미와 해후할 수는 있었지만 차마 드러내 놓고 어머니라 부를 수는 없었다. 아무것도 모르지만 한눈에 희에게 반한 설화 공주는 한시라도 그녀에게서 떨어지려 하지 않아 말이 호위무사지 거의 유모 노릇까지 다 한 셈이었다. 하지만 희로서는 그것마저 행복했다. 가끔 서러운 듯 미안한 듯 설화 공주와 함께 있는 장면에 눈물을 찍어내는 어미의 모습이 입 가벼운 자들의 눈에 띄일까 봐 염려되었지만 한결 편안해진 미소에 희의 마음도 가벼워졌다. 단 한 번도 둘만의 자리가 마련된 적은 없지만 시선 끝이나마 그녀의 모습을 둘 수 있다는 사실만으로도 어미는 행복한지 종 종 티없는 미소를 보이곤 해 희를 향하는 선왕의 시선 또한 부 드러워졌다.

희가 보기에는 태자 대건은 그리 악한 이는 아니지만 아마도 수향마마가 입궁하면서 왕후와 태자에 대한 선왕의 총애가 시 들해져 수향마마와 설화 공주에게 미움이 돌아가지 않았나 싶 었다. 그러나 선왕을 비롯하여 온 궁궐의 모든 이에게 어여쁨을 듬뿍 받고 자란 설화 공주로서는 태자의 미움을 이해하지 못하 는 듯하였다. 오라비라며 열심히 뒤를 쫓아다녔지만 태자의 냉 담함은 여간해서 풀어질 것이 아니었다. 그래도 오라비가 좋다 고 희에게 수줍게 속삭이는 설화 공주의 순진한 모습이 떠오르 자 눈이 아려왔다. 그 하나뿐인 오라비가 자신을 해할 리 없다 며 굳게 고개를 젓는 설화 공주의 모습이 생각나 눈시울이 따가 워졌다.

"아직도 그분을 믿으십니까?"
"내 오라비인걸. 대건 오라버니는 절대 나쁜 사람이 아니야."

어디서 생기는 것일까? 그토록 오라비에 대한 굳건한 믿음의 근원은……. 어찌 보면 현실을 제대로 보지 못한다고 타박할 수 도 있겠지마는 희를 올려다보는 설화 공주의 시선은 조금의 흔 들림도 없었다. 희가 설화 공주를 위해 목숨을 거는 것이 당연

하게 여기는 것처럼 설화 공주 또한 대건이 자신을 해할 리가
없다며 굳게 믿고 있었다. 어리석다 타박을 놓으려다 매한가지
로 흔들림없는 시선을 자신에게 보내는 가연의 신뢰에 희는 입
을 다물고 말았다. 혈연관계임을 솔직히 말해줄 수 없는 자신이
오라비는 믿지 말고 자신은 믿으라는 말이 왠지 모순처럼 느껴
졌다.

파삭.

추격자들에 쫓겨 힘껏 숲 속을 내달리던 희의 발걸음이 아슬
아슬하게 멈춰 섰다. 무성한 나무에 가려진 깎아지르는 듯한 낭
떠러지의 절벽이 가까스로 눈에 들어왔기 때문이다. 멈춰 서느
라 미끄러지자 발치의 돌멩이 하나가 그녀의 발길에 밀려 투둑
소리를 내며 까마득한 절벽 아래로 떨어졌다. 슬쩍 아래를 훔쳐
보니 검푸른 물결이 넘실거리며 아찔하게 시야를 자극했다. 흠
칫 놀라 서둘러 몸을 뒤로 뺐지만 어느새 다가온 추격자들의 기
척이 가깝게 느껴졌다.

"여기까지요, 희?"

그녀의 이름을 안타깝게 부르는 이는 어쩔 수 없는 임무기에
나선 친우, 부선이었다. 희의 이마에 두른 것과 똑같은, 가장자
리에 붉은색 선이 분명히 보이는 검은 띠를 머리에 두르고 있는
부선을 보자 희의 입가에 긴장감으로 굳게 다물어졌다. 초정예
인원으로 구성된 적영대(赤影隊)는 유선처럼 왕의 그림자가 되
어 그를 보호하는 영(影)대와 희처럼 왕의 명령을 받들어 어둠

속에서 붉은 피를 뿌리는 적(赤)대로 나누어져 있었다. 설마 하니 왕이 영(影)대의 부선을 추격대에 넣을 줄은 몰랐다. 아니, 선왕이 붕어하였다면 당연히 왕의 그림자 부대인 적영대가 명을 받고 움직이지 않을 리가 없었다. 살가운 사이는 아니었어도 동료라고 생각되었던 그들이 자신을 추격해 왔다는 사실이 역시나 비릿한 아픔을 가져왔다. 그나마 다행이랄까 적(赤)대가 아닌 영(影)대의 소속인 부선뿐이었다. 서로의 실력은 비슷하나 지키고자 하는 이와 베고자 하는 이들의 기도는 판이하게 달랐다. 그리고 명백하게 서로를 알지 못한 그들이었다. 단지 은밀한 그림자이기에 흑(黑) 속에서 분명한 적(赤)으로 자신의 신분을 은연중에 드러내는 그들이었다. 그리고 그 표식은 희의 이마에 두른 띠에도 분명히 드러나 있었다.

부선의 뒤로 달빛을 받아 파르스름한 빛을 반짝이고 있는 화살을 겨누고 있는 무사들이 속속히 그녀의 주위를 둘러싸고 있었다. 바삐 눈동자를 굴리던 희가 파르라니 안광을 빛냈다. 저런 표정을 부선은 익히 알고 있기에 조바심이 일었다.

"부선."

추격대를 이끄는 이가 부선임을 깨닫자 희의 입술에서 안타까운 신음이 흘러나왔다.

"그만 공주를 넘겨주시게. 이제 더 이상 갈 데가 없지 않은가? 차라리 전하께 돌아가……."

"닥치게. 천하에 둘도 없는 패륜아 따위에게 자비를 구할 마음 따위는 없네."

"희."

벼락같이 터져 나오는 거친 일갈에 부선은 움찔하면서도 안타까운 빛을 저버리지 않았다. 왕의 명령을 거역할 수 없어 쫓았지만은 한때는 남녀 간을 떠나 절친한 친우이자 동료였던 자신들이었다. 차라리 생포해 왕에게 목숨만이라도 살려달라 애걸할까 생각해 봤지만 저 도도한 성정으로는 죽어도 그리는 못하겠다고 소리치고 있었다. 그가 봤을 때 희의 등에 업힌 공주에게서는 더 이상 산 자의 기가 느껴지지 않았다. 그래서 더 안타까워 견딜 수가 없었다.

"공주님께서는 더 이상 희망이 없네. 자네도 알지 않은가? 그러지 말고 우리와 함께 돌아가세."

부선의 애타는 마음을 아는지 모르는지 희는 등에 업힌 설화 공주와 자신을 묶어두었던 천을 조심스럽게 풀어 그녀를 품에 안았다. 축 늘어진 팔이 안쓰러워 차가운 손을 아직 온기가 흐르는 자신의 손으로 덮어 체온을 나눠주었다.

"공주님……."

파르라니 창백한 얼굴빛은 우울한 달빛을 받아 더욱 음산하게 빛나고 있었다. 품에 고쳐 안은 설화 공주에게선 따스한 체온은 이미 사라지고 죽은 자만이 내뿜은 서늘한 냉기만이 느껴졌다. 채 피어나 보지도 못한 설화 공주가 안타까워 힘껏 끌어안아 보았지만 돌아오는 것은 차가운 무게뿐이었다. 그녀를 업은 채 내내 달려오면서도 섣불리 판단하지 않으려 애를 썼었다. 혹시나 하는 일말의 기대감을 끌어안고 내달린 희였다. 죽은 꽃이 되어버린 설화 공주를 끌어안고 소리없는 비통함을 토해내는 희의 곁으로 부선과 추격대가 조심스럽게 다가오기 시작했다. 설화 공주가 죽은 이상 희의 목숨까지 빼앗고 싶지 않은 부선이 조용히 생포 명령을 내렸기 때문이다. 아직 적영대에 전하의 명이 내려오지 않았지만 부선은 차마 희와 공주의 목숨을 거둘 수가 없어 왕이 보낸 추격대에 끼어 산 채로 그들을 생포하거나 기회를 봐서 도피시켜 줄 생각이었다. 애석하게도 추격대의 화살에 맞아 공주의 목숨이 사라졌지만 아직 희는 구할 길이 남아 있었다.

"희……."

그녀가 느낄 고통과 슬픔을 안타까워하는 부선의 목소리가 충격에 휩싸여 있던 희를 일깨웠다. 부선의 속내를 알지 못하는 희는 배신감과 서글픔과 분노에 이성을 잃어버리고 있었다. 이대로 하륜국에 돌아가 봐야 그녀에게 남는 것은 아무것도 없었다. 그토록 지키고 싶어했던 어미도, 어린 동생도 이제 이 세상 사람이 아닌데 무엇 하러 다시 하륜국으로 돌아가야 한단 말인가? 설화 공주의 시신을 끌어안고 있는 희의 눈동자가 단단히 결심한 사람처럼 단호하게 빛을 반짝였다. 머리에 두른 띠를 풀어헤치자 비단실같이 풍성하고 매끄러운 희의 머릿결이 그녀의 어깨 위로, 설화 공주의 시신 위로 넘실거렸다.

“더 이상 이것 역시 내겐 의미가 없으니…….”

적영대(赤影隊)임을 상징하는 띠를 벗어 던지고 품 안을 뒤적거려 어딘가에 넣어둔 패를 끄집어냈다. 손가락 두 마디만 한 작은 황금패 안에는 붉은 글자로 ‘적(赤)’이라고 새겨져 있었다. 패 역시 부선에게 던지고는 비릿하게 입가를 일그러뜨렸다.

“패왕(悖王)에게 전하게. 저승에서 두고 보겠노라고.”

“안 돼, 희!”

부선을 비롯하여 주위에 위시한 그 누구도 희를 붙잡지 못했다. 순식간에 설화 공주의 시신을 끌어안고 절벽 위로 몸을 날린 희의 행동에 부선의 비명만이 뒤를 이었다. 황급히 그들이 있던 자리까지 달려가 아래를 내려다보자 끝내 왕의 손에서 벗어난 희가 그들에게 비웃음을 날려 보냈다. 그렇게 허망한 표정으로 절벽 위에서 내려다보는 부선의 시선과 깊고 푸른 강물 위로 떨어지기 전까지 희의 시선은 떨어질 줄 몰랐다. 마치 왕에게 절대 네 손에 붙잡히지 않겠다고 호언장담하는 것만 같아 부선의 등줄기로 싸한 기운이 내려앉았다.

허탈한 심정으로 자리에 주저앉아 버린 부선의 마음은 전혀 모른 채 풍덩하고 묵직한 소리를 잠시 내뱉던 강물은 언제 그랬냐는 듯이 다시 유유히 흘러가기 시작했다.

1장

푸욱, 푸욱.

발을 디딜 때마다 단단하게 느껴지는 지면과의 시간차가 있다 보니 상체가 이리저리 휘청거려졌다. 무릎 아래까지 쌓인 눈길을 힘겹게 내디디는 약초꾼 삼 영감의 거친 숨결만이 고요하게 내려앉은 산길 위를 흔들어놓았다.

"에구구, 무신 눈이 이리도 많이 와서……."

가까스로 하얀 눈에 물들이지 않고 고고한 청록의 색을 유지하고 있는 전나무에 잠시 몸을 기대며 가쁜 숨을 내쉬었다. 일년의 대부분이 눈으로 덮인 한주지만 이제 전국에 닥칠 여름의 기운에 이곳의 눈도 머지않아 녹아버릴 것이었다. 그전에 마지막 발악으로 내린 눈인지라 더욱 양도 많고 소복하게 쌓여 주위를 분간하기가 힘들었다.

덕분에 며칠 꼬박 내린 눈 때문에 오두막 안에서 며칠을 공친 것을 생각하니 조바심이 났다. 어차피 홀로 있는 몸, 그 누가 걱정해 주는 건 아니지만 아직은 멀쩡히 움직이는 이 육신을 제대로 운신하려면 식량이 필요한 것은 사실이다. 그동안 비축해 뒀던 꿩고기며, 마른 나물들이 금세 바닥을 드러내니 이 긴 겨울을 보내기 위해서라도 좀 더 부지런히 산을 뒤져야만 했다.

"에효효, 거참. 여기서 내려다보니 세상이 이리도 하얗고 깨끗하기만 한 것을……."

후들거리는 다리를 멈춰 서며 허리를 주욱 펴고 산 아래 세상을 내려다보았다. 모든 발 아래 세상이 하얀 눈으로 포근히 덮여 온갖 더러움과 추잡함을 감추고 있는 모습을 보자 절로 한숨이 흘러나왔다. 하얀 눈은 세상을 따뜻하게 모든 것을 덮는 것처럼 보이지만 그것은 잠시일 뿐이었다. 오히려 더럽고 추잡한 것들은 그대로 묻혀져 아래에서 더 지저분하게 만들 뿐이지 근본을 깨끗하게 만들지는 않았다. 게다가 눈이 녹고 나면 세상은 눈이 오기 전보다 더 질척거린다.

"그렇지만 이렇게 고요히 세상을 덮고 있는 눈이 보기에는 나쁘지 않지."

세상의 더러움은 저기 높으신 분들더러 알아서 하라 하고 삼영감은 다시 쉬었던 발길을 재촉해 며칠 전 올무를 설치해 둔

곳으로 서둘렀다.

쉬엄쉬엄 산에 설치해 둔 올무를 한 바퀴 돌다 보니 어느새 이마 위로 굵은 땀방울이 아롱져 흘러내리고 있었다. 그러나 삼 영감의 입가에는 흡족한 미소가 퍼져 있었다. 그의 허리춤에 하얀 토끼 두어 마리와 꿩 한 마리가 주렁주렁 달려 있었기 때문이다. 하얀 눈에 올무가 파묻혀 짐승들이 덫인 줄도 모르고 뛰어다니다가 뒷발을 단단히 붙잡혀 낑낑거리고 있었다.

"이만하면 한동안은 식량 걱정은 하지 않아도 되겠군."

허리춤에서 바동거리는 작은 짐승들을 돌아보며 삼 영감은 흐뭇한 미소를 감추지 않았다. 오늘따라 수확이 그득한 것이 재수가 좋았다.

"온 김에 약수나 떠가지고 가야겠군."

북쪽 하륜국의 젖강이라고 불리는 청천강의 끝자락과 한주의 무한산 대왕봉이 만나는 곳에 산을 타는 이만이 알고 있는 약수터가 있었다. 세간에서는 앉은뱅이 걸인도 벌떡 일어나게 하고, 돌처녀의 뱃속에 덜컹 임신도 하게 해준다는 신비의 약수라 불린다지만 무한산 약초꾼인 삼 영감에게는 그저 입에 맞는 약수일 뿐이었다.

삼 영감은 가파른 산길을 타며 조심조심 약수터로 발길을 옮겼다. 눈에 덮인 바위는 물기를 머금고 있어 매우 미끄러웠다. 아무리 무한산의 약초꾼으로 수십 년을 이곳에서 살아온 삼 영감이랄지라도 호언(豪言)은 있을 수 없는 곳이 산이었다. 산이 어떤 변덕을 부릴지 모르는 일이기에 하루에 수차례 오가는 길일지라도 조심하고 또 조심하는 것이 산을 타는 것을 생업으로 하는 사람의 필수 요건이었다.

바위틈에서 흘러나오는 약수는 주위의 추위에도 아랑곳하지 않고 청아한 소리를 내며 졸졸 흘러나와 맑고 시원한 샘을 이루고 있었다. 삼 영감은 두툼한 털장갑을 벗더니 짐승의 내장으로 만들어진 물주머니를 꺼내 좁은 주둥이를 샘으로 밀어 넣었다. 뽀르륵 소리를 내며 물주머니 안으로 약수가 흘러가는 소리가 들리고 차가운 기운에 손이 붉게 변해갈 즈음 삼 영감의 묵직해진 물주머니 주둥이를 들어올려 마개로 단단히 입구를 틀어막았다.

"으, 차다."

삼 영감은 손끝을 바늘로 찌르는 것처럼 짜릿한 통증이 느껴지는 차가운 약수에 정신이 번쩍 드는 걸 느꼈다. 삼 영감은 물주머니를 채우고는 고개를 아래로 숙여 약수에 수염이 젖는 것은 아랑곳하지 않고 목구멍이 찢어질 것 같은 차가운 약수를 시원스럽게 들이켰다.

"크아, 물맛이 천하일미로군."

소매로 젖은 입가를 닦아내며 슬쩍 주변을 살피던 찰나 삼 영감의 눈에 이상한 것이 포착되었다. 계곡 아래 거무튀튀한 덩치가 얼핏 눈에 들어온 것이다. 그의 나이가 쉰에 가까웠지만 눈만은 약관의 청년 못지않게 해맑았던 터라 유심히 그쪽을 노려보았다. 허나, 아무리 살펴봐도 도통 감을 잡을 수가 없어 삼 영감은 의아한 얼굴로 서둘러 약수터를 떠나 계곡 아래로 발걸음을 놀렸다. 거무튀튀한 덩치로 보아 곰일지도 모른다는 생각이 들었지만 이 추위에 대부분의 곰들은 동면에 들어가 나돌아다니는 놈들은 거의 없었다. 혹시 먹이를 구하러 나왔다가 동사라도 한 것은 아닌가 싶어 기대감을 품고 황급히 계곡 아래로 발걸음을 재촉했다. 헌데 가까이 가면 갈수록 왠지 곰은 아닌 것 같다는 이상한 예감이 들었다. 산을 미끄러지다시피 내려와 수상한 검은 물체로 다가간 삼 영감은 그제야 곤란한 상황임을 알게 되었다.

그가 보았던 검은 물체는 곰이 아니라 흑의를 입고 있는 사람이었던 것이다. 청천강 상류에서부터 계속 떠내려 왔는지 흑의 곳곳이 너덜너덜해져 있었고 등 쪽에 심한 상흔이 있는 것이 산적이라도 만난 것이 아닌가 싶었다.

"이…… 이런, 이 일을 어쩐다?"

삼 영감은 뜻밖의 시체에 난감한 표정을 지었지만 산에서 오랜 시간을 보낸 약초꾼답게 시신을 묻어주기라도 해야겠다며 엎어진 그를 바로 눕혔다.

"아니!"

비단으로 지어진 흑의에다 허리춤엔 여인의 손목보다 가는 칼이 매달려 있기에 당연히 어느 부잣집 도령이 불시의 화를 당한 모양이라 여겼지만 돌려 눕힌 그는 남자가 아닌 여인네였다.

게다가 혼자가 아니라 품에는 아직 여인이라고 하기엔 무리인 것으로 보이는 소녀가 잠을 자듯 죽어 있었다. 흑의 여인과는 달리 하늘하늘한 비단옷과 두툼한 모피로 몸을 감싸고 화려하게 치장된 머리장식을 한 것으로 보아 보통 집 여식이 아닌 모양이었다. 그러나 삼 영감과 옷 입는 양식이 미묘하게 틀린 것으로 보아 하륜국 사람인 듯했다.

"어허, 이것참 곤란하게 됐군."

삼 영감은 난처한 표정으로 애꿎은 수염을 쓰다듬으며 어찌해야 하나 망설였다. 그처럼 상천국 사람이 아니라 하륜국의 사람이라니 혹시나 무슨 안 좋은 일에 연루되는 건 아닌지 걱정이 되었기 때문이다. 게다가 얼마 전에 하륜국의 국왕이 승하한 뒤 왕위를 이은 왕자 덕에 궁 안에 피바람이 불어닥쳤다는 어수선한 소문까지 들리는 마당에 하륜국의 귀한 집 여식으로 보이는 시신을 함부로 건드릴 수가 없는 노릇이었다.

그때였다. 죽은 줄 알았던 흑의 여인의 미간이 살짝 꿈틀거렸다. 신음 소리 하나 내지 않았지만 미간을 찌푸리는 것으로 보아 고통스러운 모양이었다. 삼 영감은 얼굴이 창백하고 미동조차 없기에 당연히 죽은 자라고 생각했다가 놀라 얼른 흑의 여인의 코밑에 손가락을 갖다대며 숨결을 확인했다. 미약하지만 분명한 숨바람이 느껴졌다.

"살아 있군."

놀랍고도 안도감도 들어 삼 영감의 얼굴에 화색이 돌았다. 그러나 금세 다시 흙빛으로 돌아왔다. 흑의 여인을 어찌 오두막까지 데려갈지 걱정이 앞선 데다가 품 안의 소녀는 어찌해야 할지 망설일 수밖에 없었다. 그러나 시간을 끌지 않고 삼 영감은 우선 소녀의 시신은 나중에 처리하기로 결정하고 우선 흑의 여인부터 살리기로 결정했다. 소녀와 떨어지지 않으려 단단히 팔을 움켜잡고 있는 흑의 여인에게서 소녀를 가까스로 떨어뜨린 다음 그 시신은 혹시나 누가 볼세라 물가에서 끌어올려 눈이 잔뜩 쌓인 곳까지 끌고 가 안 보이게 눈으로 잘 묻어두었다.

"저 사람부터 치료해 준 다음에 네 무덤을 만들어주마."

어쩐지 먼 곳으로 시집간 딸을 보는 듯해 가슴이 짠해져 저도 모르게 죽은 소녀에게 안쓰러운 목소리로 말을 건네주었다. 가볍게 혀를 차며 눈으로 소녀의 모습이 가려지도록 잘 덮은 다음 흑의 여인에게로 다가가 찢어진 옷 사이로 드러난 상처를 먼저 살펴보았다. 물가에서 끌어내었더니 어느새 하얀 눈 위에 붉은 피가 을씨년스럽게 퍼져 가고 있었다. 다행히 삼 영감이 평소 지니고 다녔던 지혈제가 있어 상처 부위에 뿌린 뒤 찢어진 옷 위로 그대로 붕대를 감아버렸다. 옷이 찢어진 정도로 봐서는 칼이나 창 같은 날카로운 것에 베인 것 같지 않았다. 너덜너덜한 것이 마찰에 의해 찢어진 것 같아 벌어진 옷깃 사이로 찬바람이 들지 않게 그대로 붕대를 감아버린 것이었다.

"여인의 몸으로 어쩌다가 이런 상처를 입었는지……. 쯧쯧, 그래도 무공을 익혀 그런지 이만한 상처를 입었음에도 다행히 목숨은 붙어 있구려. 이래 봬도 무한산 삼 영감하면 알아주는 약초꾼이니 너무 걱정 마오. 어찌 됐든 산목숨인데 모른 척이나 하겠수? 그러니 낭자도 내 말이 들리거든 어떻게든 살아보려 아등바등 애써보구려.”

꼼꼼하게 붕대를 감아 매면서 삼 영감은 혹시나 흑의 여인이 이대로 숨을 거두는 것이 아닐까 염려스러웠다. 도대체 어떤 여인이기에 의식을 잃은 상황에서도 신음 소리 하나 내지 않는지 독하다는 생각보다는 연민이 먼저 들었다. 비단옷이기는 하나 죽은 소녀와는 달리 단조로운 무사 복에 장신구 하나 하지 않은 모습으로 보아 소녀의 호위무사쯤 되지나 않을까 추측해 보았다. 여자의 몸으로 무사라니 대단하다는 생각도 들었지만 어쩌다가 검을 들게 되었을까 하는 연민도 솟았다.

흑의 여인의 등에 난 상처에 대충 지혈과 붕대를 감아두고 힘겹게 그녀를 들쳐 업고서 오두막으로 발길을 옮기려던 삼 영감 눈에 붉은 꽃처럼 흐드러진 핏자국에 잠시 눈살을 찌푸렸다. 주위를 둘러보다 혹시나 하는 마음에 발길질 몇 번으로 붉은 눈을 모두 계곡 쪽으로 흘려보내 흔적을 지워 버렸다. 흑의 여인이 누웠던 자리만 덩그러니 맨땅을 드러내고 있었지만 붉은 핏자국으로 남들 눈에 띄는 것보단 이편이 보기에도 훨씬 안전했다. 혹시나 생길 분란거리는 없애 버린 다음에 삼 영감은 등으로 전해지는 축축한 냉기에 목덜미가 오싹해졌다.

“이런, 서둘러야겠군.”

어떻게 계곡까지 떠내려 왔는지는 몰라도 이대로 계속 있다가는 살아 있는 목숨도 제대로 건사하지 못할 것 같다는 예감에 삼 영감의 발길이 급해졌다.

통통통.

나무 도마 위를 두드리는 경쾌한 소리가 흘러나왔다. 삼 영감은 화로 위에 올려둔 냄비 안에 썰어둔 감자 덩어리를 집어넣고 국자로 안의 내용물을 휘휘 저어보았다. 후후 불어가며 한 모금 맛보고 간을 좀 더 친 다음 무심코 돌아봤다가 소리없이 자리에서 일어나 앉아 자신을 바라보는 여인의 시선에 화들짝 놀라 한 걸음 물러서고 말았다. 상처 입은 몸에 극심한 고열로 삼 영감의 애를 태우고는 이틀 만에 깨어난 여인은 청아한 분위기를 풍기고 있었다. 어찌 보면 한 폭의 미인도를 보는 기분이었다. 안색이 창백하긴 하지만 해끔한 얼굴 위로 푸른 밤하늘 같은 흑빛 머리칼이 깊은 음영을 만들어내고 있었다. 내내 감겨 있던 단정한 눈매에선 고고한 성품을 엿볼 수 있었고 굳게 다물어진 입술에서는 꺾이지 않는 의지가 비쳤다.

"아이쿠, 깜짝이야. 정신이 들었수? 세상에, 연 이틀을 꼬박 앓아누웠다는 거 아니겠수. 몸은 좀 어떠우? 운신할 만하우?"

기척없는 여인의 행동에 놀랐던 것도 잠시, 드디어 정신을 차렸다는 사실에 삼 영감은 반가운 표정으로 얼른 그녀에게 다가가 이것저것 물어보았다. 그러나 여인의 표정에는 아무런 변화도 나타나지 않고 있었다. 심지어 눈빛조차 움직임이 없었다.

"이, 이보우?"

꼼짝없는 여인의 행동에 뭔가 이상한 것을 느꼈는지 삼 영감이 그녀의 얼굴 앞에 손을 휙휙 내저으며 그녀를 불렀지만 일말의 반응도 일어나지 않았다.

"내 말이 안 들리우?"

여러 번 말을 걸어도 여인은 묵묵부답이었다. 마치 넋이라도 나간 사람처럼 멍한 표정으로 앉아 있었다.

"험험, 이것참 난감하군."

기껏 살려놨더니 혼백이 나가 버린 병신이 됐다며 삼 영감은 난감한 듯 머리를 긁적거렸다. 그러다 무엇이 떠올랐는지 한쪽 벽에 걸어두었던 약초 주머니를 뒤적거리더니 무언가를 들고 여인에게 다가갔다.

"참, 이건 함께 있던 아이의 유품이우. 저기, 내가 양지바른 곳에 잘 묻어줬으니 너무 걱정하지 마우. 그나저나 깨어났으니 배고프지 않우? 내가……."

삼 영감이 건넨 것은 금으로 된 기다란 머리꽂이였다. 죽은 소녀가 하고 있던 머리 장신구였다. 삼 영감이 아는지 모르는지 머리꽂이 위에는 하륜국에서만 나는 빙화석이라는 오색찬란한 투명한 보석으로 화려하게 구성되어 있었다. 만개한 매화 모양으로 겹겹이 얽혀 있는 빙화석은 하나만 있어도 기와집 두어 채는 살 수 있는 고가의 보석이었다. 하륜국에서만 나는 희소가치가 높은 보석인지라 상천국에서도 황실 및 고관대작만이 겨우 구할 수 있는 귀한 보석인 것이었다. 그런 빙화석으로 화려하게 장식된 머리꽂이는 하륜국에서도 어지간히 권세 있는 집 여식이나 왕실 여인이 아니면 하기 힘든 것이었다.

삼 영감이 머리꽂이를 손에 쥐어주자 살아 있는 인형처럼 꼼짝 않고 있던 여인의 눈에서 굵은 눈물이 한겨울에 내리는 함박눈처럼 소리없이 굴러 떨어지고 있었다. 소녀의 죽음을 느껴서인지, 그녀와 함께 죽지 못한 불충의 의미인지, 여인은 조금의 소음조차 내지 않고 하염없이 눈물만 흘릴 뿐이었다.

"이것참."

아무리 불러도 아무런 반응을 보이지 않던 여인이 죽은 소녀의 머리꽂이 하나에 소리없이 눈물만 흘리는 모습이 애잔했다. 여인을 치료하느라 발견한 상흔들로 하여금 무공을 익힌 자라는 것을 알았지만 어느 정도 세상을 살았다는 삼 영감의 눈에 비친 여인은 무관이라기보다는 어느 귀족 집 여식처럼 자태가 고왔다. 그래서 더 여인의 눈물이 곱고 안타까운 것이라 생각되었다.

하염없이 눈물만 흘리는 여인을 난감한 얼굴로 지켜보던 삼 영감은 어찌할 바를 몰라 머뭇머뭇거리다가 어색한 손길로 여인의 작은 등을 다독거려 주었다.

"그래, 그래. 눈물은 다 흘려보내우. 아픔도, 괴로움도 모두 눈물 속에 다 흘려보내고 나면 언제 아팠냐는 듯이 훌훌 털고 일어날게요."

　삼 영감의 말을 들었는지 여인의 눈물이 더욱 굵게 방울져 뺨을 타고 흐른다. 창백한 입술이 붉게 피어오를 만큼 질끈 깨물려 닫혀져 있던 입술 사이로 억누르지 못한 흐느낌이 새어나온다. 드디어 터져 나오는 여인의 숨죽인 통곡 소리에 삼 영감의 마음도 짠하게 일렁거렸다.

　닷새가 지나자 상처는 어느 정도 아문 듯싶었지만 도통 정신은 돌아오지 않아 삼 영감은 애만 태우고 있었다. 첫날 잠시 정신을 차려 소녀의 죽음에 애끓는 통곡만 하던 그녀는 그대로 넋이 나가 버린 듯 꼼짝도 하지 않았다. 시선은 먼 허공 어딘가에 고정해 두고 삼 영감이 떠준 죽을 가까스로 한입 두입 삼킬 뿐 살고자 하는 어떤 의지도 보여주지 않았다. 방금 넣어준 죽이 입가를 타고 흐르자 삼 영감은 혀를 끌끌 차며 수건으로 입가를 단정하게 닦아내 주었다.

　"어쩌려고 이러우? 정말 죽으려고 그러우? 허공을 떠도는 넋을 그만 잡아 이끄우."

　애잔한 마음에 삼 영감이 아무리 설득을 해도 여인은 묵묵부답이었다. 새까맣게 물들어 버린 닫힌 눈동자는 시린 마음의 세계를 대변해 주고 있었다. 결국 삼 영감은 죽 그릇을 들고 자리에서 일어났다.

　"자신을 아껴야지. 쯧쯧."

여인이 살아 있기를 거부한 탓에 등과 머리에 난 상처가 쉽게 낫지 않았다. 삼 영감이 아무리 잘 듣는 약초를 환부에 붙여주어도 스스로 낫고자 하는 의지가 없어 좀처럼 상처가 아물지 않아 걱정이 이만저만이 아니었다.

삼 영감은 죽 그릇을 들고 오두막 한쪽 벽면의 쪽문을 열고 들어가 열기가 훈훈한 부엌 아궁이 옆에 내려놓고 다시 오두막 안으로 들어왔다. 옷을 단단히 껴입은 그는 벽난로에 넉넉히 장작을 넣어두고 다시금 여인에게 다가갔다.

"내 저 아래 냇가에 가 물 좀 길어올 터이니 그동안 눈 좀 붙이고 있으오."

꼿꼿이 허리를 곧추세우고 있는 여인을 억지로 침상에 눕히고 냉기가 스며들지 않게 여러 번 기웠지만은 그래도 두툼한 이불을 단단히 여며주었다. 그래도 감기지 않는 두 눈을 내려다보며 안쓰러운 마음에 삼 영감은 조심스럽게 손을 들어 그녀의 눈꺼풀을 직접 감겨주었다. 죽은 듯이 얌전히 누워 있는 여인에게 자신의 답답한 속내를 드러내지 못하고 등을 돌려 오두막을 나섰다. 오두막 문이 탁 하고 닫히자 감겨져 있던 여인의 눈이 서서히 떠졌다. 낡고 어둑한 오두막의 천장이 먼저 눈에 들어오고 가슴을 꽉 조이는 아픔이 서서히 눈동자에 차 오르기 시작했다.

물지게를 지고 가까운 냇가로 내려가는 삼 영감은 오두막에 홀로 둔 여인이 불안한 듯 연신 뒤를 흘끔거렸다. 이 험한 날씨에 산에 오를 이도 없겠지만 혹시나 혼자 있다고 엄한 짓을 저지르진 않을까 걱정이 돼서였다.

여인이 깨어나자 입던 옷은 하륜국의 의상이고 여기저기 찢어진 데가 많아 아궁이에 던져 태워 버리고 대신 삼 영감이 고이 간직해 두었던 딸의 의복을 꺼내주었다. 거칠고 단순한 베로 만든 옷이지만 여인이 입으니 비단옷 못지않게 태가 났다.

"저래서 타고난 태생은 감추지 못한다는 것인가?"

새삼 곱게 자란 여인의 태생이 보이는 듯해 비단옷 한 벌 못 해주고 시집보낸 딸아이가 생각나 조금 불편한 시선으로 여인을 바라보았다. 그러나 생기 잃은 표정과 인형처럼 넋을 잃고 있는 여인의 모습과 시집가던 날, 화사한 봄꽃처럼 피어나던 딸의 모습이 비교가 되자 비단옷과 기름진 쌀밥이 좋은 것만은 아니라는 생각이 들었다.

그리고 여인을 치료하다 보니 알게 된 사실이 있었다. 고운 자태와는 달리 그녀의 손바닥은 온통 검을 쥐어 생긴 굳은살투성이었고 여기저기 다친 곳도 많았다. 상처가 심해 고열에 시달리면서도 신음 한번 내지 않던 강인한 의지가 떠오르자 차라리 평범한 아낙으로 짝을 만나 알콩달콩 자식도 낳고 사는 그런 자신의 여식이 훨씬 낫다고 느껴졌다. 자신이라면 절대로 딸에게 그 가는 팔로 검을 휘둘러야만 할 골치 아픈 일 따위를 만들어 주고 싶지 않았기 때문이다.

"쯧, 이것도 팔자겠지."

여인의 몸으로 검까지 들어야 하는 험난한 인생에 절로 이마가 찌푸려졌다. 얼기설기 짜여진 거친 베옷을 입고도 사라지지 않는 고고함과 이지(理智)를 상실했음에도 불구하고 한 점 흐트러짐 없는 모습을 보여주는 희와 그런 희가 지키려 애를 쓴 소녀의 정체에 문득 삼 영감은 의구심이 들었다. 거기다 소녀가 지니고 있던 값비싼 장신구와 희가 차고 있는 검은 고작 약초꾼일 뿐이지만 삼 영감의 눈에도 엄청나게 귀해 보였다.

여인이 가지고 있던 하얀 검의 검 집은 어떤 재질로 만들어졌는지는 모르나 눈처럼 새하얗고 가장자리에는 금으로 장식되어 있었다. 그리고 검 집 입구를 둘러싼 금장식에는 '희(熙)'라는 작은 글자가 새겨져 있었다. 그러나 글을 모르는 삼 영감으로서는 그게 무슨 자인지 몰라 그저 여인을 소저라고만 불렀다.

"이런, 이런. 냇가가 얼어버렸구먼."

얼마를 걸어서 하얗게 얼어버린 냇가에 도착한 삼 영감은 수면 위를 뒤덮은 얼음을 보며 혀를 가볍게 찼다. 주위를 두리번거리다 적당한 바위를 집어 들어 냇물 가장자리에 얄팍한 얼음 위로 던져 버렸다. 아슬아슬 물 위에 떠 있던 살얼음은 삼 영감이 던진 바위에 보스스 부서지고 보기만 해도 등골이 시릴 것 같은 맑은 물이 모습을 드러냈다.

첨벙첨벙 소리를 내며 양 물통에 물을 가득 담고 삼 영감이 지게를 어깨에 지고 일어났다. 양 어깨가 아래로 묵직하게 내려앉는 느낌에 잠시 휘청거렸지만 금세 익숙한 걸음걸이로 오두막을 향해 바삐 걸었다. 아무리 생각해도 여인을 홀로 둔 것이 내내 마음에 걸려서였다.

"음?"

오두막에 다다를 즈음 삼 영감은 이상한 느낌이 들었다. 고요해야 할 그의 오두막에서 인기척이 났기 때문이다. 어쩐지 안 좋은 일이 생길 것만 같은 예감이 들어 좀 더 바삐 발걸음을 놀려 오두막으로 다가가 물지게를 내려놓고 안으로 들어섰다.

"헉! 이, 이 무슨……."

삼 영감의 오두막 안에는 우락부락한 사내 서넛이 안을 메우고 있었다. 그리고 침상에 누워 있어야 할 여인은 옷가지가 모두 풀어헤쳐져 있었고 사내놈의 거친 숨소리도 함께 들렸다.

"어이, 영감이 괜찮은 물건 하나 데리고 있는걸?"

"야, 이놈들아! 이게 무슨 짓이냐!"

침상에 누워 있는 여인의 맨가슴을 주무르고 있던 사내가 고개를 들고 경악한 표정의 삼 영감에게 히죽거렸다.

"낄낄, 이리 고운 처자를 영감 첩으로 삼으려 했단 말이우? 영감보다야 젊은 우리가 더 만족시켜 줄 수 있지 않우?"

오두막 안을 서성이며 삼 영감이 애써 말려둔 육포를 질겅질겅 씹던 다른 사내들도 한마디씩 던졌다.

"그러게. 곧 죽을 영감보다야 아직 건장한 우리가 훨씬 낫지."

"히야, 요 계집. 머릿결 좋은 것 좀 보게? 속결도 무지 부드럽겠군?"

“이…… 이…….”

가끔 삼 영감의 오두막에 찾아드는 마을 부랑배들을 잠시 잊었던 것이 실수였다. 아녀자나 희롱하고 못된 짓을 일삼는 이들이 여인을 보면 가만두지 않으리라는 것을 알고 있으면서도 이 눈 속에 산속까지 오겠나 싶어 방심한 것이 잘못이었다. 아직 상처가 낫지 않은 데다가 정신도 온전치 못한 여인이 사내들에게 험한 일을 당하는 모습이 한때 저놈들에게 희롱당했던 꽃 같던 여린 딸과 겹쳐 보였다. 저도 모르게 치미는 울화에 오두막 벽에 아무렇게나 뒹굴던 작은 손도끼를 집어 들고 침상 위의 사내에게 고함을 지르며 돌진했다.

“에에잇! 몹쓸 놈아! 당장 그 소저에게서 손떼지 못해?”

삼 영감이 우렁차게 소리 지르며 사내들에게 손도끼를 휘둘렀지만 사내들은 눈 하나 깜짝하지 않고 슬쩍 뒤로 물러나더니 삼 영감의 발을 걸었다. 좁은 오두막 안에서 날뛰던 삼 영감은 균형을 잃고 휘청거리며 바닥에 나뒹굴었다.

“어이쿠!”

“이놈의 영감탱이가!”

삼 영감이 달려들자 기분이 잡쳤다는 듯, 한 사내가 얼굴을 일그러뜨리며 쓰러진 삼 영감의 멱살을 잡아 일으켰다. 젊은 사내의 힘에 허공에 뜬 삼 영감은 옷자락에 숨이 막히는 듯 컥컥거리며 버둥거렸다.

“기운도 없는 영감탱이가 어디서 설쳐?”

삼 영감의 멱살을 잡은 사내는 잔뜩 얼굴을 찌푸리고는 주먹
으로 삼 영감의 얼굴을 거칠게 후려쳤다. 입 안이 크게 찢어졌
는지 삼 영감의 입술 사이로 붉은 피가 주륵 흐르기 시작했다.
사내의 묵직한 주먹에 머리가 어질하고 몸에서 힘이 주욱 빠지
기 시작했다.

"쿨럭."

삼 영감이 잔기침을 하자 입가에 고인 핏물이 사내의 얼굴 위
로 튀었다. 그러자 얼굴에 묻은 피를 손으로 닦아낸 사내는 짜
증난다는 얼굴로 삼 영감을 오두막 벽 한쪽으로 힘껏 내던지고
말았다.

"에잇, 더럽게 어디서 피를 토하고 지랄이야?"

"적당히 해라. 그러다 네 차례가 오기 전에 힘 빠질라."

곁에선 사내가 이죽이며 한마디 던지자 삼 영감을 던진 사내
는 콧방귀를 뀌며 대꾸했다.

"고작 저런 늙은이 상…… 컥."

그때 느닷없이 날아든 작은 단도가 사내의 오른쪽 어깨에 얕
게 박히고 말았다. 사내는 자신의 어깨를 공격한 삼 영감의 단
도를 부들거리는 손으로 뽑아 들고는 살기등등한 표정으로 쓰
러져 숨을 헐떡이는 삼 영감에게 다가갔다.

"감히 내 몸에 상처를 내?"

삼 영감은 이를 바득바득 갈며 한자한자 씹어 내뱉는 사내의
음성에 깔린 음습한 살기를 느낄 수 있었지만 여기저기 욱신거

리는 몸으로는 차마 도망칠 여력이 남아 있지 않았다. 다만 조금이라도 여인이 정신을 차려 도망쳐 주기를 바랄 뿐이었다.

"크아아아아아아!"

힘없이 늘어진 삼 영감의 손목을 사내가 부러뜨릴 요량으로 힘껏 짓밟았다. 삼 영감의 비명에 막 여인의 몸 안으로 들어가려던 사내가 얼굴을 찌푸리며 짜증스럽게 소리쳤다.

"시끄러워. 좀 조용히 시켜."

여인의 몸 위에 있던 뱃살 투실한 사내는 삼 영감의 손목을 밟고 있는 사내에게 거칠게 소리를 치느라 삼 영감의 비명에 흐릿하던 여인의 눈빛이 잠시 반짝이는 것을 놓치고 말았다.

"원, 시끄러워서 계집질을 하겠나?"

"흥, 알았수다."

"아따, 저놈한테는 신경 끄고 어여어여 계집이나 돌리슈."

여인의 몸 위에 탄 사내가 시간을 끌자 속이 타는지 주변을 둘러싼 다른 사내들이 사내를 재촉하고 나섰다. 주위의 재촉에 사내는 피식 웃고는 알았다며 호기롭게 여인의 몸 위에 올랐다.

"크억."

사내의 신음을 계집 안에 들어가느라 내지르는 신음이라고 여기며 주변의 사내들은 저들끼리 음탕한 농담을 주고받으며 낄낄거렸다. 덕분에 서서히 사내의 고개가 아래로 떨어지며 미약한 경련을 일으키며 굳어버린 것을 전혀 알아차리지 못하고 있었다. 그때 두꺼운 사내의 뱃살을 뚫고 선혈이 타고 흐르는

가느다란 검 하나가 삐죽 반대편으로 빠져나오는 것이 보이자 뭔가가 잘못됐다는 것을 알게 되었다. 여인의 몸 위에 올라간 사내의 등으로 가늘고 날카로운 검 하나가 보이자 사내들은 저도 모르게 주춤거리며 뒤로 물러섰다. 인형처럼 가만히 누워 천장만 바라보던 여인이 서서히 몸을 일으킴에 따라 사내의 몸뚱어리가 털썩하고 옆으로 쓰러졌다. 바닥으로 굴러 떨어진 사내의 몸에서 시뻘건 선혈이 꾸역꾸역 흘러나오기 시작했고, 완전히 몸을 일으킨 여인의 손에는 그의 피가 흘러내리고 있는 검 한 자루가 쥐어져 있었다.

"어…… 어……."

여인의 검에 몸이 꿰뚫린 채 죽어버린 사내와 무표정한 얼굴로 앉아 있는 여인에게서 풍겨져 나오는 어둑한 살기에 사내들은 당혹감과 동시에 잔혹하기에 더욱 아름다운 순수한 공포를 느꼈다. 그러다 한 사내가 정신을 차린 듯 오두막 안에 굴러다니던 장작개비 하나를 쥐고 여인에게 달려들었다.

"죽어라!"

그게 사내의 마지막 말이었다. 여인에게 덤벼들던 사내의 움직임이 거짓말처럼 멈추자 시간 역시 함께 멈추는 것 같았다. 사내의 몸이 서서히 쓰러지자 남은 사내들은 그제야 일의 심각성을 깨닫기 시작했다. 저마다 주위에서 무기가 될 만한 것을 주워들고 경계 어린 시선으로 여인을 둘러싸기 시작했다. 시린 눈빛을 하고 비단처럼 고운 머릿결을 흩날리며 사내들에 의해 반쯤 벗겨진 눈부신 속살 곳곳을 피로 물들이고 있는 희의 모습은 기괴하게도 아름다웠다. 아직 식지 않은 핏방울이 그녀의 검 끝에서 똑똑 소리를 내며 떨어지고 있었지만 그녀의 모습은 눈이 아릴 정도로 아름다웠다. 그래서 더욱 사내들의 마음속에 공포심이 일고 있었다. 그러나 아무리 검을 쥐고 있어도 여자 하나라는 생각에 사내들은 서로 눈짓을 하며 공격할 시점을 노리고 있었다.

"에잇, 죽어라!"

눈치를 살피던 사내 중 하나가 있는 고함을 지르며 몽둥이를 휘두르자 그들은 생애 마지막으로 아찔할 만큼 아름다운 검무를 보았다. 시간을 벤 것처럼 여인의 검을 휘두르는 모습이 이상하리만큼 똑똑히 눈에 들어왔던 것이다. 잠시 호흡이 멈춰지는 둔탁한 통증이 느껴졌지만 눈앞에서 시선을 잡아끄는 여인의 움직임에는 죽음조차 느낄 수가 없었다.

여인이 검을 휘두르며 한 바퀴를 돌고 나자 일제히 덤벼들던 사내들이 석상처럼 뻣뻣하게 굳으며 멈칫거리더니 곧이어 분수처럼 사내들의 몸에서 피가 솟구치며 일제히 바닥으로 쓰러졌다. 사내들의 피가 여인의 얼굴에도 튀었지만 닦아낼 생각 따윈 없는지 그대로 삼 영감에게로 다가갔다. 이제 막 숨이 끊어질 듯 거칠게 숨을 헐떡이는 그는 겨우 움직이기 시작한 그녀에게 희미한 미소만을 지어 보이며 지친 눈을 감고 말았다.

마치 아무 일도 없었다는 듯이 여인은 다시 그의 발치 아래

가만히 주저앉았다. 그러다 보면 그가 다시 깨어나기라도 할 것처럼 마냥 그를 기다리고 있었다. 피부가 따가울 정도로 차가운 바람이 열려진 오두막 안으로 들어와 휘젓고 있었지만 여인은 어깨 아래로 흘러내린 옷가지를 추스를 생각조차 없어 보였다. 다시금 흐릿한 시선으로 삼 영감이 뻗어 있는 부근을 바라만 볼 뿐이었다.

2장

말의 무릎까지 푹푹 빠지는 눈길을 오르는 무리가 있었다. 맨 앞의 사내는 군청빛 비단옷 위에 두터운 털가죽을 단단히 둘러 입고 윤기가 흐르는 갈색 말 등 위에서 눈으로 덮인 천지를 감탄하는 시선으로 돌아보며 산을 오르고 있었다.

"경치 한번 좋구나."

"그렇지요, 대군 저하. 이 무한산의 겨울은 천상의 것이라 불릴 만큼 경이롭다 하옵니다."

젊은 사내를 호위하는 중년의 사내가 얼른 맞장구를 쳤다. 그들의 시선에 무한산의 세속과는 거리가 먼 깨끗한 경치가 눈이 부시게 아름다웠다. 그러나 그들의 뒤를 따르는 피부색이 까무

잡잡한 이국의 사내는 동의할 수 없다는 표정을 지어 보였다.

"어휴, 소인한테는 그저 춥기만 한 하얀 눈 산에 불과합니다."

여러 겹의 옷을 껴입고도 춥다고 툴툴대는 시종의 모습에 젊은 사내는 호탕하게 웃음을 터뜨렸다.

"아하하하, 리온아. 사내 녀석이 이 정도 추위 가지고 엄살이 심하구나. 그래 가지고 어디 안향이의 마음을 뺏을 수야 있겠느냐?"

"쳇, 제 고향은 따뜻한 샤하란이란 말입니다. 이렇게 눈으로 덮인 곳은 생전 처음 보는걸요. 그리고 사실, 저하께서도 옷을 단단히 껴입으시지 않았습니까."

스스럼없는 시종의 태도에 중년의 사내가 불쾌한 기색이었다. 그러나 젊은 사내와 시종은 조금도 개의치 않는 분위기였다.

"여보오, 집사. 저놈은 원래 좀 뻔뻔하오. 그대가 이해하구려."

"……네, 대군 저하."

"하아, 그놈의 대군 소리 지겹구려."

윤은 깍듯하기 그지없는 한주의 별저를 관리하는 집사에게 한탄스럽게 중얼거렸다. 깐깐해 보이는 인상대로 집사에게는 씨알도 안 먹히는 소리였다. 집사는 못 들은 척하며 윤에게 고개 너머를 가리켰다.

“저 고개를 넘어가면 약초꾼의 오두막이 있습니다. 평소에는 오두막을 종종 비워두지만 요즘처럼 이렇게 눈이 많이 내렸을 때는 오두막에 붙어 있으니 오늘 가시면 만날 수 있을 겁니다. 하온데 정녕 산을 오르시려구요? 호위병도 없이 말씀입니까?”

염려가 배어 있는 집사의 말에 윤은 빙긋이 웃으며 고개를 끄덕거렸다.

“내 형님만큼 무예가 출중하지는 않아도 그래도 내 몸 하나 정도는 지킬 자신이 있네. 게다가 우리 리온이 또 한무예 하지 않겠는가?”

윤이 태평하게 웃으며 슬쩍 리온을 향해 고개를 돌리자 리온은 입을 삐죽 내밀었다.

“그야, 대군 저하께서 진성대군 저하와 겨루기 싫으시다고 억지로 제게 검을 가르쳐 주신 것 아니십니까?”

“그래서, 불만이냐?”

짐짓 윤이 눈을 가늘게 뜨고 되묻자 리온은 얼른 손을 내저었다. 리온은 진성대군과 겨루는 것만 아니라면 검법을 익히는 것을 무척이나 즐거워했다. 그가 살던 동네와는 다른 방식의 검법과 특이한 무예에 흥미가 많아서였다.

“아, 아닙니다.”

냉큼 고개를 절레절레 흔드는 리온에게 피식 웃어 보이는 기현왕부의 둘째 이현대군, 윤은 첫째 진성대군과는 상당히 다른 사내였다. 아니, 보통의 황족이나 귀족들과는 다르다고 할 수 있었다. 어쩌면 아버지이신 기현왕의 성품을 닮아 그럴지도 몰랐다. 기현왕은 황제의 아들이지만은 넷째로 태어난 데다가 워낙에 천성이 자유로워 궁에 갇혀 지내는 것을 싫어했다. 시원시원한 이목구비와 호탕한 성품은 언제나 사람들을 끌어 모았고 솔직담백한 그의 성격은 모난 황태후마저 신임할 정도였다. 그러나 권력이나 재물에 욕심이 없었기에 구속이 심한 황궁보다는 그 밖의 넓은 세상을 꿈꾸고 있었다.

그러다 어느 날 선황이 혼인을 맺으라 명할 즈음 대뜸 황궁에서 사라져 버려 황궁이 발칵 뒤집히는 일이 생겨 버렸다. 지방 호족과의 연을 위한 결혼 따윈 싫다는 말만 남기고 훌쩍 여행을 떠나고 만 것이었다. 그리고 나서 불쑥 돌아와서는 해안 도시인 항포 출신의 상인의 딸을 아내라고 데려와 또 한 번 황궁을 뒤집고 말았다. 주나라고 불린 작은 여인은 서글서글하고 화통한 기현왕과는 달리 몸매도 여리여리하고 수줍음이 많은 처자였다. 고작 상인의 딸과 혼인을 맺었냐는 선황폐하의 노화에도 불구하고 기현왕은 고집을 꺾지 않고 주나를 왕부의 안채에 눌러 앉혔다. 굳이 싫으시다면 이런 아우 없는 셈치시라며 언제든지 왕부를 떠날 수 있다는 기현왕의 협박과 부른 배를 안고서 시아주버님이 되시는 황제폐하께 인사를 올리는 주나의 단정한 모습에 황제를 비롯한 황족들이 모두 두손두발 들고 말았다. 워낙 기함할 행동을 하는 터라 결국은 두 사람을 인정하고야 말았던 것이다.

기현왕이 워낙에 거구인지라 자식들이 그를 닮아서인지 주나가 해산할 때는 상당한 난산이었다. 하마터면 산모의 목숨마저 위태로울 정도였다. 그러나 다행히도 산모도, 아이도 모두 무사했고 그렇게 진성대군이 태어나고 이 년 뒤에 지금의 이현대군이 태어났다. 진성대군은 아비인 기현왕을 닮아 골격이 딱 부러지고 야무지게 생겼고 이현대군은 어미인 주나를 닮았다고는 하나 그래도 어느 정도의 체격은 갖추고 있었다. 진성대군은 기현왕을 고스란히 빼다 박았지만은 그완 다르게 말수가 적고 진중한 편이였고 이현대군은 외모는 주나를 닮았지만 기현왕의 성격을 고스란히 이어받아 유쾌하고 거침이 없었다. 그래서 노예로 사 온 리온을 자신의 시종으로 거두고 검술을 가르쳐 줄 만큼 관습에 얽매여 있지 않았다.

중성 제일의 무사라 일컬어지는 진성대군과 달리 이현대군인 윤은 관직이나 명예에 관심이 있지 않았다. 그렇다고 기현왕처럼 상도에 관심이 있는 것도 아니었다. 어차피 황족이기에 죽을 때까지 써도 넘쳐 나는 재산들로 한량 노릇이나 하자는 것이 대외적인 모습이지만 실상은 그렇지 않았다. 어릴 때만 해도 진성대군만큼 영민하고 총명하면서도 서글서글한 성격이라 주변의 기대를 모았으나 어느 순간부터 학문도, 무예도 다 팽개치고 주색잡기만 하고 있었다. 영문을 알 수 없는 그의 기행에 모두가 의아해했고 점점 도를 지나치는 그의 주색에 눈살을 찌푸리며 등을 돌리기 시작했다. 뜬금없이 훌쩍 여행을 떠났다가 돌아와

서는 기루의 여인들을 끼고 사는 행태에는 인심이 박해질 수밖
에 없었다. 이번 한주행만 해도 왕부에 알리지 않고 리온만 데
리고 나선 여행길이었다.

"음?"

고개를 넘어 약초꾼의 오두막이 하얀 눈 사이로 삐죽이 보일
즈음 윤은 눈살을 살짝 찌푸렸다. 차가운 공기 사이로 은근히
퍼진 진득한 피비린내를 맡았기 때문이다.

"왜 그러십니까, 대군 저하?"

"피비린내가 난다."

살짝 인상을 찌푸리는 윤의 표정에 집사가 의아한 듯 묻자 윤
의 차가운 음성이 흘러나왔다.

"이럇."

설마 싶어 느릿하게 걸어가던 말의 속도를 높여 약초꾼의 오
두막으로 단숨에 달려갔다. 그 뒤를 리온이 바짝 따라붙었다.
겨울바람에 훤히 열린 문이 덜컹거리며 을씨년스러운 느낌을
주고 있었다. 가까이 다가갈수록 짙어지는 피비린내에 윤도, 그
를 뒤따라온 집사와 리온도 얼굴을 찌푸렸다. 윤이 허리춤에 차
고 있던 검을 빼내자 리온이 그의 앞을 가로막았다.

"소인이 먼저 살피겠사옵니다."

윤의 앞을 막아서며 자신의 검을 빼어 든 리온의 표정에 진지
함이 감돌았다. 그 모습에 집사는 리온을 새삼스러운 시선으로
살폈다. 조금 전까지 춥다고 툴툴대던 경박스러움은 온데간데

없고 신중한 수행무사로서의 자세가 엿보이자 그제야 윤이 리온을 곁에 두는 것을 어느 정도 이해할 수 있게 된 집사였다.

리온이 오두막안의 동태를 살피며 조심스럽게 안으로 들어섰다. 오두막 안에 들어서자 먼저 숨을 가득 메우는 피비린내가 다가왔다. 바닥에 쓰러진 사내들과 벽 쪽에 기댄 채 죽은 노인과 앉아 있는 여인…… 응?

리온이 경계 어린 태도로 검 끝을 여인 쪽으로 황급히 겨누자 뒤따르던 윤 역시 긴장감을 감추지 않은 표정으로 그의 시선 끝을 따라갔다.

"누구냐?"

리온이 먼저 여인에게 다가가 목에 검을 겨누며 위협적인 목소리로 물었다. 그러나 삼 영감의 발치에 앉아 있는 여인은 멍한 표정으로 삼 영감 쪽만 바라볼 뿐 그의 목소리가 들리지 않는 것처럼 덤덤한 표정이었다.

뒤따르던 윤 역시 여인을 발견하고 그녀의 흐트러진 옷차림을 보고는 눈살을 찌푸렸다. 옷가지가 흐트러진 여인과 오두막 주인인 듯한 영감과 침상 가까이에 죽어 있는 사내의 바지가 발목에 걸쳐 있는 것만으로도 어떤 사실 하나는 충분히 유추해 낼 수 있었다. 바닥에 쓰러져 있는 사내들의 주검에 싸늘한 시선을 던진 다음 여전히 여인의 목에 검을 겨누고 있는 리온에게 다가가 그의 손을 치우고 물러서게 했다. 윤은 덮고 있던 모피를 벗어 여인의 드러난 어깨를 가리도록 덮어주었다. 사내들이 흘린 피가 굳어 끈적거리는 것과 여인의 작은 어깨가 파르스름하게 얼어 있는 것으로 보아 꽤 오랜 시간 동안 이러고 있었음을 알 수 있었다.

"그대가 이들을 죽인 거요?"

윤은 여인의 손에 들린 맑은 빛을 띠는 가는 검을 보았다. 바닥에 쓰러져 있는 시신의 사인이 검상인 것은 굳이 검시를 하지 않아도 알 수 있었다. 하지만 피 한 방울 묻어 있지 않는 검이라니 조금 흥미가 돌았다. 윤의 질문에도 여인은 대답을 하지 않자 리온이 조용히 윽박질렀다.

"무엄하다. 감히 이분이 뉘인 줄 알고 대답을 하지 않는 거냐?"

윤이 한 손을 들어 리온의 말을 막아서고 조심스러운 손길로 여인의 턱을 잡고 자신 쪽으로 돌렸다. 삼 영감을 향하던 여인의 시선이, 아니, 고개가 윤 쪽으로 향했으나 그녀의 눈빛은 죽어 있었다. 까맣게 죽어버린 시선을 보자 이상하리만큼 가슴 한쪽이 착잡하였다. 마치 언젠가 보았던 가슴 아픈 누군가의 시선이 떠올라서였다.

"이 여인은 마음을 닫았다."

"네?"

씁쓸해하는 윤의 말에 리온은 안색이 살짝 굳었다. 그 역시 예전의 일을 떠올렸기 때문이다. 집사만이 무겁게 가라앉은 두 사람의 태도에 어리둥절한 표정이었다. 입구 쪽에서 들어오지

도 못하고 소매로 코를 가리고 얼굴을 찡그리고 있는 집사에게
물었다.

"황 집사, 혹시 이 여인을 알고 있는가?"

무한산은 황족 별저의 소유지 중 한 곳이라 당연히 이곳의 주
민이라면 집사가 알 것이라 여겼다. 오두막 안의 시신들에게 시
선을 주지 않으려 애를 쓰며 여인을 흘깃 본 집사는 고개를 갸
웃거리더니 절레절레 흔들었다.

"모르옵니다. 처음 보는 여인입니다. 저 노인은 약초꾼 삼 영
감이 맞지만 이 여인은 저도 잘 모르겠사옵니다. 삼 영감의 여
식은 오래전에 타지방으로 시집갔다는 말을 들었는데 아마 나
이 상으로도 삼 영감의 여식은 아닌 듯하옵니다."

"그래?"

집사의 대답을 듣더니 윤은 무언가 생각하는 듯 골몰하는 모
습이었다.

"헌데 저들은 누군가?"

여인의 턱에서 손을 치우고 바닥의 시신 쪽으로 시선을 돌린
윤이 서늘한 목소리로 죽은 자를 가리키자 집사는 시신 보는 것
이 익숙지 않아서인지 반쯤 시선을 돌린 채 대충 얼굴을 보고
얼른 시선을 돌렸다.

"가끔 마을에서 행패를 부리는 자들로 알고 있습니다. 몇 번
관아에 잡혀가기도 한, 조금 행실이 안 좋은 자들이옵니다."

"아마도 어떻게 된 상황인지 대략 짐작은 가는데 이들의 죽음

을 해명할 길이 없군. 여인의 검에 피 한 방울 묻어 있지 않으니
여인이 죽였다고 할 수도 없는 노릇이고…….”

은근한 눈빛으로 동조를 원하는 윤의 어조에 리온은 금세 그
의 뜻을 알아들었다.

“알겠습니다, 대군 저하. 집사님께서 관아에는 적당히 말씀
좀 놔주시지요.”

리온이 얼굴빛이 파리한 집사의 어깨 위로 팔을 올리며 적당
히 설득하자 피 냄새에 머리가 아찔하던 집사는 잠시 어리둥절
한 시선으로 그를 올려다보았다. 여직 말귀를 못 알아들은 그를
위해 리온이 친절하게 덧붙였다.

“조용히, 여인과 상관없는 일로…….”

그제야 말뜻을 알아들은 집사가 떨떠름한 표정으로 고개를
끄덕거렸다. 뒤처리는 리온과 집사에게 맡기기로 하고 윤은 허
리를 숙여 여인과 시선을 마주했다. 그녀의 눈동자에 그가 비추
지는 않았지만 그렇게 하면 그녀가 알아들을 것만 같았다.

“나와 함께 가지 않겠소? 아무래도 그대 혼자 이곳에 내버려
뒀다간 굶어 죽기 전에 먼저 얼어 죽을 것만 같아서 그러오. 소
저가 정신을 차릴 때까지 내가 보호해 줄 터이니 나와 함께 갑
시다.”

그의 말을 들었는지 아닌지 여인의 태도에는 변함이 없었다.
그러나 윤은 아랑곳하지 않고 여인의 어깨를 감싸 안아 일으켜
세웠다. 조심스러운 손길로 일으켜 세우는 윤의 품속으로 여인

의 작은 몸이 미끄러지듯 쓰러졌다. 상상을 초월하는 가벼운 무게에 윤은 아찔할 만큼 가슴이 철렁 내려앉았다. 두 손에 전해지는 여인의 가냘픔에 잘못하면 뼈가 바스라질 것만 같아서였다.

"이, 이보오?"

죽은 듯이 쓰러져 버린 여인 덕에 잠시 혼비백산한 윤은 금세 여인의 상태가 상당히 좋지 않음을 알 수 있었다. 불규칙한 호흡과 그의 모피망토 너머로 전해지는 열기가 서두르지 않으면 큰일날 것 같았다.

"당장 별저로 귀환한다. 집사, 먼저 가서 의원부터 대기토록 하게."

"네, 저하."

다급한 윤의 명령에 집사는 여인의 상태가 위급함보다는 그 자리에서 벗어날 수 있다는 사실에 기뻐하며 그의 말이 떨어지자마자 밖으로 달려가 말 위에 날듯이 올라타고는 별저로 황급히 말을 몰았다. 더 이상 체온이 내려가지 못하도록 자신의 망토로 여인을 꼼꼼히 감싸 안은 다음 윤도 서둘러 여인을 안아 들고 말에 올라탔다.

"이곳 일은 리온, 자네에게 맡기겠네. 혹시나 여인의 신분이나 내력을 알 수 있는 물건을 발견하면 반드시 나에게 가져와야 하네."

"알겠습니다."

굳은 얼굴로 주변을 둘러보는 리온의 대답을 뒤로하고 윤은 다급한 마음을 드러내듯 거칠게 말을 몰았다. 품에 안은 여인의 열에 들뜬 미약한 숨소리가 마치 예전에 있었던 일을 떠올렸다. 그때는 열병을 앓고 있는 사미를 지금처럼 안아 들고 다급하게 달려갔었는데……. 마치 그때의 사미를 보는 듯해 차마 여인을 내버려 둘 수가 없었다. 기현왕부에 처음 왔던 그때의 사미처럼 넋이 나간 듯한 모습이나, 열이 들떠 정신을 잃고 부모님을 부르는 여린 사미를 보는 듯해 가슴이 애잔하게 죄였다.

사미. 떠올리기만 해도 이제는 비수처럼 와 닿는 이름이지만 그의 심장에 피어 있는 단 하나의 꽃이기도 했다.

윤의 행방을 보고하는 문 총관의 길게 턱 아래로 내려와 있는 수염이 긴장감으로 푸들푸들 떨렸다. 몇 해 전 오랫동안 기현왕부를 책임지고 계시던 아버님의 뒤를 이은 그에게 기현왕보다 두렵고 더 경외스러운 이가 바로 눈앞의 진성대군인 휼이었다. 바람같이 경쾌하고 호탕한 기현왕께 어떻게 이런 태산같이 묵직한 사내가 태어날 수 있는지 의아했다. 게다가 기현왕부의 미래의 며느리인 사미 아가씨마저 무표정의 극치인지라 이들이 함께 있으면 총관을 비롯하여 왕부의 모든 이가 초긴장 상태로 변했다. 어린 시절 일가족의 참사를 그대로 목격한 이래 감정이 사라져 버린 것처럼 사미 아가씨의 얼굴에는 좀처럼 감정이 드러나지 않았다. 누가 진성대군의 정혼녀가 아니랄까 봐 둘이 똑

같은 성정을 지녀 지금도 둘이 같은 자리에 있으면 숨이 턱턱 막힐 지경인데 혼인을 올리고 나면 어찌 될지 앞날이 캄캄할 뿐이었다.

거기다 둘째 이현대군께서는 기현왕의 성정을 그대로 닮아 또 문제였다. 한 번 자리를 비우면 몇 달이고, 몇 년이고 왕부를 비우시는 기현왕 정도는 아니었지만 곧잘 여러 지방으로 사라져 버려 가족들의 걱정거리였다. 이번에도 기별없이 사라져 버려 총관을 난감하게 만든 장본인이기도 했다. 평소라면 그다지 걱정할 것 없이 기다리면 되지만 이번은 달랐다. 조만간 기현왕께서 돌아와 진성대군과 사미 아가씨의 혼례식을 올리겠다 통보해 왔기 때문이다.

"그래서?"

사미가 끓여내 준 연잎차를 한 모금 마신 다음 찻잔을 내려놓고 휼은 무미건조한 목소리로 총관에게 되물었다. 그리고 그의 뒤를 잇는 것은 마찬가지로 무미건조한, 그래서 더욱 빙옥선녀란 별칭이 어울리는 사미의 목소리였다.

"사라졌다 이 말씀이십니까?"

"송구하옵니다만 사실이옵니다."

자신의 아들, 손녀뻘인 소주인께 깊이 고개를 숙이며 쩔쩔매는 총관의 모습이 안쓰러웠는지 아니면 다른 이유가 있어서인지 사미는 알겠다는 의미로 가볍게 고개를 끄덕이며 물러가라 눈짓했다. 살았다는 표정으로 총관이 서둘러 물러나자 휼이 사미에게 사과를 전했다. 단순한 말 한마디지만 그의 성정으로 보아 그 말에 담긴 무게는 가벼운 것이 아니었다.

"미안하다."

"오라버니께서 무엇이요?"

흌은 묵묵히 고개를 숙이며 가만히 찻잔을 들여다보았다. 아무렇지 않은 표정으로 차를 음미하던 사미가 슬쩍 눈을 들어 그를 찬찬히 살펴보았다.

구 척 장신에 지금 앉아 있는 의자마저 비좁을 만큼 우락부락한 체구의 흌은 생김새부터가 여타의 왕족과는 달랐다. 기현왕의 체격을 고스란히 이어받고 스스로를 단련시켜 장성 제일의 장수라고 불릴 만큼 풍채가 대단한 이였다. 게다가 사미가 제발 깎으라 잔소리하지 않았다면 몇 날이고 몇 달이고 덥수룩하게 기른 수염 탓에 무뚝뚝한 얼굴이 더욱 험상궂어 그 누가 황족이라 생각할 것인가?

그가 세운 무용만으로도 시정잡배들은 물론이고 어린아이까지 벌벌 떨고, 그를 직접 접한 사람들은 오금을 저려하지 않는 자가 드물었다. 그러나 황제를 보필하는 기현왕부의 진성대군에 대한 무시무시한 소문들은 그를 잘 아는 사미에게는 우습기만 했다. 어린 시절에 그를 처음 봤을 때는 여느 사람 못지않게 사미 역시 엄청난 덩치와 무뚝뚝한 태도에 겁을 냈지만 식구로서 지내다 보니 험상궂은 외모와는 달리 그의 속마음은 상당히 다정하고 여리다는 것을 알게 되었다. 다만 속마음을 표현하기가 서툴 뿐이라는 것도 알게 되었다. 남들에게는 두려움과 경외의 대상인 휼이지만 사미에게는 지독하게도 표현력이 없는 덩치 큰 아이나 마찬가지였다.

"아마도 윤 오라버니께서는 한주 지방으로 도망치신 것 같습니다."

고개를 절레절레 흔들며 한숨을 포옥 내쉬던 사미는 지나가는 말투로 슬쩍 윤의 행방을 흘렸다. 윤의 행방을 사미가 모르는 일은 절대 있을 수 없는 일이었다. 처음 이 기현왕부에 발을 들인 이후, 윤의 온기에 기대기 시작하면서부터, 그로 인해 마음의 안정을 되찾아가면서부터 윤은 그녀의 사람이었다. 가족을 잃은 그녀에게 휼과 윤의 아비인 기현왕께서 친히 약조한 일이었다. 자라서 그녀가 성인이 된다면 그의 아들 중 하나와 혼인을 시켜주시겠노라는……. 물론 당시에 휼에게는 정혼녀가 있어 윤이 사미의 정혼자로 내정되어 있었다. 헌데 휼의 정혼이 깨지고 사미가 휼의 정혼녀로 알려지면서부터 기방을 들락거리며 중성의 내로라하는 여인네들과 감히 연분을 쌓고 다니는 발칙한 짓을 저지르는 윤이 사미는 도무지 용서가 안 되었다. 여인의 직감으로 윤의 마음 역시 사미에게 있다는 것은 자명한 일이건만 어째서 그 사실을 인정하지 않으려 드는 것인지 이해할수가 없었다. 게다가 앞으로 석 달 정도 뒤면 기현왕께서 기나긴 여행길에서 돌아와 그녀와의 혼인을 성사시키려 들 터인데 감히 누구 손아귀에서 벗어나려 해? 앙큼한 눈빛을 그 자리에 없는 윤에게 보내며 사미는 도톰한 입술을 잘근 깨물었다.

"한주로? 추위를 잘 타는 놈이 거긴 또 왜 간 거지?"

고개를 갸웃거리는 휼에게 사미의 화사하지만 살기가 가득한 미소가 답을 던져 주었다. 드물지만 사미가 감정을 드러낼 때에는 이렇게 독기운이 가득한 미소를 머금었다.

"북쪽 지방의 여인들이 그렇게 미인이라지요?"

부드럽게 웃으며 말을 하고 있지만 사미의 눈동자는 일 년의 대부분 눈이 온다는 북쪽 하륜국의 북풍보다 더 매섭고 싸늘했다. 황제 앞에서도 당당하기만 하던 휼이지만 가끔 이런 사미의 모습을 볼 때마다 저도 모르게 척추를 타고 흐르는 한기에 오싹해졌다.

"잡아오세요."

다과라도 더 드시겠습니까 하는 어조나 다름없는 태연한 말투에 더한 두려움을 느낀 휼은 황급히 군사라도 풀어야겠다고 중얼거리며 슬며시 일어나다가 엄한 사미의 눈빛에 다시 자리에 주저앉았다. 그를 위해 준비된 차를 다 비우지 않았기 때문이다.

"제가 손수 끓인 차랍니다. 마저 드시고 가셔도 늦진 않습니다."

"그래."

생긋 웃으며 차를 권하는 사미의 미소가 흉악하기로 그지없는 서쪽 수슬란 족 수천, 수만의 군사보다 더 두려운 휼이기에 얌전히 권해주는 차를 모두 비운 다음에야 자리를 뜰 수가 있었다.

목 위까지 꼭꼭 여며진 이불 밑으로 삐져 나온 가느다란 여인의 손목에 의원의 손끝이 닿았다. 한참 동안 맥을 짚던 의원은 심각한 표정으로 여인의 손목을 다시 이불 안쪽으로 밀어 넣어주었다.

"그래, 어떤가?"

의원이 진맥을 마치기만을 기다린 윤이 다급하게 상태를 물었다.

"몸의 면역체계가 상당히 약해져 있습니다. 우선은 해열제를 처방해 드리겠습니다. 열부터 내린 다음에 다른 탕약을 준비해 드리겠습니다."

"다른 탕약이라니?"

의아해하는 윤에게 의원이 난감한 표정으로 해명했다.

"이 여인의 기혈이 조금 어지러이 흐트러져 있습니다. 아마 최근에 머리와 등 쪽에 심한 부상을 입은 듯싶은데 꾸준한 치료가 이어지지 않아 상처가 덧난 것 같습니다. 우선 열부터 다스린 다음에 상처에 관한 처방을 내리도록 하겠습니다."

"알겠네. 수고 많았네."

"그럼 소인은 이만 물러가겠습니다."

의원이 방을 나가자 윤은 여인이 누워 있는 침상 가까이로 다가갔다. 시체처럼 창백하고 푸르렀던 여인의 얼굴 위로 서서히 홍조가 돌기 시작하고 거친 숨결도 잦아지자 그제야 윤의 얼굴에서 조바심이 지워지고 안도감이 드러났다.

"정말이지 큰일날 뻔했소."

나지막하게 속삭이는 윤의 말을 들었는지 못 들었는지 여인은 여전히 열어 들뜬 채 잠에 빠져 있었다. 아직 창백하지만 여인의 미모가 감춰질 정도는 아니었다. 도자기로 만든 가면을 쓴 것처럼 오뚝하고 단정한 모습에 윤은 절로 시선을 빼앗겼다.

"대군 저하, 리온입니다."

"들어오게."

물끄러미 여인을 바라보던 윤의 정신을 되돌아오게 한 것은 문밖에서의 리온의 목소리였다.

"그래, 뭐 좀 찾았느냐?"

윤의 질문에 리온이 품에서 작은 비단보를 하나 꺼내더니 그에게 바쳤다.

"이게 뭔가?"

윤은 덮여 있던 푸른 비단을 펼치자 여인의 머리꽂이가 나타났다.

"이건?!"

금으로 세공된 머리꽂이는 흔하진 않지만 눈여겨볼 만한 것은 아니었다. 그러나 머리꽂이에 장식된 보석이라면 이야기가 달라졌다. 하륜국에서만 볼 수 있는 귀한 빙화석으로 화려하게 장식된 머리꽂이라면 중성의 황실에서나 볼 수 있는 귀한 물건이었다. 헌데 황족인 그가 알지 못하는 여인이라면 어쩌면 하륜국의 사람일지도 몰랐다. 어째서 하륜국의 사람이 상천국까지 넘어온 것일까? 의문이 가득한 윤에게 리온은 다른 물건도 함께 건넸다.

"이것 또한 함께 챙겨왔습니다."

여인이 윤의 품 안에서 기절하는 바람에 저도 모르게 놓쳐 버린 여인의 검이었다. 검 집째 받아 든 윤은 우선 머리꽂이는 내려두고 여인의 검을 먼저 살펴보았다. 본인도 무예를 익힌 몸이기에 훌륭한 보검을 보았을 때 그 희열감은 이루 말할 수 없을 정도였다. 비록 여인이 다루기에 적당할 만큼 가늘고 가벼웠지만 그 검의 완성도는 감히 평을 내릴 수가 없었다. 검을 검 집에서 꺼내 이리저리 살피던 윤에게서 탄성이 절로 흘러나왔다.

"굉장하군. 이런 명검이 있을 줄이야. 이건……?"

검과 검 집을 살피던 윤은 검 집의 입구에 작게 새겨진 '희(熙)'라는 금박 글자를 발견했다.

"희라……. 검의 명칭일까, 아니면 여인의 이름일까?"

"글쎄요, 보통은 검의 이름이 되지 않을까요?"

조심스럽게 답하는 리온에게 윤은 수긍하는 의미로 고개를 끄덕거렸다.

"아무래도 우리가 주워온 아가씨는 하륜국 사람 같군."

검을 이리저리 살피던 윤이 단정적으로 결론을 내리자 리온

역시 무거운 표정으로 고개를 끄덕거렸다.

"아무리 봐도 이 검의 제조방식은 우리 상천국과는 미묘하게 틀려. 게다가 저 빙화석으로 만든 머리꽂이, 저건 중성의 황족들도 쉽게 구할 수 없는 귀한 물건이란 말이야. 그렇다면 하륜국의 귀족이나 왕족쯤 되겠군."

"허나, 하륜국의 귀한 신분이라면 응당 한주의 관아 쪽에 수색요청이 들어와야 할 것인데 아무런 말도 없습니다."

"그래, 게다가 심한 부상까지 입었다면 말이지."

"혹, 도적은 아닐까요?"

리온의 조심스러운 추측에 윤도 어느 정도 긍정이 가는 표정이었다.

"다른 소지품은 없었는가?"

"네, 아무리 찾아도 다른 것은 없었습니다."

"이상하군, 정말 이상해."

여인의 검을 살피던 것을 멈추고 윤은 여인의 침상 곁으로 다가가 고열에 시달리는 여인을 물끄러미 내려다보았다. 먹보다 더 까만 머릿결이 흐트러져 있었고, 그나마 고열 덕분에 붉은 기가 돌아 살아 있는 사람처럼 보이는 여인의 얼굴이 있었다. 보통 사람이라면 아프면 신음을 흘리기 마련인데 여인은 간간이 터져 나오는 뜨거운 호흡 외에는 한 마디도 흘리지 않고 있었다. 세상을 돌아다닌 덕분에 많은 것을 보고 들은 윤은 격식을 차리는 황궁에서 가르쳐 준 무예완 달리 철저하게 실전을 중심으로 익히는 무예도 있다는 것을 알고 있었다. 황족인 그가 익힐 이유는 없는 살수집단의 훈련 방식을 어느 정도 들은 바가 있던 터라 윤은 신음 한 조각 흘리지 않는 여인이 그쪽 사람이 아닌가 하는 의심이 들었다. 그러나 가지고 있던 검을 봐서라도 여인은 도적이나 살수 노릇을 할 인물이 아니었다. 오랜 수련 끝에 생긴 손의 굳은살로 보아 단순한 도적으로 보기엔 무리가 있고 살수라면 저렇게 내력을 분명히 알 만한 표식을 한 검을 가지고 다니지 않을 것이다. 그래서 더 더욱 의문이 생겼다.

"아무래도 알아봐야 할 것이 많을 것 같다."

누워 있는 여인에게서 시선을 떼지 않은 채 윤은 리온에게 명을 내렸다. 그가 무엇을 명하고자 하는지 알아차린 리온은 신중하게 고개만 끄덕이며 다시 방을 나갔다.

"운이 좋은 줄 아시오, 소저. 그대가 내 기억 속의 누군가를 떠올리게 하지 않았다면……."

말을 잇던 윤은 어쩌면 하는 생각에 피식 웃으며 말을 멈추었다. 만약에 여인이 사미를 떠올리게 하지 않았더라도 그냥 내버려 두지는 않았을 자신의 성정이 떠올라서였다.

"아니오. 만약 그렇지 않더라도 난 그대를 살리려 애를 썼을 테니 그 정성을 봐서라도 얼른 자리를 떨치고 쾌차하길 바라오."

아직 생사의 갈림길에 서 있는 여인에게 하마터면 모진 말을 꺼낼 뻔했다는 생각에 윤은 조금 미안한 듯한 표정으로 그녀의 완쾌를 빌었다. 그리고 그의 바람대로 이틀이나 지난 후에야 열이 내린 여인이 눈을 떴다.

어린 계집종 하나가 물이 가득 담긴 대야를 들고 끙끙거리며 손님방으로 들어섰다. 아직 깨어나지 못한 여인의 몸을 닦아주기 위해서였다.

"어머나?"

침상으로 끙끙거리며 대야를 들고 가던 계집종은 어느새 몸을 일으키고 조용히 앉아 있는 여인을 보고 깜짝 놀랐지만 반색하며 다가갔다.

"깨어나셨네요? 이틀 동안 꼬박 앓아 누우셨어요. 기분은 좀 어떠세요?"

아직은 호기심이 많을 나이인 어린 계집종이 일어나 앉은 여인에게 바삐 다가가 이것저것 살피며 말을 걸었지만 여인은 아무 반응도 보이지 않았다. 혼자 말을 꺼내다가 너무나 조용한 여인의 반응에 이상하게 여긴 계집종은 고개를 갸웃거리며 조심스럽게 여인의 얼굴 가까이로 고개를 들이밀었다. 가까이서 보면 볼수록 티 하나 없이 곱고 단아한 여인이라 감탄이 절로 터져 나왔다. 헌데 왜인지 눈빛이 서글퍼 보이고 이상스러웠다.

"저기, 아씨?"

계집종이 조심스럽게 그녀를 불러보아도 허공을 향한 여인의 시선은 돌아보지 않았다.

“이, 이를 어째?”

여인의 상태가 이상하자 계집종은 야단스럽게 발을 동동 굴리며 바깥채의 집사에게로 달려갔다.

여인이 깨어났지만 상태가 이상하다는 집사의 말에 윤은 조급한 발걸음으로 여인이 기거하는 손님방을 찾았다. 계집종이 안절부절못한 모습으로 여인의 곁을 지키고 서 있다 그가 오자 공손히 읊조리며 한쪽으로 물러났다.

“이보오, 소저? 내 말이 들리오?”

윤은 혹시나 하는 마음으로 여인에게 다가가 말을 걸었다. 그러나 그녀는 발견된 당시처럼 넋이 나간 모습으로 앉아 있을 뿐이었다. 윤은 미동조차하지 않는 여인의 태도가 익숙한 듯 태연하게 여인에게 말을 걸었다.

“하마터면 큰일날 뻔했소. 열이 너무 높아 이틀을 고생했단 말이오. 이제 열은 내린 듯하니 한결 안심이 됩니다. 우선 뭐 좀 드셔야겠군요. 아가씨 드실 죽 좀 내오너라.”

윤이 한쪽 구석에 얌전히 물러나 있는 계집아이에게 여인의 식사를 내오라고 명하자 아이는 기다렸다는 듯이 부리나케 밖으로 나갔다. 윤은 여인과 단둘만 남게 되자 급작스레 찾아온 어색한 침묵이 낯설어 가볍게 헛기침을 몇 번 하다가 품에서 작은 비단 뭉치를 여인의 앞에 꺼내놓았다.

“이건 소저의 것입니까?”

바로 손앞에 내려놓았는데도 여인의 미동조차 없었다. 윤은 여인 앞에 내려놓은 비단 뭉치를 조심스럽게 풀어 그 안의 머리 꽂이를 여인의 눈앞까지 올려주었다.

"이것을 알아보시겠습니까?"

여인의 눈앞에 머리꽂이를 늘어놓고 한참을 기다렸다. 미세한 반응이라도 보여주길 기다렸거늘 여인은 꼼짝도 하지 않아 조금 실망스러웠다. 여인과 관련없는 물건이라면 정말 도적이나 혹은 남의 물건일지도 모른다는 생각이 들 즈음 윤은 미미한 어떤 소리를 들었다. 비단 요 위로 무엇인가가 떨어진 소리였다.

"아!"

윤이 신음을 흘린 이유는 허공을 바라보는 여인의 까만 눈동자가 물기로 반짝이고 있었고 그사이 홀쭉해진 뺨 위로 굵은 눈물이 쉴 새 없이 흘러내리고 있었기 때문이다.

"소저와 관련된 물건이 맞소?"

부정도 긍정도 하지 않고 그저 눈물만 흘리고 있는 여인이지만 왠지 윤은 여인과 관련된 물건이라 생각이 들었다. 이불 위로 살짝 드러난 손가락은 움직이려 애를 쓰는 것처럼 바들바들 떨고 있었다. 생각만큼 움직여 주지 않는 몸이 원통스러워서인지 여인의 눈물이 더욱 서럽게 느껴져 안쓰러운 마음에 윤은 가만히 여인의 손에 머리꽂이를 쥐어주었다. 앙상한 손으로 왈칵 머리꽂이를 움켜쥐고는 여인은 무엇이 그리도 서러운지 흐릿한 눈동자 속에 고인 슬픔을 한없이 흘려보내고 있었고 윤은 말없이 그녀를 지켜볼 뿐이었다.

울다 지친 여인이 다시 잠에 빠져들고 그제야 기별을 받고 온 의원이 여인의 상태를 살폈다. 손목의 맥을 짚고 이리저리 살피고는 몇 군데 침을 놔주고 나서야 진료를 마치고 윤 앞에 섰다.

"이제 한시름 놓으셔도 되겠습니다. 열은 내렸으니 이제 등과 머리에 난 상처만 신경 쓰면 될 듯합니다. 꽤 야윈 듯하여도 무예를 익힌 몸인지라 역시 회복력이 빠른 것 같습니다."

"수고 많았네."

의원이 공손히 인사를 마치고 방을 나서자 윤은 물끄러미 잠든 여인을 바라보았다. 충격파로 인한 상처를 입고 귀한 빙화석으로 만든 장신구 앞에서 눈물을 흘리는 여인이라……. 여인의 정체가 무엇인지 호기심이 넘쳤지만 우선 몸부터 추스르게 한 뒤에 차차 알아볼 수 있을 거라 여겼다. 지금은…….

"지금은 이대로 지켜보는 수밖에 없겠군."

한숨 같은 말소리가 윤의 입술에서 가볍게 흘러나왔고 계집종에게 여인을 맡기고 나가려던 윤은 생각났다는 듯이 발걸음을 멈추었다. 방 한쪽에 잘 모셔둔 '희'라는 검을 여인의 손이 닿는 곳에 놓아두었다.

"탐이 나긴 하지만 그대의 것인 듯싶어 돌려주겠소."

여인이 누워 있는 동안 몇 번 검을 휘둘러본 결과 상당한 명검이라는 것을 알았지만 왜인지 검이 자신을 거부하는 느낌을 받았다. 주인이 아님을 알고 있는지 검에서 와 닿는 느낌이 서늘했다. 게다가 좋은 검이라는 것은 알았지만 경중이나 길이가 남자인 그가 쓰기에는 어색한 것이 아마도 여인에게 맞춰진 검이라 그럴지 모른다고 생각이 들었다. 아쉬움이 남는 표정이었지만 윤은 망설임없이 잠이 든 여인에게 검을 돌려주고 잠시 그녀의 얼굴을 들여다보았다. 볼이 홀쭉이 들어간 모습을 보자 하니 이상하게도 마음이 아파왔다. 여인의 몸으로 검을 들고 있는 것도 그러하고 넋이 나간 모습인 것도 그러하고 소리 내어 울지 못하는 모습이 애잔했다. 어째 사미를 떠올라 마음 한구석이 묵직하게 내려앉는 기분이었다.

3 장

계집종의 시중을 받으며 후원으로 나와 앉아 있는 여인의 모습을 윤은 멀찍이 떨어진 곳에서 관찰하고 있었다. 여인은 그 날 이후 더 이상의 눈물도 보이지 않고 외부의 어떤 것에도 반응하지 않았다. 다만 윤이 가져다준 머리꽂이와 검만큼은 항시 손에서 놓는 일이 없었다. 무의식적으로 풍기는 기품과 손에 익은 보검으로 보아 여인이 높은 집안의 출신임을 추측할 수는 있지만 명확한 것은 아니기에 답답했다. 황족의 별저에서 윤의 손님으로 극진한 대우를 받고 있는 덕에 다행히 육체적인 손상은 이미 어느 정도는 치유가 된 상태지만 정신의 상태는 아직 완치되려면 시일이 걸릴 것 같았다.

"대군 저하, 리온입니다."

며칠 동안 자리를 비웠던 리온이 초췌한 모습으로 그의 등 뒤에서 나타났다.

"돌아왔느냐?"

"네, 아무튼 첩자 노릇 한번 힘듭니다. 이 모양으로 사람들 틈에 끼었다가는 대번에 관아에 신고당할 처지인지라 은밀히 알아본다고 어찌나 고생했는지. 아무튼 지금 하륜국 전체가 새로 등극한 왕 때문에 발칵 뒤집혔다고 합니다. 선황폐하의 후궁을 도륙한 것만으로도 모자라 어린 공주마저 참수했다는 흉흉한 소문이 돌고 있었습니다."

"어린 공주라……."

리온의 엄살을 즐겁게 듣던 윤은 후원에 앉아 있는 여인을 물끄러미 바라보며 어린이라는 표현을 붙이기는 어렵다고 여기며 눈살을 살짝 찌푸렸다.

"헌데 재미있는 사실을 알아냈습니다."

"재미있는 사실?"

"네, 쉬쉬하고 있지만 공주의 죽음을 직접 목격한 자는 없고 또 공주를 보필하는 여자 호위무사가 항상 곁에 있었다고 하는데 그 여인의 행방 또한 아는 이가 없다고 합니다. 게다가 공주는 열 살이 되는 해에 선왕에게서 빙화석으로 만든 머리꽂이를 선물 받았는데 가장 아껴 항상 꽂고 다녔다고 합니다. 매화 모양으로 장식되고 버드나무 가지처럼 빙화석이 늘어져 있는 머리꽂이는 공주만이 하고 다니는 것이라고 합니다."

"흐음."

어렴풋이 여인의 정체에 대한 윤곽이 떠오르기 시작했다.

"그 여자 수행무사에 좀 더 자세히 대해 말해보거라."

"그게…… 출생이 분명치 않아 정확한 출신은 알 수 없지만 왕실 무도회에서 우수한 성적으로 입상하여 선왕의 눈에 들어 공주의 호위무사로 발탁되었다고 합니다. 십칠 세의 어린 나이로 입상한 데다가 여인의 몸이라 더욱 무성한 소문을 낳았는데 도통 연고지를 밝히지 않아 그 근본을 아는 이가 없다고 합니다. 왕실 친위대장과 동등하게 검을 겨룰 정도로 뛰어난 검사에다 공주의 학문까지 가르칠 정도로 문무가 매우 출중하다는 평입니다."

"그 여인의 이름은?"

"현재 알려진 바로는 성은 없고 단지 희라고만 불렸다고 합니다."

"희? 희라……."

리온에게서 보고를 들은 윤은 머릿속에서 여러 가지 정황을 맞춰보며 얼추 상황을 정리해갔다.

"결국 검의 이름이 아닌 저 여인의 이름이란 말이지?"

중얼거리며 고개를 끄덕이는 윤을 보고 리온이 걱정스런 표정을 지었다. 슬쩍 입꼬리가 올라가는 것을 보니 아무래도 또 사고나 칠 요량 같아 불안하기 그지없었다.

"어찌하시겠습니까?"

"어쩌긴 뭘?"

태연한 주군의 태동에 리온은 당황한 기색이라기보다는 자포자기한 심정으로 그저 새겨두시라고 말을 건넸다.

"하륜국 사람입니다. 거기다 왕실과 연관된 여인인데……."

"본인이 그렇다고 말한 것이 아니잖은가? 우린 그저 상천국의 영토에서 상처 입은 여인을 주웠을 뿐인데 뭐가 잘못됐을까 봐? 게다가 저 여인이 하륜국의 복장을 하고 있던 것도 아니고 우리 영토 내에서 우리 상천국의 의복을 입은 채로 발견됐는데 무슨 문제야?"

재미있어하는 윤의 표정에 리온은 그럴 줄 알았다며 미간을 찌푸렸다.

"그렇게 말씀하실 줄 알았습니다."

"껄껄, 역시 넌 내 심복이구나."

"쳇, 저 아니면 누가 대군 저하같이 변덕스럽고 짓궂은 분을 모시겠습니까?"

"이놈 보게? 은근슬쩍 제 자랑이구나?"

"훗, 이 몸이 워낙에 잘나 굳이 자랑할 것은 없사옵니다."

윤이 짐짓 노한 표정으로 농을 던지자 리온의 대답이 더 가관이었다. 윤이 기가 막힌다는 표정으로 코웃음을 치자 리온은 오히려 기고만장한 표정으로 고개를 바짝 치켜들었다. 황족 앞에서 리온의 이러한 행동은 참수형 감일 정도로 무례한 것이지만 워낙 둘 사이가 돈독한 터라 오히려 즐기고 있는 편이었다. 때때로 그것이 호사가들의 입에 오르내리곤 했지만 오래전 악덕 노예 상인에게서 리온을 구한 그날, 윤은 단순히 이족(異族) 노예를 산 것이 아니라 마음을 나눌 수 있는 친우를 구했다고 여겼기 때문에 상관하지 않았다.

"헌데 정말 어쩌시려구요? 사미 아가씨께 오해라도 받으시면 어쩌시려고 이러십니까?"

윤의 진짜 속내를 알고 있는 리온이 안타깝게 다그치자 윤의 어깨가 힘없이 아래로 떨어졌다.

사미.

지우려 중성을 떠나 먼 한주 땅까지 왔지만 시도 때도 없이 곁에서 맴도는 그녀의 잔향에 숨이 턱턱 막힐 지경이었다. 이제 얼마 안 있으면 형수님이라 불러야 하지만 쉽게 인정할 수가 없는 문제였다. 조그마한 소녀로 기현왕의 손을 잡고 왕부에 발을 디뎠을 때부터 윤의 마음은 사미에게 온전히 빼앗겨 버렸었다. 도적들 손에 몰살당한 부모님을 찾아가겠다고 비 오는 날 검을 들고 사라져 사람들을 혼비백산케 만들었던 그때도 그녀를 찾아온 것은 그였고, 슬픔에 젖어 있는 그녀를 위로해 준 것도 모두 그였다. 표정을 잃어버린 그녀에게 가끔 미소를 이끌어낸 것도 그였고, 언제나 곁에 있어준 이도 그였건만 어째서 그녀와 정혼을 맺는 것이 그의 형인지 그런 결정을 내린 아버님이 원망스러웠다.

“설마 저 여인을 사미 아가씨 대신으로 삼으시진 않으시겠죠?”

묵묵히 그리움에 젖어 아무런 대답을 하지 못하는 리온이 미심쩍은 표정으로 그를 추궁했다. 윤의 속내를 날카롭게 휘젓는 리온의 질문에 그의 어깨가 조금 흔들렸다. 여인에게서 사미의 옛 모습을 발견할 수 있었던 윤은 사실 그런 생각을 안 해본 것은 아니었다. 이내 접은 생각이지만 그런 생각을 했다는 것 자체가 부끄러워 아무 대답도 할 수가 없었다. 그러자 그 모습에 리온은 윤이 상전임에도 불구하고 벼락같이 화를 터뜨리고 말았다.

“저하, 그러시면 안 됩니다. 사미 아가씨에 대한 연심을 접지 마시든지 아니면 저 여인에게 온전히 마음을 주시든지, 이도 저도 못하시겠다면 차라리 사미 아가씨를 빼앗으십시오.”

“나라고……! 나라고 안 그러고 싶은 줄 알아?”

“저하!”

윤의 목소리가 자조적으로 젖어들면서 고개가 차츰 아래로 떨어지자 그 모습을 지켜보는 리온의 마음이 안타까웠다.

“하필이면 내 형님이시다. 내가 하늘처럼 높이 우러러 받드는 내 형님의 정혼녀란 말이다. 그러니 이제 그 이야기는 그…….”

“대군 저하!”

한없이 아래로 추락하는 윤의 말끝을 붙잡고 집사의 다급한 외침이 날아들었다. 평소 위엄을 잃지 않으려 애를 쓰는 집사답지 않게 흐트러진 모습으로 황급히 달려오고 있었다.

"무슨 일인가?"

"그, 그게······."

식은땀을 흘리며 놀란 가슴을 진정시키느라 숨을 헐떡이던 집사가 당황한 얼굴로 윤에게 행군사마가 도착했노라고 고했다.

"방금 대장군의 행군사마가 대군 저하를 모시러 왔다고 기별이 왔습니다."

"뭐, 뭣이라? 형님의 군사가?"

집사의 보고에 윤은 펄쩍 뛰며 되물었다. 분명 아무도 모르게 한주로 도망쳤는데 어찌 형님이 이렇게 빨리 아시고 군사까지 보냈는지 그야말로 귀신이 곡할 노릇이었다. 당황해하는 윤의 모습을 피해 리온이 슬며시 먼 산을 보고 있었다.

"도대체 내가 여기 있다는 사실은 어찌 아시고?"

"그야 이현대군 저하의 기행을 낱낱이 알고 계시는 사미 아가씨 덕분이겠지요."

얄미울 정도로 느릿한 목소리의 주인공이 집사의 뒤로 모습을 드러내고 있었다.

"월추 군사, 자네가 직접 이 한주 땅까지 올 것까지야······."

그 목소리의 주인공을 본 순간 윤의 입에서 저도 모르게 신음이 절로 흘러나왔다. 고운 옥빛 비단에 무사건을 쓰고 나타난 월추 군사는 유약해 보이는 모습이지만 실상 건드리면 큰일날,

벌집 같은 인물이라는 것을 경험상 잘 알고 있는 윤이었다. 형님이신 진성대군의 군사지만 나이를 도통 짐작할 수 없는 얼굴과 여인네처럼 하늘거리는 자그마한 체구에 무뢰배들에게 얕잡히는 경우가 종종 있었다. 그러나 술로 따지면 내로라하는 주당보다 더 마시고도 멀쩡히 걸어가고, 여인을 들여보내 주면 밤새도록 여인의 앓는 소리만 나오게 만들고, 가는 팔목을 믿고 덤비다가는 오히려 상대가 땅바닥에 얼굴을 부딪치게 하였다. 윤또한 월추 군사를 만만히 보고 덤볐다가 큰코다친 사람 중의 하나였다. 아직도 그때의 기억만 떠올라 낯이 벌게지며 가슴이 선득스러워 월추 군사의 얼굴을 보는 것이 민망스러웠다. 하필이면 그가 올 줄이야.

"아무래도 대군 저하를 모시려면 저 정도는 되어야 품새가 날 듯하여 직접 왔사온데 부족하옵니까?"

스스로를 낮춰 말하는 것 같아도 은근히 본인 자랑이라, 윤은 떨떠름한 표정으로 고개를 설레설레 흔들었다.

"그, 그럴 리가……. 단지 자네도 일이 바쁠 텐데 굳이 나를 데리러 올 것이야……."

생긋 웃는 월추 군사의 웃음은 한 치의 틈도 허용하지 않았다.

"그럴 리가요. 제 주군이신 진성대군 저하의 아우이신 이현대군 저하를 반.드.시. 기현왕부까지 안.전.하.게. 모시기 위해 당연히 와야 하지 않겠습니까?"

‘반드시’ 와 ‘안전하게’ 라는 말을 할 때 윤은 월추 군사의 ‘도
망치면 죽습니다’ 라는 의지를 분명하게 느낄 수 있었다. 굳이
월추 군사를 보내 그를 잡아오라는 형님의 의도 역시 분명하게
알아차릴 수가 있었다.

“당장! 얌전히 끌려오너라.”

생글거리는 월추 군사의 웃는 얼굴 너머로 형님의 험상궂은
목소리가 함께 들리는 듯싶어 아무래도 이번 여행은 이렇게 접
어야 할 것 같았다. 얌전히 돌아가는 것은 어렵지 않지만 돌아
가게 되면 기현왕부의 그 소란스러운 혼례 준비는 어떤 마음으
로 지켜봐야 할지 눈앞이 막막할 따름이었다.

“게다가 사미 아가씨께서 이현대군 저하를 강제로라도 끌고
오란 명을 내리셨답니다. 그러니 그만 반항하시고 순순히 따르
시지요.”

“헉, 사미까지 말인가?”

금세 시무룩하게 풀이 죽는 윤의 표정에서 월추는 소매를 입
을 가린 채 살짝 혀를 찼다. 지금 그의 표정은 무슨 생각을 하는
지 훤히 들여다보였다. 너무 투박하기 그지없는 자신의 주군도
문제지만 윤처럼 너무 생각이 많아 단순한 일을 배배 꼬는 것도
문제였다. 누가 봐도 사미 아가씨의 마음은 윤에게 가 있건만
도무지 저 머리통엔 어떤 구조가 되어 있기에 혼자 이상한 상상

을 다 하고 멋대로 움직여 사람을 고생시키는지 알 수가 없었다.

"그럼 대군 저하, 이만 중성으로 돌아가시지요."

"지금 당장 말인가?"

당황해하는 윤에게 월추는 차가운 웃음을 던지며 냉정하게 말했다.

"예, 지금 당장 말입니다."

"하지만……."

말끝을 흐리며 망설이는 그의 태도에 월추는 의아한 듯한 표정으로 되묻고 있지만 눈동자는 싸늘했다. 시간을 끌면 가만 두지 않겠다는 필사의 의지가 엿보였다.

"무슨 문제라도 있습니까?"

"음, 그게, 좀……."

무언가를 고민하는 표정으로 말끝을 흐리던 윤의 시선이 후원 어디론가로 날아들고 있었다. 그 시선을 쫓아가니 그 끝에는 한 폭의 미인도가 펼쳐져 있었다. 후원의 깊숙한 곳에 창백한 얼굴의 미녀가 햇볕을 쬐고 있었다. 곁에 서 있는 계집아이가 길고 탐스러운 칠흑 같은 머릿결을 고운 빗으로 빗어 내리자 햇빛에 반사된 머리칼이 밤하늘의 별들처럼 반짝이고 있었다. 아직 동장군의 계절인지라 겹겹이 옷을 껴입긴 하였어도 다소곳이 앉아 있는 태가 눈길을 끌었다. 그제야 월추는 윤의 망설임을 이해할 수 있다는 듯이 피식 웃음을 흘렸다.

월추의 시선이 여인에게 닿았음을 깨달은 윤은 그가 흘리는 미소의 의미를 알아차리고 곤혹스러운 듯 헛기침만 하며 시선을 돌렸다.

"저 여인 때문이옵니까? 멀리서 보아도 참으로 고운 여인이군요. 대군 저하께서 어찌 이 한주를 떠나지 않으시려는 지 알 것도 같사옵니다."

"그, 그런 게 아니오."

"아니라면요? 굳이 두고 가실 이유라도 있으십니까? 아니시라면 함께 가시지요. 상천국의 수도인 중성의 구경도 시켜주실 겸 진성대군 저하께도 인사를 드리는 게……."

"그런 사이가 아니라잖소!"

사미에 대한 그의 마음을 오래전부터 눈치 채고 있던 월추 군사가 은근히 비꼬자 윤은 버럭 화를 내며 그의 말을 잘랐다.

"집사는 당장 의원을 불러 아가씨가 여행을 할 수 있는지 알아보고 리온은 가서 중성으로 떠날 채비를 서두르거라."

"함께 가시려고요?"

집사와 리온이 눈을 휘둥그리며 윤에게 묻자 윤은 당연하지 않냐는 표정으로 그들을 돌아보았다.

"그럼 두고 가리? 중성에는 뛰어난 의원도 많으니 아가씨의 병을 낫게 할지도 모르잖느냐?"

"어디 아픈 분입니까?"

가만히 윤과 리온의 대화를 듣고 있던 월추가 고개를 갸웃거

리며 끼어들었다. 윤은 난감한 표정으로 살짝 고개를 끄덕거렸
다.

"……무한산에서 만났는데 나 때문에 놀라 절벽에서 떨어지
고 말았습니다. 덕분에 머리를 다쳐 아무것도 기억을 못합니
다."

"저런."

중성으로 돌아갈 준비를 서두르려는 집사가 뜬금없는 윤의
말에 놀라 눈을 휘둥그리며 발길을 멈추었다. 능청스럽게 거짓
말을 늘어놓으며 윤은 슬쩍 어서 물러가라고 집사에게 손짓을
보냈다. 그 의미를 알아들은 리온이 아직 영문을 모르는 집사를
이끌고 그 자리를 벗어났다. 월추는 여인이 당한 사고에 뜻밖이
라는 듯이 심각하게 고개를 끄덕이며 윤의 말에 맞장구를 치고
있었다.

"무슨…… 도대체 대군 저하께서는 무슨 생각이신지?"

"모른 척하십시오. 여인의 안전을 생각하신 끝에 나온 말일
겁니다. 제가 여인에 대한 함구령을 부탁드린 일과 무관하지 않
으니 적당히 맞춰주십시오."

집사는 살짝 고개를 끄덕이며 다른 길로 가는 리온의 뒷모습
을 유심히 바라보았다. 이국의 사내라는 편견 속에 가벼운 말투
와 무례한 행동들로 하여금 그를 왜소한 이라 여겼었지만 막상
뒤에서 바라본 리온은 매우 듬직한 어깨와 곧은 허리선을 가지
고 있었다. 거기다 잠깐이나마 가까이서 마주쳤던 깊고 짙은 눈

동자는 깊은 속내를 숨기고 있었다. 어째서 이현대군이 그를 가까이 두는지 이제야 알 듯싶었다.

리온과 집사가 물러나자 윤은 대충 말을 얼버무리며 이야기를 끝냈다.

"하여 아무래도 내 잘못이 크니 그녀가 다 낫을 때까지는 보살펴 줄 생각이오."

"음, 그렇군요. 헌데 대군 저하."

윤의 말을 끝까지 듣던 월추가 심각한 표정으로 그에게 말을 건넸다.

"설마 하니 그 말을 저더러 믿으라 하시는 건 아닐 테지요?"

진지하게 되묻는 월추의 눈빛이 그의 거짓말을 간파한 것처럼 싸늘했다. 독사처럼 날카롭고 위협적인 월추의 눈빛에 윤은 내심 움찔했지만 태연하게 굴었다.

"그게 무슨 말이오? 그럼 내가 여태껏 거짓말을 했단 말이오?"

얼굴 표정 하나 안 변하고 태연하게 잘 대꾸했다고 생각한 윤이지만 월추의 생각은 달랐다. 얼굴빛은 변함이 없어도 거짓말을 할 때면 붉어지는 그의 두 귀는 감출 수가 없었기 때문이다. 여전히 어린아이 같은 이현대군이기에 사미 아가씨나 그의 주군인 진성대군이 이토록 신경을 쓰는 것이기에 월추는 자신이 직접 여인을 만나 일을 처리해야겠다고 다짐했다. 분명 세상물정 모르는 이현대군을 속여 그의 곁에 눌러앉으려는 속내가 까만 여우일지도 모른다며 후원의 여인에게 매서운 눈길을 보냈다.

"흠흠."

가벼운 헛기침으로 자신의 존재를 여인에게 알렸다. 그의 기척에 여인의 시중을 들던 이제 막 여인으로 피어나는 계집아이가 그의 앞을 막아서며 당돌하게 말을 소리쳤다.

"누구십니까? 이곳은 아무나 함부로 들어올 수 있는 곳이 아닙니다."

제법 앙칼지게 나오는 계집종이 귀여운지 월추는 상냥하게 웃으며 대답했다.

"나는 이현대군 저하를 모시러온 중성의 대장군이신 진성대군 저하의 행군사마다. 이현대군께서 중성으로 떠날 채비가 바빠 내가 아가씨를 모시러 온 거란다."

"주, 중성에서 오셨다고요?"

"그래."

계집아이는 월추의 말을 반도 다 알아듣지는 못했지만 중성에서 온 귀족이라는 것만은 알아차렸다. 황급히 한쪽으로 물러서며 혹시나 무례하게 굴었다고 매질을 당하는 건 아닌지 하는 생각에 불안한 표정으로 안절부절못하자 월추는 걱정할 것 없다는 듯이 상냥하게 미소를 건넸다.

"수고가 많구나. 그럼 아가씨께 떠날 채비를 하자고 전해주겠니?"

"아가씨께서도 중성으로 가시는 건가요?"

월추의 상냥한 어조에 계집종의 겁먹은 눈동자가 서서히 위로 올라와 그의 시선을 마주쳤다. 빙긋이 웃고 있는 그의 미소에 용기가 나는지 계집아이는 주춤거리며 입 안에서 맴돌던 말을 꺼냈다.

"그래, 아가씨도 함께 가실 거란다. 너도 가련?"

데굴데굴 굴러가는 계집아이의 눈동자 속에 중성으로 따라가고픈 열망이 느껴졌지만 곧 시무룩한 표정으로 계집아이는 고개를 저었다.

"저는 못 갈 거예요. 저희 가족들은 모두 이곳에서 일하거든요."

"그래?"

월추는 계집아이에게 생긋 웃어주며 시선을 돌려 여인을 바라보았다. 그가 나타났음에도 일말의 흥미조차 보이지 않는 여인의 모습에 묘하게 기분이 나빠졌다.

"흠흠."

무시당했다는 불쾌감을 살짝 드러내며 자신의 존재를 알리려 다시금 헛기침을 해보아도 정면을 응시하고 있는 여인에게는 티끌만한 움직임도 없었다.

"흠, 소저?"

"아가씨께서는 조금 아프십니다."

다정하게 대해주었던 귀족의 태도에 용기를 얻어서인지 계집아이가 아까와는 달리 서글서글한 태도로 그에게 말을 걸었다.

"어디가 아프신지?"

아무리 아파도 사람의 인기척 하나 내지 않고 마치 인형처럼 꼼짝 않고 앉아 있을 수 있을까 하는 의문이 생겼지만 계집아이의 설명에 호기심이 풀렸다.

"저기…… 머리를 심하게 다치셔서……."

우물쭈물하며 계집아이가 작은 목소리로 그에게 속삭이자 그제야 월추는 확실히 이상한 점을 발견할 수 있었다. 사람이 다가가도, 매서운 바람이 스쳐 지나가도 생명력을 뿜어내지 않는 길가의 바위처럼 딱딱한 여인의 옆모습이 눈에 들어왔다. 석공이 다듬어놓은 조각처럼 단아하면서도 우아한 곡선을 자랑하지만 생명력이 느껴지지 않는 여인이었다. 타인에 대한 경계로 인한 거부가 아닌, 삶을 포기한 것 같은 막막함이 전해져 왔다.

"대군 저하의 말씀이 사실이란 말인가?"

윤의 거짓말하는 버릇을 알기에 그의 말을 전부 믿지는 않아 여인에게 좀 더 상세한 설명을 듣고자 했건만 뜻밖의 진실에 머릿속이 복잡해졌다. 심하게 다쳤다는 여인의 상태는 이해가 가지만 이현대군의 언행에는 어딘가 미심쩍은 구석이 있었다.

"혹시 아가씨께서 어떻게 다치셨는지 아느냐?"

월추는 상대방을 회유하는 자신의 능력을 아주 잘 활용하는 이였다. 순진한 어린 계집종 하나 구슬리는 것은 그에게 일도 아니었다. 월추의 다정한 어투에 계집아이는 볼을 발그레 물들이며 더듬더듬 그날의 일을 말해주었다.

"대, 대군 저하께서 산행을 나가셨다가 심하게 앓고 있는 아가씨를 품에 안고 급히 돌아오셨어요. 그날 아가씨께서 열도 굉장히 높았고 여기저기 상처가 심해서 의원님도 치료하시느라 상당히 고생을 많이 하셨습니다. 어찌 다치셨는지는 저도 자세히는 알지 못합니다."

"흠, 그래? 알려줘서 고맙구나. 그럼 이제 아가씨의 준비를 서둘러 주겠니?"

"예, 나리."

계집아이가 얼른 여인의 곁에 다가가 그녀를 부축하자 인형처럼 그녀는 순순히 자리에서 일어나 계집종이 이끄는 대로 움직였다. 여인이 지나갈 수 있도록 한쪽으로 물러서면서 여인의 얼굴을 세심히 뜯어보던 월추는 감탄을 금치 못했다.

반짝반짝 윤이 나는 칠흑 같은 머릿결이 감싸고 있는 단아한 빛이 맴도는 얼굴빛과 단정한 이목구비가 먼저 시선을 잡아끌었다. 해맑은 빛의 이마는 후덕한 인품이, 앙증맞게 동그스름한 콧날은 어여쁜 성품을 엿볼 수 있었다. 풍성한 속눈썹의 무게에 살포시 내려앉은 시선은 그윽한 향이 짙었고 새벽이슬을 머금은 촉촉한 해당화 빛 입술은 뭇 사내의 애간장을 흔들 지경이었다. 다만 안타까운 일은 아름답지만 전신에서 풍겨져 나오는 따뜻함이 느껴지지 않는 공허함이 가득 느껴진다는 사실이었다.

"아름다운 여인이지만 혼이 느껴지지 않는군. 차라리 장인이 만든 목각인형이 더 따스하게 느껴질 정도야.”

혼이 비어버린 여인의 차가운 뒷모습에 월추는 애석한 듯 중얼거렸다.

4장

월추 군사가 보낸 서찰을 내려놓으며 휼은 가만히 인상을 쓰고 앉아 있었다. 윤이 여인 하나를 함께 데려온다는 내용의 전갈을 어찌 받아들여야 할지 고심하는 기색이 역력했다. 그것도 정상이 아니라 아픈 여인을 중성까지 굳이 대동하는 윤의 속내가 사뭇 의심스러웠다. 사미에게 무어라 말해야 할지 난감하기 그지없었다.

"일을 복잡하게 만드는구나."

조만간 중성에 다다를 동생을 떠올리며 휼은 한숨과 함께 난처한 속내를 살짝 드러내 보였다.

중성이 가까워질수록 윤의 마음은 자꾸만 무겁게 가라앉았다. 무슨 얼굴로 형님과 사미의 혼례식을 지켜봐야 할지 자신이 없었다. 그래서 일부러라도 여인에게 더욱 관심을 기울였다. 그러나 여인은 그런 그의 노력을 조금이라도 알지 못한 채 허공으로 뿌연 시선만 던질 뿐이었다.

"희 소저, 기분은 좀 어떻소? 조금만 있으면 중성의 북문에 이를 것이오. 북현로에 들어서서 중현로로 주욱 따라 올라가면 기현왕부가 나타날 것이오. 그곳에 도착하면 편히 쉴 수 있을 테니 조금만 참으면 되오."

윤이 말머리를 돌려 희가 탄 마차 옆으로 다가가 다정하게 말을 건네자 월추의 비아냥거리는 목소리가 날아들었다.

"대군 저하께서 자꾸 말을 건네시며 성가시게 굴지만 않으신다면 소저가 훨씬 더 편하게 갈 수 있을 겁니다."

"흠흠, 거 사람 말하는 것 하고는……."

가만히 있는 사람 그만 집적대고 얼른 발길이나 재촉하라는 월추의 무언의 압력에 윤은 무안한 표정으로 고삐를 조이며 내키지 않는 발걸음을 서둘러 옮겼다. 툴툴거리며 앞서 나가는 윤을 한심하다는 듯이 노려보다 희에게 시선을 던졌다. 윤에게서 여인과의 만남에 대해 듣기는 하였지만 뭔가 석연치 않은 구석이 있었다. 미인이 많다는 한주에서도 저토록 빼어난 미색의 여인이 알려지지 않았다는 사실과 검을 다룬다는 사실이 뭔가 꺼림칙했다. 시중드는 아이가 가끔 그녀의 등쪽의 붕대를 갈고 나오면 핏물이 조금이지만 여전히 물들어 있는 것으로 보아 꽤 깊은 상처를 입었었다는 것을 어림짐작할 수 있었다. 부상을 입었다는 것은 사실이지만 어떻게 다치면 저렇게 넋을 놓을 수 있는지 의아할 정도였다. 의원 말로는 간혹 고열에 시달리다 보면 뇌를 다칠 수도 있다던데 그런 경우인가 싶었다.

"중성이다!"

누군가가 소리치자 희를 바라보며 상념에 빠져 있던 월추는 정신을 차린 듯 그녀에게서 시선을 거두었다. 하지만 의문스러운 점은 한둘이 아니었다. 그러나 당분간 기현왕부에 머물 여인이니 차차 의문을 풀어가면 되겠다 싶어 다소 편하게 마음을 먹었다.

휼은 황궁에서 집무를 보던 중 윤이 돌아왔다는 전갈을 듣고 바삐 기현왕부로 발걸음을 재촉했다. 휼이 귀가하자 서둘러 문 총관이 곁으로 다가왔다.

"왔는가?"

"네, 시현당에서 사미 아씨와 함께 계십니다."

문 총관의 말이 끝나기도 전에 휼은 성큼성큼 시현당으로 향했다. 그래서 문 총관은 윤과 함께 온 아가씨 역시 시현당에 같이 있다는 말을 꺼내지 못했다. 시녀들이 문을 열어주는 시간을 기다리지 못하고 휼이 벌컥 문을 열고 들어서자 기다렸다는 듯이 우아한 자태로 사미가 일어서 그를 맞이하고 윤은 떨떠름한 표정으로 엉거주춤 자리에 일어섰다.

"형님."

헤실거리는 웃음으로 잘못을 무마하려는 윤의 모습에 휼은 차고 있던 검으로 속 시원하게 후려갈겨 주고 싶었지만 곁에선 사미의 눈초리가 심상치 않아 가까스로 나가려는 손을 멈출 수 있었다.

"못난 놈."

그 한마디 던지고 상석에 앉아버린 주군이 못마땅한 듯 월추의 얼굴이 찡그려졌다. 내심 휼이 윤에게 한방 먹이는 장면을 기대한 모양이었다. 허나, 그 역시 사미의 존재를 무시할 수 없기에 잠자코 있었지만 못내 불만스러웠다. 그래서인지 중성으로 향하는 동안 윤을 마음껏 놀려먹은 시간이 짧았던 것이 못내 아쉬워 견딜 수가 없었다.

휼이 자리에 앉아 그제야 사미와 윤도 자리에 앉을 수 있었다. 그러다 문득 휼은 윤의 옆 자리에서 미동조차 않는 여인을 발견하고 눈초리를 가늘게 뜨고 여인을 훑어보았다. 여인의 존재를 늦게 알아차린 것은 그녀에게서 뿜어져 나오는 기도가 산 사람 같지 않게 미미하였기 때문이다. 정말 사람인가 싶은 의아함에 유심히 바라보았다. 다행히 숨을 쉬고 있다는 증거로 미약하게 들썩이는 가슴 부근이 아니었다면 인형으로 생각했을지도 모른다.

단정한 이마 선이 곱게 아래로 이어졌고 풍성한 속눈썹 아래로 아련한 시선을 머금고 있었다. 소맷춤이 채 감추지 못한 하얀 손이 그의 눈길을 사로잡았다. 가슴 언저리가 이상스레 섬뜩거리는 것을 애써 모른 척하고 묻는 듯한 표정으로 윤을 바라보았다. 휼의 시선에 윤은 머쓱한 표정으로 희를 소개했다.

"희 소저입니다. 저 때문에 좀 심하게 다친 터라 차라리 중성으로 데려와서 뛰어난 의원들에게 치료를 받게 해주려고 함께 왔습니다. 아픈 사람이니 형님이 좀 이해해 주십시오."

윤이 다정하게 희의 손을 보듬으며 간청하자 휼이 슬쩍 사미의 눈치를 살폈다. 아무렇지 않은 표정으로 찻잔을 들고 있기는 하나 아득 물고 있는 턱에는 힘이 잔뜩 들어가 있었다. 내심 난감하게 되었다면 한숨을 내쉬었다.

"어디가 아픈 게냐?"

여인은 제법 고운 태가 비쳤지만 묘한 느낌이 들었다. 이상하게 눈길이 닿았지만 동생의 여자라는 생각에 재빨리 시선을 거두었다. 윤의 여인이라는 생각을 떠올린 것으로 입 안에 쓴물이 돌았지만 애써 태연한 척 굴었다. 문득 한마디 말도 하지 않는 여인이 이상하게 여겨졌다. 그가 왔을 때도 자리에서 일어나지 않았다는 것에 생각이 미치자 이맛살이 찡그려졌다.

윤은 휼이 원래 말재주가 없다는 것을 알고는 있었지만 사람을 앞에 두고 퉁명스럽게 물으니 자신이 무안할 지경이었다. 아직 정상이 아니라지만 느끼지 못하리란 보장도 없었다. 그래서 뒤에 시립해 있는 소아를 불렀다.

"소아야, 아가씨를 별당으로 모시고 가거라. 집사가 안내해 줄 것이다."

아무래도 낯이 익은 아이가 곁에 있는 것이 낫겠다 싶어 한주에서 소아까지 데려왔다. 중성까지 따라온 것만으로 황송할 지경인데 차마 고개 들고 바라볼 수 없는 진성대군 저하께서—이현대군인 윤은 위엄이고 뭐고 그다지 느낄 수 없다고 생각했다—납신 어려운 자리를 지키고 있다고 식은땀을 흘리고 있던 소아는 잘됐구나 하며 얼른 희를 부축하며 나왔다. 희가 자리를 뜨자 의아해하는 두 쌍의 눈동자가 윤에게 쏠렸다.

"절벽에서 떨어지면서 머리와 등을 심하게 다쳤습니다. 그래서 아직 이지(理智)가 돌아오지 않은 사람입니다. 제 실수로 인한 사고는 정신이 돌아올 때까지 돌봐줄 참입니다. 형님께서는 아무 말씀 말아주십시오."

휼은 간곡하게 머리 숙여 부탁하는 동생의 말보다는 사미의 기분을 먼저 살폈다. 사미만 괜찮다면 자신은 별로 크게 신경 쓸 문제가 아니라고 생각이 들어서였다. 하지만 다쳤다는 말에 괜스레 마음이 쓰였다.

"네 생각은 어떠하냐?"

"뭐, 윤 오라버님의 실.수.로 다친 분이시라는데 어찌 안 보살펴 드립니까? 거기다 듣자 하니 연고도 없는 사람이라는데 객 하나 는다고 이 기현왕부가 무너집니까? 중성의 유명한 의원들에게 왕진을 오라 할 테니 마음 놓으십시오."

　여전히 평이한 어조지만 어딘가 뒷목이 서늘해지는 날카로운 구석이 느껴져 윤은 슬며시 사미의 눈치를 살폈다. 평소와 조금도 다르지 않은 모습이지만 눈빛이 한겨울의 눈보라보다 더욱 매섭고 혹독하게 느껴져 윤은 저도 모르게 움찔하고 말았다.

　"아버님께서 조만간 돌아오신다고 하셨으니 너도 당분간은 꼼짝 말고 왕부에 남아 있거라."

　"하긴 소중한 손.님.을 맡기고 제멋대로 왕부를 나가시는 일은 없으실 테지요?"

　느긋한 모습으로 찻잔을 입가로 가져가는 사미의 눈동자가 아래쪽에서 살짝 치켜올라 가며 흡사 먹잇감을 노리는 뱀마냥 집요하게 그를 노리고 있었다. 정수리부터 얼음장 같은 차가운 물을 한 바가지 퍼부은 것처럼 느껴지는 뼛골까지 시린 한기에 윤은 잠자코 고개만 끄덕일 수밖에 없었다.

　"그럼 아가씨, 편히 쉬세요."

　해가 지고 하나둘씩 잠자리에 들 시간쯤 소아가 희를 침상에 눕히고는 방 안의 불을 끄고 조용히 방을 나섰다. 소아가 시키는 대로 가만히 누워 있던 희의 몸이 천천히 일어난 것은 모든 집 안이 서서히 밤에 빠져들기 시작할 때쯤이었다. 불빛 하나 남아 있지 않은 방이지만 언젠가의 보름달처럼 환한 빛이 방 안으로 스며들고 있었다. 달빛에 홀린 양 희의 시선이 어딘가를 헤매더니 천천히 하얀 발을 침상 아래로 내려서고 있었다. 누군가의 목소리가 그녀를 이끄는 양 희의 발걸음이 어디론가 향하고 있었다. 밤마다 무언가에 홀린 듯 방 밖으로 나가려는 희를 만류하던 소아가 오늘은 곤함을 이기지 못하고 방문에 기댄 채 깊은 잠에 빠져 있었다. 때문에 희가 소리없이 방문을 열고 나가는 데도 그 사실을 알아차리지 못했다.

언젠가 연무장에서 친위대와 대련을 마치고 오던 길이었다. 숨을 헐떡이느라 뺨이 사랑스럽게 붉어진 공주께서 그녀에게 달려오는 길이었다. 달리는 공주를 말리지 못하고 허둥거리며 따라 달려오는 시종들의 모습이 우스꽝스러워 희가 가만히 미소 지었다. 공주는 자랑스럽게 자신의 키만한 화폭 하나를 펼치더니 그녀에게 내밀었다.

"희. 희, 이것 봐. 아버님이 내게 주신 그림이야. 나도 이 미인도의 여인처럼 아름답게 자라라고 주신 거래. 근데 여기 이 하얗고 커다란 꽃이 뭔지 알아? 향기가 여기까지 퍼질 것처럼 곱지 않나?"

"연꽃이란 꽃입니다. 진흙 속에서 피어났지만 더러움이 묻지 않는 고귀한 꽃이지요."

"연꽃이라고? 난 왜 한 번도 보지 못했지?"

고개를 갸우뚱거리는 공주가 사랑스러워 희는 가만히 웃으며 대답했다.

"저희 하룬국에서는 자생하지 않는 꽃입니다. 따뜻한 남쪽 상천국에서나 볼 수 있는 꽃이지요.”

“치이, 그런 게 어디 있어? 나도 연꽃을 실제로 보고 싶단 말이야.”

볼을 부풀리며 공주가 뚱하게 대꾸하자 희가 난감하다는 표정을 지었다. 기후가 서늘한 하륜국에서는 상천국과는 달리 볼 수 있는 꽃의 종류가 드물기에 연꽃도 쉽게 볼 수 있는 것이 아니었지만 금세 웃으며 공주를 달래주었다.

“언젠가 제가 공주님을 위해 꼭 연꽃을 구해오도록 하겠습니다.”

“정말이지? 정말 희가 날 위해 연꽃을 구해줄 거야?”

금세 얼굴을 환하게 밝히며 기뻐하는 공주의 모습에 희 역시 마음이 뿌듯했다.

“그럼요, 반드시 공주님을 위해 구해 드리겠습니다.”

“와아~”

신이 나서 공주로서의 체면도 잊은 채 폴짝폴짝 뛰어다니는 공주의 천진한 모습에 희의 입가도 선선히 웃음기가 퍼져 나가기 시작했다.

집 안의 대부분의 사람들이 잠든 시각, 휼은 늦은 업무를 마무리 짓고 자신의 처소로 향하던 때였다. 너무 늦은 시각이라 그의 곁에서 꾸벅꾸벅 졸고 있는 하인을 깨워 처소로 돌려보낸 뒤에 고적한 밤의 적막을 천천히 음미하며 발걸음을 옮기던 중이었다. 그의 예리한 시선 끝부분에 하얀 옷자락이 스쳐 지나갔고 경계심을 세우며 다시 찬찬히 하얀 물체를 살펴보았다. 누군가의 옷자락이 땅에 스치는 소리도 미세하게 감지하자 이 깊은 밤중에 누군가 싶어 조심스레 뒤를 밟았다.

발자국 소리까지 내지 않고 기척을 죽인 채 걷고 있지만 옷자락이 땅이 끌리는 소리만큼은 막을 수가 없는 모양이었다. 휼은 기척을 죽인 채 그 뒤를 조용히 쫓았다. 경비조차 경계를 풀 만큼 깊은 시각이기에 그들을 막아서는 것은 아무것도 없었다. 어렴풋이 뒤를 쫓으며 느끼기에 하얀 옷의 주인공은 여인 같았다.

여인의 발걸음이 향한 곳은 후원의 난정당이었다. 조용한 달빛 아래 인기척이 드문 난정당에서는 이 세상의 것이 아닌 것 같은 달콤한 향기와 몽환적인 시야가 서려 있었다. 연꽃이 깊은 달밤, 수줍은 꽃망울을 터뜨리며 매혹적인 향을 뿜어내고 있었다. 한 번도 연꽃 향에 취한다는 느낌을 받아본 적이 없던 휼은 후각을 마비시키는 달콤한 향기에 정신이 아찔했다. 그러나 흐트러지려는 마음을 재빨리 털어내며 눈앞의 여인에게 정신을 집중했다.

그의 기척을 눈치 채서인지 여인의 발걸음이 멈추었다. 급히 몸을 숨겨 여인의 동향을 살피는데 그녀는 그의 존재를 느껴서 멈춘 것이 아니었다. 여인은 난정당의 연못가에 멈춘 채 물끄러미 연꽃이 흐드러진 연못 쪽을 바라보고 있었다. 여인의 행동을 가만히 지켜보며 의아함을 감추지 못한 휼의 눈동자가 별안간

놀람으로 부릅떠지고 말았다. 여인이 무슨 생각에서인지 연못 안으로 첨벙첨벙 걸어 들어가는 것이 아닌가? 물위에 비추는 그림자로 보아 귀신은 아닌 듯하니 이쯤에서 불쾌감이 스멀스멀 올라오기 시작했다. 도대체 뭐 하는 여인이기에 이런 소동을 일으키나 싶어 휼은 불쾌감 가득한 표정으로 성큼성큼 여인에게 다가가 연못 안으로 들어가는 그녀의 팔을 붙잡았다.

"이게 무슨 짓이오?"

손 안에 잡힌 여인의 팔은 생각보다 탄력이 있고 가늘었다. 그리고 너무 쉽게 그의 힘에 이끌려 품 안으로 들어선 여인을 보고 휼은 숨이 멎고 말았다. 달빛의 조화인지 순식간에 그의 시야를 사로잡은 여인은 그의 뇌리에 단단히 박혀 빠져나오지 않았다. 복숭아처럼 사랑스러운 뺨과 흑진주가 연상되는 짙은 눈동자, 앙증맞은 콧날과 붉은 앵두처럼 도톰한 입술과 슬쩍 드러난 가냘픈 목선 아래 달콤한 계곡이 이어져 있었다. 휼은 저도 모르게 마른침을 삼키며 여인을 바라보고 있었다. 생전 처음으로 급박하게 밀려온 욕구에 정신을 차릴 수가 없을 지경이었다. 저도 모르게 여인의 팔을 힘껏 잡자 아픈 신음 소리보다 여인의 눈살이 찡그려졌다. 그 모습에 정신을 차린 듯 휼은 떠밀듯이 여인을 풀어주고 말았다.

"도, 도대체 무슨 짓을 하려는 거요?"

자신의 육체적인 반응에 휼도 스스로 놀랐는지 여인을 나무라는 목소리가 가늘게 떨고 있었다. 여인은 휼의 호통에도 아랑곳하지 않고 멍하니 그를 올려다볼 뿐이었다. 달빛에 반사된 여인의 눈동자 속에 그가 담겨 있었다. 여인의 눈동자 속에 자신의 모습이 담겨 있다는 사실이 묘하게도 가슴을 옥죄이기 시작했다.

"이보오?"

여인이 조금도 반응을 하지 않는다는 것을 한참 후에야 알아차린 휼은 의문을 가득 감은 표정으로 여인을 살펴보았다. 그러다 두 사람 다 연못 속에 서 있다는 것을 깨닫고 다시 여인의 팔을 붙잡고 연못 밖으로 끌어냈다.

"이러다 감기라도 걸리겠소. 사람을 부를 테니…… 소, 소저?"

휼의 힘에 연못 밖으로 끌려 나온 여인이 아무렇지 않게 다시 연못 안으로 발걸음을 옮기자 당황한 휼이 재빨리 그녀를 붙잡았다.

"무슨 짓이오? 정말 죽으려고…… 응?"

휼의 품 안에서 힘없이 버둥거리면서도 여인의 손이 무언가를 갈구하는 듯 뻗어졌다. 그 손끝에는 눈부신 달빛을 사모하여 바라듯 눈부시게 만개한 연꽃들이 흐드러져 있었다.

"저 꽃을 원하는 것이오?"

여인에게서는 아무런 대답을 들을 수는 없었지만 그녀의 시선이 고정된 것으로 보아 아마 그런 듯싶었다. 나지막이 한숨을 내쉬며 휼은 여인을 붙잡았던 팔을 내려놓았다.

"알았소. 잠시만 기다리시오. 내가 꺾어다 줄 테니."

그러나 여인은 휼의 말을 못 알아들었는지 그가 팔을 놓자마자 다시 연못 안으로 들어갈 태세였다. 힘겹게 말귀가 안 통하는 여인과 실랑이를 한 끝에야 겨우 휼이 연못 안으로 들어갈 수 있었다. 물에 젖은 옷자락이 몸에 거추장스럽게 휘감기자 자신이 왜 이런 짓을 하고 있는지 의심스러웠다. 제일 가까운 곳의 연꽃 몇 줄기를 재빨리 움켜쥐고 연못을 나와 여인에게 그 꽃을 건넸다. 그러자 그 순간 표정 없던 여인의 눈가가 부드럽게 휘며 입술이 요염하게 휘며 황홀한 표정을 짓자 멈춰 버린 줄 알았던 심장이 산을 옮기고 난 뒤처럼 요란하게 뛰기 시작했다. 입 안이 턱턱 막히고 얼굴에서 열이 확확 솟구치는 것처럼 달아오르고 땅이 움직이는 것처럼 다리가 휘청거렸다.

아프다.

그에게 자신의 심장 소리가 들릴 만큼 심하게 가슴이 벌렁거렸다. 마치 어릴 적에 한 번 걸려봤던 감기처럼 열이 오르고 가슴도 답답할 만큼 고통스러웠다. 시선이 그녀의 붉은 입술에 고정되고 온몸의 피가 팔팔 끓는 것 같은 기분이 들었다. 마치 자신의 몸이 아닌 양 그 자리에 그대로 얼어붙어 버렸다.

그러나 그의 상태는 아랑곳하지 않고 여인은 연꽃을 받아 들고 다시 왔던 길로 아무렇지 않게 되돌아가고 있었다. 옷이 반쯤 젖은 상태에 바보처럼 얼굴을 붉히며 멍하니 서 있는 그를 내버려 두고 말이었다.

한주에서 여인을 데려온 윤 때문에 잠을 이룰 수 없던 사미는 때마침 개화하는 연꽃의 향연을 지켜보며 심란한 마음을 다스리려다 뜻밖의 광경을 목격하고 말았다.

하얀 그림자의 등장에 잠시 발걸음을 멈추었다. 조용히 마음을 달래려던 장소에 다른 이가 먼저 다다르자 방해받은 기분에 짜증이 솟구쳤지만 곧 이어진 그녀의 다음 행동에 가슴이 철렁 내려앉았다. 혹시나 다른 마음에 그녀가 아끼는 연못을 더럽히려는 의도인가 싶어 발끈하고 나서려다 곧이어 나타난 휼의 등장에 깜짝 놀라 가만히 지켜보았다. 두 사람의 묘한 실랑이와 휼이 한순간에 여인에게 빠져드는 모습마저 모두 지켜보았다. 드디어 여인에게 관심을 주지 않던 휼이 사랑에 빠지는 것을 확인한 사미는 묘한 미소를 지으며 한 발짝 물러나 머리를 굴렸다.

여인을 데려온 순간부터 윤은 사미에게 시선조차 주지 않았다. 마치 보란 듯이 한주에서 데려온 여인에게만 신경을 쏟았고, 그것이 괘씸타 여기고 있는 참에 휼이 그녀에게 관심을 가지는 장면을 분명히 보고 말았다. 월추 군사에게 전해 듣기로는 정말로 환자라고는 하나 굳이 부상 입은 여인을 왕부까지 데려온 윤이 괘씸하여 여인에게 가지는 감정이야 어떻든 상관치 않고 어떻게든 휼에게 여인을 밀어 넣고 말겠다고 사미는 다부지게 결심하고 말았다. 휼을 위해서라기보다는 윤에게서 다른 여자를 떼어내기 위해서라면 어떤 짓도 서슴지 않을 것이라 다짐한 사미의 눈빛이 사뭇 비장할 정도였다.

　길을 잃지 않고 방으로 돌아온 희는 품속에 고이 안고 있는 연꽃을 침상 위에 올려놓았다. 침상 위에는 그녀를 기다린 듯 곱게 깔린 비단보 위에 머리꽂이가 가지런히 누워 있었다. 고고한 향내 방 안에 퍼지고 아련한 환상이 물씬 피어올랐다.
　"연꽃이옵니다, 공주마마."
　희의 기억 속의 공주님은 환히 웃으며 너무나 기쁘다고 말해 주었다. 그 모습에 희의 입가에도 보스스 미소가 피어오르기 시작했다.

　시야를 가득 메우던 하얀빛이 사그라들고 나서야 흘은 그제야 여인의 정체에 대해 의문을 품었다. 이 기현왕부 내에서 저런 비단옷을 입고 잘 만한 사람은 사미 외에는 드무니 외부 사람인가 생각을 바꾸다 불현듯 떠오른 사람이 있었다. 며칠 전에 윤이 데려왔던, 옆모습이 곱던 여인이 떠올랐다. 그동안 업무에 시달려 윤이 돌아왔다는 사실만 기억할 뿐 그가 데려온 여인은 까맣게 잊어버리고 있었던 것이다. 잠시 시선을 사로잡혔음에도 윤의 여인이라는 생각에 의식적으로 지워 버렸던 모양이다.
　그러나 동생의 여자라고 생각하니 가슴 언저리가 누군가 망치로 그의 가슴을 내려치는 것처럼 욱신거리기 시작했다. 그 하얀 얼굴이 향하는 방향이, 그 눈빛이 우러러 바라보는 이가, 그 입술로 사랑을 속삭이는 이가 자신의 동생이라 생각하니 배신 감과 처절한 분노가 샘솟았다. 한 번도 동생을 미워해 본 적 없 던 그지만 이번만큼은 윤의 목을 분질러 버리고 싶을 만큼 그가 부러웠다.

다음날도 달빛이 세상을 지배할 시간이 되자 희의 방문이 조용히 열렸다. 간밤에 희가 결국 방 밖으로 나갔음을 알아차린 소아가 펄쩍 뛰며 난리를 쳤다. 오늘 밤은 단단히 그녀를 지키겠다고 다부지게 결심했지만 소리없이 내려오는 잠의 무게를 이기지 못하고 꾸벅꾸벅 조는 바람에 희의 발걸음이 방 밖으로 나올 수 있었다.

꿈을 꾸는 듯이 몽롱한 표정으로 소리없이 걸어나가는 희의 모습을 멀찌감치 지켜보는 시선이 있었다. 꿈이었다 여기며 애써 여인에 대한 잔상을 떨쳐 버리려 애를 썼으나 끝내 그의 발길이 이리로 끌려오고 말았다. 차라리 나오지 말길 바라면서도 그 모습을 한 번 더 보고파 하는 자신의 이중적인 마음이 혼란스러운 찰나 그녀가 모습을 드러내었다. 여전히 얇은 자리옷 하나로 무언가에 홀린 사람처럼 흐느적거리며 어디론가 향하는 모습을 발견하자 안도감을 느꼈다. 왜인지는 모르나 여인의 모습을 본 순간 느낀 감정은 안도감과…… 두려움이었다.

또다시 난정당의 연못에 빠질세라 얼른 굳어버린 다리를 움직여 그녀의 뒤를 쫓았다. 정체되어 있는 공기를 가르며 나가는 듯 여인의 걸음은 매우 더디며 조용했다. 그가 가만히 뒤를 따르는데도 전혀 눈치 채지 못할 만큼 그녀는 앞만 보고 걸었다. 그것이 못내 서운했지만 오히려 안심이 되었다. 뒷모습이라도 마음껏 볼 수 있기 때문이었다.

달빛에 이끌린 듯 한참 만에 난정당에 도착한 희는 전날 밤처럼 연못 가장자리로 다가갔다. 망설임없이 안으로 들어서려는 그녀의 팔을 누군가 잡고 막아섰다.

"굳이 그런 방식으로 연꽃을 얻을 필요는 없소. 이리 오시오."

주춤거릴 여지없이 끌어당기는 휼의 강한 힘에 희는 속수무책으로 그에게 끌려 정자 위로 올라갔다. 연못 위에 지은 정자는 온통 연꽃에 둘러싸여 있어 그 향이 그윽하기 그지없었다. 정자 밖으로 손만 뻗으면 바로 꺾을 수 있는 것이 연꽃이었다.

어젯밤 아무 생각 없이 희가 하던 대로 연못 안으로 들어가 연꽃을 꺾어주던 휼은 당시에는 마음이 급하여 정자를 까맣게 잊고 있었다. 그러나 이성이 돌아오고 차분히 주위를 바라볼 시간을 갖게 되자 굳이 연못 안으로 들어갈 필요가 없음을 깨달았던 것이다. 혹시나 오늘 밤도 연못 안으로 들어가려 한다면 알려주리라 벼르고 있던 참이었다.

"앞으로는 굳이 그런 위험한 방법은 하지 마시오."

혹시나 그가 모르는 사이 위험한 상황에 처할까 봐 걱정스러웠던 나머지 퉁명스럽게 말이 튀어나갔다. 자신이 듣기에도 거친 목소리에 희가 놀랄까 봐 깜짝 놀라 그녀의 눈치를 살폈지만 아무렇지 않은 것 같았다. 놀라지 않아 다행이다 여기면서도 내심 그에게 일말의 시선도 주지 않는 그녀가 서운했다.

"앉으시오."

뻣뻣하게 서 있는 그녀를 돌의자 위에 끌어 앉혔다. 안 그러면 어제처럼 금방이라도 달아날 것 같다는 불안이 들어서였다. 잠시라도 함께 있고 싶다는 기분이 들었다.

휼이 이끄는 데로 다소곳이 자리에 앉자 마음이 놓였다. 자신은 어찌할까 망설이다가 한참 만에야 그녀의 옆 자리에 머뭇거리며 주저앉았다. 뭔가 얼굴이 근질거리며 낯이 뜨거워지는 것이 여간 쑥스러운 것이 아니었다. 사춘기 소년도 아닌데 여인의 옆 자리에 앉아 있다는 이유만으로 주체할 수 없을 만큼 기분이 좋아 입가가 실룩거렸다.

"흠흠, 소저의…… 이름이 뭐요?"

대답을 기대한 것은 아니지만 언제까지 말없이 멀뚱히 앉아만 있을 수는 없는 노릇에 힘겹게 말을 끄집어냈다. 그러나 돌아온 것은 완벽한 무시. 이지(理智)를 상실했다고 어렴풋이 들었던 것이 떠올랐지만 막상 그녀 스스로 세운 벽에 자신의 손이 거부당하자 몹시도 마음이 쓰라렸다. 그의 존재 자체를 잊은 듯 여인의 시선은 밤하늘에 고고하게 빛나는 달님에게 고정되어 있었다. 뭔가 그리듯 애절하고 안타까운 시선에 휼의 마음 한구석도 불편하게 가라앉았다. 불쑥 손을 내밀어 그녀의 턱을 잡고 자신 쪽으로 돌렸다. 그 눈동자 속에 다시금 그가 비추어졌으면 하는 바람과 혹시나 달님에게 홀려 그의 곁에서 사라져 버리지 않을까 하는 두려움에서였다.

돌려진 눈동자 속엔 그가 바라는 자신의 모습은 발견할 수가 없었다. 흐려진 눈동자는 그 무엇도 담기를 거부하고 있었던 것이었다. 안타깝고 서운한 마음이 들어 고집스레 여인의 턱을 잡고 놓아주지 않았다. 자신을 봐줄 때까지 그리 잡고 있겠노라 다짐하는 찰나 뽀얗고 고운 여인의 피부와 대조적으로 거무튀튀하고 투박한 자신의 손이 불현듯 눈에 들어왔다. 자신도 모르게 깜짝 놀라 여인에게서 손을 떼었다. 마치 자신의 손이 하얀 여인의 피부를 더럽히고 있는 것 같아 가슴이 철렁 내려앉았다. 그렇지 않다고 뇌리 한 부분에서 속삭이고 있지만 이상하게 마음이 착잡했다. 이미 잊었다고 생각한 예전의 기억 한 부분이 떠올라 우울한 마음이 더욱 가중되었다.

그도 잘 알고 있는 문제였다. 그는 윤만큼이나 매끈한 얼굴을 가진 것도 아니고, 능수능란한 말솜씨를 가진 것도 아니었다. 보통의 사내보다 더 우락부락한 덩치가 섬세한 여인들에게는 공포가 된다는 것도 애저녁에 알고 있는 문제였다. 이미 굳어버린 딱딱한 표정 역시 사람들에게 좋게 비치지 않는다는 것도 알지만 굳이 바꿀 필요성을 느끼지 못했다. 그에게는 나라에 충성하고 왕부를 건사하고 가족들을 돌볼 의무가 있었다. 여인 따위야 그저 대를 잇게 하기 위한 필요성만 여겨야 한다는 것이 오래전에 굳어져 버린 생각이었다. 그런데 왜 이리 마음이 쓰이는 것일까? 이미 오래전에 겉모습이란 고작 한 장의 거죽에 불과하다고 여겼음에도 마음 상한 것을 달랠 수가 없었다.

아무것도, 아무것도 느끼고 싶지 않았고 생각이란 것도 하기 싫었던 그녀를 사로잡은 것은 한 쌍의 눈동자였다. 다른 무엇보다 뚜렷하게 남은 한 쌍의 눈동자가 그녀의 의식을 일깨웠다. 시린 창공 위에 유유히 떠도는 뭉게구름처럼 부드러우면서도 먹물처럼 진하고 한여름에 부는 산들한 바람처럼 시원한 눈빛이 그녀를 바라보고 있었다. 수줍은 듯 숱이 풍성한 속눈썹을 깜박이며 애틋하게 그녀를 바라고 있었다. 그 낯선 눈빛이 닫혀 있던 그녀의 마음을 건드렸다.

생각할수록 우울해지는 기분에 휼은 견디지 못하고 자리를 박차고 일어서려다 무언가를 느끼고 옆으로 시선을 돌렸다. 서늘한 감촉의 하얀 손이 살포시 그의 뺨을 어루만지는 것이었다. 흐려 있던 그녀의 동공 위로 그의 모습이 온전히 새겨져 있었고, 활짝은 아니지만 은은하게 피어 있는 그녀의 미소에 휼은 꿈인가 싶어 그대로 얼어붙었다. 마치 숨이라도 내쉬어 그가 움직이면 이 순간이 깨져 버릴 것 같아 불안했다.

공기를 밀어 그를 건드리는 것처럼 미미한 손길이 마치 거칠어진 그의 마음을 달래는 것처럼 다정했다. 한 번도 이런 식으로 그를 어루만진 여인은 존재하지 않았다. 다만 아주 어린 기억에 어머니의 포근한 손길만이 그가 기억하는 여인의 손길이었다. 그때처럼 다정하고 포근한 감촉에 마음이 왈칵 솟구쳤다. 인정하고 싶지는 않았지만 누군가의 다정한 손길이 그에겐 절실하게 그리운 것이었다.

이른 나이에 그들 형제를 두고 세상을 등진 어머니를 잃은 아픔이 가시기도 전에 하늘이라 여겼던 아버지에게 버림받은 기억을 간직한 채 그는 어른이 되어야만 했다. 누군가에게 기대 어리광을 부리는 일 따위는 상상조차 해서도 안 될 만큼 그는 성장해야했다. 실상 검을 들고 전쟁터를 누비는 것 따윈 끔찍하리 만큼 혐오스러운 흉이지만 그의 어깨 위에 지워진 의무를 저 버릴 수도 없어 나선 전쟁터였다. 비린한 피비린내와 그의 꿈속 에서까지 장악한 고통스러운 비명들, 매캐한 연기와 시체 썩는 냄새 등 모든 것이 그에게 견디기 힘든 일이었다.

사랑하지는 않았지만 그래도 그의 안해가 되어줄 여인의 거부로 인해 여린 성정을 더욱 감춰야만 했던 그였다. 날로 거칠고 투박해지는 외모로 인해 그에게 접근하는 여인들은 극히 드물었다. 다른 속내를 감추고 있다거나 어쩌다 품는 기녀들 역시 아닌 척 태연한 얼굴로 그의 곁에 머물지만 두려움으로 떠는 손은 어찌지 못해 그 모습을 바라볼 때마다 흉의 마음이 조각조각 부서졌다. 그나마 사미만이 진심으로 그를 대해주었지만 그녀는 그의 여인이 아니었다.

그가 부서질세라 조심스럽게 어루만져 주는 여인의 손길이 고맙고 가슴 벅차 저도 모르게 덥석 잡아채 얼굴을 묻고 말았다. 작은 손에 그의 얼굴이 모두 묻어질 일은 없었지만 작은 온기가 너무도 따스해 놓아줄 수가 없었다. 저도 모르게 얼굴을 묻다 그녀의 손바닥에 입을 맞추고 말았다. 한 번도 생각해 본 적도, 할 수도 없었던 행동이 자연스럽게 나오자 휼 본인이 더 놀란 표정이었다. 그의 입술이 닿자 여인의 손바닥이 잠시 움찔거렸다. 혹시나 거부하는 것인가 두려운 마음에 조심스레 시선을 맞추니 놀랍게도 여인이 살짝 웃고 있었다. 혹시나 괜찮은 것인가 시선은 그녀에게 맞추고 다시 한 번 입을 맞추니 간지러운 듯 움찔했다.

그의 시선을 똑바로 마주하는 여인에게 그는 홀린 듯이 다가갔다. 그가 코앞까지 다가갔음에도 여인의 시선은 흐트러지지 않았다. 두려워하는 감정도 조금도 드러나지 않았다. 그가 긴장된 손길로 그녀의 뺨을 어루만져도 미동조차 하지 않고 온전히 그에게 자신을 맡기고 있었다. 이런 일은 처음이라 휼은 그저 마른침만 삼키며 그녀의 눈동자 속에 비친 자신을 바라보았다. 그녀의 눈동자 속에 비친 자신은 이제 막 사춘기에 눈뜬 서툰 소년처럼 달뜬 표정을 하고 있었다.

못이 박힌 그의 손가락이 보드라운 그녀의 피부에 생채기라도 내지 않을까 두려웠지만 차마 손을 거둘 수는 없었다. 누군가와의 접촉이 이리도 기분 좋고 가슴 떨리는 일이라고는 생전 느껴본 적이 없었기에 더욱 설레고 벅차올랐다.

이상하게 식은땀이 흐르고 숨결이 가쁘게 차 오르기 시작했다. 자꾸만 시선이 그녀의 눈동자가 아닌 앙증맞게 도톰한 입술로 내려가는 것을 막을 수가 없었다. 입술이 바짝바짝 마르고 마른침만 꿀꺽 삼켜보아도 타 들어가는 마음을 막을 수가 없었다.

"싫…… 다면 밀어내시오."

그렇게 내버려 두지 않을 것이지만 휼은 이기적인 자신의 마음을 감추고 짐짓 관대한 척 굴며 그녀의 입술 위로 자신의 입술을 조심스럽게 포갰다. 말은 밀어내라 하고서는 그녀의 등 뒤로 팔을 둘러 단단히 감싸 안았다. 건조한 그의 입술에 닿은 여인의 입술은 굉장히 보드랍고 따스했다. 한 번도 이토록 부드러운 감촉을 느껴본 적이 없던 그로서는 머리가 폭발하는 것처럼 어지러웠다.

가볍게 입을 맞대는 것만으로도 기력을 소진한 사람처럼 거친 숨을 토해내며 그녀에게서 떨어졌다. 그러나 한 번 맛본 과실이 자꾸만 시선을 잡아끌고 마음을 끌었다. 그녀의 이지(理智)가 존재하지 않는다는 사실은 잠시 밀어두고 중독이 되어버린 그녀의 입술을 다시 한 번 탐하기 시작했다. 세상에서 가장 귀한 것에 경외심을 표현하듯 휼의 입술은 여인의 입술 위에 가만히 내려앉았다.

5장

윤은 젓가락을 입에 물고 거북한 표정으로 휼을 물끄러미 바라보았다. 평소라면 왕성할 윤의 아침 식욕이 뚝 떨어진 이유는 묘하게 즐거워 보이는 휼의 모습 때문이었다. 그가 기분이 좋다면 좋아해야 할 일이지만 평소와는 다른 모습이니 기괴하게 여겨질 정도였다.

결국 윤은 식탁 위에 젓가락을 내려놓고 자리에서 일어나고 말았다. 의아해하는 휼과 사미의 시선이 그에게로 향했다. 하지만 윤은 두 사람의 시선은 아랑곳하지 않고 밖으로 나가더니 하늘을 멀뚱히 올려다보고는 다시 안으로 들어왔다.

"아무리 봐도 해는 멀쩡하게 떴는데……."

“무슨 말이냐?”

자리에 앉은 윤이 고개를 갸웃거리며 다시금 이상한 눈빛으로 휼을 바라보자 불편함을 느낀 휼이 퉁명스럽게 대꾸했다. 간밤에 품 안에서 느낀 작은 체온의 보드라움이 아직까지 남아 있었지만 윤의 미심쩍은 시선에 죄책감을 느낀 휼은 들뜬 감정을 억눌렀다.

“아니, 오늘따라 형님이 좀 이상해 보여서요. 뭐 좋은 꿈이라도 꾸셨습니까?”

미신 같은 것은 믿지 않는 휼이라는 걸 알지만 그래도 좋은 게 좋은 것이라고 혹시나 하고 물어본 말이었다.

“으흠.”

작게 헛기침하며 휼이 불편한 심기를 드러내자 윤은 의문이 가득한 표정으로 그에게 바짝 다가섰다.

“수상합니다.”

눈을 가늘게 뜨고 그를 요리조리 살피는 윤의 시선이 거북한지 휼이 잔뜩 인상을 찌푸리자 대번에 목을 움츠리며 자리로 돌아갔다.

“그나저나 요즘 윤 오라버니께서 꽤나 바쁘신 듯하십니다?”

돌아오자마자 중성의 의원이란 의원들을 모두 불러 희를 치료케 한 일을 가지고 사미가 비꼬자 윤의 얼굴이 살짝 굳어졌다.

“그러고 보니 그 여인의 이름은 무엇입니까?”

“······희라는 것만 안다.”

“희라······.”

그제야 휼도 여인의 이름을 처음 들었다.

‘희라고 하는구나.’

묘한 감동에 가슴이 설레기 시작했다. 윤과 사미가 모르게 살짝 입 안으로 그녀의 이름을 굴려보았다. 입에 달라붙는 어감에 절로 흐뭇해졌다. 그런 휼을 살짝 지켜보던 사미는 윤에게 다시 질문을 던졌다.

“그러고 보니 어찌 만난 사이입니까? 두 분이 어떤 언약이라도 나눈 사이입니까?”

혼자 흐뭇해하던 휼은 사미의 질문에 정신이 바짝 들었다. 그 역시 윤의 대답을 긴장한 표정으로 기다리고 있었다.

사뭇 공격적인 사미의 질문에 당황하던 윤은 잠시 머리를 굴려 대답을 미루었다. 거짓말이라고 해서 그 스스로를 속이고픈 심정이 없진 않았다.

“한주에서 처음 만난 사이다. 무한산에서 만났는데 나 때문에 절벽에서 떨어져 다친 것이란다.”

“흐음, 그래요?”

결국 양심을 따르기보다는 사미에게 오해를 사고 싶지 않았다는 마음이 더 커 결국 절반쯤 진실을 털어놓았다. 마음을 졸이며 윤의 대답을 기다리며 숨을 멈추었던 휼 역시 그때서야 숨을 내쉴 수 있게 되었다.

"그렇다면 네 여인은 아니란 말이지? 혹 다른 연고는 정말 없느냐? 행여 남편이라든지……."

동생의 여인이 아니라는 사실에 마음이 놓였는지 휼이 다급하게 말을 꺼냈다. 평소라면 무심했을 휼이 뜻밖의 관심을 드러내자 윤의 얼굴이 당혹으로 조금 일그러졌다. 휼의 속내를 간파하려는 듯 유심히 그를 살피면서도 한쪽 머리에서는 희에 대한 정보를 훑어 내렸다.

"아마, 없을 겁니다. 짐 속에서도 정표 같은 것은 찾아볼 수가 없었으니까요. 그런데 형님께서 어쩐 일로 관심을 가지십니까?"

성급하게 마음을 드러낸 휼이 당황하는 찰나 다행히도 사미가 끼어들어 윤의 관심을 돌렸다.

"처음 만난 사이치고는 그분께 기울이는 관심이 지극하십니다?"

"아니 뭐, 내 잘못으로 다친 것도 있고……."

날카로운 사미의 지적에 윤은 귓불을 붉히며 버벅거렸다. 사실은 아니지만 애써 별당에서 희와 시간을 보내며 사미에 대해 잊으려 노력중이라는 말을 굳이 할 필요가 없으니 그의 얼굴이 절로 굳어졌다.

"굳이 갈 곳 없는 사람을 박대할 필요는 없잖느냐. 게다가 내가 바쁜 일이 있는 것도 아니고……."

"당분간 군부에 나와 일 좀 도와라."

“네?”

어물어물 변명을 늘어놓던 윤의 말을 자르고 휼의 단호한 목소리가 뒤를 이었다. 자신이 잘못 들은 것이 아닌지 눈을 동그랗게 뜨고 반문하는 윤에게 날아드는 휼의 시선은 흔들림이 없었다.

“형님.”

자리에서 벌떡 일어날 만큼 윤이 당황해했지만 휼은 묵묵히 식사만 계속할 뿐이었다. 옆 자리의 사미도 나쁘지 않다는 듯이 고개를 주억거리고 있었다.

“얼마 전에 새로 부대를 편성해서 일손이 모자르다. 네 입으로 한가하다고 했으니 나와서 군사 훈련이나 도와.”

“하, 하지만 형님, 너무 갑작스런……”

“잘됐군요. 그렇잖아도 윤 오라버니께서 집 안에만 계셔서 따분해하셨잖아요. 휼 오라버니의 일 좀 거들어주세요.”

사방에 올가미를 치고 토끼몰이 사냥을 하는 것처럼 휼과 사미가 맞장구를 치며 그에게 압력을 가하자 이내 반항할 수 없는 분위기가 되어버렸다. 잔뜩 울상인 얼굴로 자리에 도로 앉은 윤이 모르게 휼과 사미는 모종의 시선을 주고받았다. 잘했다며 사미로부터 격려의 시선을 받았지만 내심 휼로서도 윤과 희가 함께 있는 것이 못마땅했다. 이로써 두 사람을 떼어놓을 수 있다는 사실에 흡족해졌다.

하얀 자리옷 위로 길게 늘어진 머리칼이 달빛에 반사되어 은은한 광택을 빛내고 있었다. 주저하면서도 살포시 그녀의 머릿결을 슬쩍 어루만져 보았다. 손가락 사이로 빠져나가는 감촉은 매끄러운 공단처럼 차갑고 부드러웠다.

언젠가 밤에 그녀의 외출을 막아서는 시녀 아이를 보았던 터라 시녀 아이에게 언질을 놓아 그녀가 밤마다 방 밖으로 나오는 것을 막지 말라고 하였다. 덕분에 휼은 매일 밤 온전하게 그녀를 독차지할 수 있게 되었다.

"이름이 희라고 들었소."

손가락 사이로 그녀의 머리카락을 쓸어 내리며 가만히 속삭였다. 여전히 그가 하는 대로 꼼짝도 하지 않고 있지만 상관하지 않았다. 이렇게 손에 닿아 있는 것만으로도 기쁘게 여기고 있었다.

"고운 이름이오."

희의 머리칼을 손가락에 휘감아 희롱하면서 그녀에게 서툴게 웃어 보였다. 딱딱하게 굳은 얼굴 근육이 좀처럼 말을 듣지 않았지만 미소 비스무리한 것을 만들어내는 데는 성공할 수 있었다. 아직 누군가에게 마음을 열어 보이는 것이 어색한 휼이지만 희 앞에서는 더 이상 감추려 들지 않았다.

"듣자하니 오늘도 후원에서 햇볕만 쬐고 있었다지? 언제 내가 중성을 구경시켜 줄까 하오. 힘들지 않겠소?"

예상했던 대로 희에게서는 대답을 들을 수가 없었지만 실망하지는 않았다. 오히려 눈을 반짝이며 그녀 곁으로 바짝 다가가 앉으며 신이 난 듯 이것저것 묻기 시작했다.

"혹시 극단을 좋아하오? 동문의 동현로에서 기예단이 공연을 한다고 들었소. 재주가 높다고 소문이 자자하오. 아니면 서현로 의 비단 가게를 보러 가겠소? 서쪽 샤하란의 신비로운 천들도, 동쪽 하륜국의 누비천도 모두 있다고 하오. 그대에게 고운 비단 옷감을 선물하고 싶소."

투박한 그의 얼굴 위로 옅은 홍조가 피어올랐다. 스스로도 자 신답지 않은 행동에 쑥스러웠지만 이상하게도 그녀 앞에서는 입이 저절로 주절거리기 시작했다.

"어여쁜 노리개도 구해주고 싶소. 저…… 정표로……."

처음으로 낯간지러워 말문이 버벅거렸지만 창피하지만은 않 았다. 오히려 속내에 꾹꾹 담아두었던 말을 꺼낸 개운함으로 표 정이 더욱 밝아져 있었다.

"오늘 밤도 무척이나 어여쁘오."

슬그머니 희의 허리에 팔을 감아 그녀를 끌어안았다. 그리고 하루 종일 머릿속에서 떠나지 않던 그녀의 입술 위로 조심스럽 게 자신의 입술을 내렸다. 여전히 그녀의 입술의 부드럽고 따뜻 했다. 이렇게 달콤한데도 자꾸만 부족하게 느껴져서 당혹스러 웠다. 여인에게 입을 맞춰본 기억이 전무하니 충분하지 않다고 느끼면서도 정확한 영문을 알지 못해 답답함이 일었다.

밤새 허전함으로 뒤척이던 휼은 사미라면 혹시나 무언가를
알지 모른다는 생각에 이른 아침부터 그녀의 처소로 향했다. 아
침 단장을 마치고 휼을 맞이한 사미는 밤새 고뇌에 휩싸인 그의
모습에 나지막이 혀를 차며 주변을 물리쳤다.

"어찌 그리 횅하신 모습이십니까? 잠을 제대로 주무시지 않
으신 것입니까?"

사미는 무거운 한숨만 흘리는 한 번도 본 적이 없는 휼의 모
습에 적잖이 놀라고 말았다. 좀처럼 감정 표현을 드러내지 않던
휼의 낯선 모습에 의아함을 감추지 못했다.

"무슨 일이십니까? 오라버니답지 않으십니다."

그에 대한 걱정으로 재촉하는 사미의 말에 휼이 슬쩍 그녀의
눈치를 살폈다.

"그게 말이다."

힘겹게 입을 열었지만 이내 조개처럼 입을 꾸욱 다물어 버린
휼의 모습이 낯설었다. 그러나 사미는 인내를 가지고 휼이 입을
열기를 기다렸다. 분명 무언가 도움이 필요한 것 같은 모습인지
라 그냥 돌려보내면 후회할 것 같았다.

"별당의 소저 말이다."

"네."

힘겹게 열린 휼의 입술에서 별당의 희가 떠오르자 사미는 단
박에 눈치를 챌 수가 있었다. 이 우직하고 고지식한 오라버니께
서 상사병에 걸려서 끙끙거리는 모습이 우스우면서도 한편으로

는 안심이 되기도 했다. 기현왕 같은 사내는 되지 않겠노라 한 그의 다짐 때문도 있지만 그의 거친 외모에 겁을 먹은 여인들 때문에 휼이 쉽게 여인에게 마음을 주지 않는 것이 안타까웠던 사미였다. 그러나 힘겹게 희에 대해 말하는 그의 눈빛에서는 이제 막 사랑에 빠진 사춘기 소년과 같은 흥분과 서투름이 고스란히 흘러나왔다.

"왜, 볼수록 심장이 편안하지 못합니까?"

단번에 증세를 꿰뚫어본 사미의 말에 휼은 뜨끔했다.

"눈을 감아도 모습이 눈앞에 아른거려서 잠도 뒤척이셨고요?"

"도대체 어찌 그리 잘 아느냐?"

속내를 들켜 조금은 불만스러운, 혹은 어찌 말을 꺼내야 할지 모른 어려움을 해소해 줬다는 듯 개운한 표정으로 휼이 물었다. 그 모습에 사미는 한심하다는 눈빛으로 혀를 찼다.

"오라버니답지 않게 감정을 흘리고 계시니 그저 짐작해 봤을 뿐입니다."

살짝 나무라는 그녀의 말을 들은 휼의 반응에 사미는 또 한 번 놀라고 말았다.

"그렇구나."

평생 얼굴색 하나 안 변하고 석상처럼 딱딱한 표정으로 살 것만 같던 휼이 뺨을 붉히며 쑥스러워하고 있었다. 그 모습을 바라보던 사미는 자신도 모르게 '어이구, 부처님' 이라며 놀란 숨을 들이켰다. 멋쩍어하는 휼의 대답에 사미는 기가 찼는지 아무 말도 하지 않았다.

"허면 내가 왜 이러는지 너는 아느냐?"

진심으로 사미에게 자신의 감정을 묻는 휼의—순진함이랄까, 진지함이랄까—눈빛에 사미는 머리가 아찔했다. 도대체 이십육 년을 살아오면서 어찌 그 '감정'에 대해 이토록 무지한지 사미는 영문을 알 수가 없었다. 물론 정단 같은 쓸모없는 정혼녀로 인해 휼의 마음이 상하기도 했겠지만 그때가 언젠데 아직까지 여인 하나 제대로 마음에 두지 못했단 말인가?

"오라버니께서 모르시는 건 소녀도 모르지요."

속절없이 어깨가 떨어지는 휼의 모습에 사미는 적잖은 죄책감이 밀려들었다. 휼이 여인을 가까이 하지 못한 이유 중에 바로 그녀가 사전에 날파리 같은 여인들의 출입 및 접근을 막아선 이유도 있기 때문이었다. 휼의 배경으로 인해 접근하는 집안이나 흑심을 감추고 그녀에게 다가서는 여인들도 없진 않았다. 그러나 친오라버니만큼 믿음직스러운 휼이 두 번 다시 여인들에게 거부당하고 기만당하는 일을 지켜볼 수 없다는 생각에 과감히 주위를 내쳤던 것이 오늘, 이 결과를 낳고 말았다.

"혼란스러우십니까?"

"그냥…… 그냥 마음이 조급하다. 가슴이 답답하기도 하면서 묘하게 웃음이 나오기도 하고……. 내가 미쳐 가는 것 같구나. 헌데 말이다. 이, 입술에…… 자꾸 시선이 가서 말이지."

식은땀을 흘리며 말을 더듬는 휼의 모습이 신기하면서도 귀엽게 느껴져 웃음이 나올 것만 같았다. 가까스로 눌러 삼키고 놀리듯이 한마디 던졌다.

"그럼 입술을 훔치시면 되지 않습니까?"

"그게……."

머리를 긁적이며 난감한 듯 머뭇거리는 모습에서 이미 시도해 보았다는 것을 알 수가 있었다.

"뭔가 부족한 것 같다. 입술을 맞대고 있는 것만으로도 좋긴 한데……."

"잠시만요, 오라버니. 혹시 입술을 그냥 맞대고만 계신 것입니까?"

"그럼?"

순진하게 반문하는 휼의 대답에 사미는 기가 막혀 터져 나오려는 한숨을 억지로 목 안으로 삼켰다. 아무리 여인을 멀리한다 할지라도 그 나이까지 제대로 된 입맞춤을 해본 적이 없다는 사실이 그저 놀라울 뿐이었다. 곰곰이 생각하던 사미는 불현듯 질문을 던졌다.

"오라버니, 혹 여인을 안아본 경험이 있으신지요? 유곽에서라든지 관기라든지 말입니다."

"……꼭 대답해야 하냐?"

"네!"

사미의 질문에 휼은 곤란한 듯 미간을 찌푸렸다. 그러나 단호한 사미의 태도에 잠시 망설이다 어렵게 말을 꺼냈다.

"몇 번…… 있다."

고작 몇 번이라니……. 윤 같았으면 셀 수 없을 것이라 으스 댔을 텐데……. 이럴 줄 알았다면 윤이 기루 출입을 할 때 모른 척하지 말고 휼도 함께 가라고 등 떠밀었어야 했다고 늦은 후회로 가슴을 쳤다.

"그럼 품은 여인 중에 입술을 나눈 여인은 없으셨는지요?"

눈살을 찌푸리며 곰곰이 생각에 빠져 있던 휼이 머뭇거리며 고개를 젓자 그 모습에 사미는 버럭 소리를 지를 뻔했다. 사미는 이유를 알 것도 같지만 뭔가 잘못한 것인가 쩔쩔매는 휼의 모습에 애써 화를 가라앉혔다. 비록 휼이 외모는 거칠어도 좋게 말하면 사내답다고 할 수 있건만 무엇이 무섭다고 그를 건드리는 것도 싫어하는지 그를 상대했던 여인들에게 저주를 퍼부으며 흥분한 호흡을 다스렸다.

"어쨌든 여인의 몸을 아시고도 제대로 된 입맞춤은 처음이시라니…… 할 수 없군요. 소녀가 오라버니를 위해 교재를 하나 드리겠습니다."

"교재?"

가만히 자리에서 일어난 사미는 벽장 안을 뒤적거리며 빨간색 보퉁이 하나를 꺼내더니 그 안에서 서책 하나를 꺼내고 다시 보퉁이를 벽장 안으로 숨겨두었다. 휼은 그의 앞에 턱하니 놓인 작은 서책을 의문이 가득한 시선으로 보았다.

“숙독(熟讀)하십시오.”

비장한 사미의 표정에 휼은 얼떨결에 열성적으로 고개를 끄덕거렸다.

“제 말 명심하십시오, 오라버니. 반드시 그 서책을 낱낱이 다 보셔야 합니다.”

“그래.”

사미의 박력에 밀려 휼은 조심스레 서책을 품 안에 갈무리하였다.

“헌데 그 희라는 여인이 그리 마음에 드십니까?”

최면이라도 걸린 사람처럼 사미의 질문에 희의 모습이 다시금 그의 눈앞에 나타났다. 하늘하늘 고운 자태로 서 있는 여인에게 손을 뻗어 자신의 품 안으로 끌어당기고 싶은 충동과 그 모습 그대로 바라보는 것만으로 가슴이 아리는 감정을 동시에 느꼈다.

“그녀의 모든 것을 가지고 싶다.”

아아, 또 시작되었군.

한참을 어디론가 멍하니 시선을 던진 끝에 속삭이듯 흘러나온 휼의 대답에 사미는 역시나 하는 반응이었다. 언제나 주변에 무관심한 휼이지만 한번 욕심을 낸 것은 집요하리라 만큼 탐을 냈다. 그의 허리춤에 걸린 현무검이 그 증거다. 휼이 막 열 살이 지났을 무렵 현무검이 서북쪽 영정국에서 진상되었었다. 당시 기현왕을 따라 황궁에 갔다가 그 검을 본 휼이 무작정 그 검을 가지고 싶다 떼를 부려 주위를 난처하게 만들었었다. 언제나 어른스럽고 차분하기 그지없던 휼이 선황폐하 앞에서 막무가내로 요구하자 다들 난감한 표정들이었다.

이제 막 열 살이 지난 아이에게 자기 키만한 검을 어찌 내어주냐고 기현왕이 반대하고 나서자 난리가 났다. 휼이 무작정 선황폐하를 따라다니며 그 검 저 주시어요, 라고 떼를 부리니 난감하기 그지없어 하시다 한 가지 묘책을 내놓으셨다. 아직 연치가 어리고 무공의 깊이가 얕으니 금군대장을 꺾을 실력을 갖추면 그때 주마 하셨다. 당시 금군을 이끄는 대장군은 중성에서 내로라하는 실력가였고 선황께서는 휼이 아무리 노력한다 해도 십 년 안에는 불가능할 것이라 여기신 것이었다. 그러나 그 약속만 믿고 밤낮으로 무예를 연마한 덕분에 오 년 뒤 휼은 중성제일의 장수가 되었다. 결국 천하의 명검이라는 현무검은 그렇게 휼이 십오 세가 되는 해 그의 손에 들어와 아직까지 그의 애검으로 남아 있게 되었다.

결연하게 빛나는 휼의 표정으로 보아 어쩐지 사미는 별당의 여인에게 심심한 위로를 전하고 싶어졌다. 언젠가 그녀가 정신을 차리고 나서 휼을 거부한다 쳐도 쉽게 빠져나가지는 못할 테니 말이다.

"그럼 망설일 것이 무에 있습니까? 오라버니의 여인으로 만드시면 되지요."

"그게…… 아직 아프잖니."

훌답지 않은 수줍음으로 얼굴을 붉히자 사미는 이유는 타당하나 그 수줍음만큼은 못 봐주겠다며 슬쩍 시선을 돌렸다.

"만약 정신이 돌아왔는데 알고 보니 유부녀이면요?"

문득 생각난 가정에 사미가 짓궂게 묻자 훌의 얼굴이 석상처럼 딱딱하게 굳어졌다.

"오라버니가 싫다 그러면요?"

얼핏 사미의 시선이 훌의 무릎 위에 얹어진 주먹으로 내려갔다. 푸른 핏줄이 도드라질 만큼 억세게 쥐고 있는 주먹을 보자 안쓰러움이 솟구쳤다.

"쯧쯧, 농담입니다. 어느 여인이 감히 오라버니를 거부하겠습니까? 너무 심려치 마시고 병세나 고칠 방도를 생각해 보세요. 마음을 얻는 것은 그 다음입니다."

"그래."

사미의 다독이는 말에 굳어진 표정을 풀고 마른 입술을 축이며 찻잔을 들었다.

"뭐, 정 안 넘어온다면 오라버니의 아이라도 갖게 하는 수밖에요."

"푸훗!"

적응하기 힘든 사미의 충고에 훌은 마시던 차를 뿜어낼 뻔했다. 그러나 태연한 사미의 표정에 오히려 훌이 더 당황을 했다.

"왜요? 싫으세요?"

어이가 없는 상황임에도 훌의 본능은 고개를 젓고 있었다. 그

반응에 사미의 입꼬리가 교활하게 올라갔다.

"정 안 된다면 그냥 품어버리세요. 오라버니의 여자가 되어버렸는데 어찌하겠습니까?"

"으…… 으응, 그래."

얼떨결에 사미의 말에 수긍하고 말았지만 내심 그런 생각은 해본 적이 없었다. 하지만 여인의 배가 자신의 아이로 인해 부풀어 오른다는 상상을 하자 몸이 후끈 달아올랐다. 당장이라도 달려가 품에 안아버리고 싶다는 충동을 가까스로 억누르고 별당의 그녀가 얼른 제정신을 차렸으면 좋겠다는 소망만 간절히 기원할 뿐이었다.

한동안 휼은 미래의 일을 떠올리느라 말이 없고 사미는 희라는 여인의 등장이 좋은 징조인지 나쁜 징조인지 가늠하고 있었다. 그러다 문득 떠오른 생각에 휼이 조심스럽게 말을 꺼냈다.

"사미."

"네, 오라버니."

"저어, 혹시 한 번만 널 안아볼 수는 없을까?"

"네?"

느닷없는 휼의 제안에 사미가 정말로, 진심으로 놀란 표정을 짓자 무안했는지 휼의 얼굴이 붉게 달아올랐다. 뭐라고 제대로 설명할 수도 없고 이미 꺼낸 말을 다시 삼킬 수도 없는지라 버벅거리던 휼에게 평정을 되찾은 사미가 시원스럽게 대답했다.

"그러지요."

그리고는 자리에서 일어나 팔을 벌리자 오히려 말을 꺼낸 휼이 더 민망했다.

"오라버니?"

기다리고 있는 사미에게 쭈뼛거리며 다가간 휼이 가볍게 그녀를 끌어안았다. 사미가 여인보다 좀 더 작았지만 그 여인처럼 향기로운 몸과 보드라운 체온을 가지고 있었다. 그렇지만 어젯밤, 여인을 안으면서 느꼈던 머리가 어질한 그런 강렬한 느낌은 들지 않았다.

"만족하셨는지요?"

뻣뻣하지만 다정한 휼의 품 안에서 사미가 그의 속내를 다 파악한 것처럼 짓궂게 웃자 휼의 목덜미가 시뻘겋게 달아올랐다.

"흠흠."

사미 역시 휼의 품에 안기자 편안하기는 했지만 가슴 설레는 감정은 느껴지지 않았다. 다만 가족으로서 느낄 수 있는 듬직함만이 가득했다. 휼과 사미가 서로를 바라보며 어색하게 웃으며 떨어지려는 순간 문이 벌컥 열리고 시뻘겋게 달아오른 얼굴을 한 윤이 방 안으로 들어섰다. 분을 못 이겨 앙다문 턱이 덜덜 떨고 두 눈에서는 새파란 안광이 뿜어져 나왔다.

"윤 오라버니, 이른 아침부터 어쩐 일이신지요?"

분노로 떨고 있는 윤과 사미와 난처한 장면을 연출하고 있다 적발되어 난처해하는 휼과 달리 사미는 아무렇지 않은 얼굴로 윤에게 말을 걸었다. 윤은 사미 쪽을 보다 휼에게 시선을 던졌다. 배신감으로 물든 그 표정이 이상하게 휼의 가슴을 뜨끔하게 만들었다.

"윤 오라버니도 이쪽으로 와 차 한 잔 하시겠습니까?"

"형님, 제가 조금 전에 이상한 소리를 하나 듣고 왔습니다. 잠시 저랑 이야기 좀 하시지요."

윤은 사미의 제안을 무시하고 휼에게 시선을 고정한 채 얼음이 뚝뚝 떨어지는 목소리로 말을 꺼냈다.

"무슨 말을 말이냐?"

영문을 모르겠다는 휼의 표정에 윤의 안광이 말 그대로 폭사했다. 시종들이 수군거리기로 휼이 밤마다 별당의 소저와 다정하더라는 말에 가슴이 철렁 내려앉았다. 아직 제정신이 아닌 희보다는 휼에게 충고를 하는 것이 나을 것이라 여기고 그의 행방을 쫓아왔거늘 아침부터 사미와 다정한 모습을 보이니 눈에 보이는 것이 없었다. 어차피 둘이 혼인을 올릴 사이라 하지만 가슴이 저며드는 고통에 일부러 휼을 다그치고 있었다.

"어머, 여기서 하세요. 저는 알면 안 되는 일인가요?"

사미가 분위기를 완화시키기 위해 애써 둘 사이에 끼어들었지만 윤의 시선은 끝까지 휼에게 고정되어 있었다.

"형님."

말 한자한자에 살이 베일 것 같은 살기가 묻어 있었다.

"윤 오라버니, 여기서 이야기하세요."

사미가 한 번 더 부드럽게 말을 꺼냈지만 자신의 말이 무시당하는 것은 그다지 좋은 기분이 아니었다.

"나오십시오, 형님."

"여기서 말씀들 나누시라니까요."

이를 바득거리며 흌을 노려보는 윤에게 사미 역시 나지막하지만 경고의 어조로 말을 하고 있었다. 그 사이에서 흌은 어찌할지 모른 채 사미의 눈치를 살피고 있었다.

"형님."

참다못한 윤이 흌을 끌어내려 다가서자 그 앞을 사미가 가로막았다.

"비키거라, 사미. 이 일은 네가 알아서는…… 크헉."

윤이 흌에게 시선을 고정한 채 앞을 가로막은 사미를 살짝 밀어내자 그대로 폭발한 사미가 있는 힘껏 윤의 발등을 발꿈치로 내려찍고 말았다. 불시의 공격에 말 그대로 눈물이 찔끔 날 정도로 놀라고 아팠던 윤이 폴짝폴짝 뛰며 아픔을 표현하자 흌은 그 모습을 바라보곤 안됐다며 동정을 금치 못했고. 사미는 살기가 모락모락 피어오르는 표정으로 윤을 노려보고 있었다.

"여기서 이야기하라고 했을 텐데?"

이제 전세는 역전되어 사미에게 주도권이 넘어간 듯했다. 그러나 윤은 눈물을 찔끔거리면서도 고집스럽게 고개를 저었다.

"안 된다. 너는 몰라도 되는 문제니까."

"윤 오라버니께서 데려온 여인을 흌 오라버니께서 마음에 두신 것 때문이 아닙니까?"

사미가 문제의 핵심을 정확히 표현하자 적나라하게 드러난 자신의 문제에 민망해하는 휼은 슬며시 시선을 내리깔았고, 윤은 아픈 발을 잠시 잊고 놀란 눈으로 사미를 바라보았다.

"네가 그 사실을 어찌 아느냐?"

쯧, 거리며 가볍게 혀를 찬 사미가 매서운 눈빛으로 윤을 노려보았다.

"왜요? 제가 알면 안 되는 일입니까? 아니시면 윤 오라버니께서 그 여인을 탐하고 계시는데 휼 오라버니께서 원하시니 불쾌하신 겁니까?"

"그런 것이 아니다. 네가 있는데 다른 여인을 애틋하게 여긴다는 형님이 잘못하신 것이란 말이다. 넌 분하지도 않느냐?"

"제가 분해해야 할 이유가 있나요?"

예상외의 대답인지 윤은 잠시 멍한 표정으로 사미를 바라보았다.

"넌 형님과 혼인을 올릴……."

"아아, 안 되겠군요. 휼 오라버니, 도저히 저 바보를 이대로 내버려 둘 수가 없을 것 같습니다. 정신 좀 차리게 해야겠으니 휼 오라버니, 잠시 주변을 물려주시고 아무도 접근치 못하게 해주십시오."

한 손으로 이마를 짚으며 짜증난 표정으로 사미가 투덜거렸다. 어지간하면 감정 표현을 잘 안 하는 사미조차도 이번은 어쩔 수 없는지 얼굴 가득 윤에 대한 못마땅함으로 찡그러졌다.

“알았다.”

휼은 사미가 어찌하려는지 영문을 알 수 없었지만 멍청한 얼굴로 사미와 자신을 멍하니 바라보고 있는 윤만큼 어리둥절하지는 않을 것이라 여기며 그녀의 청을 수락했다. 휼이 자신을 사미와 단둘이 남겨두고 나가려 하자 윤은 알 수 없는 불안감에 휩싸였다. 왠지 그가 모르는 내막이 있는 것 같아 불안했다.

“혀, 형님.”

“사미야, 알아서 해결하거라.”

“네, 휼 오라버니.”

윤의 당황한 목소리에도 휼은 사미에게 주도권을 넘긴 뒤 어찌해야 할지 몰라 당황하는 윤을 남겨두고 조용히 사미의 처소를 빠져나왔다. 휼이 물러나고 주변이 조용해지자 사미는 사악한 표정으로 윤에게 미소를 던졌다. 뭔가 일이 이상하게 흘러간다고 생각한 윤은 어리둥절하면서도 난처함이 가득한 표정으로 사미의 눈치를 살폈다.

“오라버니.”

“으응?”

불현듯 사미의 목소리가 들리자 펄쩍 뛸 듯 놀라 가슴이 쿵덕거렸다.

“정말이지 오라버니처럼 둔탱이는 처음입니다.”

“뭐, 뭐가 말이냐? 잠깐만, 왜 가까이 오는 거냐?”

사미가 묘한 눈빛으로 천천히 다가오자 윤은 이상하게 불안한 마음을 감출 수가 없었다. 겁에 질린 듯한 윤의 외침에 사미의 입술에서 작은 한숨이 포옥 흘러나왔다.

“사, 사미야?”

다가오는 사미와의 간격을 벌리고자 그 역시 뒷걸음질을 쳤지만 금세 무엇인가에 걸려 발걸음을 멈추고 말았다. 슬쩍 뒤를 돌아보니 사미의 침상이 보여 마른침을 삼키며 재빨리 다른 곳으로 피하려는데 음흉한 눈빛을 한 사미가 코앞까지 다가와 있었다.

“오라버니.”

“으…… 으응, 조, 조금만 떨어져서 이야기하면 안 될까?”

사미가 가까이 있으면 있을수록 윤의 가슴이 눈에 띄게 오르내리고 숨결도 거칠어졌다. 얼굴 역시 불가에 있는 것마냥 발갛게 달아올라 있었다. 윤의 애원에 사미가 생긋 웃으며—윤은 맹세코 그 미소가 두려웠다—오히려 두 손을 들어 윤을 밀어버렸다. 어어 하는 사이에 윤이 침상 위로 넘어지고 그 틈에 재빨리 사미가 그의 위로 올라타고 말았다.

“정말이지 언제쯤 이 방법을 쓸 수 있을지 기대하고 있었답니다.”

사미의 여우 눈이 앙큼하게 빛나고 있었다.

“왜, 왜 이러느냐?”

어느새 윤의 목소리에 울음기가 배어 있었다. 꿈속에서는 늘 사미가 그에게 이런 식으로 다가왔지만 현실에서는 이래서는 안 되는 일이었다. 누가 뭐래도 사미는 그의 형수가 될 사람이 아니던가? 그의 앞섶을 더듬는 사미의 손을 막아서며 두려움으로 가득한 표정으로 그녀를 올려다보자 사미가 너무나 아름답게—그러나 사악하게—웃으며 그를 내려다보았다.

"훗, 순진한 척하시긴요."

"사, 사미야. 이, 이러지 말거라. 넌 형님과……."

사미의 공격에 반쯤 정신이 나가 있으면서도 윤은 이성을 붙잡으려 애를 썼다. 사미가 그의 형과 혼인을 치른다는 사실을 그와 그녀, 둘에게 상기시키려던 말은 순식간에 다가온 사미의 달콤한 입맞춤으로 사그라지고 말았다.

사미의 처소 안에서 벌어지는 일로 인해 밖에서는 리온과 사미의 시녀인 안향 사이에서 금전이 오가고 있었다. 윤의 뒤를 따르던 리온 역시 방 안의 사미와 휼의 모습에 잠시 당황한 기색이었다. 불같은 노기를 억누르는 주군의 뒷모습에 잘 참았다며 격려의 응원을 보내다 안향이 저쪽에서 손짓하자 그리로 쪼르르 달려간 것이었다. 숨죽인 채 방 안의 상황을 살피던 두 사람은 오래전의 내기했던 상황이 닥치자 가슴 졸이며 사태의 추이를 지켜보았다.

"자아, 약속대로 저한테 은전 한 냥을 주셔야죠?"

으스대는 표정으로 안향이 손을 내밀자 리온은 잔뜩 얼굴을 찡그리며 툴툴거렸다.

"도대체, 남자 체면이 있지……."

"그게 무슨 상관입니까? 어쨌든 내기는 내기니까 저한테 은전 한 냥 주시어요. 얼른요."

안향이 새침하게 재촉하자 리온은 연신 툴툴거리며 품속을 뒤적거렸다. 돈주머니 찾는 데 어찌나 오래 걸리는지 기다리던 안향의 이마에 힘줄이 하나 삐죽 올라올 즘 리온의 주먹이 불쑥 그녀의 얼굴 앞으로 다가왔다.

"깜짝이야."

요란스럽게도 준다며 투덜거리며 손바닥을 펼쳐도 리온의 주먹은 펼쳐지지 않았다.

"뭐예요? 안 줄 거예요? 사내 체면이 어쩌고저쩌고하더니 치사하……."

툭 소리를 내며 안향의 손바닥 위로 떨어진 것은 한 쌍의 옥가락지였다. 안향은 영롱하게 빛나는 옥가락지를 감탄사를 터뜨리며 바라보다 의심스러운 시선으로 리온을 올려다보았다.

"근데 이걸 왜 절 줘요? 은전 한 냥이면 되는데? 혹 누구 전해 주라……."

"너 하라고."

리온의 고개는 다른 방향으로 돌려져 있지만 얼핏 보이기에는 붉은 빛이 한껏 어려 있었다. 옥가락지와 리온 사이를 번갈아 보던 안향이 묘한 웃음으로 눈을 데굴데굴 굴렸다.

"마음에 들어?"

차마 그녀의 반응을 보지 못하겠는지 리온이 슬며시 한쪽 눈으로만 안향을 살폈다. 그러나 사미의 밑에서 몇 년을 지낸지라 안향 역시 보통은 아니었다.

"흐음, 글쎄요. 그다지 예쁘진 않지만 사 온 성의를 봐서 껴줄게요."

시큰둥한 안향의 말에 리온은 실망한 기색이 역력했다. 금세 울상으로 변한 그가 우스운지 안향은 애써 터져 나오는 웃음을 억누르며 엉덩이를 보란 듯이 살랑이며 어디론가로 사라져 버렸다.

거친 숨을 내쉬며 멍한 표정으로, 혹은 갖은 욕망을 해갈한 표정으로 천장을 바라보며 누워 있던 윤은 생각난 듯 자신의 팔을 베고 누워 있는 사미를 돌아보았다. 수줍으면서도 열정적으로 사랑을 나누었던 그들만의 은근한 공기가 마음에 들었다. 윤은 희망의 싹을 느끼며 사미에게 수줍게 속삭였다.

"서…… 방님이라 불러보지 않으련?"

사미는 눈을 내리깔며 수줍게 속삭이는 윤의 목소리가 사랑스러워 견딜 수가 없었다. 그러나 사미는 생긋 웃으며 단박에 거절했다.

"싫어요."

"왜에?"

금세 상처 입은 표정이 고스란히 윤의 얼굴에 떠올랐다. 그 모습에 사미는 마음 깊은 곳에서 솟구치는 희열을 느끼며 짐짓 뽀로통한 표정으로 투덜거렸다.

"저를 책임져 주시지 않으실 거잖아요."

"내가 왜?"

버럭 화를 내는 윤에게 새침하게 고개를 돌리며 투덜거렸다.

"흥, 오라버니처럼 여자 많은 남자에게 시집갔다가 무슨 마음 고생을 하려고요?"

"그럼 넌 나와 이런 짓을 벌이고도 내 형님과 혼인을 올리겠 단 말이냐?"

배신감에 몸을 파르르 떠는 윤을 흘낏 보며 사미는 새치름하 게 대꾸했다.

"오라버니는 저와 이런 짓을 벌이시고도 얼마든지 다른 여자 를 찾아가실 테지요?"

"무슨 소리냐? 나를 어찌 보고 그런 말을 하느냐? 나는 여태 껏 너만 바라봤다."

"입에 침이나 바르시고 그런 거짓말을 하시지요."

"사미야, 넌…… 넌 도대체 왜 나와……."

그의 진심을 믿어주지 않는 사미의 태도에 마음이 상했는지 윤의 얼굴 위로 배신감과 상처받은 표정이 고스란히 떠올랐다. 미안한 마음이 들었지만 일의 명확성을 위해 사미는 확실하게 짚고 넘어가기고 결정했다.

"그럼 말씀해 보세요. 제가 오라버니께 어떤 존재인지……."

사미의 질문에 윤의 표정이 흐릿하게 일그러졌다. 주저하며 망설이는 그의 대답을 사미는 인내심을 갖고 기다렸다.

"내…… 전부다."

사미는 태연하게 표정 관리를 하고 있지만 내심 흐뭇해하고 있었다. 여섯 살 어린 나이에 부모님을 잃고 기현왕의 손에 이끌려 왕부에 왔을 때 휼과 윤이 그녀를 맞이해 주었었다. 두려움과 공포로 마음을 닫은 그녀에게 먼저 다가온 것이 윤이었다. 반짝반짝 빛나는 햇살 같은 미소로 그녀를 웃게 만들려고 갖은 애를 쓰던 윤이었다. 원수를 갚겠노라고 자신의 키보다 더 큰 검을 들고 두려움에 헤매던 그녀를 찾아낸 것도 이 사내였다. 그녀가 아주 어린 꼬마였을 때부터 가슴속에 은근히 심어둔 욕망 하나, 그것은 그의 아내가 되는 것이었다. 이 남자를 얻기 위해서라면 술수 같은 것은 얼마든지 부리겠다고 생각한 사미였다. 기루의 기녀들을 끼고 놀아날 때도, 혼자 착각하고 다른 지방을 떠돌아다닌 때도 언젠가 그녀 곁에 눌러앉히리라 굳게 마음먹고 있었다.

그간의 세월이 떠오르자 잠시 생각에 빠져 있던 사미를 안타깝게 바라보던 윤은 마음을 굳힌 듯 그녀를 와락 끌어안았다. 깜짝 놀라 바동거리는 그녀에게 애절하게 속삭였다.

"이렇게 평생 내 곁에 있어다오."

그 말 한마디에 사미의 입가에 배시시 미소가 피어올랐다. 그의 품에서 벗어나려 바동거리는 것을 멈추고 오히려 더욱 안으로 파고들었다.

"그 말을 아주 오랫동안 기다렸어요."

사미의 드러난 맨등을 어루만지며 윤은 흡족한 마음을 감추지 못했다. 은근슬쩍 사미의 손길이 그를 자극하기 시작하자 금세 반응하는 육체 때문에 움찔거렸다. 그리고는 능수능란하게 그를 자극하는 사미의 손을 거칠게 떼어내며 눈을 부라렸다.

"그런데 너 이런 건 어디서 배운 거냐?"

배시시 웃던 사미가 슬며시 그의 몸 위로 올라왔다. 곱게 단장을 마쳤던 머리가 어느새 풀어헤쳐져 하얀 몸을 가리고 있었다. 그 모습이 더욱 아찔하여 숨을 들이키는 그에게 사미의 달짝지근한 목소리가 들려왔다.

"후후, 여인의 비밀이지요. 저도 공부를 좀 했답니다. 오라버니가 정 뜻대로 안 움직여 줄 때를 대비한……."

"뭐?"

얼빠진 표정을 짓고 있는 윤에게 사미가 달콤하게 속삭였다.

"오라버니, 그럼 저와 혼인을 맺으실 거죠?"

앙큼하게 눈웃음을 살살 치며 속삭이는데 윤은 한숨부터 흘러나왔다. 왠지 이 조그만 여자아이에게 당한 느낌 때문이었다. 그래서 싫으냐고 묻는다면? 그건 절대 아니었다. 한순간에 휘어잡혀 버린 자신의 모습이 한심해서였다. 그렇게 수많은 여자를 울리고 다니면서 여자에 대해 도통하다고 자부했던 자신감이 순식간에 무너져 버렸다. 그렇지만 마음 한구석이 편안했다. 더 이상 가슴앓이하지 않아도 된다는 사실이 너무 다행스럽고 지금 자신의 팔 안에 사미가 누워 있다는 사실이 행복해서 절로 웃음이 흘러나왔다.

"제발 살려만 다오."

윤이 엄살을 부리며 사미와 이마를 맞대고 킥킥 웃었다.

"하는 짓 봐서요."

새침하게 코끝을 치켜세우는 사미가 얄미워 살짝 코를 잡아 비틀었다.

"아얏."

눈꼬리를 치켜세우고 그를 노려보자 윤은 재빨리 사미를 끌어안아 품에 가뒀다. 그리고 버둥거리는 사미의 귓가에 나지막이 속삭여 주었다.

"나와 혼례를 치르자."

사미의 눈동자가 초승달마냥 휘어지며 살포시 붉은 입술로 그의 입술을 가로막았다. 다정한 미소 너머에는 기현왕이 돌아오시면 윤과의 혼인을 서둘러 달라 청할 계획이 잡혀 있었다.

입궐하기 전에 아무래도 희를 한번 보고 싶었던 휼은 평소와 별반 다르지 않은 모습으로 별당을 향해 발걸음을 옮겼다. 희의 처소가 가까워지면 질수록 자신의 심장 소리가 머릿속에서 크게 울려 퍼지는 것 같은 착각마저 들 정도였다.

"대군 저하?"

소아가 희의 아침식사 시중을 마치고 아침 단장을 끝내자 모습을 드러낸 휼의 등장에 깜짝 놀라며 눈을 휘둥그랬다. 겉으로 보이는 휼의 모습은 평상시와 같았지만 내심 전쟁터에서 죽음을 앞둘 때보다 더 긴장돼서 두려워하고 있었다. 두렵다? 한낱 여인 때문에 자신이 두렵다는 감정을 느끼게 될 줄은 꿈에도 생각하지 못했던 일이다. 그러나 두려웠다. 여인 하나 때문에 발 아래 세상이 무너지는 듯한 아찔함을 느꼈다는 사실에 휼의 발걸음이 거짓말처럼 얼어붙었다. 소아의 등 뒤에 닫힌 방문을 열기만 하면, 아니, 이 문 하나도 가깝게 느껴질 만큼 그녀의 존재가 그에게 독약처럼 스며들고 있었다. 그 순간 얼어붙었던 발걸음을 돌려 휼은 희의 처소에서 멀어졌다. 의아해하는 소아의 시선은 아랑곳하지 않고 자신이 느끼는 이 생소한 감정에 허둥거리기 시작했다.

희에게 향하는 동안 가슴은 설레고 발걸음은 가벼웠다. 숨이 멎을 듯 고통스럽고 세상이 휘청거렸다. 처음 느끼는 설렘과 기쁨으로 마음이 충만해지면서 반면에 손끝이 덜덜 떨릴 만큼 두려웠다. 기녀들에게 하는 것처럼 가벼이 안아볼까 하던 마음이 품에 안았던 가날픔에 부서질까 누그러졌다. 순식간에 두려움이 밀려들었다. 어느 한순간 여인 하나로 인해 마음의 평정을 잃어버린 자신을 발견했기 때문이다. 믿을 수가 없는 상황이었다. 이런 자신의 감정이 낯설고 두려워져 휼은 희를 보고 싶다는 마음을 가까스로 억누르며 애써 발길을 돌리고 말았다. 그러나 돌아서는 그의 발걸음은 후회와 미련으로 잔뜩 무거워져 있었다.

"날씨가 좋지요?"

평소와 달리 기분이 좋은 사미는 생글거리며 정원에 나와 앉아 있는 여인에게 말을 걸었다. 희에게서 아무런 대답이 나오지 않았지만 사미는 아무렇지 않은 표정으로 희의 맞은편에 놓인 넓적한 바위에 주저앉았다. 햇살에 알맞게 달궈진지라 엉덩이에 닿은 바위가 따끈했다.

"여기가 어딘지 아나요?"

그저 고개의 방향만을 응시하며 조금의 대꾸도, 반응도 하지 않는 희에게 아랑곳하지 않고 사미는 열심히 말을 걸고 있었다. 그녀답지 않은 일이지만 오늘은 아주아주 기분이 좋기 때문에 희에게 신경을 써주고 싶었다. 아울러 혹여나 그녀가 무의식중에서라도 윤에게 조금의 호감이라도 있다면 그 싹을 밟아둘 생각도 조금 하고 있었다.

"상천국의 기현왕부랍니다. 당신을 데려온 사람은 기현왕의 둘째 아드님이신 이현대군 저하시구요. 나는 그분과 혼례를 올릴 사람이랍니다."

여인에게서는 미미한 반응조차 일지 않았다. 잠시 부끄러운 마음이 들어 곧 입을 다물고 말았다. 온전하지도 않은 여인을 상대로 치졸한 짓을 하는 것 같아 심히 부끄러웠다. 할 말이 더

있었지만 가만히 입을 다물고 여인을 유심히 바라보기 시작했
다. 여인의 외모에서 특히나 눈동자가 마음에 들었다. 어찌 보
면 사내를 유혹하는 듯 요염하지만 어찌 보면 심기가 곧은 단정
함이 서린 눈매였다. 그러나 애석하게도 눈빛이 탁한 것이 생기
없어 보며 밀랍인형 같은 느낌이었다. 여인을 바라보면 볼수록
윤의 말이 떠올랐다. 기현왕부에 왔을 때의 자신과 같아 보여
차마 그대로 두고 올 수 없었노라고……

자신과 닮아 있어서라……. 기현왕부로 오게 된 일을 떠올리
자 사미의 기분이 순식간에 암울하게 가라앉았다. 사미의 기분
전환을 누구보다 여인이 먼저 알아차렸다. 따사롭던 공기의 흐
림이 아득한 서늘함처럼 가라앉자 자신도 모르게 그녀 쪽으로
시선을 돌린 것이었다. 그러나 오랜만에 옛 기억에 빠져 버린
사미는 그 사실을 전혀 알아차리지 못하고 있었다.

여섯 살, 순식간이었다. 그녀의 행복한 세상이 파괴된 것
은……. 누구보다도 더 크게 느껴졌던 아버지도, 엄하지만 언제
나 그녀를 위해주시던 다정한 어머니도 사라졌다. 그때 사미는
세상이 항상 행복하고 안전한 것이 아니라는 것을 알게 되었다.
눈앞에서 부모가 피살당하고 구사일생으로 친우이신 기현왕께
구조되어 살아남았지만 눈물도, 공포도, 증오도, 행복도 모두
사라져 버렸다.

처음에는 복수하겠다고 작은 어린아이의 몸으로 날뛰고 울고
소리 질러보았지만 그래도 잃어버린 것들은 돌아오지 않는다는

사실을 깨달았을 뿐이다. 점점 눈물이 말라가고 목소리가 잦아들어 가고 감정이 무뎌졌을 때 사미는 완벽하게 자신만의 공간에 갇혀 지냈었다. 죽음도 두렵지가 않았던 시기였다. 아픔도, 두려움도 모두 잃어버린 시간 속에 갇혀 지낸 사미를 꺼내준 것은 다름 아닌 윤이었다.

잠시 과거의 일을 떠올리느라 사미의 기분이 가라앉았지만 어느새 윤이 자신의 어린 시절을 가득 채우고 있었다고 떠올리자 기분이 훨씬 좋아졌다. 그러다 문득 시선을 느끼고 고개를 드니 희가 물끄러미 자신을 바라보고 있었다. 여전히 흐릿한 시선이지만 분명 고개를 움직여 그녀 쪽을 바라보고 있었다. 그 사실에 깜짝 놀라 눈을 껌벅거리는 사미에게 희가 품 안에서 무언가를 꺼내 들었다. 희가 스스로 움직일 수 있다는 사실에 더욱 놀라 아무 말도 못하고 있는 사미에게 고운 비단 조각이 내밀어졌다. 희가 사미에게 내밀고 있는 것이었다.

"이걸…… 날 주는 건가요?"

희는 아무런 말도, 표정도 없었지만 그저 내밀 뿐이었다. 의아함을 감추지 않은 채 사미는 조심스럽게 희에게서 비단 조각을 받아 살며시 열어보았다.

"어머나."

사미가 감탄사를 터뜨린 것은 비단 조각 안에 빙화석으로 꾸며진 수려한 머리꽂이가 나타났기 때문이었다. 이만한 빙화석이라면 기현왕부만한 집을 사고도 남을 정도라고 생각했다. 이미 오래전부터 사미가 기현왕부를 꾸려가다시피 하고 있어 계산은 상당히 빠른 편이었다. 거기다 멸문을 당했다지만 원래 대(大)상인 집안에서 커왔던지라 보기 드문 보석이지만 오색 광채가 나는 빙화석을 한 번에 알아볼 수 있었다.

"정말 예뻐요. 하지만 이건 굉장히 귀한 물건이에요. 값어치도 엄청나구요. 제가 받을 수 있는 물건이 아닌 듯해요."

아쉬운 마음이 없는 건 아니었지만 어쩐지 사연있는 물건 같아 받기가 상당히 껄끄러웠다. 사미가 머리꽂이를 다시 비단으로 감싸고 희에게 내밀다 자신의 눈을 의심하고 말았다. 분명 아무런 표정이 드러나지 않지만 어쩐지 울 것만 같은 눈빛에 비단 조각을 내민 자신의 손이 부끄럽게 느껴졌다. 주춤거리며 다시 비단 조각을 펼쳐 머리꽂이를 손에 들고 망설이다가 한참 만에 자신의 머리 위에 꽂았다.

"됐죠? 너무 귀한 물건이니까 빌린 것으로 할게요. 나중에 희 언니가 완전히 다 나으면 돌려줄게요. 아, 희 언니라고 불러도 되죠? 어때요? 잘 어울……."

빙화석으로 수려하게 장식된 머리꽂이는 사실 상천국에서 황후나 공주 정도나 돼야 어느 정도 할 수 있을 만큼 귀한 물건이었다. 그것을 알고 있기에 사미는 기현왕의 예비 며느리라고는 하나 자신이 하기에도 벅찬 물건이라고 생각했다. 거기다 희의 상태 역시 정상이라고 생각할 수 없어 차라리 그녀가 제정신으로 돌아올 때까지 물건을 맡아두는 것으로 해야겠다고 생각했다. 대충 적당한 위치에 머리꽂이를 꽂고 나서 대답이 돌아오지 않으리라는 것을 알고 있으면서도 희에게 어울리냐고 묻던 사미는 믿을 수가 없었다. 자신도 모르게 눈을 꿈벅거리며 다시 확인했지만 희가…… 웃고 있었다. 살포시 볼우물을 만들며 행복한 듯 다정하게 미소 짓고 있었다.

"희, 언니라고 불러도 돼?"

난감한 질문을 하십니다. 난처한 표정으로 미소만 짓고 있는 희의 표정이 그렇게 말하고 있었다.

"어째서?"

부루퉁한 얼굴로 공주가 불만스럽게 대꾸하자 희도 난감한 표정을 지우지 못한 채 그저 웃기만 하고 있었다.

"아무도 없을 때만이라도 그렇게 부르면 안 돼? 난 희가 너무 너무 좋단 말이야."

"저도 공주님을 좋아해요."

"그럼 언니라고 불러도 돼?"

"그건 좀…….'

"치이, 치사해. 난 희가 정말 내 언니였으면 좋겠다고 생각하는데 희는 그저 날 공주로만 여기는 거지?"

"그저 공주님으로만 여겼다면 애저녁에 공주님의 장난에 두 손두발 다 들고 달아났을 겁니다."

"그럼 희도 내가 좋아?"

눈을 반짝이며 다가서는 공주의 모습이 가슴 저리게 사랑스러웠다.

"그럼요, 공주님. 이 세상에서 제가 가장 사랑하는 사람이 공주님이십니다. 언제까지고 곁에 있어드릴게요."

"그럼 안 돼. 어마마마께서 그러셨어. 언젠가 희도 멋진 낭군을 만나 예쁜 아이도 낳고 행복하게 살아야 한다고 하셨어. 그러니 내가 혼례를 올리면 희도 혼례를 올려야 해."

"제겐 그런 여인의 행복보다는 공주님의 행복이 먼저랍니다."

"정말? 그래도 안 돼. 난 희가 낳을 사내아이를 내가 낳을 계집아이랑 결혼시킬 거야."

"네?"

굳게 결심한 듯 고집스럽게 고개를 치켜드는 공주의 말에 희는 당황스러우면서도 웃음이 나오면서도 안타까웠다. 언젠가 진실을 알게 된다면 절대 그녀들의 아이들은 맺어질 수가 없다는 걸 알게 될 것이다. 그러나 지금은 어린 공주님의 마음이 먼저였다.

"네, 그러지요."

"정말? 약조한 것이야. 생각만 해도 멋질 것 같아. 희의 아들은…… 어떤 모습일까?"

먼 미래를 그리는 어린 공주의 모습이 너무 순수해 보여 희는 가만히 웃으며 그녀의 뒤를 지키고 서 있었다. 행복해서 눈물이 날 만큼 행복한 시간이라고 생각하면서…….

　또르륵 하고 웃고 있는 희의 뺨 위로 하얀 눈물이 흘러내렸
다. 꿈을 꾸는 듯 몽롱한 시선으로 자신을 바라보고 있지만 어
떤 기억을 더듬고 있다는 것을 알 수 있었다. 행복한 듯 입가는
미소 짓고 있지만 그리움에 애가 타서 눈물이 나는 것이리
라……. 사미는 희의 사연이 애달프구나 여기며 가만히 자리를
지키며 그녀의 추억이 깨지지 않도록 배려해 주었다.

6장

황궁에서 업무를 보면서도 휼의 머릿속에는 온통 희로만
가득했다. 보고 오는 것인데 하는 미련과 그녀로 인해 자신의
중심이 사라져 가는 듯한 두려움에 휩싸여 어찌할 바를 몰랐다.
그런 휼의 이상을 월추가 가장 먼저 눈치 챘다.

"혹 왕부에 무슨 일이라도 생겼습니까? 오늘따라 저하께서
상당히 안절부절못하십니다."

"흠."

다른 사람은 몰라도 월추는 휼의 기분을 귀신같이 알아냈다.
월추에게 자신의 상태를 들키자 그런 자신이 한심스러운지 휼
의 기분이 더욱 가라앉았다. 더 안 좋은 사실은 그럴수록 여인

이 더욱 보고프다는 것이었다. 지금은 무엇을 하고 있는지 무엇을 보고 있는지 무슨 생각을 하는지 다 궁금할 지경이었다.

"오늘은 그만 왕부로 돌아가시겠습니까? 좀처럼 일이 손에 안 잡히시는 것 같습니다."

"……그 문서 마저 주게."

월추가 의심스러운 듯 눈매를 치켜떴지만 이내 휼의 명령에 따르며 문서를 건네주었다. 하지만 월추는 첩첩이 쌓여가는 문서를 곁에 두고 자꾸만 딴생각에 빠져들면서 왜 안 돌아가는지 모르겠다면서 내내 투덜거렸다.

겨우 봐야 할 업무를 다 처리하고 나서 퇴궐하자 심신이 모두 피로하였다. 뜨거운 물에 목욕이나 해야겠다 생각하다, 문득 그런 생각을 한 자신이 배가 불렀구나 싶었다. 전쟁터에서는 목욕조차 사치일 뿐인데 어느새 뜨거운 목욕에 익숙해져 있는 자신이라니……. 혼자만의 생각에 피식 웃자 문 총관이 이상한 표정으로 그를 살폈다.

"저하, 사미 아가씨께서 돌아오시는 대로 뵙자고 하십니다."

휼은 문 총관의 말에 가볍게 고개를 끄덕이며 관복을 갈아입고 사미의 처소로 발걸음을 옮겼다. 사실 사미의 처소보다는 희에게 먼저 가고 싶었지만 이성이라는 것이 그를 막아섰다. 더 이상 자신을 잃어버리는 일을 해서는 안 된다는 무언의 압박감을 느껴서였다. 그런 내면의 갈등과 싸우느라 더욱 지쳐 버린 그가 힘겹게 사미의 처소로 들어서다 휘청이며 주저앉을 뻔했다. 그렇게 보고파 애가 닳았던 희가 사미의 처소에 다소곳하게 앉아 있는 것이 아닌가? 고운 자태에 눈이 아려왔다. 절로 손이 뻗어지는 것을 막을 수가 없었다.

"어머, 오라버니."

순간 재미있어하는 사미의 목소리가 끼어들지만 않았다면 그곳이 사미의 처소임을 잊은 채 희를 끌어안았을지도 몰랐다. 순간 틈을 내보였다는 사실에 부끄러워진 휼이 무안해하며 주변을 서성이자 사미가 먼저 그에게 자리를 권했다.

"이리 와 앉으세요. 오라버니, 오늘 일은 괜찮으셨나요?"

"아아."

가까스로 잠겨 있는 목소리를 끄집어냈지만 영락없는 까마귀 소리에 저도 모르게 놀라 움츠리고 말았다. 당황한 기색이 역력해 보이는 휼의 모습에 사미는 아닌 척 재미있어하며 애써 미소를 삼키며 휼에게도 차를 권했다.

"오라버니, 이거 어때요? 오늘 희 언니가 빌려줬어요."

"희 언니?"

날카로운 휼의 눈빛이 사미와 희를 번갈아 보았다.

"네, 희 언니. 어쨌든 저보다 나이가 많아 보이니 제가 동생하기로 했어요. 어때요, 어울리죠?"

"그래."

지금 생각해 보니 그녀의 나이도 모르고 있었다. 어림짐작으로 봐도 스물은 넘은 것 같은데 혹시 저 나이에 혼인을 하지 않았을까 하는 두려움이 밀려들었다. 정신이 들면 혹 기다리는 가족들 곁으로 돌아가는 것은 아닐까? 문득 떠오른 상상에 휼은 저도 모르게 주먹을 불끈 쥐었다.

“무슨 생각을 그리 골똘히 하십니까?”

“음?”

희를 바라보는 시선을 떼지 않은 휼의 모습이 재미있어 사미는 짐짓 짓궂게 되물었다. 그제야 휼의 눈에 사미가 들어왔다. 이제야 자신의 존재를 알아차렸냐는 말없는 타박에 휼은 애꿎은 찻잔만 만지작거리며 시선을 돌렸다.

아무튼 이 집안 남자들은 순진한 것인지 아니면 교활한 건지…….

사미는 어처구니가 없다는 눈빛으로 휼을 바라보며 내심 혀를 찼다.

“형님, 오셨습니까?”

유달리 즐거워 보이는 표정의 윤이 사미의 처소로 들어서며 어색한 공기를 깨뜨렸다.

“……오늘 나오지 않았다고 그러더구나.”

못마땅해하는 휼의 말에 윤은 머쓱한 표정으로 머리를 긁적거렸다. 사미와 정분 쌓는 일에 정신이 팔려 군부에 나가야 한다는 사실을 그만 잊어버리고 만 것이었다. 매서운 휼의 눈초리에 가시방석에 앉은 기분이던 윤은 한쪽에 다소곳이 앉아 있는 희를 발견하고 얼른 화제를 돌렸다.

"그나저나 오늘도 중성 내 유명한 의원이란 의원들이 다 다녀 갔는데 도무지 희 소저의 증상에 대해서는 어떻게 해야 할지 모르겠다며 다들 고개를 절레절레 흔들더군요. 그저 경과를 지켜보자는 말만 들었습니다."

"그래?"

의원이 다녀갔다는 말에 휼은 그제야 희가 아직 정상이 아님을 기억해 냈다.

"황궁의 내의원들을 부르지."

"아아, 관두십시오. 희 소저도 하도 많은 의원들에게 시달리다 보니 지친 모양입니다. 아무래도 희 소저의 마음의 문제인 듯싶어 의원들의 말대로 좀 더 지켜봐야 할 것 같습니다."

희가 의원들에게 시달렸다는 대목에서 문득 휼은 불쾌감이 스멀스멀 기어올라 왔다. 아무리 의원이라지만 어찌 됐든 사내가 아닌가? 그들이 그녀의 손목을 건드렸을 것이란 생각에 저도 모르게 손아귀에 힘이 들어가고 말았다.

빠각.

옥빛 찻잔이 힘없이 휼의 손아귀에서 부서지고 말았다.

"형님."

"수선은……. 손부터 닦으십시오."

놀라 허둥거리는 윤과 달리 사미는 큰 문제가 아니라는 듯이 손수건부터 먼저 건넸다.

“다치시지는 않으셨습니까?”

“아아.”

너무나 태연한 두 사람의 모습에 윤은 질투가 일었다. 조금의 흐트러짐없는 형님과 감정의 표출이 극히 드문 사미의 모습이 잘 어울리는 것만 같아 불쾌했다. 그래서 휼의 손바닥을 살피는 사미를 자신의 품 안으로 끌어당긴 다음 퉁명스럽게 소리쳤다.

“저 사미와 혼인할 것입니다.”

“그래.”

너무나 쉽게 나온 휼의 대답에 한껏 받아칠 말을 머릿속에서 생각하고 있던 윤은 순간 말문이 막혀 버렸다. 이렇게 순순히 대답한다는 설정은 어디에도 없었기 때문이다.

“네?”

오히려 쉽게 승낙해 준 휼의 말을 못 미더운 듯 되묻는 윤에게 휼이 정색하며 되물었다.

“왜?”

“아니…… 그게…… 사미는 아버님께서 형님과 혼인하도록…….”

“왕야께서는 당신의 아들 중 한 명과 맺어주신다고 하셨지, 꼭 휼 오라버니와 맺어주신다는 말씀은 안 하셨습니다.”

어리둥절해하는 윤에게 못 말린다는 표정으로 나지막한 한숨과 함께 은근한 타박을 던지는 사미와 여태껏 그 사실도 모르고 있었냐는 눈빛으로 휼이 윤을 올려다보았다. 그제야 윤은 이 두 사람이 자신이 사미와 혼인하겠다는 말을 꺼내기만을 기다렸다는 것을 깨달았다. 얼굴을 붉히며 민망한 듯 헛기침을 가볍게 했다.

"흠흠, 그럼 형님, 제가 사미와 혼례를 올리겠습니다."

"그래."

까칠한 목소리를 가다듬으며 조금 쑥스러운 듯 말을 꺼낸 윤에게 휼은 다정한 눈빛으로 동생을 올려다보았다. 그제야 윤은 휼의 진심을 깨달았고 그동안 형을 향해 못난 질투를 한 자신이 부끄러운지 쑥스러워했지만 기쁜 표정을 감추지는 못했다.

"그럼 왕야께서 오시는 대로 혼례식을 올리도록 하죠."

"에? 하지만 아직 형님께서……."

사미의 제안에 아직 미혼인 휼을 두고 먼저 장가간다는 것이 민망한 윤이 말끝을 흐리자 휼의 시선이 자신도 모르게 희에게로 향했다. 그러나 말갛기만 한 그녀의 표정에 나지막한 한숨만 내쉴 뿐이었다. 휼의 시선 끝에 희가 존재하자 윤은 거북한 긴장감에 몸을 굳혔다. 이미 사미에게 들어 여인에 대한 휼의 알고 있었다. 그러나 아직 그녀의 정신이 온전하지 않은 점도 있지만 하륜국의 중요 인물일지도 모르는 여인에게 마음을 빼앗긴 형님을 어찌해야 할지 걱정스러웠다. 한쪽 가슴은 오랜 아픔을 벗어던져 홀가분한 면이 있지만 다른 쪽 가슴이 막막해지는 밤이었다.

밤이 늦어 그만 각자의 처소로 돌아갈 시간이 되었다. 사미가 휼에게 희를 처소까지 안내달라는 부탁을 하자 윤이 불편한 얼굴로 끼어들다 사미에게 정강이를 얻어맞고 조용히 물러났다. 희는 그런 사실을 아는지 모르는지 휼이 이끄는 대로 자리에서 일어나 그를 따라나섰다. 먼저 소아가 총총거리는 걸음으로 앞장섰지만 아무도 그녀의 존재는 신경 쓰지 않았다. 윤이 걱정스러운 표정으로 휼과 희의 뒷모습을 바라보자 사미는 그의 옆구리를 팔꿈치로 슬쩍 찔렀다.

"솔직히 말해보세요. 희 언니에게 조금이라도 마음이 있어서 그런 표정을 짓는 건가요?"

평소와 같은 어조, 같은 표정이지만 눈빛이 예사롭지 않았다. 하지만 휼에 대한 염려로 윤은 그 사실을 간파하지 못했다.

"그런 것이 아니라 형님이 걱정될 뿐이야."

"휼 오라버니가 왜요?"

"저 여인의 정체를 확실히 모르는데 무작정 빠져드시면 나중에 어찌 될지……."

"흠."

윤의 염려에 그제야 사미도 자신이 미처 생각지 못한 문제가 있음을 깨닫고 심각한 표정으로 변했다.

"음? 그런데 이건?"

문득 윤이 사미 쪽으로 돌아보다 그녀의 머리 위에 낯익은 머리꽂이를 발견하고는 깜짝 놀란 표정을 짓자 사미는 그제야 잊고 있었던 머리꽂이의 존재를 깨달았다.

"희 언니가 낮에 주더라고요."

"뭐라고? 줬다고? 어떻게?"

자신의 의지로 움직이지 않는다는 것을 알고 있는 윤으로서는 깜짝 놀랄 만한 일이었다.

"그냥 품에서 꺼내줬어요."

"무슨 말 같은 건 하지 않고?"

혹시나 슬슬 정신이 돌아오는 건 아닐까 싶어 윤은 다급하게 사미를 다그쳤다.

"아뇨, 그냥 품에서 꺼내더니 내밀더라고요. 그러고는 내가 머리에 꽂으니 나를 보고 웃었어요."

그러고 보니 낮의 일을 말한다는 것이 그만 잊어버리고 말았다. 희가 자리에 함께 있으니 보내고 말한다고 하고서는 그만 깜박한 모양이었다.

"웃어?"

자신의 의지로 식사조차 하지 않던 여인이 품에서 항상 떨어뜨리지 않는 물건을 사미에게 줬다? 그뿐이 아니라 처음으로 감정을 드러냈다? 뭔가 희망이 생긴다는 기분보다는 꺼림칙했다.

"네, 웃었어요. 그리고는 울었어요."

"그게 무슨 말이야?"

"나를 보면서 울더군요. 누군가를 떠올리는 것처럼."

"아."

윤은 짐작 가는 구석이 떠올랐다. 그러고 보니 사미가 체구가 조금 작아서 나이보다 어리게 보이는 면이 없진 않았다. 혹시 정말 하륜국 공주의 호위무사가 아닐까? 공주의 머리꽂이를 가지고 있는 것으로 보아 공주는 이미 이 세상 사람이 아닌 것이 아닐까? 주군의 죽음으로 인해 생을 놓으려는 것인가 하는 여러 가지 의문이 피어올랐다.

사미는 윤의 이마 가운데 깊게 패인 주름이 마음에 들지 않았지만 그답지 않게 심각한 표정을 짓는 것을 보니 무언가 알고 있는 듯 보였다.

"오라버니는 무언가 알고 계신 듯합니다."

"응? 아, 아니야. 난 아무것도 몰라."

깊게 생각에 빠져 있던 윤은 의심이 가득한 사미의 목소리에 화들짝 놀라며 황급히 양손을 휘저으며 부정했다. 오히려 그 모습이 사미의 의심을 가중시켰지만 윤은 서툴게 시치미를 떼며 고개를 내저을 뿐이었다.

휼은 두근거리는 마음으로 희와 함께 사미의 처소를 나왔다. 그녀를 보려다가 그냥 돌아갔을 때부터 층층이 쌓인 그리움이 그녀를 보자마자 한순간에 해소되는 걸 느낀 휼은 더 이상 복잡하게 생각하는 것을 멈추었다. 이리 보고 있으니 가슴 설레고 기쁘기만 한 것을 굳이 그 마음을 멈추고 상처 낼 필요가 없을 것만 같았다. 아버님처럼 맹목적으로 그녀만 바라볼까 두려웠지만 외면하는 것은 더 못할 짓이었다. 이제사 어머님을 그리는 아버님의 절절한 마음이 십분 이해되기 시작했다.

뭔가 꺼림칙한 얼굴로 자신과 그녀를 바라보는 윤을 무시하고 다른 이의 시선 따위는 조금도 느끼지 못하고 희와 함께 있다는 사실만 그에게 절실하게 다가왔다. 그들 앞으로 소아가 조용히 앞장서는 것도 전혀 모르는 듯했다.

묵묵히 걸어가는 동안 훌은 무슨 말을 꺼내야 할지 몰라 애타는 마음만 동동거렸다. 뭔가 멋진 말솜씨를 드러내고 싶었지만 그에겐 그런 재주는 없었다. 이럴 때 말솜씨가 번드르르한 동생이 부러웠다. 그런 그의 마음을 아는지 모르는지 희는 묵묵히 소아의 뒤를 따라갈 뿐이었다. 사미의 처소를 벗어나기 전, 희의 발걸음이 서서히 느려지더니 그녀의 고개가 어딘가로 고정되어 움직일 생각을 하지 않았다. 뒤따르는 발걸음 소리가 들리지 않자 소아가 재빨리 뒤를 돌아보았고 훌은 희의 시선이 향한 방향을 바라보았다. 그곳에는 안채의 작은 연못에 하얀 달빛 아래 흐드러진 연꽃이 수줍게 피어 있었다. 그녀의 발걸음이 또다시 연못가로 향하기 시작했다. 훌은 희가 지난번처럼 연못 안으로 들어갈세라 재빨리 그녀 앞을 가로막고 소아에게 그녀를 잡으라 명했다.

"아가씨를 붙잡고 있거라."

소아가 황급히 희의 한쪽 팔을 붙잡고 서 있는 동안 훌이 성큼성큼 연못 안으로 들어가 손에 잡히는 대로 연꽃을 꺾어 금세

한 다발을 만들었다. 덕분에 사미가 아끼는 연못이 조금 망가지고 그의 가죽신이 흠뻑 젖었지만 휼은 아랑곳하지 않고 희에게 연꽃 다발을 건네주었다. 천천히 손을 내밀어 연꽃 다발을 받아든 희의 무감각한 표정 위로 환한 빛이 감돌기 시작했다. 미소 짓는 것은 아니었다. 하지만 표정이 훨씬 밝게 느껴져 휼은 연못 안까지 들어갔다 온 보람을 느끼며 머쓱한 웃음을 흘렸다. 말 한마디 나누지 않았지만 휼의 눈빛에서, 행동에서 희를 아낀다는 감정이 소아에게까지 충분히 전달될 정도였다.

오랜만에 황후와 산책을 즐기는 황제의 모습이 무척이나 밝아 보였다. 아직 약관을 넘어선 지 얼마 안 되었지만 타고난 총명함과 지혜로 너구리 같은 늙은 대신들을 잘도 구워삶고 있었다. 적통 황자라는 명분도 있지만 황제의 오른팔 격인 기현왕부의 진성대군도 무시할 수 없는 힘을 지녔기에 아직까지 황제의 권위에 도전하는 이가 없었다. 어린 시절 정혼한 황후와는 뜨겁게 사모하는 사이는 아니지만 언제나 정중히, 그러나 누구보다 아껴주고 있었다. 그렇기에 황제는 언제나 후궁을 두더라도 황후를 먼저 생각하곤 했었다. 하지만…….

"황후, 점점 날이 더워짐에 꽃들의 계절이 도래하는가 보오."

"그렇사옵니다, 폐하."

황제보다 두 살 위인 황후는 황제가 좀처럼 짓지 않는 상냥한 미소로 자신을 돌아보자 가슴이 덜컥 내려앉았다. 늘 냉소적인 미소로 사람들을 대하지만 그가 정말로 화가 나면 상냥한 미소가 떠오른다는 것을 알고 있는 황후였다. 게다가 반역을 꾀하던 선황의 둘째 아드님이신 무용왕을 생포해 왔을 때 그 특유의 상냥한 미소로 거침없이 그의 목을 베라고 한 전적이 있었다. 그러나 언제나 자신에게만은 다정하고 후궁 일로 인해 자신을 업신여기지 않는 황제로 인해 잠시 자신만은 특별하다는 착각에 빠지고 말았다.

"꽃들이 아름다워 이리도 나비가 바삐 움직이나 보오."

그 순간 황후의 안색에서 핏기가 빠져나가기 시작했다.

"나비가 지조가 없어 어찌하오?"

"그…… 그 무슨 말씀이십니까?"

웃고는 있지만 서늘한 황제의 시선이 황후에게 날아들었다. 네가 한 짓을 다 알고 있다는 매서운 경고 같아 황후는 숨을 죽이며 바짝 얼어붙은 채 황제의 말을 기다렸다. 안색이 파랗게 질려 있으면서도 아무렇지 않은 척 태연을 가장하는 황후의 모습에 황제의 입가가 비웃음으로 삐뚤어졌다. 정수리로 서리가 떨어지는 것 같은 느낌에 황후의 손끝이 차갑게 식어갔다.

"그러나 언제나 나비가 돌아가는 자리는 정해져 있지 않소? 가장 아름답고, 가장 고귀한 꽃이 함부로 움직이는 것은 꼴불견이오."

이미 황제는 알고 있었다. 황후가 황제가 새로이 총애한 후궁을 말도 안 되는 누명을 씌워 내명부내의 기강 문제로 궁 밖으로 내쫓은 사실을 말이다. 보통 때라면 그냥 넘어가 줄 일을 마침 그날따라 황후의 기분이 상당히 안 좋을 때 그 시건방진 후궁이 그녀 앞에서 요망한 입을 놀리는 바람에 분을 참을 수가 없었다. 황후 모독이라는 죄명하에 후궁에게 태형 삼십 대를 명하고 맨몸 그대로 궁에서 내쫓았다. 내쫓고 나니 황제가 근래 자주 찾는 후궁이라는 것에 생각이 미처 불안했지만 후궁 문제로 황후의 속을 썩이지는 않겠노라 한 황제의 약조를 믿었다. 그러나 황제에게서 내심 아끼던 후궁을 함부로 내친 일에 불쾌하게 여기고 있다는 기색이 드러나자 황후의 안색이 새파랗게 질렸다. 얼어붙은 황후의 모습에 황제는 피식 웃으며 아무 일도 없었던 것처럼 태연하게 산책을 즐겼다.

"바람도 적당히 불고 햇살도 따사로우니 어찌 마음이 평화롭지 않겠는가? 아니 그렇소, 황후?"

아무렇지 않게 화제를 바꾸는 황제의 의도를 재빨리 간파한 황후는 금세 환하게 미소 지으며 그의 말에 수긍하였다.

"네, 정말 그렇사옵니다, 폐하."

"짐은 황후의 영민함을 언제나 믿고 있소."

그가 암시한 경고를 적당히 알아들었을 것이란 생각에 황제는 다시 부드럽게 미소 지으며 황후와 다정하게 담소를 나누었다.

황후전으로 돌아온 황후는 아직도 등줄기에 흐르는 식은땀에 한기가 가시지 않았다. 황제가 꾸준히 황후의 침소를 찾기는 하지만 자꾸만 총애하는 후궁이 느는 것에 경계심이 안 생길 수가 없었다. 아직 태자의 연치가 어린 데다가 후궁 중 하나가 덜컥 황제의 아들이라도 낳을 시엔 그 다음 일로 머리가 지끈거릴 지경이었다.

"황후폐하, 제헌원 나리 듭셨습니다."

가뜩이나 머리가 아픈 참에 그녀의 오라비가 왔다는 말에 황후는 저도 모르게 얼굴을 찡그렸다. 은근히 황제에게 벼슬 한 자리 내주십사 그녀에게 비굴하게 아첨하는 꼴이 짜증이 났다. 그래도 피붙이라고 황제의 기분을 살피며 조심스럽게 여쭙자 오히려 황제의 분노만 산 채 물러나고 말았다. 황제의 불같은 분노에 기함을 하였거늘 오라비는 오히려 그녀의 노력이 부족하다고 늘 투덜거리기만 했다.

황제는 외척이라 할지라도 무능하고 비열한 인간을 혐오했다. 그리고 황후의 오라비가 딱 황제가 싫어하는 상(相)인지라 더 말을 꺼내고 자시고 할 것이 없었다. 그런데도 허구한 날 황후전에 들러 벼슬자리 하나 내놓으라고 생떼를 써대니 어찌해야 좋을지 답답할 지경이었다. 오늘도 와서 벼슬자리 하나 내놓으라고 징징거릴 것이 자명한데 뭐라고 말하고 돌려보내야 할지, 나오는 것은 한숨뿐이었다.

"황후폐하, 황후폐하."

허겁지겁 황후전으로 들던 황후의 오라비는 동그란 얼굴에 아래로 살짝 처진 가는 눈동자와 두툼한 입술을 가진 사내였다.

그리 잘났다고 할 수도 없지만 못났다고도 할 수 없는 그저 평범한 인상이었다. 벌써부터 허리 살이 두꺼워져 아랫배가 출렁이지만 조금도 개의치 않는 모습이었다. 뭐가 그리 급한지 구르다시피 들어와서는 허겁지겁 인사를 마치고 숨을 헐떡이며 그녀의 옆 자리에 털썩 주저앉았다. 황후의 오라비의 무례한 행동에 여러 시비들의 인상이 살짝 금이 갔지만 하루 이틀 보는 행동이 아니기에 애써 못 본 척할 뿐이었다.

"황후폐하, 폐하."

"네, 저 여기 있습니다. 말씀하세요, 오라버니."

"실은 소인이 입궁하던 길에 대로에서 한 아리따운 소저를 봤사옵니다."

황후 역시 오라비의 무례한 행동이 불쾌했지만 아랫사람들 앞에서 함부로 면박을 줄 수가 없어 꾸욱 참고 버텼다. 그러한 사실도 모른 채 인원은 침을 튀기며 열심히 오늘 봤던 여인에 대해 설명하고 있었다. 한참을 들어주던 차에 결국 참다못한 황후가 버럭 소리를 질렀다.

"오라버니, 그만 하십시오. 이미 부인만 세 명이 넘고 후처 또한 넷이나 거두고 계신 분이 어찌 부인을 더 들이시려 하십니까?"

황후의 노성에 인원은 기가 죽기는커녕 뻔뻔하게 나와 황후의 속을 뒤집어놓았다.

"거참, 폐하 어찌 그러시옵니까? 황제폐하께서도 후궁을 여럿 두셨는데 어찌 이 오라비가 부인을 하나 더 두겠다는데 그리 노염이십니까? 영문을 알 수가 없사옵니다.”

오라비의 억지를 더 이상 상대할 힘이 없는 나머지 황후는 힘 없이 고개를 흔들며 화를 내는 것을 멈추었다. 대충 맞장구를 쳐주고 얼른 돌려보내야겠다 생각하며 아무런 생각 없이 여인에 대해 물었다.

“그래, 대체 어느 집 여식을 보고 그리도 신이 나서 달려오신 겁니까?”

황후가 살짝 비꼬는 어조로 물었지만 그 사실을 깨닫지 못한 인원은 얼씨구나 하고 재빨리 여인을 뒤쫓아가 알아낸 사실을 밝혔다.

“기현왕부에 살고 있는 사미라는 소저입니다. 비록 상인의 딸이었기는 하나 기현왕의…….”

“뭣이라고요? 지금 제정신이십니까?”

기현왕부라는 말이 나오자 황후는 경기가 일어난 표정으로 벼락같이 소리를 내질렀다. 참나무로 만들어진 단단한 의자의 손잡이를 저도 모르게 내려치며 황후는 분노로 시뻘겋게 달아오른 얼굴로 인원을 노려보았다. 황후의 예상 밖의 태도에도 인원은 기가 죽기는커녕 오히려 왜 그러냐는 듯 눈을 동그랗게 뜨고 황후를 쳐다보았다.

“기현왕부가 어떤 곳인지 알고 계시긴 한 것입니까? 사미 낭자가 어떤 의미의 여인인지 알고 그러시는 것입니까?”

한자한자에 노염을 그대로 실어 보내는 황후의 목소리에 인원은 뭔가 심상치 않음을 느꼈지만 설마 황후가 형제인 자신을 내치겠냐 싶어 태연하게 대꾸했다.

"예, 듣자하니 기현왕의 수양딸로 들어갔다고는 하나 두 분 대군 중 한 명과 혼인을 맺을 사이라고 하더이다. 하지만 아직 정혼이 제대로 이루어진 것도 아니고 이 몸은 이 나라 황후의 오라비입니다. 왕야의 아들 따위와 대적할 가치도 없지요."

자신을 등에 업은 인원의 기고만장이 하늘을 찌른다더니 그 말이 참이라는 사실을 몸소 경험한 황후는 더 이상 견딜 수가 없었다. 오라비라고 봐주는 것도 한계가 있었다. 한참 자신을 높이며 으쓱대던 인원은 묘하게 조용한 황후의 분위기를 알아차렸는지 말을 멈추었다. 황후의 매서운 눈길과 마주치자 자신도 모르게 오금이 저려왔지만 설마 하는 마음이 아직까지 남아 있었다. 그러나 이미 손등에 핏줄까지 도드라질 정도로 주먹을 움켜쥐고 있는 황후에게 더 이상의 인정은 남아 있지 않았다. 앞으로 자신이 황손을 낳아 이 나라를 이어받게 하기 위해서는 외척의 절대적인 비호가 필요하지만 과한 욕심을 품고 있는 자는 자칫 일을 그르치게 만들 수 있었다.

"게 아무도 없는가?"

황후의 나지막하지만 힘이 넘치는 부름에 금세 여관장을 앞세운 위사들이 즐비하게 들어섰다.

"찾아계시옵니까, 폐하?"

　황후를 가까이 모시는 여관장이 공손하게 읊조리자 황후는 더 이상 볼 것도 없다는 듯이 매서운 태도로 명령을 내렸다.

　"당장 오라비를 궁 밖으로 내치고 다시는 황궁 출입을 못하도록 출입패를 압수토록 하라. 그리고 앞으로 내 허락 없이는 절대 황궁에 그림자도 들여보내서는 안 된다."

　"에엑? 폐하, 그게 무슨 말씀이십니까?"

　황후의 추상같은 명령에 여관들은 은근히 고소해했지만 황후의 앞인지라 아닌 척 시치미를 떼었다. 하지만 인원은 놀라 뒤로 나자빠질 것 같았다. 이게 웬 날벼락이란 말인가?

　"폐하, 소인은 폐하의 하나뿐인 오라비입니다. 헌데 어찌 이런 명령을 내리십니까? 도대체 영문을 알 수가 없사옵니다."

　"영문을 알 수가 없다?"

　더 이상 인원을 보는 것조차 견딜 수 없어 몸을 돌려 안으로 들어가려던 황후는 자신의 옷자락을 붙잡고 늘어지는 오라비의 말에 싸늘한 눈길을 보냈다. 그 눈빛에 인원은 자신이 정말 큰 죄를 진 것 같아 가슴이 철렁했지만 아무리 생각해 보아도 원인을 알 수가 없었다.

　"네, 소인이 도대체 무슨 큰 죄를 저질렀기에 이리도 엄한 벌을 내리십니까?"

　잠시 황후의 얼음장 같은 서늘한 눈길이 인원을 샅샅이 훑어내려갔다. 그 눈길에 등골이 오싹했지만 인원은 여전히 배짱을 부리고 있었다.

"첫째, 그대는 이 상천국의 황후인 나를 시도 때도 없이 능멸하였소."

"소…… 소인이 어찌 감히……."

생각지도 못한 큰 죄명에 인원은 가당치도 않다는 듯 반박했지만 순식간에 달려든 위사들로 인해 황후에게 매달릴 수가 없었다. 그런 오라비의 모습에도 황후의 눈길을 싸늘하기 그지없었다.

"둘째, 황후의 오라비로서 만국에 모범을 보여야 할 이가 도리어 흉문의 근원지가 되었소."

"모함입니다, 폐하."

위사들에게 깔려 애걸해 보지만 황후는 들은 척도 하지 않았다.

"셋째, 감히 황제폐하의 숙부이신 기현왕야를 우습게 생각한 것이오."

"폐하."

억울하다고 앓는 소리가 인원에게서 나왔지만 황후는 아랑곳하지 않았다.

"넷째, 비록 수양딸로 삼았다고는 하나 앞으로 황제폐하의 친우이시자 형제이시자 이 나라의 금군 수장인 진성대군의 안사람이 될 사미 낭자를 모욕한 일이오."

"폐…… 폐하, 소인이 잘못하였사옵니다. 용서해 주시옵소서."

"그 죄목을 일일이 살피자면 능지처참도 부족하나 이 못난 황후의 오라비라는 이유 때문에 마지막 인정을 베푸니 다시는 황궁에 얼씬도 하지 마오. 그리고 사미 낭자에게 더 이상 관심조차 갖지 마시오."

마지막으로 일침을 놓고 송곳 같은 날카로운 시선을 던지고는 인원이 잡았던 옷자락을 보란 듯이 털어내며 뒤도 안 돌아보고 안전으로 들어가 버렸다.

"폐하, 폐하!!"

그녀의 등 뒤로 인원의 불신과 원망 섞인 외침이 이어졌지만 황후는 끝내 내린 명을 거두지 않고 매정하게 자신의 오라비를 궁 밖으로 내쫓고야 말았다. 인원이 끌려 나가지 않으려 발버둥을 치면서 위사들에 의해 강제로 쫓겨 나갔다. 그 모습을 보지 않고도 알 수 있는 황후는 부디 마지막 자존심이라도 지켜 오라비가 제 발로 당당하게 걸어나가 주길 바랐다. 그러나 인원은 끝내 그녀의 바람을 무시하고 꼴사납게 위사들에게 질질 끌려 강제로 추방당하고 말았다.

기어이 무거운 한숨이 황후의 입술 밖으로 새어나왔다. 아버님은 자신이 황후로 책봉되자 바로 관직을 그만두셨는데 어찌 한배를 타고난 오라비란 작자는 저리도 철이 없는지 한숨만 흘러나왔다. 그럼에도 불구하고 하나뿐인 오라비인데 너무한 것이 아니었나 후회가 들면서도 얼른 고개를 흔들며 마음을 가다듬었다. 혹여나 오늘 오라비의 발언이 기현왕부의 사람들이나 황제폐하의 귀에 들어가는 날엔 오라비는 궁궐 출입은 물론 평생 중성 출입조차 불가능할지 모르는 일이었다. 황후는 여관장에게 방금 있었던 일을 누구도 발설치 못하게 단단히 이르고도 내심 초조하고 불안한 가시방석에 앉아 있는 기분이었다.

짬을 내어 사미가 준 교재라는 서책을 잠시 펼쳐 보았다. 첫 장부터 시작한 낯 뜨겁고 민망한 그림에 놀라 얼른 서책을 덮어버린 휼은 누가 보지 않았을까 염려되는 마음에 주위를 두리번거렸다.

"도…… 도대체 그 녀석은 이런 책을 어찌 가지고 있는 것인지……."

사내인 그 역시 민망할 정도로 노골적인 그림을 담고 있는 책의 내용에 휼은 꽤나 놀랐다. 그리고 사미가 어떻게 이런 책을 가지고 있는지에 대한 의혹이 생겨났다. 그러나 그런 의혹은 잠시 미뤄두고 민망하기는 하지만 호기심에 살며시 다시 책자를 펼치고 말았다.

여인의 몸에 대해서는 그래도 어느 정도 안다고 생각하고 있었지만 책에 나오는 생소한 체위들과 적나라한 설명에 한껏 얼굴을 붉히고 말았다. 설상가상으로 희의 모습이 책 속에 나오는 여인들과 겹쳐지자 콧뿌리가 시큰거렸다. 금방이라도 코피를 쏟을 것 같은 충격에 얼른 서책을 덮고 말았지만 정신이 혼미해지는 충격은 좀처럼 가시지 않았다.

"미…… 미치지 않고서야…….."

부정한 것이라도 된 양 서책을 멀찍이 떨어뜨리고는 마음을 다스려 보았다. 그러나 자꾸만 시선이 흘낏흘낏 밀어둔 서책으로 향하고 마른침이 꿀꺽 목 안으로 넘어가니 저도 모르게 슬금슬금 손을 뻗어 다시 서책을 펼쳤다. 한 손으로 코를 쥐어 잡고 두 눈을 부릅뜨고 서책의 내용을 꼼꼼히 들여다보았다. 남녀 간에 정분 쌓는 일이야 이미 알고는 있었지만 그가 아는 것은 극히 일부분이었음을 서책을 통해 알게 되었다. 휼은 언젠가 희를 부인으로 맞이하게 되면 그날 서책에 쓰여진 방법을 모두 시전해 봐야겠다며 굳게 마음먹었다.

서책의 내용을 거의 다 보아갈 쯤 뒤편에 그가 궁금해하던 입맞춤에 관한 내용이 드디어 나타났다. 어찌 보면 앞선 내용에 비하면 별것 아닐 정도로 가벼운 장면들이지만 휼이 그동안 느껴온 부족함을 채우기에는 충분했다. 그가 희와 나눈 입맞춤이 가장 무지하고 순진한 방법이었음을 서책을 통해 알게 되었다. 그때 왜 그리 부족함이 느껴졌는지에 대한 의문이 풀리자 개운한 표정으로 가만히 서책을 덮었다.

어느덧 삼경이 한참 지난 시각이었다. 달아오른 욕구로 인해 이미 잠들기는 그른 상태였고 슬슬 희가 후원에 나타날 때도 되어갔다. 자리에서 일어나던 휼은 잠시 서책을 바라보며 미적거리다 누가 볼세라 얼른 침상 안쪽 깊숙이 서책을 숨겨두었다. 그제야 조금 안심이 되는지 가슴을 쓸어내리며 두근거리는 마음으로 희를 만나러 방을 나섰다.

'오늘 밤도 달님이 눈부시게 휘영청한 것이 마치 그녀의 자태 같구나.'

어느새 보이는 모든 사물을 희에게 대비시키는 휼은 그런 생각을 한 자신이 스스로 생각해도 쑥스러운지 살짝 뺨을 붉히고 말았다.

7장

"오라버니, 정말 괜찮으시겠습니까?"

희를 안장 위에 올려놓고 그 뒤로 몸을 날려 말 위에 올라탄 휼에게 사미는 여전히 염려스러운 눈빛을 보냈다. 중성을 구경시켜 준다는 명목으로 희를 데리고 나가는 휼의 눈빛은 아이처럼 반짝거리고 있었다. 외출한다는 말에 사미는 모처럼 솜씨를 부려 희를 곱게 단장시켜 주기는 했지만 그녀의 표정이 무리한 일은 아닐까 하는 불안감이 드러나고 있었다.

"지쳐 보이면 금세 돌아오마."

사미의 염려를 가볍게 넘기며 휼은 기쁜 표정으로 왕부를 나섰다. 그 뒤로 무표정한 얼굴을 한 월추가 따라나섰다. 표정을 감추기는 했지만 차가운 그의 시선으로 보아 희가 휼의 곁에 가까이 있는 것이 그리 마음에 들지는 않는 모양이었다. 그러나 그나 사미가 말리기에는 이미 휼의 감정이 희에게 아주 많이 쏠린 듯하였다.

“저러다 정말 애 딸린 유부녀면 어쩌려고…….”

언젠가 윤에게 그런 말을 꺼냈을 때 윤은 단호하게 그렇지는 않다고 고개를 저었었다. 희에 대한 자세한 내막을 알지 못한다는 사람의 입에서 나온 말치고는 상당히 확신에 차 있었다. 의혹에 가득 찬 사미의 시선을 느끼고 나서야 윤은 허둥지둥 얼버무리려 했으나 이미 석연치 않은 점을 분명히 느낀 뒤였다. 아직 온전치 않은 정신이기는 하지만 그래도 그녀가 곁에 있음으로서 휼의 모습이 모처럼 활기차 보여 그건 마음에 들었다.

윤기가 좔좔 흐르는 갈기의 단정한 모습과 길고 날렵하게 뻗은 네 다리, 우아하게 꿈틀거리는 근육들의 움직임에 사람들의 시선이 한 번씩 흑마에게 쏠렸다. 그런 다음 그 말의 주인에게로 시선을 올렸던 사람들은 황급히 고개를 떨어뜨렸다. 짙은 군청색 비단포를 입고 있는 위풍당당한 휼의 모습에 저절로 위압감을 느끼는 사람들과 그를 알아보고 고개를 숙이는 사람들이었다. 그러나 그의 품에 안겨 있다시피 앉아 있는 여인에 대해서는 호기심을 감출 수 없는지 저마다 빼꼼이 고개를 들고 호기심을 드러냈다. 사람들의 시선은 조금도 느끼지 못하는 듯 휼은 모든 신경을 희에게만 집중했다.

"모처럼 나오신 김에 대장간에 들르시지요. 경 노인이 희 낭자의 검을 다 수리하였다고 하니까요."

"그래?"

언젠가 휼이 희의 검을 살펴보고는 날이 조금 상했다는 것을 알고는 장인에게 보내 수리를 맡겼었다. 설화 공주를 데리고 도피하기에 급급하였고, 목숨을 내던진 이후로는 그녀가 검을 손질할 정신이 없었기에 아무리 명검이라고는 하나 희의 검이 많이 상해 있었던 것이다.

"그러고 보니 좋은 검을 가지고 있더군."

월추는 멀쩡한 사람을 대하듯 백치 같은 희에게 정성을 쏟는 휼이 못마땅했지만 내색은 하지 않았다. 처음 한주에서 그녀를 데려왔을 때는 윤이 여인에게 빠질 것이라 생각했지만 예상치 못하게 그의 주군이 홀라당 빠져 정신을 차리지 못하는 모습을 보게 돼 내내 머리가 지끈거렸다. 하필이면 온전한 정신의 여인도 아닌, 아직 내력도 자세히 모르는 여인에게 빠진 휼이 미련하다 여겼지만 하는 짓을 봐서는 그가 간섭할 단계를 넘어선 것 같았다. 게다가 요 며칠 사이 그의 이상한 행동들의 원인을 알게 되자 헛웃음도 나왔다. 사춘기 소년도 아닌 분이 뒤늦게 여인에게 빠져 정신을 차리지 못하시니 어찌해야 할지 난감하기도 했다. 어여쁘기는 하나 온전치 않은 여인이라 월추는 여간 마음이 찜찜한 것이 아니었다.

북현로에 위치한 한 후미진 골목으로 들어서자 요란한 망치질 소리와 듣기만 해도 소름이 돋는 쇳물 끓는 소리가 들리기 시작했다. 공기마저도 철가루를 품었는지 알싸한 철 내음을 풍기고 있었다. 위압적인 군마를 타고 등장한 훌의 모습에 바삐 손을 놀리던 장인들이 잠시 멈춰 그에게 경외의 시선을 던졌다.

"노인장, 맡긴 검을 찾으러 왔네."

말에서 내린 월추가 가게 안쪽을 향해 소리치자 안에서 그림자 하나가 어기적어기적 기어나왔다. 한쪽 다리를 절뚝거리며 인상을 쓰고 나타난 노인은 대뜸 훌에게 소리쳤다.

"저 검은 도대체 어디서 났수?"

황족 앞에서도 고개 빳빳이 치켜들고 무례하게 소리치는 경 노인의 모습에 다른 장인들이 자신의 목이 날아간 듯 움츠러들었다. 그러나 그런 그의 모습에 익숙한 훌은 조금의 노기도 드러내지 않았다. 뭔가 할 말이 많은 듯한 경 노인의 모습에 훌은 말에서 내려 희의 허리를 잡고 그녀를 바닥에 곱게 내려주었다.

"이 여인의 검이네. 무슨 문제가 있는가?"

희를 가리키며 검의 주인이라 말하자 노인의 눈빛이 사뭇 매서워졌다. 과연 검의 주인이 맞는가 꼼꼼히 살펴보았지만 뭔가 석연치 않았다.

"정말 저 여인의 검이 맞수?"

"아아."

훌이 수긍하자 노인은 못마땅한지 연신 구시렁거리며 안으로 들어가 말끔하게 수리해 놓은 희의 검을 가지고 나왔다.

"옛수. 이런 명검이 부엌칼 하나도 제대로 다루지 못할 계집이 주인이라니. 말세야, 말세."

노인은 휼에게 검을 건네주며 마치 들으란 듯이 큰 소리로 투덜거렸으나 희의 얼굴은 아무 변화가 없었다. 그 모습이 묘하다 여기며 다시금 세세히 그녀의 얼굴을 살피는데 불쾌감이 가득한 휼이 그 앞을 가로막았다.

"왜? 혹 저하의 여인이오?"

노인이 히죽 웃으며 놀리자 뚱한 휼의 얼굴 위로 은은한 홍조가 감돌았다. 미미한 색의 변화에 가까이서 지켜보지 않으면 모를 정도였다.

"히야, 우리 저하께서 드디어 임자를 만난 모양이시구려?"

엉큼하게 히죽거리는 노인을 퉁명스럽게 쏘아보며 희에게 검을 내밀었다.

"여기, 그대의 검이오."

휼이 쥐어주는 검을 가만히 받아 드는 희였다. 노인은 그래도 자신이 벼려둔 검인데 검 집에서 뽑아 감탄사라도 터뜨려 주길 기다렸다. 그러나 태연하게 받아 아무렇지 않게 쥐고 있는 여인을 보자 발끈해 소리쳤다.

"아니, 왜 저따위 검도 볼 줄 모르는 계집이 저런 검의 소유자인 거야? 검이 아깝······!"

씩씩거리며 날뛰는 노인을 월추가 달래려던 찰나 노인의 목줄기를 노리는 투명한 검이 있었다. 눈에 보이지 않을 만큼 빠른 속도로 검을 뽑아낸 여인이 시린 눈빛으로 노인을 노려보고 있던 것이었다. 조금만 움직이면 목을 겨누고 있는 검 끝에 찔릴 것만 같아 움찔움찔 눈치만 살피는데 휼이 나서서 그녀의 검을 거두케 했다.

"자아, 진정하고 검을 거두시오."

시끄러운 소리가 귀에서 윙윙거렸다.

행방을 알 수 없던 희백검이 다시 그녀의 손 안으로 들어왔다. 그 매끄러운 감촉은 은밀하게 느끼는 찰나 귀를 거슬리는 말이 들려왔다.

감히 누구더러 이 희백검의 주인이 아니라 칭하느냐?

이루 말할 수 없는 분노에 휩싸여 두 번 생각도 하지 않고 검을 뽑고 말았다. 상대는 보이지 않지만 그의 명줄을 분명히 노리고 그렇게 쏘아붙였다. 그분께서 내게 하사하신 검이다. 그분 자신과 그 따님을 지키기 위해 존재하는 검이다. 그런데 감히 그 뉘가 내게 주인이 아니라 헛소리를 지껄이는 것이냐?

분기를 억누르지 못해 마음이 어지러운 그녀의 귀로 들렸다. 그녀의 말을 수긍하는 다정한 음성에 마음이 서서히 풀리기 시작했다.

희의 얼굴에 드러난 격렬한 분노에 휼은 당황스러우면서도 서서히 그녀가 깨어나기 시작했다는 안도감에 마음이 들뜨기 시작했다. 그러나 우선은 경 노인의 목을 노리고 있는 그녀의 검부터 치워야 했다. 경계하지 않게 조심스런 손길로 검을 잡은 그녀의 손을 감싸 쥐었다.

"이제 그만 이 검을 치웁시다. 노인장이 실언을 한 것뿐이니 너무 마음 상해하지 말고."

꿈쩍도 하지 않던 희의 손이 휼의 힘에 조금씩 아래로 떨어지더니 그와 함께 조금 전 폭발할 것 같은 살기가 완전히 수그러들었다. 그리고는 다시금 몽롱한 표정으로 돌아와 그가 하는 대로 가만히 품에 안겨 있었다.

"괜찮으십니까, 저하?"

생각지 못한 희의 행동에 월추는 식은땀을 닦아내며 미심쩍은 시선으로 휼의 품에 안겨 있는 희를 살폈다.

"아아, 나는 괜찮지만 노인장이 꽤나 놀랐겠구려."

목울대를 크게 울렁이며 마른침을 삼킨 노인은 의문이 가득한 표정으로 희를 쳐다보았다. 서서히 감정을 드러내기 시작하는 희의 모습에 휼은 흐뭇한 표정을 감추지 않았다.

"뭐, 소인이야 이 정도 놀란 것은 놀란 것도 아니지요."

정 노인은 대수롭지 않게 큰소리쳤지만 다리가 후들후들 떨고 있다는 사실을 굳이 떠올리고 싶지는 않았다. 경 노인의 호언에 휼은 씨익 웃어주며 희를 다시 안장 위로 들어올렸다.

"어쨌든 수고 많았네."

노인에게 치하하고 나서 훌쩍 말 위에 올라탔다. 그 위풍당당한 모습에 주위의 사내들이 기가 죽은 모습들이었다. 희가 말 위에서 떨어지지 않게 한 손으로 꽉 끌어안으며 휼은 서서히 커져 가는 희망으로 가슴이 부풀어 오름을 느꼈다.

"어찌 된 일입니까?"

분명 그가 듣기로는 자아(自我)를 잃었다고 했다. 그런데 방금 보인 행동은 도대체 무엇이란 말인가? 월추가 미심쩍은 시선으로 휼의 품에 안긴 희를 눈여겨보았다.

"서서히 정신을 차리고 있다는 의미겠지."

얼핏 비친 서늘한 시선이 고운 얼굴과는 대조적으로 매서웠다. 그 때문에 대수롭지 않게 여기는 휼과는 달리 월추는 의심스런 마음을 지우지 못했다.

"이제 어디로 가실 셈이십니까?"

"서현로로 갈 참이네. 희 낭자에게 노리개를 하나 선물해 주겠다고 약조를 했네."

혼자 싱글벙글인 주군의 뒤로 월추는 잘도 약조하였다며 툴툴거렸다. 평생 안 하던 행동을 하시니 도무지 따라가기가 어지러울 지경이었다. 여인네들이 가는 비단 가게나 장신구 가게가 많은 서현로에 휼이 직접, 그것도 누군가에게 줄 정표로 노리개를 구하러 가다니, 수슬란 족이 다신 전쟁을 일으키지 않겠다는 맹세만큼이나 믿을 수 없는 일이었다. 하늘은 더없이 푸르고 청명하거늘, 월추의 눈에는 어째 까마득하게만 느껴졌다.

말을 서현로 입구 객잔에 맡기고 여기저기 둘러보던 휼은 점포를 가장 넓게 차지하고 있는 비단전 안으로 희를 이끌고 들어갔다. 주변 상인들의 수군거림이 들리지 않는지 휼은 직접 비단을 만져 보고 희의 몸에 갖다대며 이리저리 재보았다.

"어떤가, 월추. 자네 보기엔 이 진홍색이 잘 어울리는가, 아니면 노랑색이 더 잘 어울리는가?"

"아이구, 나리. 마님께서 워낙 피부가 밝으셔서 어떤 색상으로 옷을 지으셔도 하늘에서 내려온 천녀 못지않으실 겁니다."

휼이 누군지는 몰라도 차려입은 옷매무새나 그의 뒤에 따르는 수행원들로 보아 대단한 집안의 사내임을 눈치 챈 주인이 침을 튀겨가며 칭찬을 늘어놓았다. 월추는 주인의 심한 아부가 듣기 거북한지 눈살을 살짝 찡그렸지만 휼은 마님이라는 말에 기분이 좋아 그저 허허 웃고만 있었다. 일부러 보란 듯이 다정히 손을 붙잡으며 더욱 신이 나서 이것저것 고르는데 월추가 골이 났는지 뒤에서 구시렁거렸지만 휼은 들은 척도 하지 않았다.

"보기 좋~습니다. 사내의 체모도 다 팽개치시고 여인의 옷가지나 고르는 모양새라니……."

주위를 둘러보아도 휼의 일행만큼 눈에 띄는 존재들도 없었다. 다른 이들보다 머리 하나는 더 크고 검게 그을리고 떡 벌어졌지만 균형 잡힌 단단한 몸에 거칠게 생긴 휼과 단아하고 다소곳한 자태에 멀리서도 한눈에 들어오는 눈부신 미모의 희를 두고 주변에서 말이 많았다. 여인이 교태를 부리며 사내에게 이것저것 사달라 조르는 것이 아니라 오히려 험상궂게 생긴 사내가 먼저 이것저것 집으며 여인에게 안겨주려는 모습에 저래서 여인이 요물이라는 둥 사내 체면에 잘하는 짓이라는 둥 가시 박힌 말들이 오가고 있었다. 그러나 온 신경을 희에게 쏟고 있는 휼에게는 그런 악담들이 귀에 하나도 들어오지 않는지 마냥 흐뭇한 표정으로 희에게 안길 선물을 고르고 있었다.

늘어놓은 비단은 많고 딱히 이게 좋다고 표현하지 않는 희 때문에 잠시 고민하던 휼은 이내 마음을 굳히고 주인에게 말했다.

"이것들 모두 다 주게."

휼의 주문에 입이 함지박만큼 벌어지려는 것을 가까스로 다물고 연신 싱글벙글인 얼굴로 굽실거렸다.

"기현왕부로 보내주면 되네."

비단전을 나서 이번에는 장신구를 구하러 가는 휼의 뒤에서 월추가 불만스럽게 투덜거렸다.

"비단이라면 왕부에도 얼마든지 있지 않습니까?"

"그렇지만 희 낭자에게 어울리는 것이 있다는 보장은 없지 않는가? 그리고 그것들은 내가 선물로 주는 것이니 상관없지 않는가?"

"꼭 하시는 짓이 왕야와 판박이십니다."

눈치없이 주억거린 월추의 말에 휼의 발걸음이 멈칫거리며 사뭇 매서운 눈길로 그를 노려보았다. 번득이는 휼의 시선에 자신의 실수를 깨달은 월추가 매무새를 가다듬고 정중하고 허리를 숙였다.

"용서하시옵소서, 저하. 신(臣)이 허언을 하였습니다."

정색하며 용서를 구하는 월추의 진지한 태도에 불같이 노했던 휼의 심기가 서서히 누그러졌다. 완전히 화가 풀린 것은 아니었으나 너무 쉽게 마음속의 상처를 드러낸 것 같아 애써 표정을 풀었다.

"아닐세. 신경 쓰지 말게."

예전 같았으며 다신 그런 말 따윈 하지 말라며 펄쩍 뛰었을 휼이었다. 어금니를 아득 물고는 있지만 마음을 다스리려는 그의 모습에 월추는 묘한 감명을 받고 말았다. 이게 다 희의 영향인가 싶기도 해 씁쓸한 마음도 없진 않았다.

애써 월추의 말을 상기하지 않으려 상점에 진열된 장신구들로 눈을 돌렸다. 갖가지 보석들로 화려하게 꾸며진 장신구들이 눈을 현란하게 어지럽혔다. 하나같이 화려하고 곱게만 느껴졌지만 어때 보면 볼수록 비슷비슷하게 느껴져 그의 관심을 이끌어내지 못했다. 비단전에서의 일이 금세 상가 안으로 퍼졌는지 휼의 일행이 지나갈 때마다 상인들의 호객 행위가 한층 심해졌다. 그러나 시큰둥한 얼굴로 지나가던 휼의 눈빛이 순간 반짝거리며 발걸음을 멈추었다.

검지만한 굵기의 참나무로 만든 비녀가 눈에 띈 것이었다. 약 다섯 치(한 치는 약 3㎝)만한 길이지만 한쪽 방향으로 새겨진 빗살무늬가 훨씬 길게 보이고 입체감도 있었다. 유약을 여러 겹으로 발랐는지 손가락으로 꾹꾹 눌러보아도 단단함이 느껴지는 것이 쉬이 부러지지 않을 것 같아 마음에 들었다. 게다가 비녀의 끝에는 금으로 된 고정쇠가 연결되어 있었고 그 줄의 끝에는 황옥으로 만든 나비가 매달려 있었다. 그리고 그 나비 아래에는 붉은 비단실로 술을 가늘게 달아 대롱거리게 했다. 크게 화려한 맛은 없지만 깔끔하면서도 멋스러운 모양이 희와 닮아 보며 휼은 몹시 마음에 들었다.

"어떻소, 어여쁘지 않소?"

점원이 꺼내주기도 전에 먼저 집어 들어 희의 반올린 머리 위에 살짝 꽂았다. 나비가 대롱거리며 우아하게 흔들리는 모양이 무척이나 눈길을 잡았다.

"흠, 뜻밖에 저하께서도 안목이 있으시군요."

월추가 보기에도 휼이 고른 비녀는 희의 머리 위에서 단연 돋보였다. 자신의 선택에 월추가 지지를 보내자 뿌듯한 마음에 휼은 두 번 생각하지 않고 그 자리에서 비녀의 대금을 치렀다. 그러나 이미 손질된 희의 머리에 잘못 꽂았다가는 지금의 머리 상태를 망가뜨릴까 봐 비녀를 왕부로 배달케 했다.

"혹 다른 특별한 종류는 없는가?"

호화로운 귀금속을 늘어놓은 다른 상점들과는 달리 비녀를 걸어둔 상점은 단순하면서도 우아한 맵시를 자랑하는 물건들이 많았다. 그 점을 높이 사며 휼이 흥미를 보이자 상점의 주인 되는 자가 귀한 손님인 것 같다는 점원의 귀띔에 황급히 달려나왔다.

“어떤 종류로 말씀이십니까? 정표로 선물하실 그런 특별한 물건을 말씀이십니까?”

주인이 흘끔 희를 돌아보고 그녀에게 쏟는 휼의 다정한 눈빛을 포착하고 넌지시 되묻자 잠시 주저하던 휼이 살짝 쑥스러운 표정으로 고개를 끄덕거렸다. 의미를 알아들은 주인은 몇 번 고개를 끄덕이며 뭔가를 생각하더니 이내 상점 안으로 들어가 무언가를 들고 나왔다.

작은 나무 상자의 뚜껑을 열자 단순한 문양의 금반지와 가는 사슬로 연결된 팔찌가 나왔다. 팔찌는 손가락 마디만큼 두꺼웠고 손목 아랫부분에는 섬세한 사슬이 늘어져 앙증맞은 방울과 연결되어 있었다. 단순하면서도 독특한 모양에 휼이 관심을 드러내자 주인이 그것을 건네주었다.

“반지는 약지에 끼우고 팔찌를 채워보십시오. 손목을 움직일 때마다 조그마한 방울이 짤랑거리는 소리를 내며 즐거움을 선사할 것입니다.”

주인의 말에 휼이 한껏 즐거워하며 희의 왼손을 끌어다 팔찌를 채웠다. 살짝 늘어진 손목 위로 금방울이 앙증맞게 매달려 있었다. 하얗고 가는 팔목 위로 늘어뜨린 눈부신 금붙이가 마음에 드는지 휼의 입가가 흡족하게 휘어졌다.

“어떠신지요?”

“이걸 사지.”

시원스럽게 결정을 내린 휼에게 감사의 마음으로 허리를 굽혀 인사하던 주인의 눈에 희의 허리에 찬 희백검이 들어왔다. 순간 상인의 날카로운 시선으로 희백검을 유심히 살펴보았다. 분명 그가 아는 그 검이 분명했다. 혹시나 하는 마음에 시선을 들어 검의 주인을 살피니 아까부터 말 한마디, 감정 한 조각 흘리지 않던 여인이 새삼스레 눈에 들어왔다. 마치 넋이 나간 사람처럼 휼이 이끄는 대로 움직이던 여인의 모습이 정녕 그가 아는 인물이 맞는가 회의가 들었다.

"무슨 일이오?"

갑자기 조용해진 주인이 희를 유심히 살피자 의아해진 월추가 그를 추궁했다. 그제야 자신이 멍청하게 굴었다고 생각했는지 주인은 얼른 고개를 숙이며 변명을 늘어놓았다.

"아, 아니옵니다. 소인은 그저 귀한 명검을 가진 분이 저토록 어여쁜 분이시라 당황한 나머지……."

"일개 상인이 검을 볼 줄 아는 식견이 있었는가?"

주인의 허둥거리는 품새가 뭔가 미심쩍었다. 물론 희의 검도 명검이기는 하나 치맛자락에 가려져 얼핏 보면 알 수가 없는 부분이었다. 굳이 검을 보자면 휼의 허리춤에 찬 현무검이 훨씬 눈에 잘 들어올 터였다.

"상인이라 검을 다룰 줄은 모르나 명검을 거래할 수는 있지요."

빙그레 웃으며 화답하는 주인의 대답에는 연륜이 묻어 있었다. 듣고 보니 맞는 말이라 그럭저럭 수긍하는 표정이지만 여전히 의심스런 표정을 풀지는 않았다.

"게다가 소인이 아는 검인 듯하여 잠시 알은체를 하였습니다."

덧붙이는 주인의 말에 상점을 나서려던 휼의 발걸음이 멈추었다.

"자네가 이 검의 내력을 안다고?"

의심스러워하는 휼의 말에 주인은 분명히 고개를 끄덕였다.

"네, 그러하옵니다."

"혹, 자세한 내력을 아는가?"

희에 대한 정보를 얻을지도 모른다는 희망에 휼이 다급하게 재촉하자 주인은 잠시 당황한 표정을 짓더니 이내 조심스런 어조로 검을 보여줄 것을 요구했다.

"괜찮으시다면 확인차 검을 한번 볼 수 있을까요?"

"그러게."

쉽게 허락한 휼은 희에게 돌아서서 다정히 부탁하였다.

"희 낭자, 잠시만 그 검을 봐도 되겠소?"

희라는 이름에 주인의 눈빛이 살짝 흔들렸지만 아무도 눈치채는 사람이 없었다. 대답이 없으리라 예상했지만 예의상 희에게 허락을 구하고 그녀의 검에 손을 대었다. 본능적으로 희의 손이 그녀의 검에 손대는 휼을 막아서자 이내 당황한 휼이었지만 조심스럽게 설득했다.

"괜찮아요. 잠시만 살펴보는 것이니 곧 돌려주리라. 자아."

머뭇거리던 희의 손이 떨어져 나가고 휼이 조심스레 희의 허리에서 그녀의 검을 뽑아 주인에게 건네주었다.

"어떤가, 정말 자네가 아는 검인가?"

눈빛을 반짝이며 유심히 검을 살피던 주인이 휼에게 다시 검을 건네주자 휼이 황급히 물었다. 주인은 부드럽지만 단호하게 고개를 저었다.

"죄송하지만 소인이 잘못 본 모양입니다. 비슷은 하나 다른 검이옵니다."

"그런가?"

주인의 대답에 휼은 아쉬움을 감추지 못했다. 혹시나 희에 대한 정보를 조금이나마 얻을 수 있지 않을까 기대했기에 아쉬움이 컸다.

"도움을 드리지 못해 송구할 따름입니다."

도움을 줄 수 없어 미안한지 주인이 허리를 깊숙이 숙여 사죄를 올렸다. 그러나 허리 굽힌 주인의 눈빛은 기묘하게 빛나고 있었다.

혹시나 하는 희망이 사라지자 기분이 가라앉은 휼은 아쉬움을 접고 희를 이끌고 상점을 나섰다. 그 뒤로 주인이 미안함이 가득한 표정으로 쩔쩔매며 그들을 배웅했으나 멀리 사라지고 나서 허리를 든 주인의 표정은 미묘하게 변해 있었다.

"분명 희백검이었다."

혼자 뇌까리는 주인의 어조에서는 분명 검의 내력을 아는 듯했다. 그러나 그는 무슨 생각에서인지 그 사실을 밝히지 않고 입을 다물었다. 주인이 보기에는 휼은 상천국에서 꽤나 신분이 높아 보이는 사내였다. 그런 사내 곁에 서 있는 여인이 진정 희백검의 주인이라면 사내가 저리 애를 태우며 희백검의 내력을 밝히려 드는 것은 무언가 이상했다. 뭔가 사연이 있어 신분을 감추었다면 그 역시 굳이 그 사실을 밝힐 필요는 없었다. 혹여 어떤 사연이 있어 그 사내의 그늘 밑에서 그분과 희백검의 주인이 잠시 몸을 의탁한다면 더더군다나 그 신분을 밝힐 필요는 없다고 여겼다.

"그나저나 저분이 그 '희'가 맞는다면 그분은 무사히 도망치신 게로구먼."

심각하게 무언가를 생각하던 주인은 고개를 번쩍 들고 이내 단호하게 입매를 다물었다. 무언가 단단히 결심한 것이 있는 표정이었다.

"그 주인의 태도가 뭔가 미심쩍습니다."

은밀하게 속삭이는 월추의 속삭임에 휼의 미간이 살짝 모였다. 그 역시 무언가 탐탁치 않은 기분을 느낀 모양이었다.

"혹시 모르니 그 주인의 내력을 은밀히 알아보게."

희에게 들리지 않는 작은 목소리로 월추에게 명령을 내리자 알았다는 듯이 가만히 고개를 끄덕이고 뒤로 물러섰다.

"피곤하지 않소?"

다정히 묻는 휼의 질문에도 희는 그의 목소리가 들리지 않는 사람처럼 묵묵히 앞만 보았다. 반응없는 여인의 태도에도 불구하고 휼은 끊임없이 소소하게 무언가를 묻고 대답을 갈구했다. 그 모습이 애잔시러 보이면서도 한편으로는 자신이 아는 주군의 모습이 맞는지 한심하기도 했다. 못마땅한 표정으로 혀를 끌끌 차는 월추의 행동은 전혀 눈치 채지 못했는지 휼은 희를 이끌고 이리저리 구경하기에 여념이 없었다.

"이게 누구신가? 황제폐하의 총애를 한 몸에 받고 있는 진성대군이 아닌가?"

한참 희와 거리의 상점을 구경하고 돌아다니는데 누군가가 그를 불러 세웠다. 신경 거슬리는 이죽이는 말투가 어디선가 들어본 듯하였다.

"난경왕야 아니십니까?"

선황의 막내이자 휼의 숙부가 되는 난경왕야가 흥미로운 표정으로 걸음을 멈추고 그를 바라보고 있었다. 황궁에 거의 상주하다시피 한 휼과는 달리 난경왕야는 기예를 즐겨 외부의 별저에만 머물기로 유명했다. 선황의 막내인지라 연치는 휼보다 조금 높았지만 어찌 되었든 그에겐 숙부였다.

"숙부님을 뵈옵니다."

무미건조한 휼의 인사말에 제천은 쓰게 미소 지었다.

"녀석, 여전하구나."

싹싹한 맛이라고는 없는 놈이라며 투덜댔지만 제천의 눈빛은 홀에 대한 자부심으로 가득했다.

"네가 어쩐 일로 여인네들이나 다니는 서현로에 나타난 것이냐? 응? 그 뒤에 감춘 여인은 누구냐? 네 정인이냐? 사미는 어쩌고?"

순수한 호기심을 완전히 드러내며 숨도 쉬지 않고 물어대는 제천의 질문에 홀이 뚱하니 입을 다물자 못내 섭섭한 기색이 그의 얼굴 위로 떠올랐다.

"녀석, 오랜만에 만난 숙부에게 그리도 야박하게 굴면 되냐? 아주 고운 처자구나. 정말 네 정인이냐?"

사내끼리 통하는 음흉한 표정으로 제천이 홀의 옆구리를 쿡쿡 찌르며 추궁하자 대답하기 민망한지 홀이 슬그머니 고개를 돌리고 말았다. 언뜻 보이는 붉은 기에 제천은 당혹감에 헛웃음을 터뜨렸다.

"왜 사미에겐 비밀이냐? 이리 대놓고 데리고 다니면서 말이야?"

"……사미에겐 윤이 있습니다."

홀의 입에서 한참 만에야 나온 대답은 뜻밖의 말이었다. 의아함으로 고개를 갸웃거리는 제천에게 월추가 한 발짝 다가서 대신 답을 올렸다.

"사미 소저는 이현대군 저하와 정혼한 사이이옵니다."

"그래? 난 너와 한 줄 알았다."

뜻밖의 대답에 제천은 잠시 어리둥절했다. 그러나 이내 홀의 곁에선 어여쁜 여인에게 시선을 돌려 짓궂게 물어댔다.

“그렇다면 이 아름다운 여인이 네 정인인가 보구나. 난 난경왕이라고 한다. 소저의 이름은 무엇이냐?”

어여쁘지만 무미건조한 표정이 흠이라 여기며 제천이 그녀에게 바짝 고개를 들이밀었다. 텅 빈 눈동자가 뭔가 께름칙하다고 여긴 순간 휼이 재빨리 그녀의 앞을 가로막으며 제천의 시선을 차단했다.

“숙부께서는 어쩐 일이십니까?”

재빨리 화제를 돌리는 휼의 속셈을 간파하고 제천이 가늘게 눈을 흘겼지만 모른 척 넘어가 주기로 했다.

“알다시피 네 숙모가 워낙 선물을 좋아하지 않니? 조만간 생일이 다가오는데 만족할 만한 선물을 구해야 하니 어쩔 수 없이 중성 출입을 하였단다. 정말 여인들이란 피곤하다니까.”

한숨을 푹푹 내쉬며 투덜거리고는 있지만 제천의 표정은 다른 말을 하고 있었다. 난경부의 주인인 제천이 알아주는 애처가라는 것은 이미 온 천지가 알고 있는 사실이었다.

“헌데 정녕 소개시켜 주지 않을 참이냐?”

은근한 압력을 가하는 제천의 천진한 미소에 휼은 미적거리다가 한숨을 포옥 내쉬며 희를 앞으로 이끌었다.

“희라고 합니다.”

“흠?”

휼이 직접 소개한 여인은 기묘한 느낌이었다. 이상한 점을 느낀 제천은 들고 있던 부채를 여인의 눈앞에 흔들어 보였다. 조금의 반응도 없는 여인의 모습에 제천이 휼에게 되레 노기를 드러냈다.

"진성대군, 어쩌자고……."

모른 척 뚱하니 있던 휼이 얼른 희를 자신의 뒤로 감추었다.

"제 여인입니다."

참견은 거절한다는 무언의 압박이 휼의 안광에서 쏟아졌다. 그 모습에 이십칠 년 전의 일이 뇌리에 스쳐 지나간 제천이었다. 그가 연치가 어려 그때의 일은 기억하지 못하나 주나가 죽기 전의 몇 년간은 그래도 기억에 남아 있었다. 천한 태생이라 은연중에 황성에서 무시당하기는 했지만 상냥한 미소와 꿋꿋함을 잃지 않았던 주나와 그런 그녀의 곁을 항시 든든하게 지켜주던 넷째 형님의 팔불출 행각은 상당히 유명한 이야기였다.

언젠가부터 무뚝뚝하고 냉랭하게 변한 조카의 입버릇은 절대 형님 같은 사내는 되지 않겠다는 것이었다. 그런데 한동안 못 본 사이 어디서 이상한 여인을 어미 곰마냥 끌어안고 있는 조카의 모습은 그의 기억 속의 넷째 형님과 판박이로 닮아 있었다.

아무리 잔소리해 봤자 씨알도 안 먹히는 일이라는 것은 애저녁에 간파했다. 말리지 못할 것임을 알기에 굳이 입 아프게 설교를 늘어놓을 생각은 없었다. 그래도 염려되는 부분은 없지 않았다.

"그래, 알았다. 네 문제니 네가 알아서 하거라. 헌데 대는 어쩌려고 그러냐?"

"……정신이 돌아오면 그때 혼인을 맺을 생각입니다."

한참 만에 머뭇거리는 대답이 돌아왔다. 휼의 광대뼈 부근이 슬쩍 붉어지는 것을 똑똑히 본 제천은 속으로는 몹시도 놀라고 말았다. 사람에게, 특히나 여인에게 마음 주는 것을 저어하던 휼이 어느새 한 여인에게 온전히 마음을 준 것이 대견하면서도 한편으로는 불쌍한 마음도 들었다. 그의 아버지대 전적으로 보아 한번 굳어버린 마음은 쉽게 돌아서는 일은 없지만 깨져 부서져 버릴 수도 있기 때문이었다.

"돌아올 가능성은 있는 것이냐?"

안쓰러운 마음에 위로의 말을 건네자 휼의 입가가 힘겹게 말려 올라갔다.

"서서히 돌아오고 있는 중입니다."

"그래? 그것참 다행이구나. 너무 조급해하지 말고 느긋하게 마음을 먹고 곁을 지켜주거라."

온전한 여인이라 타박하지 않고 다정히 위로해 주는 제천의 진심이 느껴져서 그런지 휼은 정중히 고개를 숙여 묵묵히 감사의 마음을 표현했다.

멀어져가는 휼 일행의 뒷모습을 애틋하게 지켜보던 제천의 표정이 순식간에 돌변했다. 오늘 있었던 일을 모처럼 중성에 들린 기념으로 황제에게 고하여나 줘야겠다며 눈동자를 데굴데굴 굴리며 개구진 미소를 흘렸다.

타핫.

술잔이 탁자 위에 거칠게 내려쳤다. 취기가 올라 붉어진 얼굴로 씩씩거리며 주섬주섬 탁자 위를 더듬어 다시 술병을 잡았다. 여전히 분기가 가라앉지 않는 듯 이를 갈며 눈앞에 상대가 있는 양 악다구니를 쳐대고 있었다.

"모아가~ 항우 모요제란 말이냐(뭐가~ 황후 모욕죄란 말이냐)."

이미 말을 알아듣기 어려울 만큼 혀가 꼬인 주제에 할 말이 많은지 넘실거리는 술병을 들고 설치며 한껏 소리 높여 외쳤다.

"다아~ 피료 업다(다~ 필요 없다)!"

팔을 허공에 허우적거리며 온갖 짜증을 내느라 그의 방엔 기녀 하나 남아 있지 않고 모두 도망치고 없었다. 인원의 주정에 밖에서 서성이며 안을 살피던 왕부인이라 불리는 기루 주인은 혀를 끌끌 차며 눈살을 찌푸렸다. 황후가 그를 내쳤다는 소식이 이미 중성 바닥에 파다하게 퍼진 뒤여서 그가 저리 고함을 지르며 불만을 터뜨리는 이유를 알고 있었지만 저 꼴을 보니 자신이 황후라도 당연히 내쳤을 것이라 입술을 삐죽거렸다. 생각 같아서는 무사들을 시켜 저 화상을 당장에 끌어내고 싶었지만 그래도 큰손님이고, 내침을 당했다 쳐도 황후의 친오라비이니 함부로 건드릴 수가 없어 발만 동동거리며 안타까워하고 있었다.

"이보오, 왕부인. 안에 제헌원 나리 계시우?"

낯익은 목소리가 뒤에서 들리자 왕부인은 못마땅한지 얼굴을 찡그렸지만 돌아선 얼굴에는 화사한 미소만이 감돌고 있었다. 뒤에는 역삼각형의 얼굴에 교활한 눈빛이 번득이는 교강이 이를 드러내며 얍삽하게 웃고 있었다.

"어머나, 교강 어른 아니십니까? 왜 이리 늦으셨습니까? 제헌원 나리께서는 기다리다 벌써……."

와장창.

방 안에서 요란하게 무언가 깨지는 소리가 나자 왕부인은 저도 모르게 움찔하며 돌아섰다. 기분이 잔뜩 가라앉아 보이는 모습에 되도록이면 세간들이 적은 방으로 안내했지만 그래도 부술 것이 많은지 연신 깨지고 넘어지는 소리들로 시끌벅적했다.

"벌써 한잔 거하게 걸치셨나 보군."

애써 웃고는 있지만 교강은 안에서 들리는 요란한 소리에 저도 모르게 눈살을 찌푸리고 있었다.

"아이들은 필요없으니 술상이나 다시 봐오도록 하오."

"예, 나리."

어느새 눈가에 주름이 자글자글한 나이가 되었지만 날이 갈수록 교태는 더욱 무르익는지 왕부인은 요염하게 눈웃음을 치며 배시시 웃었다. 엉덩이를 실룩거리며 돌아서는 왕부인의 자태에 잠시 눈길을 던지고 아쉬움을 접은 채 방 안으로 들어섰다.

"아이고, 나리. 벌써 이리 취하셨습니까?"

“머냐? 왜 이리 느즌 게야(뭐냐? 왜 이리 늦은 게냐)?”

잔뜩 혀가 꼬부라진 말투로 험악하게 꾸짖는 인원의 태도에도 교강은 실실 웃으며 바닥에 나뒹굴고 있는 그를 붙잡아 일으켰다.

“그야 나리께 좋은 소식을 하나 전하려고 바삐 돌아다니다 좀 늦었습니다.”

아첨이 입에 붙은 교강은 인원에게서 풍겨져 나오는 역한 술 냄새에 얼굴을 찡그리지 않으려고 애를 썼다.

“조은 소식(좋은 소식)?”

눈을 게슴츠레 뜨고 흐느적거리던 인원이 교강의 말을 뇌까렸다.

“예에, 좋은 소식이지요. 잠시 귀 좀…….”

누가 들을 새라 인원의 귀에 대고 무어라 잠시 속삭이자 취기로 흐리멍텅해 있던 인원이 순식간에 정신을 차린 듯 두 눈을 부릅떴다.

“그…… 그 말이 참이냐?”

순식간에 취기를 몰아내며 화급하게 교강을 다그치자 교강이 의미심장하게 웃으며 고개를 끄덕거렸다.

“그럼요, 제가 금군 중에 아는 이가 있답니다. 그이를 구슬려 알아낸 사실이지요. 이현대군도 군부에 나가 바쁜 시간을 보내고 있다니 그날, 무사들을 고용해 고년을 훔쳐 내면 되는 것입니다. 워낙에 왕부 밖으로 잘 안 나오는 년이니 우리가 안으로 들어가 데려오는 방법밖에 없지 않겠습니까?”

몽롱하던 머릿속이 한순간에 맑아지는 기분이었다. 인원은 깊이 생각하지도 않고 교강의 의견을 크게 반기며 나지막이 뇌까렸다.

“그래, 내가 먼저 그년을 찍어버리면 대군이고 나발이고 어쩌겠어? 흐흐, 고작 대군 따위 때문에 내가 이런 수치를 받았는데 당연히 보상받아야 하지 않겠나?”

“그렇지요, 나리께서는 바로 이 나라 황후마마의 오라버니 아니십니까? 일개 대군 따위와 상대가 되지 않지요.”

옆에서 인원의 비위를 맞추며 맞장구치는 교강의 미소가 사특스러웠다.

“그렇군. 그런 방법이 있었군.”

육군제라 함은 조하의 모든 신하들이 황제의 발밑에 조아려 상천국의 위용을 만방에 알리는 날이었다. 황후의 황궁 출입금지령으로 인해 그런 화려한 자리에 정작 자신이 빠져야 한다는 것이 심히 불만스러웠지만 그때 왕부를 비우는 대군들로 인해 점찍어두었던 계집을 빼돌릴 수 있다는 생각에 불만이 가셨다.

“자네는 정말 머리가 비상하구먼.”

희희낙락하며 인원이 교강을 칭찬하자 교강의 교활한 입매가 매끄럽게 올라갔다.

“그야 다 나리를 위해서지요. 헌데 듣자하니 봉거도위 자리 하나가 비었다고 하옵니다만……”

말끝을 흐리는 교강의 속내가 무엇인지 알아차린 인원은 호탕하게 웃으며 큰소리쳤다.

"염려 놓으시게. 이 몸이 누군가? 바로 이 나라 황후의 친오라비야. 내가 못 이룰 일이 무에가 있겠는가? 내 필히 자넬 그 자리에 추천하도록 하지."

"아이고, 여부가 있겠사옵니까?"

바닥을 치던 기분이 금세 상승하자 인원은 다시금 큰소리치며 그 밤이 다가도록 술잔을 기울였다.

변함없이 달님에게 홀린 듯 밤 마실을 나선 희를 맞이한 것은 어김없이 그 자리에 서서 그녀를 기다린 휼이었다.

"오늘 한참을 돌아다녔는데 피곤하지 않소?"

평소와 다른 일정에 혹여나 지친 기색이 엿보이지나 않을까 휼은 연신 염려스러운 표정으로 그녀의 안색을 살폈다. 다행히도 크게 힘들어하는 모습은 보이지 않아 걱정한 마음을 쓸어내렸다.

"검을 들고 나왔소?"

되돌아온 검을 항시 손에서 떼지 않는 그녀가 야속하면서도 묘한 감흥이 일었다. 검을 다룬다면 어떤 모습으로, 어떤 방법으로 다루는지 상상해 보았다. 당당한 기상으로 상대를 제압할 것인지, 아니면 보이는 것처럼 유려한 모습으로 상대하는 것인지 호기심에 애가 닳을 지경이었다.

"그대에 대해 궁금한 것이 너무 많소. 어서 빨리 정신을 차렸
으면 좋겠소."

조바심을 살짝 드러내 보지만 일말의 흔들림도 없는 표정이
었다. 단정한 희의 시선은 야속타 할 만큼 꼿꼿이 정면만 바라
보고 있었다. 고요한 그녀의 모습에 저도 모르게 손가락으로 그
녀의 단정한 이마를 타고 주욱 뻗은 콧날을 타고 옴폭 들어간
인중을 잠시 들러다가 도톰한 입술을 쓸어내렸다. 그럼에도 희
의 태도에는 변함이 없었다.

"그거 아오? 그대는 이리도 따스한 온기를 가진 사람인데, 그
대의 옆모습은 마치 조각처럼 딱딱하다는 것을 말이오. 이 껍질
을 그만 뚫고 나와줬으면 좋겠소. 무엇이 그대를 힘들게 하는지
나는 모르지만, 내가 그대의 짐을 덜어주고 싶소."

다정하지만 힘있게 희의 손을 움켜잡았다. 그의 진심이 그녀
에게 전달되기를 바라는 마음으로 한껏 감싸 쥐었다.

8장

희의 상처가 다 나아 더 이상 죽을 먹지 않아도 되자 이젠
식사가 문제였다. 식사를 거부하는 것은 아니지만 스스로 먹을
의사를 보이지 않아 결국 휼이 직접 떠먹여 주어야 했다. 입가
까지 음식을 들이밀어야만 가까스로 입술이 열렸다. 그런 식으
로 조금씩 음식을 떠먹여 주는 휼의 모습이 낯설고 어색해 사미
와 윤의 표정이 딱딱하게 굳어버렸다. 그러나 어렵사리 입술을
벌여 그가 먹여주는 음식을 천천히 씹어 삼키는 희에게만 신경
쓰느라 휼은 두 사람의 불편한 시선 따윈 아랑곳하지 않았다.

"굳이 그렇게까지 하셔야겠습니까?"

보다 못한 윤이 말려보지만 휼은 들은 척도 하지 않았다.

"다음 주에 있을 육군제 준비는 잘되어가느냐?"

"으윽."

허를 찌르는 휼의 질문에 윤의 표정이 일그러졌다. 황제 앞에 군부의 정렬된 모습을 선보이는 행사이기에 몇 달 전부터 철저하게 준비를 해온 터였다. 중간부터 끼어들어 거들고 있는 윤도 눈코 뜰 새 없이 바쁘기는 마찬가지였다. 오전에 군부에 나갔다가 오후쯤 슬며시 사라져 사미를 데리고 시원한 강변으로 바람이나 쐬러 나갈 생각이 틀어지자 보란 듯이 입을 삐죽거렸지만 아무도 신경 써주지 않자 마음이 더 토라지고 말았다.

"자아, 한 번만 더 먹읍시다."

더 이상 먹기를 거부하는 희에게 마지막이라고 살살 달래가며 음식을 먹여주었다.

"그리도 좋으십니까?"

희의 입속으로 음식이 사라지자 뿌듯한지 휼의 입가에 선선한 미소가 떠올랐다. 그 모습에 기가 질린 사미가 비아냥거렸지만 조금도 거슬리지 않았다.

"그래, 뭐든 잘 먹어야지 얼른 나을 것 아니냐? 희 낭자는 너무 먹지 않아 상처가 더디 낫는 것이야."

"틀린 말은 아닙니다만……."

그 말이 아니라 오라버니 표정이 바보 같아서 하는 말입니다.

흐지부지 사라져 버린 말꼬리에 밖으로 꺼내지 못하는 말을 덧붙였다. 무어라 말을 해보아도 소용없음을 이제는 확실히 깨달았기 때문이다.

"오라버니께서도 어서 식사를 마저 하시지요."

희에게 음식을 먹이느라 정작 자신은 식사하는 것을 잊어버리고 있었다. 사미가 넌지시 권하자 그제야 앞에 놓인 음식을 깨달았는지 멋쩍은 표정으로 빠르게 음식을 비워갔다.

슬며시 윤과 시선을 마주친 사미는 두 사람이 똑같은 생각을 하고 있다는 것을 알았다. 어쩜 저리도 기현왕을 판박이로 닮았을까. 대부인을 살아생전 본 적이 없던 사미로서는 기현왕이 부인에게 하는 닭살 행동들을 알지는 못하지만 휼이 희에게 지극히 대하는 것의 열 배쯤 더 정성이라고 생각하면 된다는 총관의 귀띔에 어림짐작을 할 수는 있었다.

절대 기현왕처럼 한 여인에게 혼이고 마음이고 다 주는 바보 같은 사내 따윈 되지 않겠노라 평소 장담하고 다니던 휼이 자신도 모르게 기현왕과 판박이의 모습이 되었다는 것을 알면 얼마나 기가 막혀할까. 가끔 지나친 듯한 휼의 행동에 사미의 사악한 심보가 불쑥 치솟아 그 사실을 알려주고 싶어서 입이 근질거렸지만 희가 정상이 아니어서 혼자 애태우는 모습이 가련해 억지로 참아주고 있었다.

"재미있는 소릴 들었소."

황제가 부른다는 말에 대전으로 찾아간 휼에게 황제는 불쑥 말을 건넸다. 호기심이 뒤범벅이 되어 있는 황제의 흥겨운 표정에 홀은 난경왕의 개구진 미소가 떠올랐다.

"어떤 소리옵니까?"

모른 척 무심히 대꾸하는 홀이 얄미워 황제는 홀을 지그시 노려보았다.

"웬 여인 하나를 끼고 있다지?"

재미있어하는 황제의 말투에 홀은 그새 입을 놀린 제천을 원망하였다.

"얼마나 귀히 여기면 난경왕께서 과연 기현왕의 아드님이라는 말까지 하시었겠소?"

"그럴 리……."

기현왕을 닮았다는 말에 반사적으로 부정하려던 홀은 자신도 느끼고 있는 스스로의 행동을 떠올리며 가만히 입을 다물고 말았다.

"그래, 어떤 여인이오? 사미 소저야 내 보고 들은 것이 있으니 진성대군의 연분이 아님을 알고 있었고, 도대체 어떤 여인이기에 천하의 진성대군의 마음을 훔쳐 간 것이오?"

평소처럼 그 말에 불같이 들고 일어날 줄 알았던 홀이 머뭇거리며 솟구치던 성질을 누그러뜨리자 내심 놀란 황제는 홀의 여인에 대해 흥미가 일었다. 어떤 여인이기에 돌 같던 심장을 녹여냈는지 궁금하고 대견했다. 입을 꾸욱 다물고 대답하기를 망설이는 홀이 답답한지 마음이 급한 황제가 얼른 그를 재촉하고 나섰다.

“대답 좀 해보오.”

그래도 제천이 희의 상태에 대해 꺼내지 않았는지 그에 대한 말씀은 없음에 안심이 되어 휼은 어렵사리 입을 열었다.

“고운 이옵니다.”

마지못해 꺼낸 그 한마디에 휼의 온전한 마음이 담겨 있자 듣는 황제가 더 민망했다.

“허, 그리도 좋소?”

황제의 기막힌 한마디에 휼은 대답 대신 얼굴에 흐뭇한 미소를 보스스 떠올렸다. 그 모습에 황제는 허탈한 웃음을 터뜨렸다.

“내, 진성대군은 절대 기현왕처럼 팔불출 같은 사내는 아니 될 줄 알았소.”

허탈해하면서도 웃음기가 가득한 황제의 말에 휼의 광대뼈 부근이 살포시 붉게 물들었다.

“그렇다면 좌상대부의 여식과 진성대군을 맺어주려던 계획은 물 건너가 버렸구려.”

“네?”

황제는 오래도록 장가를 가지 않고 혼자 지내는 휼이 안타까워 월하노인 노릇 한번 해볼까 하던 참이었다. 때마침 좌상대부의 둘째딸이 현숙하고 아리땁다 하니 휼과 좋은 연분이 되지 않을까 생각했건만.

“그래, 어느 집안의 여식이오?”

휼의 딱딱한 마음을 녹여놓았다는 사실만으로 얼굴도 보지
못한 여인은 황제에게 호감을 사고 있었다. 너무 비천한 신분만
아니라면 혼인을 굳이 반대할 필요는 없겠다 싶었다.

"……아직 혼례는 이른 사이입니다."

"호오?"

귓불이 붉어진 얼굴로 퉁명스럽게 말을 꺼내는 휼의 모습에
황제는 억지로 웃음을 삼켰다. 저이가 저리도 쩔쩔매는 여인이
정말 궁금했다.

굳이 황제에게 희의 상태를 언급하고 싶지 않았던 휼은 힘겹
게 변명을 지어냈다. 그의 변명에 황제가 풋, 하고 작게 웃음을
삼키는 소리가 터져 나왔지만 민망해진 얼굴을 돌리며 애써 모
른 척했다.

"진성대군은 그 점에 있어서는 기현왕을 못 따라가는구려. 짐
이 듣기로는 기현왕께서는 부인을 보자마자 보쌈했다고 하던
데……."

생각 같아서는 저도 그러고 싶습니다만…….

휼의 부루퉁한 표정이 그리 말하고 있자 황제는 또 한 번 터
지려는 웃음을 억눌러야만 했다. 저이가 저리도 어린애 같은 사
내인지 처음 알았군.

"덕분에 외조부께 제가 태어날 때까지 목숨의 위협을 받으셨
다 들었습니다."

퉁명스럽게 황제의 말을 받아치는 휼의 대구에 참았던 황제

의 웃음보가 크게 터져 나왔다.

"푸하하하하하! 정말이지, 기현왕의 이야기는 들어도 들어도 재미있소. 나중에 진성대군 역시 짐을 즐겁게 해주지 않을는지 기대가 크오."

"……그것참, 영광이옵니다."

휼이 민망해하는 것도 아랑곳하지 않고 시원하게 웃어대는 황제의 모습에 휼이 자조적으로 중얼거렸다.

"하하하, 미안하오. 나도 모르게 그만 과한 행동을 한 것 같소."

"아니옵니다."

눈초리에 달랑이는 눈물을 손가락으로 닦아내며 황제는 여전히 웃음이 묻은 얼굴로 휼을 다정히 바라보았다.

"나중에 시기가 되면 정인을 꼭 소개시켜 주어야 하오."

"여부가 있겠사옵니까."

"정말이지, 어떤 여인인지 무척이나 궁금하오."

흐뭇하게 미소 짓고 있는 황제의 따사로운 시선이 부담스러울 지경이었지만 끝내 휼은 언제까지 지속될지 모르는 희의 상태에 대해서는 함구하였다.

왕부로 돌아온 휼의 뒤를 월추가 조용히 따랐다. 집무실의 문을 단단히 닫고 나서 뒷조사를 시켰단 상점 주인에 대한 보고를 올렸다.

"하륜국의 국내 정세가 불안정하여 우리 상천국으로 기점을 옮긴 자입니다. 이름은 부원두라고 하고 솜씨 좋은 장인 몇을 수하에 두어 부리고 있는 자입니다. 하륜국의 단아한 멋이 풍기는 제품들이 많아 찾는 이가 많다고 합니다. 특별히 수상한 점은 없었습니다."

"하륜국의 사람이라 이건가?"

뜻밖이었다. 상천국처럼 다른 나라 사람에겐 텃세가 묘하게 심한 곳에서 자신만의 상점을 가지고 있다는 사실에서 대단한 자가 아닌가 싶은 마음이 들었다.

"아무래도 이현대군 저하와 심도 깊은 대화를 나눠보심이 어떠신지요?"

윤이 희를 데려올 때 한주 사람이라고 소개한 것을 가지고 하는 말이었다.

"여러 가지 미심쩍은 사항이 없진 않습니다. 단순히 절벽에서 떨어진 것치곤 등의 상처가 묘하게 깊은 데다가 이현대군께서도 무언가 숨기고 계신 점이 있는 것 같았습니다."

월추의 말에도 일리가 있다고 생각했다.

"알았네. 내가 알아서 할 터이니 그만 물러가 보게."

"네, 저하. 그럼 편히 쉬십시오."

월추가 물러나고도 휼은 한참을 시름에 잠겨 있었다. 만약 그녀가 하륜국의 사람이 맞다면 윤이 그 사실을 아는지, 모르는지도 알아야 했다. 윤은 대체 그녀를 어떻게 만난 것일까?

복잡하게 엉킨 머릿속 때문에 밤이 깊어가는 줄도 미처 알지 못했다. 낮의 활기가 완전히 가라앉을 즈음 깊은 시름 속에서 벗어난 휼이 심란한 마음을 안고 후원으로 향했다. 대답이 없을 것임을 알지만은 그래도 물어보고 싶은 것이 있었다.

이제는 휼이 신신당부한 대로 난정당에 앉아 연을 바라보는 희의 뒷모습을 생각에 잠긴 시선으로 물끄러미 바라보았다. 밤이 주는 냉기에도 꿋꿋이 자리옷을 입은 채 침상을 빠져나온 그녀의 모습이 고혹적이었다. 물안개가 피어오르는 밤, 눈부신 속살을 살짝이 가리는 얇은 자리옷만을 걸치고 있는 그녀에게 참을 수 없는 욕정과 헤아릴 수 없는 분노가 동시에 자리 잡았다.

지금이라도 달려가 그녀를 품고 싶은 충동과 한편으로는 혹시나 하륜국의 첩자면 어쩌나 하는 두려운 상상에 모든 것이 혼란스러웠다. 하지만 첩자라고 하기에는 그녀의 행동 범위가 매우 단조로워 일말의 의심을 할 여지가 없었다. 이렇듯 무언가에 홀린 사람마냥 후원을 배회하는 것 외에는 그녀는 자신의 의지를 모두 잃은 사람이나 다름없이 행동했다. 그 모든 것이 거짓일까? 의심하자 가슴 한구석이 무겁게 내려앉으며 날카로운 통증을 수반했다.

혼란스러운 마음과 머릿속을 정리하느라 쉽사리 그녀 앞에 나서지 않고 뒤에 물러나 추이를 지켜보았다. 문득 무엇을 느낀 사람처럼 희의 고개가 하늘로 향하더니 휘영찬 달에게 시선을 고정시켰다. 기분 좋은 듯 살짝 눈을 반쯤 감은 채 월광욕을 즐기는 그녀의 표정이 부드러워지자 순간 달에 대한 살기가 치솟았다. 달을 바라는 마음에 금세라도 그녀가 일어서서 사라져 버릴 것만 같아 두려웠다. 그녀에게 감미로운 표정을 짓게 한 밤하늘의 달을 없애 버리고픈 충동이 거칠게 일었다.

"무엇을 그리며 달을 바라는 것이오? 사내를 바라는 것이오?"

일부러 심술궂은 말투로 그녀에게 다가섰다. 느닷없이 들린 그의 목소리에 일말의 움직임조차 보이지 않는 그녀가 원망스러워 일부러 그녀의 팔을 잡고 자신 쪽으로 돌아보게 했다.

"날 보시오. 저 빌어먹을 달을 바라보지 말고 나를 보란 말이오. 그대가 원하는 것이 무엇이오? 내가 다 이뤄줄 테니 나를 보시오."

허무한 표정의 희에게 휼은 속내에 꾹꾹 눌러둔 원망의 말들을 쏟아냈다.

"무엇이 이토록 그대를 힘들게 하는 것이오? 두고 온 정인에 대한 그리움? 아니면 헤어진 가족들? 그것도 아니면 저버릴 수 없는 나라에 대한 충성심이오? 말 좀 해보시오."

희의 팔을 붙잡고 거칠게 흔들어대며 다그쳐 보아도 그녀의 표정은 변하지 않았다. 저 혼자 떠들어대다 지쳐 버린 휼은 자신이 바보짓 했다는 생각에 허탈한 표정으로 그녀의 발밑에 주저앉고 말았다.

"허무하구려. 나는 그대가 누군지도 모르는데도 이렇게 가슴

설레고 기쁜데, 그대는 왠지 먼 허공을 떠도는 공기처럼 잡을
수 없는 존재 같아 불안하오. 지금도 금방이라도 사라져 버릴
것처럼 두렵고 초조하오.”

머뭇거리던 휼이 끝내 한마디 던졌다.

“하륜국에서 온 것이오?”

차라리 평소처럼 무반응이었다면 긍정으로 받아들이진 않았
을 텐데. 하륜국이란 말에 희의 턱이 살짝 꿈틀거렸다. 허공을
헤매던 그녀의 시선이 내려와 그와 마주쳤다. 하륜국이란 말에
반응을 보이는 희의 태도에서 그는 원치 않은 대답을 듣고 말았
다.

“하륜국에 그 무엇이 있어 그리 혼을 빼놓고 몸만 내게 온 것
이오? 텅 빈 이 몸 역시 언젠가 떠날 참이오? 그럴 바엔 차라리
내 앞에 나타나지 말지 그랬소? 그랬다면 이토록 가슴 저미는
감정 따윈 알지 못한 채 평생 살았을 텐데……. 그대가…… 원
망스럽소.”

풀이 죽은 어조로 자신에게 속삭이듯 중얼거리다가 그녀의
무릎 위에 살짝 머리를 얹어두었다. 얼굴로 전해지는 따스한 체
온에 불안한 마음이 누그러지는 것 같았다.

“아니, 아무 생각도 하지 않으려 하오. 이렇게 그대 품에 기대
있는 것만으로도 충분히 아늑하고 평안한데 굳이 내가 나서서
마음을 들쑤시고 싶지는 않소. 그냥 이렇게 그대가 내 곁에 있
는 사실만 중요하게 생각할 참이오.”

가만히 늘어져 있는 희의 왼쪽 손을 잡아 살포시 자신의 머리 위에 얹어두었다. 그녀가 그를 위로하여 어루만져 주는 것 같은 기분이 들어 마음이 포근해졌다. 그리고 반대쪽 손은 자신의 손으로 가만히 쥐고만 있었다.

"복잡하게 생각하지 않을 참이오. 이렇게 그대 손길이 따뜻하니 잠시 쉬어가리다."

희의 무릎에 얼굴을 파묻고 있는 터라 휼은 미미하게 복잡한 표정을 짓고 자신을 내려다보는 희의 시선을 알아차리지 못했다.

"며칠 동안 왕부에는 들르지 못할 것이다. 총관에게 단속을 잘하고 있으라 당부해 두었으니 크게 심려치 않아도 될 듯하다."

문무백관은 물론 주변국의 대사들마저 초대하여 성대하게 벌이는 육군제에 휼 역시 눈코 뜰 새 없을 만큼 바빴다. 희 때문이라도 잠은 왕부에서 자고 싶었지만 사정이 여의치 않아 결국 황궁에서 며칠을 보내게 되었다. 총관에게 왕부 단속을 신신당부하고 사미에게 돌아섰다. 무언가 할 말이 많은 듯 미적거리는 휼의 속내를 들여다본 사미는 그가 할 말을 먼저 꺼냈다.

"희 언니는 제가 잘 돌볼 터이니 염려 마시고 일이나 잘하시고 돌아오세요. 윤 오라버니께서 말썽 안 부리게 단속 잘하시구요."

“그래, 부탁하마.”

일부러 윤의 이야기를 꺼내 무겁게 가라앉은 휼의 기분을 환기시켰다. 어렵사리 미소 한 조각 베어 무는 휼이 기운없어 보이자 안타까웠다.

“내가 뭘 어쩐다고…….”

한껏 입술을 내밀며 투덜거리는 윤에게 심상치 않게 사나운 눈초리를 던졌다.

“가서 궁녀들을 희롱한다 어쩐다 소리만 들려보세요.”

“아니, 내가 그럴 리가 없잖아.”

엄포를 늘어놓는 사미의 으름장에 윤은 짐짓 겁먹은 것처럼 움찔거렸다.

“흥, 그 말을 믿으라 하십니까?”

“믿어야지, 그럼? 넌 왜 그리 날 못 믿느냐?”

“믿게끔 해주어야 말이죠.”

“무어라?”

토닥거리는 둘의 모습이 잘 어울려서 그런지 휼의 미소가 조금 깊어졌다.

“무사히 육군제나 잘 치르도록 신경 쓰세요.”

“알았다. 다녀오마.”

말에 오르고도 미련이 남아 쉬이 말고삐를 당길 수가 없었다. 한참을 텅 빈 대문 안쪽을 바라보다 아쉬운 마음을 뚝뚝 흘리고 황궁으로 발길을 돌렸다.

"쯧쯧, 저리 애틋하여 어찌 떼어놓고 가는지……."

휼의 마음이 손바닥 보듯 훤히 보이자 안쓰러운 것인지 한심한 것인지, 사미는 나지막이 혀를 차고 말았다.

"저하께서 별당의 소저에게 마음을 단단히 빼앗긴 듯하옵니다."

함께 곁을 지키던 문 총관이 한마디 하자 사미는 고개를 절레절레 흔들었다.

"누가 아니랄까 봐요."

점점 점처럼 작게 사라지는 휼과 윤의 그림자를 한참 동안 눈으로 배웅하다 사미도 왕부 안으로 들어갔다.

왕부에서 멀찍한 곳에서 상황을 살피던 한 무리의 그림자들은 그 모습을 끝까지 지켜보다 바람처럼 어디론가 사라졌다.

양쪽 기수들의 호령에 맞추어 색색의 깃발들이 저마다 위용을 뽐내며 기세등등하게 하늘을 찌르고 있었다. 한편으로는 일사불란하게 움직이는 군사들의 움직임에 문무백관의 입에서 간간이 탄성이 터지고 얼굴에는 흐뭇한 기색이 역력해 보였다. 각국의 대사들 또한 입으로는 감탄사를 터뜨리지만 날카로운 눈빛으로 상천국의 국력을 가늠하는 표정들이었다. 황제의 표정도 심히 만족스러워하는 것으로 보아 이번 육군제는 무사히 마쳤음을 알 수 있었다.

맨 앞에서 금군을 지휘하는 휼의 마음은 황궁을 떠나 왕부에 두고 온 희에게 날아가고 있었다.

'지금쯤 무엇을 하고 있을까?'

한편 시끌벅적한 황궁의 소음이 멀게만 느껴지는 왕부의 후원에서 사미는 희를 위해 금을 타고 있었다. 야트막한 언덕 위에 지은 정자에서 난정당을 내려다보며 산들바람을 맞이했다. 강인한 듯 힘차고, 버들가지처럼 유려한 음 소리에 곁에 시립한 안향과 소아는 귀가 호강한다며 흐뭇하게 듣고 있었고 희는 평소와 마찬가지로 멍한 시선을 허공을 뿌릴 뿐이었다.

한참 금을 연주하던 사미는 희의 고개가 허공을 향해 고정되어 있자 문득 지겨워져 금을 타는 것을 멈추었다. 열심히 감상하던 안향은 아쉬움에 입술을 삐죽였지만 아무 말 없이 사미가 옆으로 치워둔 금을 한쪽으로 치워두었다.

"이제 여름이 성큼 다가오나 봅니다. 햇살이 이리도 뜨거운 것을 보니 말이에요. 그래도 이곳의 바람이 서늘해서 좀 낫습니다."

희의 주목을 끌 겸 언성을 높였음에도 그녀는 끝내 돌아보지 않았다. 돌부처마냥 들리지도, 말하지도 않는 이를 어찌 애모해 몸이 달아 있는지 휼의 정신 상태가 의심스러웠다.

"차가 식습니다."

앞으로 밀어준 차가 식는 것도 모른 채 멍하니 하늘만 바라보는 희의 행동에 한숨만 흘러나왔다. 적당히 식은 차를 한 모금 머금고 나서 문득 생각난 듯 말을 꺼냈다.

"그러고 보니 지금쯤 육군제가 한창이겠군요. 횰 오라버니께서 고생이 많으셨지요."

그때였다, 멍하니 하늘만 바라보던 희의 고개가 천천히 그녀 쪽으로 돌아본 것이. 마치 처음부터 그렇게 있었던 양 자연스러운 모습에 사미는 깜짝 놀라면서도 무엇이 그녀를 반응케 했는지 곰곰이 생각해 보았다.

"그러고 보니 횰 오라버니께서 한동안 왕부에 계시지 못하셔서 많이 적적하셨겠습니다."

횰을 언급하자 희의 눈동자 속에 잔 파랑이 일었다. 그 모습을 믿을 수가 없던 사미가 떨리는 손길로 찻잔을 내려놓고 몸을 일으켜 그녀 옆으로 다가갔다. 그리고 희의 눈동자를 유심히 들여다보며 재차 물어보았다.

"방금 횰 오라버니 때문에 반응한 것이 맞지요?"

느릿하게 눈꺼풀을 감았다 열었다. 마치 사미의 질문에 대답을 하는 것처럼 말이다.

"맙소사."

사미가 길게 탄성을 터뜨리자 저들끼리 속닥거리던 안향과 소아가 목을 빼들고 돌아보았다.

"무슨 일이십니까, 아가씨?"

"이리로, 이리로 와서 너희 눈으로 직접 확인 좀 해보거라. 방금 내가 본 것이 진짜인지 착각인지 알아야겠다."

안향과 소아가 황급하게 사미의 곁으로 다가왔다.

"무슨 일이십니까?"

"희 언니를 자세히 지켜보거라. 자아, 언니. 다시 한 번 묻겠습니다. 휼 오라버니를 알아보시겠는지요?"

그러자 그네들의 눈을 믿지 못할 일이 벌어졌다. 희의 입매가 살짝 위로 올라가며 눈꼬리가 미미하게 휘어지는 것이었다.

"지…… 지금…… 웃고 있는 것 맞지? 그렇지?"

"어머나, 아가씨. 이제 정신을 차리시려나 봅니다."

"세상에!"

아주 미세한 미소인데도 사미는 이성을 잃고 안향의 팔을 붙잡으며 정신없이 소리 질렀다. 직접 눈으로 보고도 안향은 믿기 어려운 듯 눈을 동그랗게 떴지만 크게 반기고 있었고, 소아는 너무 기쁜 나머지 눈물까지 그렁이고 있었다.

"희 언니, 잘하셨습니다. 정말 잘하셨어요. 이제 천천히 돌아오시기만 하면 됩니다. 휼 오라버니께서 크게 기뻐하실 것이어요."

내심 희의 상태가 언제까지 지속되려는지 불안했던 사미는 조금씩 호전되어 가는 모습을 보여준 희가 고맙고 감사했다. 매일 밤 희와 함께 시간을 보내며 외사랑에 쩔쩔매는 안쓰러운 휼의 모습을 알면서도 그녀가 해줄 수 있는 일이 아무것도 없다는 게 안타까웠다. 그러니 휼에게 기쁜 소식을 전해줄 수 있게 되어 얼마나 흥분되는지 자신도 모르게 품위고 뭐고 다 팽개치고 희를 와락 끌어안고 탄성을 질렀다.

“모레쯤이면 오라버니께서 돌아오실 것이랍니다! 우리, 조금만 더 노력해 보아요. 오라버니께서 돌아오시면 말문이 막힐 만큼 깜짝 놀라게 해드립시다. 희 언니, 조금만 더 힘을 내주세요.”

“헤헷, 그때쯤이면 소저들은 이곳에 없을게요.”

기쁨에 들뜬 그녀들의 뒤로 음흉한 사내의 목소리가 흘러나왔다.

“누구냐!”

재빨리 감정을 감춘 사미가 뒤를 돌아보며 소리치자 복면을 쓴 예닐곱 되는 괴한들이 날이 선 칼을 뽑아 들고 그녀들을 둘러싸고 있었다. 이 깊은 후원까지 사내들이 어찌 들어왔는지 당황스러웠다. 경계심이 바짝 솟은 사미는 머릿속으로 경비병들이 달려올 만한 시간을 어림잡았다. 그러나 왕부의 후원은 사내들의 인적이 드문 곳이라 그네들의 비명을 듣고 빠른 시간 안에 달려올 것이란 건 미지수였다.

“여기가 어딘 줄 알고 감히 들어선 것이냐!”

두려움을 내보이지 않고 당당하게 호통치는 사미의 박력에 몇몇이 움찔했지만 앞에 선 사내는 꼼꼼히 사미를 살펴보고는 고개를 끄덕거렸다.

“저 계집이다.”

자신을 분명히 가리키는 사내의 말에 사미는 당혹스러웠지만 결코 내색하지 않았다.

"네 이놈! 감히 누구를 가리켜 손가락질을 하는 것이냐?"

칼을 뽑아 들고 있는 괴한들에게 둘러싸여 있으면서도 위엄을 잃지 않은 사미의 태도에 대장격인 사내가 아쉬운 듯 입술을 일그러뜨렸다.

"그놈에겐 아까운 계집이지만 그래 봐야 계집일 뿐. 순순히 따라오는 것이 신상에 이롭소, 사미 소저."

"뭣이라?"

사미가 두 눈을 부릅뜨고 매섭게 노려보자 대장은 잠시 기죽었는지 머뭇거렸다. 아무리 생각해도 인원 같은 소인배에게는 아까운 여자였다. 그러나 이미 돈을 받았기에 망설일 수 없었다.

"어서 끌고 가자."

사내가 눈짓하자 즐비해 있던 다른 사내들이 성큼성큼 다가왔다.

"물러서라!"

사미가 아무리 호통을 쳐도 사내들은 위압적으로 다가와 그녀를 보호하듯 감싸고 있는 안향과 소아를 끌어냈다.

"이얏! 이거 놔라, 이 불한당 놈들아! 감히 이분이 뉘신데 이리 무례하게 구느냐!"

"꺄앗, 사람 살려!"

"얼른 그 계집들의 입을 막아!"

안향과 소아가 소리를 지르며 반항하자 금세 주위가 시끄러워졌다. 누군가가 그녀들의 비명을 듣고 달려올까 두려운 대장이 험악하게 소리 지르자 다른 사내들의 눈빛이 위험스럽게 빛났다.

"뭣들 하는 짓이냐? 당장 그 손 놓지 못할까!"

사내들의 시선이 위험하게 빛나자 사미가 몸을 날려 안향과 소아를 붙들고 있는 자들을 떼어내려다 오히려 자신이 붙잡히고 말았다.

"이것 놓아…… 흡."

앙칼지게 소리치며 반항하던 사미의 입 안으로 역한 천 조각이 밀려들었다. 거친 감촉에 입 안의 연약한 살이 쓸렸는지 따끔한 곳이 있었다. 소리가 막혀 나오지 않자 팔다리를 마구 휘저으며 반항했으나 사내들의 힘을 당해내기엔 역부족이었다.

'살려주세요, 윤 오라버니!'

황궁에서 육군제에 정신없을 윤이라 그가 나타날 리 만무했지만 두려운 마음이 앞서 사미는 간절하게 빌고 또 빌었다. 이대로 죽는 것은 아닐는지, 혹은 살아 어느 비열한 이에게 욕을 보이는 것은 아닐는지. 아직 윤과 혼인도 올리지 못했는데 하는 아쉬움과 다신 보지 못할 것 같은 두려움에 필사적으로 몸부림을 쳤다.

스악.

공기가 가로지르는 소리와 함께 사미의 몸을 제압하던 사내의 힘이 느껴지지 않았다. 무언가 뜨거운 액체가 목덜미를 적신다고 느꼈는데 풀썩하고 그녀의 등 뒤로 사내의 무거운 몸이 쓰러졌다. 허둥지둥 사내에게서 도망치며 입 안에 박힌 천을 빼내고 무슨 일이 일어난 것인가 살피자 석상처럼 우뚝 서 있는 희의 모습이 눈에 들어왔다. 그녀의 오른손에는 신선한 피가 뚝뚝 흐르는 날카로운 검이 들려 있었다.

"뭐…… 뭐냐, 저년은?"

그녀들 사이에서 가장 조용하게 앉아 있기에 신경을 끄고 사미에게만 집중했다. 뭔가 이상한 여자라는 생각이 들었지만 워낙 조용하게 움직여서 일어서는 것조차 깨닫지 못했다. 사미를 제압하던 사내의 목이 바닥에 떨어지자 싸늘한 공기가 주변을 잠식했다. 묘하게 냉기가 풍기는 여인의 모습에서 일이 틀어졌음을 본능적으로 알아차린 대장이 얼어붙은 채 멍하니 여인만 바라보는 부하들을 다그쳤다.

"뭣들 하는 것이냐? 고작 계집 하나다. 얼른 해치워!"

엉거주춤 망설이는 사내들이 답답한지 대장이 먼저 칼을 휘둘렀다. 희의 목을 겨눈 채 휘두른 검은 깨끗하게 허공을 갈랐다.

"에?"

순식간에 사라져 버린 희의 모습에 당황해하는 대장의 품 안으로 어느새 희의 희백검이 아래에서 위로 휘둘러졌다. 단숨에 대장의 목숨을 거둔 다음 다시금 느릿하게 다른 사내들을 둘러

보았다. 하얀 피부에 무표정한 희의 모습이 귀신처럼 느껴지자 사내들은 주춤거리며 물러서기 시작했다.

"제…… 젠장, 뭣들 하는 거야? 어차피 이판사판. 그냥 덤벼!"

경직된 공기를 가르며 한 사내의 호기로운 외침과 동시에 우악스러운 칼놀림이 뒤를 이었다. 간발의 차로 그의 공격들을 피해가는 여유를 보이던 희의 검이 순식간에 사내의 목줄기를 깊숙이 찔러 넣었다. 사내의 외침에 정신이 들었는지 다른 사내들도 칼을 다잡고 희를 공격하기 시작했다.

이젠 사미의 납치가 목적이 아니라 희를 쓰러뜨리는 것이 목적이 되어버린 탓에 안향과 소아가 그들의 손에서 벗어나 사미에게 달려갔다. 한쪽 구석으로 몸을 피한 그들은 여러 번 겹친 충격으로 반쯤 넋이 나가 있는 표정들이었다.

"이게 어찌 된 일일까요?"

"나도…… 모르겠다."

휼이 곱다며 골라준 진홍색의 비단옷 위로 사내들의 더러운 피가 튀어 올랐다. 마치 화려한 검무를 보는 듯한 희의 검시위를 사미는 홀린 듯이 바라보았다.

"안향아, 넌 얼른 달려가 군사들을 불러오너라."

"예, 아가씨."

희가 사내들을 상대하는 동안 이성을 차린 사미는 안향을 몰래 내보냈다. 사내들의 눈을 피해 황급히 발걸음을 옮기는 안향에게 시선을 주는 이들은 다행히 없었다. 사내들의 모든 이목이 희에게 집중되어 있던 탓이었다.

"죽어랏!"

고함 소리만 요란한 이가 어설프게 희에게 달려들었다. 그러나 희는 무표정한 얼굴로 손목을 가볍게 몇 번 휘두르며 사내의 목숨을 끊어놓았다. 몇 안 남은 사내들은 자신들의 상대가 아님을 깨달았는지 더 이상 덤비지 못하고 주춤거렸다.

그러나 희는 그들을 곱게 돌려보낼 생각이 없는지 사내들이 공격에 나서지 않자 그녀가 직접 달려들었다. 동작 하나하나가 화려하면서도 거침없이 사내들의 숨통을 끊어놓았다. 순식간에 시체 예닐곱이 정자 근처에 즐비해졌다.

사미는 자신의 눈을 의심할 수밖에 없었다. 그토록 인형같이 숨만 쉴 뿐 자아를 잃은 희가 거짓말처럼 놀라운 무공을 선보이며 일말의 인정도 없이 모두 죽여 버리자 두려워해야 하는 것인지 감탄해야 하는 것인지 알 수가 없었다.

발밑으로 번져 가는 붉은 피로 인해 고운 옷자락이 어둡게 물드는데도 희는 검을 늘어뜨린 채 멍하니 서 있을 뿐이었다. 간혹 검을 잡은 손이 꿈틀거렸지만 그 외에는 아무런 반응조차 보이지 않고 있어 사미와 소아의 긴장감이 더욱 깊어졌다.

"죽이면 안 돼. 그들은 오라버니의 병사들이야. 희의 동료들이야."

"제게 동료는 없습니다. 그들은 공주님을 죽이러 온 자들입니다. 인정 따윈 보이지 마십시오.”

“그럼 울지 마. 그들을 죽이고 나서 후회와 안타까움으로 가
슴 아파하는 희의 모습 따윈 보고 싶지 않아.”

“울지 않습니다.”

“거짓말, 이렇게 뺨이 젖어 있는데 거짓말할 거야?”

“울지 않습니다.”

“울지…… 않습니다.”

순간 사미는 귀가 쫑긋했다. 희의 입에서 무슨 말이 흘러나왔
기 때문이다. 이번 일로 정신이 든 것인가 싶어 말을 건네려 하
는데 그때 여럿이 달려오는 발소리가 들렸다. 도움을 요청하러
간 안향이 데려온 군사들이었다. 그제야 안도감을 느낀 사미는
긴장감을 풀었다. 그러나 희는 그렇게 여기지 않았다. 안향이
데려온 군사들 역시 적으로 간주했는지 공격 태세를 갖추었다.

“안 돼! 멈춰요. 그들은 적이 아닙니다.”

놀란 사미가 황급히 달려가 희의 앞을 가로막았다. 발검하려
던 희는 눈앞을 가로막는 인물에게 방해받아서인지 얼굴을 살
짝 찡그렸다.

“진정하세요. 저들은 우리를 해하려는 사람이 아닙니다.”

어둠 속을 헤매고 있었는데 위험에 처한 공주가 보였다. 감히
그녀가 이렇게 버티고 있는데 뉘가 공주의 안위를 위협하는 것
인가? 용서할 수 없었다. 내가 살아 숨 쉬는 한 그 누구도 공주

에게 손가락 하나 건드리지 못하게 할 것이다.

헌데 이상하다. 어렴풋이 공주의 윤곽이 보이는데 다정하고 사랑스러움이 흠뻑 배어 있는 공주의 목소리가 아니었다. 어찌 된 일이지?

그녀의 말을 들었는지 움찔하는 희의 태도에 안심하며 사미는 다시 한 번 강조했다.

"이제 괜찮아요. 그러니 검을 내려놓으세요."

공주의 머리꽂이다. 그런데 공주는 어디 계신 것이지? 왜 낯선 이의 목소리만 들리는 것이지? 왜 이렇게 시야가 뿌연 것이지?

"이제 안전해요. 지켜주신 것은 감사하나 저들은 아군이랍니다."

아군? 우리에게 아군 따위는 없는데? 공주가 아니라면 그댄 누군가?

"이건 당신의 물건이지요? 이제 돌려 드리겠습니다."

사미가 머리에서 빙화석 머리꽂이를 빼내 내밀자 한참 만에야 멍한 표정으로 받아 들던 희는 무언가로 머리를 얻어맞은 것처럼 시야가 환해지고 순식간에 모든 기억이 돌아왔다. 공주를 모시고 하룬국을 빠져나오려던 일, 그러다 추격자의 화살을 맞고 공주가 숨졌던 일, 비통한 마음으로 령후왕에게 저주를 퍼붓고는 공주의 시신과 함께 청천강으로 몸을 던진 일이 모두 떠올랐다. 심장을 부여잡는 상실감과 허탈함이 급격히 밀려왔다.

손바닥 아래 느껴지는 차가운 머리꽂이는 더 이상 주인이 없었다. 더 이상 어머니를 닮은 그 사랑스러운 미소를 볼 수가 없었다. 자신의 이름을 다정히 불러주는 그녀의…… 동생은 죽었다.

사미는 백치 같던 희의 표정이 일순간 당혹감으로 물들더니 불신과 진실 사이에서 혼란스러워하는 모습을 똑똑히 지켜보았다. 기억의 혼란으로 인해 당황해하며 어찌할 바 몰라 고통스러워하는 희의 눈빛이 가슴 저리게 닿아 그녀의 마음의 벽을 깨뜨린 것이 미안할 정도였다. 차츰 눈빛이 명확해지면서 끝내 마주 보고 싶지 않던 진실을 알게 된 희의 표정에 사미는 자신도 모르게 시선을 피하고 말았다.

"으아아아아아아아악!!"

그제야 납득할 수 없는 진실을 마주친 희는 가슴속에 끓어 넘치는 상실감과 비통함을 견디지 못하고 머리꽂이를 끌어안으며 그 자리에 주저앉아 비명을 내질렀다. 가슴을 파고드는 메마른 희의 비명 소리에 그 자리에 서 있던 누구도 그녀를 말릴 수가 없었다.

한참을 속에 품고 있던 진실이 주는 고통에 괴로워하던 희는 끝내 스스로의 감정을 이기지 못하고 그 자리에 쓰러져 버렸다. 메마른 비명을 내지르며 스스로를 용서하지 못하는 자학하는 그녀의 모습에 지켜보던 사미의 가슴도 타 들어갔다.

현실이 고통스러워 고개 돌리고 만 그녀의 아픔을 절절히 느낄 수 있었다. 그녀 역시 한때는 그렇게 도피한 적이 있기에 더욱 잘 알고 있었다. 그렇지만 언제까지 껍질 안에 갇혀만 있을 수는 없는 일이었다. 이번 일이 마음의 상처를 헤집는 결과가 될지도 모르지만 강인하게 일어나 주길 바라는 마음이 컸다. 이 일로 인해 희가 가둬두었던 자신을 풀어냈지만 조금 전의 고통스러운 일로 보아 또다시 자신을 가둬 버리지만은 않기를 바라고 또 바랐다.

소식을 듣고 바로 달려온 휼과 윤은 날다시피 별채로 들이닥쳤다. 미리 피로 얼룩진 옷을 갈아입고 몸에 남은 핏자국까지 지워 버린 사미가 자리에서 일어서 그들을 맞이했다.

"쉬잇, 조용히 좀 하세요. 아직 희 언니가 안 깨어났단 말입니다."

거친 숨을 토해내며 휼이 하얗게 질린 얼굴로 비척비척 침상으로 다가가 사미가 앉았던 의자에 털썩 주저앉았다. 두려움으로 서늘해진 손을 뻗어 이불 속에 감춰둔 희의 손을 붙잡았다. 차가운 그의 손 안에 퍼지는 온기에 그제야 두렵고 불안한 마음이 누그러지기 시작했다.

"의원이 하는 말이 잠시 탈진한 것뿐이니 너무 심려치 말라 했습니다."

"……도대체 어찌 된 일이냐?"

한자한자에 음울한 분노를 실은 휼의 어조에 사미도 두려움을 느낄 정도였다.

"저희가 후원에 있었는데 느닷없이 괴한들이 들이닥쳤습니다. 그들의 손에 납치될 뻔하였는데 희 언니가 검을 뽑아 들고 저희를 구해주셨습니다. 그리고는 쓰러지셨어요. 제 생각에는…… 정신을 되찾은 것 같았습니다."

"……그래?"

가슴 아래가 몽땅 베어나간 것처럼 휑하고 서늘했다. 감히 그 누가 그의 귀한 사람에게 피를 보게 했는지 알지는 못하나 결코 가만두지 않으리라 이를 악물었다.

힘들어 보이는 휼을 희와 단둘이 있게 내버려 두고 윤 역시 여전히 창백한 얼굴의 사미를 데리고 안채로 돌아왔다.

"괜찮으냐? 넌 별일없었느냐? 어디 다친 데는?"

"전 괜찮습니다. 희 언니 덕분에 이토록 무사한 것이지요."

사미가 그녀답지 않게 기운없는 표정으로 침상에 몸을 기대자 짠한 마음에 윤이 덥석 그녀를 끌어안았다.

"소식 듣고 얼마나 놀랐는지 알기나 아느냐? 두려웠다. 네게 무슨 일이 생기는 것이 아닌지 말을 타고 달려오는 내내 두렵고 서러운 마음뿐이었다. 무사해서 정말 다행이다, 사미야."

"전 괜찮아요, 오라버니."

납치당할 뻔한 사람이 윤이었던 듯 사미를 끌어안고 있는 그의 몸이 부들부들 떨렸다. 목소리에도 물기가 가득 묻어 있었다. 오히려 사미가 침착한 태도로 윤을 토닥거리며 달래주었다.

“전 괜찮아요. 너무 걱정하지 않으셔도 됩니다.”

“그래도…… 무서웠다. 널 잃을까 봐 얼마나 무서웠는지 모른다.”

가늘게 떨리는 윤의 목소리와 사미를 안고 있는 팔의 긴장이 느껴지면서 사미는 빙그레 미소 지었다. 윤이 자신을 얼마나 걱정하는지 느낄 수 있었기 때문이다.

“이리 무사하잖습니까? 진정하세요.”

가만가만 속삭이는 사미의 대답을 들으며 윤은 평생 처음으로 신이란 신에게 감사를 드렸다. 다시는 이 목소리를, 체온을, 숨결을 못 느낄 줄 알았다는 생각에 수명이 훨씬 단축되는 기분이었다.

“그나저나 도대체 어떤 놈들이기에 감히 기현왕부의 후원까지 침탈하여 아녀자를 납치하려 해? 희 소저가 몽땅 베어버리는 바람에 신문할 놈들이 없으니 그것참…….”

가만 생각할수록 괘씸하고 괘씸해 윤은 이를 바득바득 갈며 한자한자 내뱉었다. 그러고 보니 사미 역시 한 가지 의문이 생겼다. 그들은 자신이 누구인지 알면서도 납치를 하려 했던 것이다.

“그러고 보니 그들은 제가 누군지 알고 있었습니다.”

“뭐라고?!”

불현듯 깨달은 사실에 사미가 중얼거리자 윤이 몸을 떼며 벼락같이 소리쳤다.

"그게 무슨 소리냐?"

"분명 저를 가리키며 데려가겠노라 말했고 제 이름 역시 알고 있었습니다."

확신하는 사미의 말에 윤의 동공이 놀람으로 팽창되고 절로 턱이 힘이 들어갔다. 그리고 사미에게 단단히 일러두었다.

"앞으로 무슨 일이 있어도 혼자 다니지 말거라. 왕부 내에서도 호위무사를 반드시 곁에 두어야 한다. 이 일은 형님과 내가 반드시 배후를 밝히고야 말 터이니 넌 절대 혼자 있는 일이 없도록 하거라. 알겠느냐?"

목에 핏대까지 세워가며 화를 내고 있는 윤을 물끄러미 바라보던 사미가 갑자기 휘청거리며 윤의 품 안으로 쓰러졌다. 화들짝 놀란 윤이 하얗게 질린 얼굴로 수선을 피우기 시작했다.

"어엇, 사미야. 괜찮으냐? 의원을 부를까? 아니다. 잠시 누워 있거라. 내가……."

"죄송해요, 오라버니. 이제 안심이 되니 몸에 힘이 하나도 남아 있지 않아서……."

사미답지 않은 연약한 모습에 윤의 마음도 아려와 절로 목소리가 부드러워졌다.

"바보구나. 내가 곁에 있으니 이젠 안심해도 돼. 잠시만 기다리거라. 내가 의원을 불러오도록 하마."

"아니오, 오라버니. 사실……."

"음?"

망설이듯 올려다보는 사미의 촉촉한 눈빛에 윤의 가슴이 덜컥 내려앉았다. 그녀답지 않은 수줍음과 두려움 섞인 표정으로 말을 꺼내려다 주저하자 조바심이 난 윤이 다그쳤다.

"그래, 왜 그러느냐?"

"무서워서…… 혼자 있을 수가 없을 것 같아요. 제 곁에서 떠나지 말아주세요."

"……!"

품 안에 안아 든 사미가 바들바들 떨고 있는 것이 느껴졌다. 어지간히 배짱있다고 생각했지만 역시나 연약한 여인이구나 싶어 윤의 마음이 애틋해졌다.

"오라버니, 오늘 밤 제 곁에 함께 계셔주시면 안 될까요?"

촉촉하게 일렁이는 사미의 눈빛이 애절하게 그에게 매달리고 있었다. 사미와 함께 밤을 보낸다는 사실에 윤은 꿀꺽 마른침을 삼키며 눈만 끔벅거렸다. 윤이 아무런 말을 하지 않자 사미는 이내 고개를 다른 쪽으로 돌리며 소리 죽여 흐느끼기 시작했다.

"왜…… 왜 우느냐?"

"너무하십니다. 저는 너무 놀라 한잠도 자지 못하고 두려움으로 밤을 샐 것만 같은데 이런 저를 내버려 두실 것입니까?"

"그런 것이 아니다. 난 다만……."

"다만요?"

은근히 눈물로 윤을 구슬리던 사미가 뽀로통한 어조로 말꼬리를 잡고 물어지자 윤은 머쓱한 표정을 지으며 대답했다.

"다만 아직 혼례도 올리지 않았는데 남들 보는 눈도 있고 하
니…… 네가 구설수에 오를까 봐 걱정되어……."

진심으로 하는 말이었다. 윤의 진지한 대답에 사미는 모로 돌
린 고개를 숙이고 소맷자락으로 입가를 가린 채 몰래 혀를 찼
다. 여지껏 방탕한 한량 흉내 내고 다닌 사람이 누군데 이제 와
서 평판 따위를 신경 쓰는지……. 그렇지만 그런 점이 더욱 귀
여워 참을 수가 없었다.

"그럼…… 몰래 오셔요."

이만큼만 양보하지요, 라는 표정으로 사미가 퉁명스럽게 요
구하자 윤의 얼굴이 시뻘겋게 달아오르기 시작했다.

"하…… 하지만…… 저기 우린……."

"이미 부부지연을 맺었는데 무엇을 더 거리낄 것이 있다고 그
러십니까?"

자꾸만 거절하는 그가 서운한지 사미는 마음이 상한 표정으
로 그를 원망스럽게 노려보았다.

"그게…… 내가…… 참을 수 없을 것 같아서……."

한참 만에 머뭇거리며 나온 윤의 대답에 사미는 잠시 영문을
모르겠다며 고개를 갸웃거렸다. 그러다 새빨개진 얼굴로 시선
을 돌리고 있는 윤의 모습에 의미를 깨닫고는 기가 차 웃음이
나왔다. 아직도 그녀 말의 요점을 못 알아차린 둔탱이지만 그런
모습이 더욱 사랑스러웠다.

"그럼 단순히 손만 잡고 자자고 할 줄 알았습니까?"

눈가에 한 방울의 물기도 보이지 않는, 너무도 태연한 얼굴로 반문하는 사미의 말에 순간 윤은 머리를 한 방 맞은 것처럼 멍한 표정을 지었다. 아직도 눈치 못 챘냐는 듯 앙큼하게 눈빛을 던지는 모습이 당당했다.

"너……!"

그제야 방금 전 사미의 모습이 연극이란 사실을 깨닫자 윤은 어이가 없는지 발끈하다가 그런 속 보이는 연기에 너무 쉽게 넘어간 자신이 허탈했다. 앙큼하게 그를 속여 넘긴 사미가 얄미워 볼을 슬쩍 꼬집었다.

"이런 깜찍한 것 같으니. 가군을 놀려먹으니 재미있냐?"

기다란 속눈썹을 팔랑이며—사미의 비장의 무기였다—교태 어린 몸짓으로 윤의 품 안으로 몸을 기대며 사근거렸다.

"오라버니께서 자꾸만 저를 피하시니까 그러지요."

가볍게 투정 부리는 사미의 말에 윤은 한숨만 무겁게 내쉴 뿐이었다. 마음 같아서는 당장이라도 그의 곁에 끌어다 앉히고 싶은 마음이 굴뚝같지만 혼례일이 정해지지도 않았고, 자칫 먼저 사고라도 치면 사미의 평판에 문제가 생길까 봐 노심초사 중이었다. 그런 그의 마음도 모르고 이 어린 연인은 자신을 멀리한다고 투정이나 부리고 있으니 어찌 답답하지 않겠는가? 하지만 반면 사미 역시 자신을 원한다는 사실에 윤의 자신감이 상당히 강해졌다.

"그래서…… 오실 거죠?"

사미가 손가락으로 윤의 가슴팍을 콕콕 찌르며 어린아이처럼 조바심을 드러내자 윤은 그녀의 사랑스러움에 홀딱 넘어가 더 이상의 인내 따윈 날려 버리고 아까부터 눈에 밟혔던 작은 입술을 열렬히 탐하기 시작했다.

9장

명진력 390년, 그해는 하륜국과 북쪽 국경을 마주하고 있
는 대륙의 패자(覇者) 상천국이 삼 년을 끌었던 수슬란 족과의
전쟁에서 승리하여 무척이나 소란스러웠다. 서쪽의 수슬란 족
에게 신경을 쓰느라 다행히도 그동안 상천국은 하륜국과 마찰
이 일어나지 않아 잠시나마 평화로운 시기였다.

하륜국 수도 윤조의 황궁, 가장 깊숙한 곳에 위치한 후궁 처
소에 조그마한 소란이 일어났다. 낮에 궁 밖을 다녀온 수향마마
가 돌아와서는 내내 눈물바람을 일으키고 있었기 때문이다. 연
유를 알지 못하는 시녀들은 왕이 총애하는 후궁의 눈물에 자신
들이 사단이 날까 두려워 감히 왕의 발길을 막아섰다. 그러나

환은 막아서는 시녀들을 밀치고 거칠게 방문을 열어젖혔다. 자리를 깔고 누워 금침에다 얼굴을 묻고 소리 죽여 오열을 터뜨리고 있던 경옥은 씩씩거리며 들어서는 왕을 발견하고 황급히 눈물을 닦아냈다.

"도대체 무슨 일이오?"

환이 걱정스런 표정으로 그녀에게 다가왔다. 이미 팔여 년을 살을 붙이고 함께 살아온 사내지만 오늘따라 그의 손길이 역하고 소름 끼치게 싫어 몸을 틀었다. 경옥의 거부에 환의 손이 허공에서 멈칫했다. 여전히 그에게 온전히 마음을 내주지 않는 그녀 때문에 서럽고 속상했지만 이제는 괜찮은 줄 알았다.

"비, 말해보오. 무슨 일이오?"

상처받은 내면을 가까스로 숨기며 환이 걱정스레 묻자 이상하게도 그 목소리에 더욱 서러워진 경옥은 멈추었던 눈물을 다시 펑펑 흘리며 환의 애를 태웠다.

"왜, 왜 그러는 것이오? 제발 울지만 말고 말 좀 해보시오. 답답하오."

말없이 울기만 하는 경옥이 야속하고 그녀를 달래지도 못하는 자신의 무능이 한심해서인지 환은 속절없이 스스로 가슴을 칠 뿐이었다.

"그…… 아이를 봤습니다."

한참 만에 울음 섞인 목소리로 경옥이 힘겹게 입을 뗐다.

"그 아이라니?"

겨우 눈물을 보인 연유를 꺼내는가 싶어 환은 다급하게 그녀 곁으로 바짝 다가갔다.

"두고 온…… 그 아이를 거리에서 봤습니다."

어린 딸을 두고 와야 했던 과거가 떠오르자 다시금 서러움이 북받치는지 억눌렀던 울음이 펑펑 쏟아졌다. 조그맣고 동글동글하던 어린 모습이 어느새 앳되지만 어엿한 여인의 모습으로 변해 있었다. 한눈에 자신의 딸임을 알아볼 수 있었던 경옥은 황급히 주위를 둘러봤지만 다시 그녀의 모습을 찾을 수가 없었다.

환의 얼굴도 딱딱하게 굳어졌다. 팔여 년 전 그는 이미 혼인하여 딸도 있는 경옥을 빼앗다시피 궁으로 데려와 비로 삼았다. 절절히 사랑하는 부부를 자신이 떼어놓았다는 사실이 못내 괴로웠지만 그의 사랑 역시 그만큼 깊다 여겼다. 더 이상 남몰래 눈물짓지도 않고 가끔 그를 향해 웃어주기도 하는 경옥을 바라보며 이제는 되었다 싶었는데 밀려드는 과거의 일편에 모든 것이 무위로 돌아가는 듯하였다.

"그…… 아이를 어찌 보았소? 혼자였소? 어디서 본 것이오?"

머릿속이 하얗게 변해 버려 환은 자신이 무슨 말을 하는지도 몰랐다. 혹시나 그가 나타나 이제라도 경옥을 뺏어가는 것이 아닐까 하는 두려움이 밀려들었다. 그 생각에 자신도 모르게 살기가 피어올랐다. 한때는 내 목숨이라도 주마 하였던 친우였지만 그에게 생명과도 같은 여인을 빼앗으려 한다면 기꺼이 죽여 버리겠다고 이를 아득 가는 환이었다.

"불공을 드리러 절에 다녀오던 길에 사람들 뒤에서 저를 바라보고 있던 그 아이를 보았습니다. 어여쁘게 자랐더군요. 이 못난 어미를 원망하는지 그리도 차가운 눈으로 저를 바라보더군요."

잠시 스쳐 지나갔던 딸아이의 그리움에 가득한 서글픈 시선이 떠오르자 참을 수 없는 슬픔이 밀려들었다. 다시 고개 숙여 오열을 터뜨리는 경옥의 곁에 앉아 있는 환의 표정이 망연자실이었다.

"염치도 없이…… 살아서……."

불현듯 경옥의 자학하는 소리가 들리자 환은 번쩍 정신을 차리고 그녀를 모질게 나무랐다.

"무슨 소리를 하는 것이오? 뉘 앞에서 그런 막말을 꺼내는 것이오? 비가 무슨 잘못을 했다고 그리 자책한단 말이오?"

"흐흑, 신첩이…… 잘못…… 하였사옵니다."

그녀를 데려온 이후로 그녀가 남편을 그리워하거나 두고 온 딸을 그리워하면 환은 수치심에 그녀를 윽박지르곤 하였다. 모든 것은 자신의 잘못이니 그대를 탓하지 말라고 말로 그리하여도 사람의 마음이란 그럴 수가 없었다. 언제나 죄인처럼 고개를 숙인 채 하늘을 똑바로 바라보지 못하는 그녀에게 미안하고 죄스러운 마음을 어긋나게 표현한 것뿐이었다.

"당장 가서 설화 공주를 데려오너라. 수향마마가 아프시니 와서 문안을 여쭈라 전하라.”

더 이상 경옥의 섦은 눈물을 참아줄 수 없었는지 환은 신경질을 내며 방을 나가 버렸다. 환의 기척이 멀리 사라지고 나서야 경옥은 수건으로 틀어막았던 울음을 터뜨릴 수가 있었다.

이내 환의 명령으로 설화 공주를 데려온 유모는 어머니의 눈물에 저도 뭐가 그리 서글픈지 따라 울어대는 공주를 달래느라 진땀을 흘렸다.

밤이 깊어 모두가 잠든 시간 수향마마 침소의 문이 조용하게 열렸다. 하얀 자리옷 위에 얇은 포를 한 겹 걸치고 마당으로 내려선 경옥은 서럽게 밝은 달님을 올려다보며 두 손 모아 간절히 기도를 올렸다.

‘바라옵건대 우리 연희, 부디 곱게 자라 듬직한 사내를 만나 행복하게 살게 해주시옵소서. 그…… 사람 더 이상 힘들지 않게 다른 어여쁜 인연 만나 잘살게 해주시옵소서.’

북받치는 그리움에 절로 눈물이 길게 떨어졌다. 그때였다.

“왜 그리 눈물이 많으십니까? 온갖 부귀영화를 가지셨는데 행복하게 웃으셔도 모자란 것을요.”

어둠 속에서 삐딱하게 바라보는 나지막한 목소리에 경옥은 믿을 수 없는 충격으로 몸이 얼어붙었다. 뻣뻣하게 굳어버린 몸을 억지로 돌려 목소리의 주인공을 바라보았다. 어떻게 이 엄중한 왕궁 안으로 들어왔는지, 혹시나 이것이 꿈은 아닐는지 경옥은 잠시 혼란스러웠다.

“연…… 희야.”

“이리 눈물로 밤을 지새우시려면 어째서 저희를 떠나신 것입니까?”

다행히 꿈이 아닌 듯 조금은 원망스러운 기색이 묻어나는 분명한 목소리에 경옥은 가슴이 벅차 말을 할 수가 없었다.

아니다, 내 의지로 떠난 것이 아니야.

눈물을 삼킨 혀보다 그녀의 간절한 눈빛이, 고개가 먼저 그 말을 부정했다. 열심히 눈물을 뿌리며 고개를 젓는 모습이 안쓰러워 연희는 자신도 모르게 손을 내밀어 기억보다 말라 있는 어머니의 뺨을 닦아냈다.

“울지 마세요. 이젠 저도 이해합니다. 어머니께선 어쩔 수 없이 가셔야 했다는 것을요. 아버지와 저를 지키기 위해서 가셔야 했다는 것을 압니다. 그러니 울지 마세요.”

“흐윽.”

원망할 줄 알았다. 모진 말을 내뱉을 줄 알았는데 다정하게 그녀를 이해한다 다독이는 말이 거짓 같아 서러운 눈을 크게 뜨고 자신보다 커 있는 딸과 눈을 마주쳤다.

“한 번은 어찌 지내시나 보고 싶었습니다. 울지 마세요. 이리 우시면 안심할 수가 없잖습니까?”

얼마 전에 드디어 여인의 몸이 되었다. 아비에게서 같이 무예를 수련 받던 사내아이들처럼 평평하던 가슴이 욱신거리면서 몽실 오르기 시작하자 당혹스러움을 감출 수가 없었다. 여인다운 품성보다는 강인한 무사로서의 교육에 치우친 결과였다. 아무리 유모가 차근차근 설명을 해주었다 하여도 충격은 쉬이 가시지 않았다. 늘 사내 못지않은 강인한 무사가 되거라 하며 머리를 쓰다듬어 주시던 아비조차 그녀가 여인이 되던 날 처음으로 그녀를 바라보며 난감해하는 표정을 지으셨다. 어쩐지 배신당한 것 같은 기분에 충동적으로 윤조로 향하였다. 어미라면 이 텅빈 듯한 가슴을 이해해 주실 것만 같아서였다. 그러나 윤조에 도착하고 우연히 마주친 어미는 엄중한 호위에 둘러싸여 접근조차 할 수가 없었다. 그 모습이 마치 서러운 꽃과 같이 서글퍼 보여 어느덧 그녀의 가슴에 가득한 섭섭함이 눈 녹듯 사라져 버렸다. 아니, 오히려 어미의 상황이 더 서러워 보여 안쓰러운 마음을 접을 수가 없었다.

어여쁜 계집아이를 낳고 왕의 총애를 받고 있다 들었지만 그녀의 기억보다 더 시들어 보이는 어미의 모습에 가슴이 짠해져 저도 모르게 얼굴을 돌리고 말았다.

"여…… 연…… 연희야."

섥은 목소리가 고요한 마당 위로 크게 내려앉자 누군가 듣지 않을까 연희의 시선이 조심스러워졌다.

"쉿, 누가 듣습니다. 그저 잘 계시는지, 어찌 지내시는지, 어떻게 변하셨는지 궁금하였던 것뿐입니다. 이만 가야겠습니다."

혹시나 어미를 만나는 자신의 모습을 누가 볼세라 연희의 마

음은 초조했다. 이런 모습을 누군가 본다면 어미에게 해가 될까
봐 두려운 것이었다. 하여 서둘러 어둠 속으로 사라지려는 연희
의 옷자락을 경옥의 마른 손가락이 성급하게 붙잡았다.

"가지 마라."

"어머니."

어찌 다시 만난 딸아이인데 얼굴 한번 제대로 못 본 채 보낼
수 없었다. 경옥의 젖은 손가락이 연희의 얼굴을 더듬더듬 어루
만지며 손으로, 눈으로 그녀의 모습을 아로새기고 있었다. 아직
젖살이 완전히 빠지지 않아 통통한 뺨이지만 얼굴선이 더 갸름
해지고 영민하던 눈매는 그윽해져 있었다. 못 보던 사이 어린
아이에서 소녀로 성장한 연희의 모습이 그저 대견스럽고 기특
했다.

"널 어찌 다시 만났는데 이리 쉽게 보내야 하느냐?"

얼굴이 눈물로 흠뻑 젖어버린 어머니의 모습이 안타까웠다.
연희는 그녀 역시 많이 그리워하던 어머니인지라 그녀의 품에
안겨 버렸다.

"어머니."

"그래, 내 아가. 내 딸아. 연희야."

그 작은 체구 어디에서 그런 힘이 나오는지 숨이 막히도록 연
희를 끌어안은 경옥은 쉴 새 없이 흐느끼며 희를 어루만졌다.

오래도록 그리워하던 어머니의 따스한 품에 한참 안겨 있던
희는 달이 지는 것을 발견하고 마음이 급해졌다. 정신없이 그녀

를 어루만지고 눈물짓는 어머니를 힘겹게 떼어놓고 그녀 역시 안타까운 마음으로 속삭였다.

"이젠 가야 해요. 곧 해가 뜨면 제가 궁에 몰래 들어온 것이 발각되고 맙니다."

연희가 떠난다는 말에 경옥은 정신이 바짝 드는지 결연한 표정으로 그녀의 팔을 붙잡았다.

"안 된다, 연희야. 떠나지 말거라. 내 너를 어찌 만났는데, 언제 다시 볼 줄 알고 널 보낸단 말이냐? 안 된다. 가려거든 함께 가자. 이 어미도 데려가려무나."

"어머니."

이미 이성을 반쯤 잃은 경옥의 말에 연희는 난감한 표정으로 이러지도 저러지도 못하고 있었다. 데려가 달라는 말에 잃었던 어미를 되찾고픈 욕심이 생기지 않는 것은 아니었다. 그러나 어미를 왕후보다 애지중지하며 더 귀이 여겨 어미가 낳은 공주를 여왕으로 삼겠다는 소문까지 나도는 참에 그녀를 남몰래 빼돌리기는 결코 쉬운 일이 아니다. 그리고 데려간다손 치더라도 남은 공주는 어찌하란 말인가? 그녀처럼 어린 나이에 어미를 잃게 만들 수는 없다는 안타까움에 차마 결단을 내리지 못했다. 그때였다.

"누구 마음대로 떠난다는 말인가?"

그들의 뒤로 섬뜩한 환의 목소리가 들리자 연과 경옥은 소스라치게 놀랐다.

"저, 전하……."

연희는 부들부들 떠는 경옥을 보호하듯 자신의 뒤로 밀어놓고 환을 마주 보았다. 맹수처럼 사납게 빛내는 환의 시선에 갈기갈기 찢기는 기분이 들어 등골이 오싹했다.

"네가 그 아이인가? 재주가 좋구나. 아무에게도 들키지 않고 궁 안까지 침입을 한 것을 보니 말이다."

느긋하지만 매서운 눈빛의 환의 표정으로 보아 오래전보터 그녀들을 지켜보고 있었던 것 같았다.

"전하, 이 아이는 아무 잘못이 없사옵니다. 부디 모른 척 보내 주시옵소서. 어긋난 모성에 신첩이 실언을 한 것이옵니다. 부디 통촉하여 주시옵소서."

혼이 반쯤 빠져나간 듯한 경옥이 정신을 차리고 연희 앞을 가로막아 환의 발밑에 머리를 조아리며 애원했다.

"어머니."

구차하리 만큼 비굴하게 환에게 고개 숙여 자신을 살리려는 어머니의 모습에 연희의 눈시울이 붉어졌다. 남편과 아이를 지키고자 자신을 내던진 어미를 차마 바라볼 수가 없어 고개를 외로 떨어뜨리고 말았다.

"전하, 전하. 제발…… 제발……."

그의 발에 엎드려 숨이 넘어갈 듯 헐떡이며 매달리는 경옥의 모습에 환은 더욱 비참함을 느껴야만 했다. 그와의 사이에서 낳은 자식이 저 안에 새근거리며 잠들어 있건만 그 아이는 내팽개

치고 그자의 자식에겐 데리고 떠나달라는 말까지 한 주제
에…….

도저히 용서가 되지 않았다. 일그러진 질투와 오기로 환은 잔
인하게 입술을 일그러뜨렸다.

"함께 있고 싶다 하였소?"

"전하……?"

이상하게 태연한 그의 음성이 더욱 소름 끼치게 차가웠다. 흠
칫흠칫 올려다본 그의 시선은 푸른 달빛보다 더 싸늘하게 빛나
고 있었다.

"그래, 그게 그대의 소원이라면 들어주도록 하지. 내 너를 적
영대에 편입시키도록 하마."

"전하!"

환의 뒤에 가장자리에는 붉은색 실로 수놓아진 검은 두건을
매고 있던 사내가 황급히 나섰다. 환은 손을 들어 그의 말을 단
호한 의지로 막아섰다. 그때까지 무슨 말인지 영문을 모르는 경
옥은 어리둥절한 눈치였다. 연희 역시 무슨 말인지 정확히 알지
는 못하였으나 싸늘하게 웃고 있는 환의 시선에 좋은 의미는 아
니라는 것을 본능적으로 알아차렸다.

"네 나이에 비하면 무예 실력이 뛰어난 것 같다만 적영대에
편입되려면 그 정도로는 어림없다. 이자를 따라가 좀 더 단련한
다음에 돌아오너라. 그때 너를 이 궁에 머물도록 해줄 터이니."

"전하, 그것이 참이십니까?"

경옥이 환의 발을 붙잡고 매달리자 환이 짐짓 다정하게 미소 지으며 그녀를 일으켰다.

"비, 땅에서 찬 기운이 올라오오. 몸살이라도 걸리기 전에 일어납시다."

어조는 다정하나 그의 눈빛은 사냥감을 노리는 맹수마냥 매서웠다. 그 눈빛을 포착한 연희는 두려운 마음이 들었지만 어머니의 곁에 머물 수 있게 해준다는 왕의 말에 희망을 걸고 싶었다. 강한 척했지만 사실은 그녀 역시 아직 어머니의 체온이 그리웠다.

"그 적영대란 곳에 들어가면 어머니의 곁에 머물 수 있는 것인가요?"

미심쩍어하는 연희의 질문에 환은 차가운 미소로 대답했다.

"그래. 단 적영대에 소속되는 조건이다."

"그 적영대란 곳은 무엇을 하는 곳입니까?"

환의 입가에 의미를 알 수 없는 차가운 미소가 떠올랐다.

"왕의 직속 부대다."

무언가 아귀가 맞지 않는 기분이었다. 그러나 희망에 가득한 경옥의 표정을 보는 순간 연희는 더 이상 망설이지 않았다.

"알겠습니다. 적영대에 들어가겠습니다."

결연한 표정으로 그의 조건을 수락하는 연희에게 환은 의미 불명의 만족에 가득 찬 미소를 보냈다. 그리고 그의 뒤에 시립한 사내의 미간이 살짝 일그러지는 것을 똑똑히 볼 수 있었다.

"어…… 머니……."

식은땀을 흘리며 무언가 두려운 듯 미간을 찌푸리며 헤매는 희의 음성에 휼은 안타까운 마음을 금치 못했다. 그녀가 세웠던 벽이 무너지고 있음을 알기에 휼은 차디찬 그녀의 손만 붙잡은 채 어서 빨리 악몽에서 깨어나기만을 간절히 바랐다.

믿을 수가 없었다. 이것이 적영대의 진정한 모습이라니……. 이래야만 하다니…….

발밑으로 번져 가는 핏물을 멍하니 바라보며 연희는 넋을 놓을 뻔했다. 그러나 그동안 적영대에 들어가기 위해 받아야만 했던 고통스런 훈련의 결과로 아무런 감정도 얼굴 위에 떠오르지 않았다.

"잘했다, 희. 시험은 합격이다."

그녀의 교관인 유선이 어느새 뒤에 나타나 그녀를 일깨웠다. 자신이 저지른 짓에 대한 분노와 죄책감에 비명이 터져 나올 것만 같았지만 뜻밖에도 그녀의 목소리는 담담하게 흘러나왔다.

"그렇습니까?"

사람을 죽이는 일을 시험이라고 했다. 연희는 피가 터져라 입술 안쪽의 여린 살을 모질게 깨물었다. 아니라면 절규라도 토해 낼지도 몰랐기 때문이다.

"내달 보름, 왕실 무도회가 열린다. 그곳에 참가해서 네 기량을 적당히 펼쳐 보거라. 상위권 안에만 들면 그 다음은 우승까지 가든 그만두든 상관치 않겠다."

묵묵히 자리를 벗어나는 연희의 가냘픈 어깨가 몹시도 마음이 쓰였다. 그러나 왕의 명령을 거역할 힘이 없었기에 유선은 연희의 내부가 격렬히 휘몰아치는 것을 모른 척할 수밖에 없었다.

"상위 네 명 안에만 들어가면 왕족의 호위위사가 될 수 있다. 왕께서 너를 공주님의 위사로 점지해 두셨으니 그리 알거라."

자리를 벗어나려던 연희의 발걸음이 멈추었다.

"설화…… 공주님 말씀이십니까?"

미미한 감정을 흘리는 연희에게 엄한 시선을 보냈지만 생각해 보면 이제 열일곱 살인 아이였다. 그 많은 것을 요구하기에는 아직 어린 소녀에 불과했다. 유선에게서 훈련을 받은 일 년 동안 장족의 발전을 이루었지만 천성이 밝은 아이라 감정을 지우는 일을 가장 힘들어했다. 그러나 아직 연치가 어린 공주님을 보살피는 일은 살아 있는 시체처럼 감정이 메말라 버린 동료들보다는 차라리 감정을 가지고 있는 연희가 적임자라는 생각이 들었다. 사랑스러운 공주님을 곁에서 돌보면 최소한 적영대라는 어둠의 임무에 완전히 빠져들지는 않을 것이라 생각했다. 게다가 수향마마의 하나뿐인 따님이시니 얼마든지 함께 있어도 이상하게 보이지 않을 것이었다.

"그래, 그 설화 공주님 말이다."

연희의 얼굴에 복잡 미묘한 감정이 떠올랐다. 아직 만나본 적 없는 동복동생은 한 번도 생각해 본 적이 없었기 때문이다. 어떤 아이일까 생각하는 연희의 표정이 사뭇 부드러웠다. 그 모습에 유선은 저 아이의 앞날이 어찌 될지 염려스러웠다. 자객과는 성정이 맞지 않는 아이라 앞으로 많이 힘들어질 것이란 연민이 솟았다.

"서…… 라…… 공주……."

불분명한 발음으로 희가 무어라 중얼거리자 휼은 능숙하게 젖은 수건으로 그녀의 얼굴을 훔치며 다정히 속삭였다.

"걱정하지 마시오. 꿈에서 깨어나면 그대를 괴롭히는 악몽도 끝이 날 터이니 조금만 더 힘을 내시오."

"공주를 데리고 어서 피하거라."

"마마, 마마께서도 어서 몸을 피하셔야 합니다."

이제는 자연스럽게 마마라는 말이 경옥을 향해 나왔다. 언제나 그랬듯이 경옥은 희가 내뱉은 마마라는 말에 서글프게 웃으며 고개를 절레절레 흔들었다.

"나까지 함께 가는 것은 무리다. 서두르거라."

"싫습니다. 마마를 모시지 않고서는 한 발짝도 움직이지 않겠습니다."

한 손으로는 공주의 손을 붙잡고 다른 손으로 경옥의 손목을 단단히 붙잡았다. 절대로 놓지 않겠다는 단호한 의지가 희의 얼굴 위로 떠올랐다. 한순간 삶에 대한 미련이 불쑥 떠올라 이대로 끌려가고 싶은 마음이 굴뚝같지만 아무리 희라 할지라도 제대로 달리지도 못하는 나약한 여인을 둘이나 데리고 도망치기란 불가능했다. 금세 왕에게 잡혀 셋 다 끌려올 것이 분명했다. 그래서 경옥은 미안한 마음을 가득 드러내며 희에게 미약하지만 분명하게 의사를 표명했다.

"가거라. 최소한 너희라도 살아야 할 것이 아니냐? 내가 짐이 되어 너희까지 잃는다면 이 원통한 마음을 어찌 가다듬어야겠느냐? 희야, 부탁이다. 가연이를, 설화 공주를 지켜다오. 제발 이 어……."

경옥은 어미라는 말이 목구멍까지 올라왔지만 불안한 듯 눈동자를 굴리며 애써 침착함을 잃지 않고 있는 설화 공주 때문에 젖는 눈으로 힘겹게 말을 멈추었다. 그러나 희는 그녀가 하고픈 말이 무엇인지 이미 알아차렸다.

"하오나……."

"서둘러라. 늦으면 너희도 위험해. 어서!"

서글픈 미소와 함께 경옥이 고개를 저으며 그녀들을 밀쳐 냈다. 희는 차마 떨어지지 않는 발걸음을 떼며 함께 떠나지 않는 어미에게 당황하며 머뭇거리는 설화 공주를 가차없이 잡아끌었다. 아마도 이것이 마지막일 것이다. 그 사실을 알면서도 희는 발걸음을 옮겨 경옥의 손을 잡아끌지 않았다. 당장이라도 발길을 돌려 함께 도망치고 싶었지만 냉정한 이성이 만류했다. 경옥의 말대로 셋 모두 달아날 수는 없다. 달아난다손 치더라도 추격대에게 금세 둘러싸여 공주의 목숨까지 위협할 것이다. 그래도 넌 살으라며 등을 떠미는 어미가 원망스러웠다. 죽음을 함께할 수는 없냐고 따져 들려다가 두려운 눈망울로 그녀에게 기대고 있는 어린 공주의 모습에 치미는 눈물을 삼키며 몸을 돌려야만 했다.

"어마마마!"

울부짖는 설화 공주를 안고 말 한마디 없이 무작정 달렸다.

"아냐, 오라버니께서 내게 이럴 리 없어."

"왕자님이 내리신 명령입니다. 현실을 직시하셔야 합니다."

가슴속에 치미는 분노를 고스란히 드러내 보이는 희의 언성에 설화 공주는 흠칫 놀라며 발작적으로 소리쳤다.

"내 오라버니야. 그분은 누가 뭐래도 내 오라버니야!"

그럴 리 없다며 그녀의 품에 얼굴을 묻고 당금의 현실을 부정하는 설화 공주의 목소리가 잦아들고 있었다. 열에 들뜬 듯 간헐적으로 떨리는 몸짓이 두렵다고 온몸으로 말하고 있었다.

복수할 것입니다. 내 혈육을 해하려 드는 그에게 결단코 복수할 것입니다.

앞만 보고 달리는 희의 가슴속엔 통제할 수 없는 분노만이 가득 담겼다.

그때였다.

“화연희! 그날의 맹세를 정녕 잊었느냐?”

어디선가 노한 환의 음성이 나타나 헛된 마음을 머금은 그녀를 매섭게 꾸짖었다.

“허억!”

환의 노한 음성에 놀라 자리에서 벌떡 일어나고 말았다. 낯선 침상 위에 누워 있는 자신의 모습을 발견하자 주변에 대한 경계심보다는 환의 노여움을 산 일이 꿈에 지나지 않다는 사실에 안도감이 들었다.

그날의 맹세. 경옥과 자신의 관계를 밝혀서도 안 되고, 설화를 주군 외의 감정으로 대해서도 안 되는 왕의 직속부대인 적영대의 철저한 충성.

꿈에서지만 방금 희는 두 가지를 어기고 말았다. 설화를 동생으로 생각한 것과 비록 그녀들을 죽이려 들었지만 왕위에 오른 령후왕에 대한 반기. 적영대의 일원으로서 세뇌에 가까운 교육 덕택에 희는 통제를 잃은 분노를 가까스로 다잡을 수 있었다.

하지만 설화 공주가 죽은 것만은 꿈이 아니었다. 다시금 분명하게 떠오르는 아픔에 얼굴이 일그러지는 찰나,

“또 꿈을 꾼 모양이오. 하지만 그건 꿈일 뿐이오. 아무 걱정하지 말고 다시 누워요.”

온통 식은땀에 야트막한 신음을 흘리며 자리에서 벌떡 일어난 그녀를 다독이는 손길이 있었다. 익숙하게 다정한 음성에 팽

팽하게 일어난 신경이 누그러들었다. 이 목소리를 여러 번 들은 기억이 어렴풋이 났다. 이 손길도 언젠가 느낀 적이 있었다.

숨을 헐떡이며 자리에 일어나 있는 그녀를 다시 눕혀주는 손길을 일부러 뿌리쳤다. 또다시 깜깜한 악몽 속으로 빠져드는 것은 사양하고 싶었다. 그녀의 동공은 팽창되어 있고 얼굴에는 식은땀이 흥건해 있었다. 메마른 입술은 하얗게 말라 팽팽해져 있었다.

"누구……?"

힘겹게 메마른 입술을 축이며 자신을 달래주는 이를 돌아보았다. 휘장 너머로 어두운 그림자만 비치고 있지만 낯설지가 않았다.

"아버지?"

이 모든 것이 꿈이길 바라 마지않는 마음으로 거칠게 휘장을 걷었다. 어미의 곁에 머물고 싶다는 연락을 드렸을 때 조금도 서운한 감정을 보이지 않고 그녀의 선택을 믿는다 말해주신 분이다. 누구보다 강인하고 어진 분이시라 희는 혼자 남은 아비를 믿고 구중심처에 갇힌 어미의 손을 잡은 것이다.

"아버지!"

기억 속의 아비가 어렴풋이 보여 희는 필사적으로 손을 뻗어 그를 붙잡았다.

"아버지…… 아버지."

유일하게 기댈 수 있는 온기에 매달려 희는 오열을 터뜨렸다.

설화 공주의 죽음에 대한 기억이, 아픔이 급격하게 밀려들어 더 이상 묻어둘 수가 없었기 때문이다.

"으흐흐흑."

다정한 손길이 오열을 터뜨리는 그녀의 등을 쓰다듬어 주었다. 아비의 손길처럼 듬직하고 따뜻한 손길에 쌓아두었던 아픔을 모두 터뜨리고 말았다. 꾹꾹 눌러만 두었던 어미와 어린 동생의 죽음을 더 이상 감당하지 않아도 된다는 안도감에 희는 까무러칠 때까지, 목구멍에서 피가 터져 나올 만큼 한없이 울음을 터뜨리고 말았다.

어느새 잠이 든 모양이다. 퍼뜩 잠에서 깨어난 희는 마지막 기억 속에 자신이 아비의 팔을 붙잡고 그 품에서 울음을 터뜨린 사실을 떠올렸다. 그땐 경황이 없어 아비라고만 생각했던 터라 다급하게 몸을 일으켜 그를 찾았다. 이상하게 몸이 천근만근마냥 무겁고 어지러워 제대로 지탱할 수가 없었다.

"조심하시오. 이틀 내내 잠만 자느라 몸이 많이 약해졌소."

황급히 기울어지는 그녀의 몸을 부축하는 사내가 있었다. 힘겹게 고개를 들어 그를 확인하자 아비가 아닌 낯선 사내였다. 그 순간 실망이 해일처럼 밀려들어 와 저도 모르게 표정이 일그러졌다.

"아…… 버지는?"

자신의 목에서 나온 꺼칠한 목소리에 깜짝 놀랐지만 미안한 듯 살짝 얼굴을 찡그리는 사내의 대답에만 관심을 쏟았다.

"미안하오. 여기에 그대의 아버지는 계시지 않소."

"그…… 그럼, 제가 붙잡았던 사람은…….”

차마 붙잡고 통곡했던 사람이란 말을 꺼내지 못하고 희는 낯
이 뜨거워지는 것을 느끼며 당혹스럽게 사내에게 물었다. 사내
의 입가가 쑥스러운 듯 말려 올라갔으나 이내 곤혹스러움에 끄
응 신음을 흘렸다.

"나였소."

눈을 감자 어지럼증이 더욱 심하게 밀려왔다. 휘청거리는 그
녀를 부축한 사내에게서 문득 포근한 햇살 내음이 물씬 풍겨왔
다. 어지러운 정신을 가다듬으면서 희는 자조적으로 입가를 끌
어올렸다.

'햇살 내음이라니……. 희야, 어리석은 희야. 네가 정녕 햇살
내음을 알긴 아느냐?'

어느샌가 햇빛 아래 서 있는 것이 불안한 그녀였다. 설화 공
주와 함께 태양 아래 서 있어도 자신이 있는 곳은 어두컴컴한
그늘인 것 같은 서늘함을 느낄 수 있었다. 분명 같은 태양아래
서 있지만 설화 공주에게 향하는 그 따사로운 햇빛은 그녀에게
와 닿지 않았다.

"물을 마시겠소?"

누우려 하지 않는 그녀를 침상에 기대놓고 사내가 물을 한 잔
가져왔다. 습관적으로 낯선 이의 호의를 경계 어린 시선으로 살

폈으나 이상한 점을 발견하기에는 너무나 지쳐 있었고 몹시도 목이 말랐다. 사내가 건네주는 물 잔을 받으려 손을 뻗었으나 힘이 하나도 없어서 손을 드는 것조차 힘든지 부들부들 떨렸다. 자신의 무력한 모습에 낯 뜨거워진 희는 사내에게서 고개를 돌렸다. 그녀의 거부에 사내가 머뭇거리는 것이 느껴졌지만 그의 심기를 헤아려줄 만한 여력이 남아 있지 않았다.

"목이 마르지 않소?"

사내의 제안이 달콤하게 느껴지나 물 잔 하나 제대로 들 수 없는 자신의 무력한 모습을 더 이상 보이고 싶지 않아 고집스레 외면했다. 사내의 나지막한 한숨 소리가 들려왔다. 그런데 기척이 다가오는가 싶더니 사내가 그녀를 끌어안아 품 안으로 당기는 것이 아닌가? 당황한 희는 없는 기운에도 바동거리며 사내에게서 벗어나려 애를 썼다. 그때 예상치 못한 것이 그녀의 마른 입술에 와 닿았다. 물기를 한껏 머금고 있는 사내의 입술이 메말라 거칠어져 있는 그녀의 입술 위로 내려앉았다. 너무나도 놀라 굳어버린 그녀의 입 안으로 차가운 물이 흘러 들어왔다. 어찌해 볼 새도 없이 넘어가 버린 한 모금의 단비가 생명수마냥 그녀의 몸에 기력을 불어넣었다.

물이 입술 밖으로 새어 젖은 입술을 사내의 손가락이 직접 닦아내며 어루만졌다.

"정신을 차려도 고집스런 것은 변함이 없구려."

마치 그녀를 아는 듯한 사내의 친근감 넘치는 어투에 희는 멍해지는 정신을 붙잡았다.

"잠……."

돌아가는 상황을 알아보려 입을 연 순간 다시 사내의 입술이 찾아들었다. 사내의 뜨거운 입술과 정신이 들 만큼 서늘한 물의 감촉에 머릿속이 엉망으로 엉켜 버렸다. 생전 처음 사내에게 빼앗긴 황당한 입맞춤에 정신을 놓고 있는 사이 사내는 물 잔의 물을 다 비워낼 때까지 그런 방식으로 그녀에게 물을 먹였다.

"이제 좀 기운이 나오?"

머릿속에선 그동안에 익혀온 자제력과 냉정한 이성으로 정신 차리고 사내를 밀어내야 한다고 아무리 외쳐도 겉으로 냉정하게 대할 수가 없었다. 부지불식간에 입술을 빼앗기고 그의 품에 무기력하게 안겨 있는 자신의 모습이 낯설고 불편했다.

"눕겠소?"

그녀의 표정을 샅샅이 들여다보고 일일이 반응하는 사내의 행동이 부담스러우면서도 묘하게 기분이 좋았다. 누군가의 보호를 받아본 것이 참으로 오랜만이라 어색하지만 싫지만은 않았다. 희 자신이 금방이라도 부서질 것 같은 유리세공이 된 기분이 들 정도로 사내의 손길은 조심스럽고 세심했다. 낯선 사내지만 너무나 쉽게 그에게 경계심을 풀어버린 것이 묘하게 이상했다. 목 위까지 이불을 꼭꼭 여며주며 시선을 맞추는 사내의 눈동자를 본 순간 무언가가 뇌리를 강하게 내려치는 기분이 들었다.

“당신!”

불편한 것이 없는지 꼼꼼히 살피고 침상에서 내려서는 휼의 소맷부리를 희가 다급하게 움켜잡았다.

“갑자기 움직이면 위험하오. 괜찮소?”

그를 붙잡느라 몸을 단번에 일으키는 바람에 어지럼증이 한 꺼번에 밀려들어 눈앞이 깜깜했다. 놀란 그가 황급히 그녀를 부축하며 자리에 도로 눕혔다.

“계속 곁에 있을 테니 그렇게 화급하게 붙잡지 않아도 되오.”

희가 자신을 붙잡아준 것이 기뻐 휼의 얼굴에 미미한 홍조가 감돌았다.

“무슨 일 때문에 그러오?”

무언가에 홀린 듯이 자신의 눈을 바라보는 희에게 의아한 시선을 던졌다. 빨아 당기는 듯한 휼의 눈동자를 정신없이 들여다보던 희는 가슴이 답답해졌다. 분명 기억 어딘가에 이 눈동자를 본 느낌이 있었다. 몹시도 상냥하고 다정하게 그녀를 바라보는 눈빛이 자꾸만 가슴을 지끈거리게 만들었다.

“당신 눈동자…….”

“음?”

“본 적 있어. 어디선가. 기억 속에.”

뒤죽박죽 섞인 문장의 나열에도 휼은 그 의미를 분명히 알아들었다. 그는 다정한 시선으로 이마를 내려 그녀의 이마와 붙이고 속삭였다.

"천천히 생각해도 되오. 하지만 한 가지는 알려주리다. 그대
가 정신을 차린 순간 나는 더 이상 참으려 들지 않을 것이오."

사내의 의뭉스러운 미소가 무슨 의미인지 알 수가 없어 고민
하는 희의 눈 위로 커다란 그림자가 드리워졌다. 사내의 손이
억지로 그녀의 눈을 감게 한 것이었다.

"좀 더 쉬시오. 아직 아침은 멀었으니까."

그 말이 끝나자마자 거짓말처럼 희는 잠 속으로 빠져들었다.
사내의 정체를 모르면서도 은연중에 그에 대한 절대적인 무엇
이 그녀의 내부에 존재했기 때문이다.

믿을 수 없는 사내다.

생글거리며 자리에서 일어서는 사내를 눈이 하얗게 흘겨보면
서 내린 결론이었다. 다시 잠든 이후 악몽은 꾸지 않았지만 아
침에 무언가에 휘감긴 답답함에 눈을 뜬 순간 소스라치게 놀라
고 말았다. 자리옷만 입고 있는 자신이 사내의 품에 폭 안겨 있
었고 사내의 커다란 손이 자신의 맨가슴을 어루만지고 있는 모
습에 머리털이 삐죽 솟을 만큼 놀라고 말았다. 가까스로 놀란
마음을 다스리며 숨을 고르자 그녀의 기척에 잠이 깼는지 사내
가 부스스 몸을 일으켰다.

"일어났소?"

"어…… 어째서 함께……."

너무 당황한 나머지 제대로 말도 꺼내지 못하고 버벅거리는

그녀를 힘겹게 잠을 몰아내던 그가 팔을 뻗어 품 안으로 끌어당겼다. 순식간에 사내의 품에 안겨 버린 희는 익숙치 않는 상황에 당혹스럽고 놀라 서투르게 허둥거렸다.

"놔…… 놔주십시오."

간밤의 몽롱한 상태와는 달리 완전히 정신을 차린 희의 예의를 차리는 모습이 흐뭇한 미소가 절로 흐를 정도로 사랑스러웠다.

"잘 잔 거요?"

능청맞은 사내의 목소리가 너무나 가깝게 들려 희의 몸이 뻣뻣하게 굳어버렸다. 품 안에서 얼어붙은 희를 바짝 끌어안으며 휼은 흐뭇한 미소로 그녀의 이마 위에 가볍게 입술을 맞췄다.

"이틀을 꼬박 잠만 자느라 꽤 배가 고플 것이오. 잠시만 기다리시오. 금세 식사 준비를 시킬 테니."

사내의 뜨거운 입술이 이마에 닿을 때도 희는 아무런 행동도 할 수가 없었다. 그녀에게 이런 친밀감 넘치는 행위를 한 사내는 단 한 명도 없었기에 그저 당혹스러울 따름이었다. 침상을 벗어나는 사내의 널찍한 등을 아무 생각 없이 바라보다 저 품에 안겨 밤새 잠든 것인가란 생각이 떠오르자 얼굴이 화끈 달아올랐다. 고개를 돌려 달아오른 얼굴을 감추려 애쓰는데 그녀 쪽으로 돌아본 사내가 다시 다가왔다.

"왜 그러오? 어디 불편하오?"

심각하게 그녀의 상태를 물어오는 사내의 어조에 담긴 진심이 묘하게 감격스러웠다.

"아…… 아닙니다."

그러나 아직 그의 얼굴을 제대로 바라볼 수 없던 희는 당황스러운 마음을 감추고 힘겹게 대답했다. 고개를 돌리고 있는 그녀가 이상한지 사내는 꼼짝도 하지 않았다. 결국 가까스로 얼굴의 열기가 가라앉은 희가 일어나 앉았다.

"이제 좀 괜찮은 것이오?"

"네."

새침하게 표정을 가다듬으며 감정을 드러내지 않으려 애를 쓰는 모습이 휼의 눈에는 그저 사랑스럽게만 비춰졌다.

"한 가지 여쭙겠습니다. 어째서 음…… 어째서 제가 음, 아니, 우리가 한방을 쓰고 있는 것인지요?"

얼핏 시야에 들어온 방 안의 호화로운 가구들만 해도 궁색한 살림살이는 아닌 듯했다. 게다가 방의 규모도 상당히 넓고 가구 하나하나마다 손질이 잘되어 있는 것으로 보아 꽤나 규모가 큰 저택임을 어림짐작할 수 있었다. 분명 저택이라면 방도 많을 텐데 어째서 이 사내와 한 침상에서 잠을 자게 된 것일까 하는 의문이 들었다.

"나도 묻겠소. 왜 그리 거리를 두려하오? 우리 사이에?"

"네? 우리 사이라니요?"

섭섭함이 묻어나는 사내의 퉁명스러운 말에 희는 눈을 휘둥그릴 수밖에 없었다. 마치 장자의 나비 꿈을 꾼 것처럼 혼란스러울 지경이었다.

"죄송합니다만, 소녀는 아무것도 기억나는 것이 없습니다."

당혹스러운 감정을 고스란히 비추어 말하는 희의 모습이 몹시도 사랑스러워 휼은 와락 그녀를 끌어안고 말았다.

"헉! 이, 이것 좀 놓으십시오."

사내의 건장한 팔뚝에 휘감겨 숨이 막히도록 힘껏 품에 갇히자 당황스러워서 어찌할 바를 몰랐다. 그가 풀어줄 생각을 하지 않아 두 팔로 그를 밀어냈으나 원래의 기력을 되찾지 못한 그녀가 되레 그에게 잡혀 억지로 그의 등을 끌어안아야만 했다. 단단한 그의 가슴에 얼굴을 맞대고만 있는 이 상황이 민망하고도 불편했다. 게다가 사내에게서 풍기는 친근한 체취가 더욱 당황스럽게 만들었다.

"이, 이러지 마십시오."

"그 밤에 내가 그대에게 맹세한 말들도 다 잊었소? 원한다면 세상도 갖다 바치겠다는 말, 모두 진심이었소."

"네?"

그녀의 목덜미에 고개를 묻고 속삭이는 그의 목소리는 절로 힘이 빠질 만큼 다정하고 달콤했다. 앉아 있어서 다행이었지, 선 채로 안겨 있었더라면 그대로 주저앉을지도 모를 정도였다. 그런데 그가 하는 말이 도대체 무슨 말인지 도통 알아들을 수가 없었다.

"그게 무슨 말씀이십니까?"

“내 아버님이 돌아오시는 대로 혼례를 올릴 것이오.”

단호하게 결정을 내리는 휼의 말에 희는 그를 힘껏 밀치고 어처구니없다는 표정으로 그를 올려다보았다.

“그 혼례가 꼭 저와 올리신다고 하는 것처럼 들립니다?”

“맞소, 그대와 올리는 것이오.”

“이것 보십시…… 흡.”

미간을 찡그리며 소리를 지르려는 희의 입술이 아까부터 눈에 아른거려 잔소리를 막을 겸 재빨리 그녀의 얼굴을 붙잡고 욕심껏 입을 맞추었다. 느닷없는 휼의 기습에 당한 희는 눈을 동그랗게 뜨고 그의 가슴을 밀쳐 냈지만 꼼짝도 하지 않았다.

“푸하, 도…… 도대체……. 이 무슨…….”

제 욕심을 채우고 나서야 선선히 떨어지는 사내 때문에 거친 숨을 한꺼번에 몰아쉬었다. 너무 놀라고 충격적이어서 말라 버린 줄만 알았던 눈물마저 후두둑 떨어질 정도였다.

“이런, 울지 마시오.”

망울망울 떨어지는 희의 눈물에 본인보다 더 당황한 휼이 쩔쩔매며 그녀의 뺨을 자신의 손으로 닦아내고 또 닦아내 주었다.

“울어도 소용없소. 이미 그대에게 마음이 묶여 버려 어찌할 수 없단 말이오. 그대가 나를 밀어내기에는 너무 늦어버렸단 말이오.”

“그 무슨 말씀이십니까? 소녀는 공자를 어제 처음 뵈었습니다.”

다정도 한 그 음성에 이상하게 얼굴이 화확 달아올랐다. 마치 남의 연시를 훔쳐본 것 같은 낯 뜨거움에 당황한 나머지 퉁명스럽게 소리치고 말았다. 어렴풋이 자신답지 않게 허둥거린다고 생각했지만 좀처럼 예전의 모습으로 돌아갈 틈을 발견할 수가 없었다.

희의 야멸찬 대꾸에 흘의 얼굴이 서서히 굳어져 버렸다. 무언가 화가 난 사람처럼 잔뜩 얼굴을 일그러뜨리는 그의 표정에 희는 저도 모르게 숨을 죽이고 그의 기분을 살폈다. 자신이 왜 사내의 기분을 살펴야 하는지 영문을 알 수가 없었지만 이상하게 자신이 잘못했다는 죄책감을 지울 수가 없었다.

허벅지 위에 올려진 흘의 주먹이 힘줄이 도드라질 만큼 부르르 떨고 있었다. 팽팽하게 긴장된 그의 앙다물린 턱이 울끈울끈거리다 바람이 빠진 것처럼 천천히 평소대로 돌아갔다. 깊게 심호흡을 하며 마음을 다스린 덕분이었다.

사내가 더 이상 아무 말도 하지 않고 그저 원망과 안타까운 빛을 담아 바라보는 눈빛에 희는 묘하게 몸이 근질거리는 부끄러운 기분이 들었다. 갑작스레 찾아온 막막한 침묵에 어찌 반응해야 할지 급히 생각하는데 사내가 자리에서 일어서서 바깥을 향해 소리쳤다.

"밖에 누구 있느냐?"

"예, 저하. 부르셨습니까?"

저하?

문밖에서 들린 작은 여아가 그를 부른 호칭에 희의 눈빛에 의아함이 깊어갔다.

"아가씨께서 일어나셨으니 가서 죽 좀 준비해 오너라. 안채에도 알리고."

"네, 저하."

방 안이 쩌렁쩌렁 울릴 만큼 시원스런 사내의 목소리에 잠시 귀가 아렸지만 그보다도 호기심이 먼저였다.

"저하라니요?"

조심스레 그의 눈치를 살피며 물어보는 희의 표정에는 불안함이 깃들어 있었다. 잘못하면 달아날 것만 같은 기분에 휼은 희의 손을 단단히 움켜잡았다.

"여기가 어딘 줄 아시오?"

"제가 어찌 알겠습니까?"

"상천국의 중성이오."

중성이란 말에 희의 눈이 토끼 눈처럼 동그랗게 떠졌다. 마지막 기억에서 청천강으로 몸을 투신한 것까지 기억했다. 어찌 흘러 흘러 상천국까지 왔다손 치더라도 중성까지 어찌 온 것인지 그녀로서는 이해할 수가 없었다.

"그리고 이곳은 황제폐하의 네 번째 숙부이신 기현왕의 저택이오. 나는 그분의 장자인 문휼이라 하오."

누군가가 그녀의 숨통을 조였다 하더라도 이렇게 갑갑하지는 않으리라. 희는 하얗게 질린 얼굴로 저도 모르게 목을 어루만졌다. 숨이 조이는 것 같은 답답함에서 나온 행동이었다. 도대체 자신에게 무슨 일이 일어났던 것인지 알 수가 없어 혼란스러움이 깊어갔다. 그런 그녀의 혼란을 알았는지 휼이 그녀가 이곳에 오게 된 경위를 설명해 주었다.

"내 아우가 그대를 한주 땅에서 데려왔소. 그 녀석 말로는 자신 때문에 그대가 큰 부상을 입게 되어 치료를 위해 이리로 데려왔다고 했소. 기억나오?"

저도 모르게 휼의 질문에 도리질을 먼저 쳤다. 머릿속이 복잡하게 엉키고 설켜서 까맣게 변해갔다. 머리가 지끈거려 눈살을 찡그리자 휼의 손이 올라왔다.

"머리가 아프오? 기억나지 않는다면 너무 깊이 생각하지 마시오, 차차 떠오를 테니. 좀 어떻소?"

휼의 손가락이 믿기 어려울 만큼 부드러운 손놀림으로 그녀의 관자놀이 지그시 어루만지며 그녀의 두통을 몰아내 주고 있었다.

"괜…… 찮습니다."

익숙하게 그녀에게 손을 내미는 휼의 행동과 그런 그의 손길을 태연하게 받고 있는 자신의 모습이 이해할 수 없어 난감했다.

"헌데, 제가 공자…… 아니, 대군 저하와……."

어색하게 말끝을 흘리며 차마 말을 잇지 못하겠는지 당황해하는 희의 마음을 알았는지 휼이 그녀의 의문사항을 풀어주었다.

“연인 사이요.”

“네에?”

반쯤의 진실과 반쯤의 거짓을 담아 휼은 자신에게 유리한 대답을 내놓았다. 말을 잃었는지 입술을 달싹이며 당황해하는 그녀의 모습이 재미있기도 하면서도 못내 씁쓸했다.

“이미 황제폐하까지 그대가 내 정인임을 아시고 계시오. 내 아버님께서 돌아오시면 곧 혼인을 올릴 것이라는 것도…….”

“그…… 그럴 리가 없습니다.”

“어찌 그리 확신하시오?”

강하게 부정하는 그녀의 말에 마음이 상했는지 되묻는 휼의 눈빛이 서늘하게 느껴졌다. 나무라듯 노려보는 그의 매서운 눈빛에 이상하게도 서운한 기분이 들었다.

“매일 밤 달을 증인 삼아 나누었던 연모의 정마저 잊은 것이오?”

바짝 다가서는 휼의 기세에 눌려 버린 희는 자신의 기억이 없으니 무어라 대답해야 할지 몰라 미안하기도 하고 답답하기도 했다. 그때 휼의 손가락이, 시선이 그녀의 입술을 어루만졌다.

“이 입술에 새긴 내 온기를 벌써 잊은 것이오?”

서서히 다가오는 그의 얼굴을 밀어내야 한다는 생각을 할 수도 없을 만큼 얼어버린 그녀에게로 휼의 뜨거운 숨결이 살짝 닿는가 싶더니 이내 숨조차 쉬기 어려울 만큼 격정적으로 입술을 맞추었다. 모든 감각들이 그의 입술에만 집중하는지 그 외에는 아무런 생각도 할 수가 없었다. 미약하게나마 그를 저지하려던 힘이 빠지고 머릿속을 태워 버릴 것 같은 정염에 휩싸여 저도 모르게 휼의 팔에 매달리고 있었다. 폐가 뜨거울 만큼 숨이 차올라도 중독이 된 것처럼 휼의 입술에 매달리고 또 매달렸다.

"저하, 이현대군 저하와 사미 아가씨께서 오셨습니다."

방문 밖에서 안향이 고하는 소리가 아니었다면 휼은 이성을 잃고 그 자리에서 희를 가졌을지도 모른다. 가까스로 멈춘 그의 행동에 희도 서서히 이성이 돌아오는 표정이었다. 휼은 숨을 헐떡이며 그와 마찬가지로 아직까지 흥분에서 벗어나지 못한 그녀의 모습을 보자 심히 만족스러웠다.

"잠시만…… 잠시만 기다리시라 전해라."

방금 열정적으로 나눈 입맞춤의 파장이 가라앉지 않아 휼이 달아오른 욕망이 훤히 드러나는 목소리로 밖을 향해 소리쳤다.

"이래도, 이래도 나를 모른다 할 참이오?"

거칠어진 숨결을 다스리며 휼이 희와 이마를 맞대고 사뭇 의기양양하게 물었다. 차 오른 격정을 다스리려인지 희의 눈이 서서히 감겨들었다.

"말해보시오, 이래도 우리 관계를 부정할 수 있소?"

조바심을 드러내며 휼이 눈을 감은 희를 다그쳤다. 끝내 눈을 뜨지 않는 그녀가 야속타 여긴 휼은 희의 손을 잡고 자신의 바지춤 앞으로 끌어당겼다.

"느껴지오? 더 이상은 내가 기다릴 수 없다는 것을 명심하오."

휼의 손에 이끌려 강제로 쥐어본 그의 남성에 감겨진 희의 두 눈이 충격으로 부릅떠졌다. 머리칼이 온통 곤두서 버릴 것 같은 충격에 휩싸인 그녀에게 의미심장하게 웃어 보였다. 슬쩍 그녀의 손으로 자신을 어루만지고는 그 느낌에 떠는 희열을 고스란히 얼굴에 드러냈다. 그 모습에 희의 얼굴이 더욱 하얗게 질리는 것을 짓궂은 마음으로 즐기며 아무 일도 없었다는 듯이 그녀의 손을 제자리에 돌려놓았다. 그리고 침상밖에 준비되어 있는 옷가지를 걸친 다음 태연하게 밖을 향해 소리쳤다.

"들어오시라 해라!"

희에게서 떨어지지 않는 그의 시선은 그녀에게 도망칠 길이 없음을 분명히 말하고 있었다.

10장

희가 깨어났다는 소식에 윤과 사미가 한달음에 달려왔다. 상태가 어떤지 궁금해 서둘러 달려온 그들은 휼의 저지에 방 밖에서 잠시 기다려야만 했다.

"이제 괜찮으신 겁니까?"

무얼 하느라 뜸을 들였는지 대략 눈치를 챈 윤이 멋쩍은 표정으로 희를 제대로 보지 못하고 조금 시선을 비켜 바라보았다. 겨우 진정이 된 희도 낯 뜨거운 표정으로 휼을 힐끔 노려보며 가만히 고개를 끄덕거렸다. 휼과 이목구비가 비슷한 윤을 보고 형제구나 하는 생각이 들었다. 그러나 윤이 좀 더 유약해 보인다고 생각하며 슬쩍 휼을 훔쳐보았다.

“네, 이제 괜찮습니다. 많은 폐를 끼친 것 같아 송구하옵니다.”

“무슨 말씀을 그리하십니까? 아무튼 다행입니다. 이제나저제나 회복이 되시기만을 기다렸습니다. 참, 저는 문윤이라 하고 이쪽은 제 정혼녀 제갈사미입니다.”

이미 그들과 아는 사이라 하더라도 그것은 그녀의 기억에 없는 일이었다. 자신을 소개하려던 참에 희는 잠시 망설였다. 어찌 소개를 해야 할지 혼란스러웠기 때문이다. 설화 공주를 모시던 위사 희는 죽었다. 적영대 소속으로 왕을 위하던 희 역시 이미 죽었다. 그렇다면 남는 것은 버려야만 했던 화연희밖에 없었다.

환의 간교에 넘어가 적영대에 소속되어 인간의 감정을 버리고 말았다. 말 그대로 피가 난무하는 그림자로 활동하느라 꽃다운 소녀의 마음마저 저버려야만 했었다. 그러나 화연희를 버려가면서까지 만들어낸 위사 희는 이미 청천강에 설화 공주와 함께 몸을 던지고 말았다. 소녀 화연희를 버리면서까지 곁에 있고 싶었던 어미도, 사랑할 수밖에 없었던 동복동생도, 지켜야 할 왕조차 버렸다. 어머니를 만나기 전으로 돌아간 것이나 다름이 없었다.

“……화연희라고 합니다.”

한참 만에 흘러나온 희의 차분한 어조에 휼은 새삼스런 눈빛으로 그녀를 바라보았다. 희라는 이름만 알고 있던 그에게 완전한 이름은 반가운 말이었다.

"듣자하니 여기 계신 저하의 아우님께서 저를 구해주셨다고 들었습니다. 어찌 되었든 목숨을 구해주셔서 감사드립니다."

"하하, 별말씀을 다 하십니다. 제 실수로 화 낭자께서 다치셨는데 어찌 그 정도도 못합니까?"

"공자님의 실수라니요?"

희의 마지막 기억은 청천강으로 몸을 던진 일이었다. 머리와 등 쪽에 둔탁한 통증을 느끼며 그대로 정신을 잃은 것이었는데 그 뒤로 무슨 일이 더 있었던 것일까? 도무지 알 수 없는 의문에 희가 답답해하자 윤은 난처한 웃음만 흘리며 휼과 사미의 눈치를 살폈다.

이제 와서 산지기 오두막에서 그녀를 발견했다는 사실을 밝히기가 난감했다. 그 사실을 밝히면 어째서 사실대로 말하지 않은 것이냐 다들 추궁할 것이 분명했고 그러다 보면 그가 파악한 희의 정체에 대해서도 말해야만 했기에 어떻게 말해야 할지 당황스러웠다. 눈에 띄게 허둥거리는 윤의 태도에서 사미는 윤이 무언가 숨기는 듯한 느낌을 받았다. 사미의 눈초리가 심상치 않아지자 윤은 분위기를 바꿀 겸 생각났다는 듯이 소리쳤다.

"그, 그러고 보니 아직 식사도 안 하셨지요? 많이 시장하시겠습니다. 저어, 제가 가서 뭐라도 가져오지요."

"그렇잖아도 죽을 가져오라고 이미 말해두었다."

"그, 그런가요?"

두 귓불이 타오를 것처럼 붉어진 윤이 안절부절못하자 휼의
눈빛이 묘한 의심을 품기 시작했다. 난감해하는 윤의 시선이 희
를 흘낏흘낏 살피자 그가 무언가 알고 있다는 느낌에 희는 가슴
이 철렁 내려앉았다.

"괜찮으시다면 조금 쉬고 싶습니다."

피곤한 기색을 엿보이며 휼을 바라보았다. 그라면 그녀의 의
견을 모두 들어줄 것만 같다는 생각이 들었다. 그리고 그녀의
예상대로 휼이 아무 말 없이 사미와 윤을 밖으로 내보냈다.

쫓겨나다시피 방 밖으로 밀려났지만 위태로운 자리에서 벗어
났다는 생각에 안도의 숨을 내쉬는 윤을 슬쩍 바라보며 희는 마
음 한구석이 무겁게 내려앉았다. 지워 버리기로 한 위사 희의
모습을 아는 사람일까 싶어 불안함으로 가슴이 두근거렸다.

"괜찮소?"

사미와 윤이 나가고 방 안에 둘만 남아 있다는 사실을 불현듯
깨닫자 다른 의미로 마음이 두근거리기 시작했다. 걱정스런 얼
굴로 가까이 다가오는 휼이 부담스러워 자신도 모르게 주춤거
리고 말았다.

"왜 그러오?"

희가 자신을 피하자 마음이 상해 버린 휼이 퉁명스럽게 물었
다. 희의 얼굴이 발갛게 달아올랐다.

"아니, 그게……."

희는 차마 그의 얼굴을 똑바로 바라볼 수 없는지 시선을 피하

며 그가 다가오는 것을 경계하자 휼은 그녀가 무엇을 겁내는지 알 것만 같아 피식 웃음을 흘렸다.

“됐소. 힘들어하는 사람에게 억지로 내 욕심 채우려 들진 않을 터니…….”

슬며시 시선을 들고 진심인지 가늠하는 희의 표정이 사랑스러워 휼은 그녀를 와락 끌어안고 쪽 소리가 나도록 입을 맞추었다. 방금 했던 말과 다른 행동에 황당해하는 그녀에게 휼은 악당처럼 입가를 씨익 늘어뜨렸다.

“입을 맞추지 않겠다는 말은 한 적이 없소.”

당했다 싶어 분함에 얼굴을 붉히는 희가 사랑스러운지 휼의 손이 그녀의 뺨을 어루만졌다.

“그대가 사랑스러워 참을 수가 없소.”

애틋함을 품은 휼의 목소리가 점차 가깝게 다가오더니 결국 그의 입술이 다시금 천천히 그녀의 입술 위로 내려앉기 시작했다.

휼에게 쫓겨나다시피 방을 나선 윤은 자신을 물끄러미 바라보며 무언가 살피는 사미의 시선에 제 발 저린 듯 깜짝 놀라고 말았다.

“왜, 왜 그러느냐?”

태연한 척 구는 윤의 행동이 얄미워 눈을 가늘게 뜨고 그를 노려보자 윤은 헛기침만 하며 딴청을 부렸다.

“말씀해 보세요.”

"무, 무얼 말이냐?"

날카롭게 파고드는 사미의 질문에 윤은 당황해하는 기색이 역력했지만 애써 아무것도 모르는 것처럼 굴었다.

"정녕 아무 말씀도 안 하실 것입니까?"

"무엇을 말이냐?"

짐짓 딴청을 부리며 모른 척하는 윤이 얄미워 사미는 일부러 방긋―사악하게―미소 지으며 그의 발등을 발뒤꿈치로 자근자근 밟아버렸다.

"끄악!"

"호.호.호. 정녕 저한테마저 숨기실 생각이십니까?"

"무, 무슨 말인지 나는 모르겠다."

눈물이 쏙 빼져 나올 것만큼 아파 쩔쩔매면서도 윤은 시치미를 뗐다. 그 모습에 사미의 눈초리가 가늘어지며 날카로워졌지만 윤은 고집스럽게 모른다며 고개를 절레절레 흔들었다. 흐음하는 묘한 소리가 사미의 입술에서 새어나왔다. 권태로운 듯 두고 보자는 듯 여러 가지 의미가 함축된 그 소리에 윤의 등 뒤로 서늘한 기운이 스멀스멀 흘러내리기 시작했다.

새파랗게 질린 얼굴로 밤새 한숨 자지 못한 인원은 이 일을 어찌해야 할지 몰라 허둥거렸다. 여인을 데려오라 평소 알고 지내던 무리에게 납치를 사주하고 회심의 미소를 짓고 기다리던 중 교강이 전한 소식에 가슴이 철렁 내려앉았다. 그토록 뛰어난

무사가 곁을 지킨다는 말은 미처 듣지 못했기에 이 일을 어쩌면 좋을지 허둥거렸다.

그리고 뜬눈으로 하룻밤을 꼬박 새우며 날이 밝자마자 황궁 출입을 금지당했다는 사실도 잊은 채 향했다가 위사들에게 저지당하고서야 그 사실을 깨달았다. 하필이면 이럴 때 황후의 도움을 받을 수 없다는 현실에 눈앞이 막막하기 그지없었다. 그렇다고 아버님께 알려 황후께 청을 넣자니 이번에 자신이 저지른 일을 알게 되어 정말 불호령이 떨어질 것인데, 그건 또 나름대로 두려웠다. 도대체 어찌해야 할지 뾰족한 수가 떠오르지 않던 인원은 내내 무거운 한숨만 내쉬며 방 안을 돌아다녔다.

"도대체 이 일을 어떻게 처리해야 하는 것인지……."

아마 왕부에서 죽은 이들의 신원을 알아낼 것인데 혹 자신이 사주해 사미를 납치하려 했다는 사실이 발각되면 어찌 되는지 생각이 미치자 누군가 보이지 않는 손으로 자신의 숨을 조이는 기분이었다. 우선은 아버님께 달려가 황후의 노염을 사더라도 도와달라 청해야겠다며 반쯤 정신이 빠진 얼굴로 휘청휘청 방 밖으로 나갔다.

희의 손에 죽어간 이들은 삼류 무사집단이었다. 그런데 그들의 품속에서 가문을 상징하는 문양이 새겨진 비단 주머니가 나오고 그 속에 수북한 은자가 가득 들어 있었다. 아래에서 올라온 비단 주머니를 바라보는 훌과 윤의 눈빛이 심상치 않았다.

공기가 파들거릴 만큼 그들의 살기가 심상치 않게 모락 피어올
랐다.

"폐하께 아뢰야 합니다."

사미를 목적으로 납치하려 했다는 말을 들은 휼 역시 분노를
감추지 않았다. 월추 역시 분기로 가득 찬 목소리로 소리치자
뜻밖에 윤의 매서운 시선이 날아들었다.

"아뢰어서? 폐하께 고하여 봤자 몇 번의 태형과 중성 밖으로
추방밖에 없을 것이다. 황후의 비호 아래 어떻게든 심한 형벌만
은 비껴갈 테지."

먼저 펄쩍 뛰고 난리를 칠 것 같던 윤이 도리어 차분하게 반
응하자 월추는 생경한 그의 모습을 의아한 시선으로 지켜보았
다.

"제가 알아서 처리하겠습니다."

"그래도 황후의 오라비다."

무겁게 내려앉은 휼의 목소리가 가만히 만류했으나 두 눈동
자가 살기로 등등한 윤은 아랑곳하지 않았다.

"그럼 황제폐하께 아뢰어 제가 처리할 수 있도록 윤허를 받겠
습니다."

그쯤 되자 휼도 아무 말 하지 않았다. 그 역시 사미를 노렸던
그 사내에 대한 분노를 억누르지만은 않았기 때문이다. 그 일
덕분에 희가 정신을 차릴 수 있게 되었지만 하마터면 그녀 역시
위험할지도 몰랐을 일이다. 그날 창백한 얼굴로 침상에 누워 있

는 그녀를 본 순간 보이는 것은 무엇이든지 다 부수고 싶었을 만큼 고통스러웠던 기분이 떠올랐다. 생각 같아서는 그의 손으로 그 작가의 더러운 숨통을 끊어놓고 싶지만 자신마저 이성을 잃어서는 안 되기에 최대한으로 자제력을 발휘해 참고 있었다.

한 번도 본 적 없는 윤의 분노에 찬 낯선 모습에 월추는 가만히 물러나 상황을 지켜보았다. 평소 개구지고 웃음 많던 그라고는 상상할 수 없는 험악한 얼굴에 자신이 나설 분위기가 아님을 간파한 것이었다.

"……살인만은 안 된다."

한참 만에 나온 휼의 허락은 그 외의 모든 것은 허용한다는 암묵적인 동의를 내포하고 있었다. 이내 윤의 입매가 잔인하게 일그러졌다.

"차라리 죽게 해달라고 애원하게 만들지요."

그 미소가 어찌나 섬뜩한지 지켜보는 월추의 등골이 오싹할 정도였다.

한참을 달게 자던 희는 불현듯 잠에서 깨어나고 말았다. 이제 막 삼경쯤 되었을까. 잠이 확 달아나 눈이 말똥말똥해지고 누워 있는 것이 답답하게 느껴졌다. 한숨을 내쉬며 자리에서 일어난 희는 머뭇거리다 마음을 굳히고 침상에서 벗어났다. 방 안을 서성거리다 살짝 열린 창문 밖으로 하얀 달이 유혹적으로 빛나는 것을 보자 무언가에 홀린 사람처럼 방을 나서고 말았다.

이 밤중에 무슨 짓인가 싶으면서도 발길을 끄는 무언인가에
이끌리다시피 어디론가 향하고 있었다. 아직 방 밖으로 나가본
적이 없었지만 희는 익숙하게 낯선 길을 나아가고 있었다. 분명
가본 적이 없는 길임에도 어째서 잘 알고 있다는 기분이 드는지
알 수가 없었지만 그녀의 목적지가 가까워진다는 것을 느낄 수
있었다. 그 어딘가가 가까워지면 질수록 가슴이 두근거리며 세
차게 뛰기 시작했다.

"아!"

탄성이 절로 흘러나왔다. 반밖에 남지 않았지만 못지않은 밝
음을 자랑하는 달빛 아래 흐드러진 연꽃과 반짝이는 수면이 이
세상의 것이 아닌 것처럼 아름다웠다.

"역시나 잠이 오지 않소?"

연못을 정신없이 바라보는 희의 뒤에서 휼의 목소리가 적막
을 깨고 그녀에게 다다랐다.

"아, 저…… 저하."

아무도 없는 줄 알았던 참이라 느닷없이 들려온 휼의 등장에
깜짝 놀라고 말았다. 게다가 옷을 다 갖춰입고 있는 휼과는 달
리 그녀는 자리옷 차림이 아니던가? 자신의 모습에 민망해하며
몸 둘 바를 몰라 허둥거리는 희에게 휼은 자신의 겉옷을 벗어
덮어주었다. 그러나 그의 가슴은 자리옷 너머로 비추는 속살에
이미 쿵하고 떨어졌다.

"사내를…… 유혹하러 나온 것이오?"

“네?”

순진한 표정으로 반문하는 그녀가 참을 수 없을 만큼 사랑스러워 휼은 재빨리 그녀를 끌어안고 입을 맞추었다.

“내가…… 내가, 더 이상 참을 수 없다고 말했을 텐데?”

넝쿨마냥 단단하게 감아버린 휼의 팔 안에서 벗어나려 했지만 그의 걸음에 밀려 주춤주춤 뒤로 물러나고 말았다.

“저, 저하.”

잠시 입술이 떨어진 틈을 이용해 당황한 희의 목소리가 흘러나왔다. 그녀를 내려다보는 휼의 시선은 깊고, 그윽하지만 뭔가 위험한 빛도 번득이고 있었다. 가슴이 철렁 내려앉은 희는 그에게서 벗어나려고 발버둥을 쳐봤지만 단단하게 감긴 그의 팔을 떨쳐 내기는 쉽지 않았다.

“무슨……?”

엉덩이 쪽에 차가운 감촉이 느껴져 반항을 멈추고 슬쩍 뒤를 돌아보자 돌로 만든 탁자가 놓여 있었다. 의아해하는 그녀의 몸이 그 위에 눕혀져 버렸다. 엉덩이만 걸치고 눕혀진 터라 벌어지는 다리 사이로 휼의 하체가 자연스럽게 밀착되었다. 딱딱하게 와 닿는 휼의 남성을 느낀 희는 얼굴을 붉히며 당황한 목소리로 소리쳤다.

“저하!”

어둠 속에서도 빛나는 휼의 두 눈동자는 억누르지 못한 욕망으로 이글거리고 있었다. 그가 무슨 생각을 하는지 깨달은 희는

두려움에 허둥지둥 몸을 일으키려 했으나 휼의 몸 아래 갇혀 오
도 가도 할 수 없는 처지였다.

"그대가 오늘 밤에도 나온다면 참지 않겠다고 스스로 약속했
소. 그러니 도망치게 놔두진 않을 것이오."

"그런……."

두려움과 믿어지지 않는 충격으로 당황해하는 희의 얼굴 위
로 휼이 고개를 숙여 속삭였다.

"말했잖소, 우린 연인이라고. 그동안은 그대가 아파 참아야만
했지만 이젠 그럴 이유가 없어졌소. 하지만 말이오, 말해보시
오. 정말로 내가 그대에게 낯선 사내이고 그대 마음에 내 자리
가 조금도 없다면 제발 부탁이니 날 밀어내시오. 내가 원치 않
은 여인을 겁간이나 하는 그런 못난 사내로 만들지 말고 말이
오."

숨결이 맞닿을 것같이 좁은 거리 너머로 휼의 진심 어린 눈빛
이 간절히 말하고 있었다. 밀착되어 있는 그의 허리 아래에서는
다른 말을 하고 있지만 정말로 그녀가 그를 밀어낸다면 순순히
물러날 기세였다. 그렇다면 밀어내야만 했다. 지금 벌어지려는
일은 그녀가 원치 않은 일이기에 당연히 밀어낼 수 있을 것이라
생각했다. 하지만 어째서인지 희는 망설이고 있었다. 이 가슴을
밀어내면 그녀 자신은 지킬 수 있겠지만 그의 마음이 다칠 것만
같았다. 그가 마음 상해하는 모습이 어쩐지 보기 싫었다. 그리
고 그녀에겐 낯선 사내여야 하는 그가 이상하게도 낯설지가 않

았고 설상가상으로 그의 모습이, 목소리가, 눈빛이 머릿속에서 지워지지가 않았다.

입술을 잘근잘근 깨물고, 방어적으로 가슴 앞에 모아둔 손을 옴짝거리며 망설이는 희의 모습에서 휼은 서서히 희망을 키워갔다. 바로 밀쳐지지만 않으면 된다는 조그만 소망이 넘실거리며 안고 싶다는 욕망으로 커져 버렸다.

"아직까지 날 밀어내지 않는다는 것은 나를 거부하지 않는다는 말로 받아들여도 되겠소?"

부풀어 오르는 희망으로 휼은 기쁘게 물었다. 눈빛이 뜨겁게 변하는 그의 모습에 희가 움찔거렸지만 휼은 더 이상 망설이지 않았다. 먼저 가슴 앞에 모여진 희의 두 팔을 떼어놓았다. 가슴을 가리려 희가 미약하게 반항했지만 휼은 기분 나쁘게 여기지 않고 오히려 그녀의 부끄러움을 이해한다는 듯이 웃기만 했다. 자꾸만 가슴을 가리려는 희의 행동에 휼은 일부러 그녀의 두 팔을 머리 위에 올려두고 한 손으로 잡아 눌렀다.

"자, 잠깐만요."

휼이 남은 손으로 가슴 앞섶을 헤집자 바짝 얼어붙은 희가 몸을 퉁기며 비명처럼 소리를 질렀다.

"이젠 물러서지 않을 것이오."

부드러운 살덩이를 손바닥으로 어루만지며 조그마한 돌기가 주는 짜릿한 전율에 휼의 목소리가 탁하게 흘러나왔다.

"나, 나중에 혼인을 올리고 나서 하면…… 안 될까요?"

두려움으로 가득 질린 희의 애원에 휼이 잠시 머뭇거렸지만 단호하게 고개를 저었다. 다음 달쯤이면 그의 아버지가 돌아온다 하더라도 혼인을 올리기 위한 절차가 너무 길었다.

"안 되오."

"제발……."

단호한 거절에 희가 간곡하게 애원했다.

"내 인내심은 그리 깊지 않소."

"하지만 전 아직 마음의 준비도 하지 못했어요."

"지금부터 하시오."

"그런……."

서운하게 변하는 희의 표정에도 휼은 요지부동이었다. 오히려 그녀의 앞섶을 풀어헤쳐 속살을 온전히 드러내게 만들었다.

"헉!"

봉긋한 한 쌍의 부드러운 융기가 은은한 달빛 아래 부끄럽게 피어올랐다. 하얀 속살에 취한 듯 휼은 경외스러운 표정으로 희의 가슴을 시야 가득 담았다. 휼의 시선에 부끄러움을 느낀 희는 결국 고개를 옆으로 떨구고 가냘프게 몸을 떨었다.

"제발……."

수줍게 흔들리는 가슴 위의 작은 돌기를 신기하게 바라보던 휼은 수줍음에 까무라칠 것 같은 희의 목소리를 듣자 참을 수 없었는지 가슴을 덥석 물어버리고 말았다. 서늘한 밤공기 아래 드러난 비밀스런 속살 위로 뜨거운 사내의 입술이 닿자 희는 소스라치게 놀라며 몸을 한껏 퉁기고 말았다.

"아흑."

사내의 입술이 만들어내는 음탕한 소리와 감각에 발가락 끝이 저릿저릿했다. 게다가 거칠한 그의 혀끝이 돌기를 휘감자 저도 모르게 허리를 비틀며 몸부림쳤다.

"저하, 그만…… 하세요."

한 번도 느껴본 적 없는 기이한 감각에 전신이 노곤하게 퍼지면서도 한편으로는 위태롭게 팽팽해졌다. 나른하면서도 숨 막히는 감각에 절로 신음이 흘러나왔다. 온몸을 쓸어내리는 낯선 감각들로 정신이 아찔해졌다. 어느새 정신을 차리고 보니 그녀의 두 팔이 가슴에 얼굴을 묻고 있는 휼을 한껏 끌어안고 있었다. 구명줄을 잡듯 그를 필사적으로 끌어안는 일 외에는 그녀가 할 수 있는 일이 없는 것 같았다.

자유로워진 다른 손으로 휼은 희의 자리옷의 허리끈을 풀어냈다. 사르륵, 부드러운 자리옷이 아래로 흘러내리며 가장 비밀스러운 속살을 드러냈지만 열에 들뜬 희는 그 사실을 알지 못했다. 비단보다 더 매끄럽고 부드러운 희의 허벅지를 쓸어내리며 동시에 아래로 입술을 움직여 내려갔다. 아직 살이 오르지 않아 도드라진 갈비뼈가 안쓰러웠다. 숨을 헐떡이느라 오르락내리락하는 복부를 따라 내려가며 가장 비밀스런 숲 가까이 도달했다.

"헉! 안 돼요."

한참을 열기에 헤매던 희는 휼의 입술이 아래를 배회함을 알아차리고 황급히 그를 막아섰다. 급히 다리를 오므렸지만 그녀의 무릎을 잡고 벌리는 그의 힘을 당해낼 수가 없었다.

"아…… 안 돼요."

그의 입술이 어딜 원하는지 깨달은 희가 몸을 일으켜 황급히 손으로 막았지만 휼의 오른손이 그녀의 손목을 잡아 치우고 다시 뒤로 밀어 눕혔다.

"이러지 마세요."

그녀 자신조차 제대로 만져 본 적 없는 곳에 휼의 입김이 닿자 소스라치게 놀라면서 희는 수치심에 죽어버릴 것만 같았다. 저도 모르게 차 오른 눈물을 흘리며 원망 어린 말들을 쏟아내도 휼은 들은 척도 하지 않았다.

난생처음 보는 여인의 그곳까지 무사히 도착한 휼은 사미에게서 미리 구한 '여인을 기쁘게 하는 기교' 란 제목의 서책을 떠올렸다. 지금까지는 그 서책에 적혀 있는 내용들을 충실히 이행하고 있는 중이었다. 그러나 완강하게 거부하며 눈물을 흘릴 정도로 싫어하는 희를 보자 마음이 흔들렸다.

"그렇게 싫소?"

수치심에 흘린 눈물로 얼굴이 젖은 희가 얼른 고개를 끄덕거리자 휼은 아쉬운 듯 망설이다 결국 그대로 물러서고 말았다.

"알았소. 이번은 그냥 넘어가 주리다."

그 서책에 쓰인 내용대로라면 굳이 삽입이 아니더라도 여인이 까무러치는 방법이라 적혀 있었지만 희가 저토록 싫어하니 이번엔 그가 물러설 수밖에 없었다. 대신 드디어 기다리던 순서가 그를 기다리고 있었다.

앞선 전희로 이미 심적으로나 육체적으로나 지쳐 있던 희는 두 팔로 얼굴을 가리며 나지막이 흐느끼고 있었다. 부끄러움에 도저히 고개를 들 수가 없었던 것이다. 그 틈을 타 휼은 재빨리 허리끈을 풀어 바지를 벗어 던졌다. 오만하게 하늘을 향해 고개를 바짝 들고 있는 휼의 남성이 침을 흘리며 순서를 기다리고 있었다. 떨리는 마음을 가다듬고 희 앞으로 다가간 휼이 오므린 그녀의 무릎을 잡고 양쪽으로 슬쩍 벌렸다. 그러나 예상과는 달리 다시 희의 반항이 시작된 것인지 고집스레 무릎을 열지 않고 있었다. 답답해진 휼이 나지막이 그녀를 위협했다.

“아직 끝난 것이 아니오. 자꾸 이러면 아플 수가 있소. 그러니 제발 힘 좀 빼시오.”

그래도 희의 무릎은 좀처럼 열리지 않았다. 결국 휼이 힘으로 벌린 다음에야 희의 허벅지가 하얗게 드러났다.

덜컥 겁이 나기 시작했다. 여인으로 태어나 강요 섞인 교육을 받았던 오래전의 기억이 사내 앞에서 다리를 벌리고 있다는 사실에 막연한 거부감을 일으킨 것이다. 게다가 누가 볼지도 모르는 야외에서 아직은 낯선 사내에게 몸을 내준다는 현실이 두려워져 희는 다급하게 그의 벗은 어깨를 밀어냈다.

“시…… 싫어요. 그만두세요.”

손바닥에 닿은 그의 어깨 아래로 느껴지는 뜨거운 체온에 데인 듯 깜짝 놀라 손을 떼고 말았다.

"너무 늦었소."

휼은 잡고 있던 희의 무릎을 들어올려 양쪽 다리를 자신의 어깨 위에 걸쳤다. 그 때문에 휼의 체온과 체중이 다리 뒤쪽을 통해 고스란히 전해지자 희의 얼굴이 대번에 붉게 물들었다. 그의 무게에 반쯤 일으켰던 몸이 다시 눕혀지자 희의 온몸이 두려움으로 바짝 얼어붙고 말았다.

"하, 하지만……."

엉덩이에서 느껴지는 무언가에 희가 움찔 놀라며 몸을 피하려고 버둥거렸다. 몸을 비틀며 그에게서 달아나려는 희의 양쪽 발목을 잡아 고정시키고 더 이상 참을 수 없다는 듯이 탐욕스러운 표정으로 휼이 속삭였다.

"이제부터 시작이오."

두려움과 부끄러움에 잔뜩 겁에 질려 있는 희와 달리 휼은 드디어 그녀에게 완전히 자신을 새길 수 있게 되었다는 희열에 몹시도 감격한 상태였다. 천천히 희의 꽃잎 사이로 그의 짐승을 문질러 길을 가늠했다. 입구를 찾은 것 같지만 몹시도 좁아 긴장감이 돌았다.

입구를 어루만지는 휼의 감각에 희는 긴장감은 최고조로 올랐다. 자신도 모르게 바들바들 몸을 떨며 더 이상 피할 수 없는 상황에 적응해 보려 갖은 애를 써보았다. 어차피 연인이라 하였다. 그 말을 완전히 믿은 것은 아니지만 혼인까지 약조한 사이라는 말에 마음이 약해진 것은 사실이었다. 게다가 그녀 자신은 깨닫지 못하고 있었지만 허약해진 육체 때문에 정신적으로도 많이 나약해진 터였다.

"힘을 좀 빼시오. 아니면 아플지도 모르오."

초조해하는 휼의 목소리에 쉽진 않지만 천천히 희의 몸에서 긴장이 빠져나가기 시작했다. 그래도 여전히 뻣뻣하고 좁아 걱정이 됐지만 그를 자극하는 작은 입구의 촉감에 더 이상 참을 수가 없었다. 사라지는 인내력을 느끼며 휼이 천천히 그녀의 꽃잎 사이로 자신을 밀어 넣었다. 좁은 입구가 찢어질 듯 벌어지며 뜨거운 그의 짐승을 삼키기 시작했다.

"하악!"

민감한 여린 살 위로 인두를 지지는 것 같은 아픔에 희의 등이 활시위처럼 한껏 휘어졌다. 동공이 크게 팽창하고 숨을 쉴 수가 없었다. 피하려 몸을 비틀어보아도 그녀의 허벅지를 단단히 잡고 있는 그의 두 손 때문에 도망칠 길도 없었다. 하릴없이 사나운 짐승에게 몸을 내주며 고통스러운 숨만 토해냈다.

"아아……."

휼의 입 안에서도 신음이 흘러나왔다. 고통에 몸부림치는 희와는 달리 정신이 혼미해지는 지독함 쾌감에 젖은 그런 신음이었다.

"미안…… 미안하오."

자신 때문에 희가 무척이나 고통스러워한다는 것을 알면서도 그 고통을 덜어주지 못하는 자신이 미웠다. 그리고 그녀와 달린 참을 수 없는 쾌감만을 느끼는 자신이 부끄러웠다.

"아파요."

눈물 젖은 얼굴로 고통스러워하는 그녀에게 자잘한 입맞춤을 뿌리며 휼이 미안해했다.

"응, 아오. 미안하오."

"너무…… 아파요."

"미안하오."

조그맣게 속삭이는 그녀의 젖은 목소리가 가슴에 저며들었다. 그녀를 아프게 한 것이 자신이라는 사실이 못내 속상한 휼은 아픔을 호소하는 그녀의 목소리를 들을수록 가슴이 아파 견딜 수가 없었다. 그렇다고 지금 와서 그만둘 수는 없었다. 차라리 서둘러 끝내 버리자며 휼은 모질게 마음을 먹고 멈추었던 허리를 힘껏 튕기기 시작했다.

"아악!"

희의 붉은 입술아 비명을 내질렀다. 자신의 귀에도 똑똑히 들린 신음에 저도 모르게 손으로 입을 틀어막았다. 소리를 죽이는 것이 어느새 익숙했기 때문이다. 그래도 간간이 흘러나온 신음은 막을 수가 없었다.

뜨겁게 달군 돌멩이가 속살을 지지는 것처럼 화끈거리고 고통스러웠다. 온몸을 비틀며 발버둥치며 벗어나려 애를 써도 엉덩이가 단단히 잡혀 벗어날 수가 없었다. 그저 신음을 삼키며,

눈물을 삼키며 이 행위가 얼른 끝나기만을 간절히 기도할 뿐이었다.

시간이 얼마나 지났는지 알 수 없었다. 마치 억만 년의 시간이 지난 것 같은 기분이었다. 말라 버린 줄 알았던 눈물은 쉴 새 없이 흘러내리고 쉼없는 그의 움직임에 맞춰 신음 소리마저 끊이지 않았다.

"제발…… 그만……."

이젠 엉덩이 안쪽으로 감각을 느낄 수가 없을 지경이었다. 그만 끝내줬으면 바라는데도 도무지 끝낼 기미가 보이지 않았다. 차라리 기절이라도 했으면 싶었지만 그것도 쉽지 않았다.

"이제…… 곧……."

그녀의 애원을 들었는지 잔뜩 잠긴 그의 목소리가 힘겹게 흘러나왔다. 드디어 막바지에 다다랐는지 휼의 움직임이 더욱 빨라지고 거칠었다. 이제 곧 끝난다는 생각에 희는 한껏 비명을 입 안에 머금고 버티고 또 버텨냈다. 그녀를 꿰뚫을 것처럼 한껏 들어선 그의 움직임이 거짓말처럼 멈춰 버렸다. 그토록 뜨겁고 단단하던 짐승도 서서히 식어가며 말랑거리는 살로 변하고 있었다.

"크흣."

희의 몸 안에 힘껏 파정한 다음 그대로 그녀 위로 엎어지고 말았다. 기분 좋은 나른함이 전신을 감돌았다.

"무거워요."

휼은 힘들어하는 희의 말에 내키지 않았지만 억지로 몸을 일으켰다. 힘없이 늘어진 휼의 짐승이 희의 꽃잎 사이에서 빠져나오자 붉은 선혈과 함께 하얀 액체가 흘러나오기 시작했다. 희의 처녀를 상징하는 붉은 피를 보자 휼은 남성적인 자부심에 뿌듯해졌다.

"그…… 그것이옵니까?"

몸을 일으킨 희의 눈에 힘을 잃은 휼의 짐승이 들어왔다. 꼭 거대 지렁이 같은 느낌에 징그러웠지만 축 늘어진 저것이 어찌 그리도 딱딱했는지 의문이 생겼다. 희의 시선을 따라 아래로 고개를 숙인 휼은 멋쩍게 웃으며 고개를 끄덕거렸다.

"음, 그렇소. 그런데 이놈이 염치없게시리 또 욕심을 부리는데?"

"네?"

휼이 건네주는 자리옷으로 맨몸을 가리던 희는 그의 말에 시선을 던졌다가 깜짝 놀라고 말았다. 힘없이 축 늘어져 있던 그것이 어느새 팽팽해져 거만하게 고개를 들고 있는 것이었다. 그제야 어째서 그리도 딱딱했는지 알 것 같다며 신기하게 쳐다보던 희는 헛숨을 들이키고 말았다. 휼의 눈빛이 심상치 않아서였다.

"시, 싫습니다."

고개를 도리질치며 황급히 옷을 걸치고 탁자 아래로 내려선 순간 희의 다리가 무너지고 말았다. 다리는 물론 허리까지 힘이 들어가지 않아 일어설 수가 없었던 것이다.

“괜찮소?”

황급히 몸을 굽히며 다가서는 휼의 다리 사이로 그것이 다시 보이자 희는 기겁하며 그를 밀어냈다.

“저리 가세요.”

얼떨결에 희에게 밀려 엉덩방아를 찧은 휼은 몸을 웅크리며 덜덜 떨고 있는 희에게 솟구치는 욕정을 억누를 수가 없었다.

“이젠 아프지 않을 거요.”

손을 뻗어 가느다란 그녀의 손목을 잡아 자신 쪽으로 이끌었다. 버둥거리며 그를 피하려는 그녀에게 너무 미안하기도 했지만 멈출 수가 없었다.

“미안하오. 사내의 못난 욕심이라 생각하고 그대가 너그러이 받아주오.”

“시…… 싫어요.”

희의 거부는 휼에게 손쉽게 제압당하고 다시 온전히 그의 몸 아래 깔리고 말았다. 분명 처음만큼 아프지는 않았지만 못지않은 고통이 찾아들었다.

모든 것을 감싸던 어둠이 가시기 시작 후 서서히 동이 틀 즘에서야 휼은 아쉬운 듯 희의 몸 위에서 떨어져 나왔다. 그들이 방에 있지 않음을 아쉬워하는 그의 귀에 희의 힘겨워하는 속삭임이 분명하게 날아들었다.

“거짓말쟁이.”

11장

한낮의 열기가 한풀 꺾일 즈음 안향이 구르다시피 방 안
으로 뛰어들어 왔다.

"아가씨! 아가씨!"

다급하게 그녀를 불러대는 안향의 소란스러운 태도에 사미는
들고 있던 서책을 가만히 다른 서책 아래로 밀어 넣고 못마땅하
다는 듯 눈살을 찌푸렸다.

"무슨 일이기에 그리 호들갑을 떠느냐?"

"세상에 말이죠."

숨을 헉헉거리며 달려온 안향이 말을 꺼내기 전부터 오두방
정을 떨었다.

“세상에, 간밤에……..”

“간밤에?”

헐떡이는 숨 때문에 말을 잇기가 쉽지 않은지 안향이 잠시 숨을 골랐다. 그리고는 이내 두 눈을 반짝이며 속사포처럼 말을 쏟아냈다.

“진성대군께서 간밤에 별당의 아가씨를 품으셨다고 소문이 파다합니다.”

“그래?”

그제야 조금의 흥미를 보이는 사미의 반응에 반색하며 안향이 더욱 가까이 다가갔다.

“그것도 난정당에서 일을 치르셨다네요? 부엌일을 돕는 시녀 하나가 자다가 이상한 소리가 나서 살펴보았더니 글쎄, 진성대군과 별당 아가씨가 엉켜서 날이 새도록 정을 나누셨답니다. 대군께서 어찌나 왕성한 정력을 자랑하시는지 아가씨 입에서 내내 살려달란 말이 끊이지 않았다고 합니다.”

“하아?”

기가 막힌다는 듯이 사미가 콧숨을 내쉬자 안향은 더욱 침을 튀기며 말을 이었다.

“오전 내내 꼬박 주무신 별당 아가씨가 겨우 일어나셔서 방금 목욕을 하셨다는데요, 소아 말로는 하얀 피부 위로 울긋불긋한 손자국이며 치흔이 장난 아니랍니다. 밤새 얼굴마저 반쪽이 되셨다 하구요.”

“기어이…….”

횬이 그녀에게서 다른 서책을 빌려갔을 때부터 오늘의 일을 짐작했지만 기왕이면 조용히 일을 치를 것이지 괜한 소란을 일으켰다며 사미가 내심 못마땅하게 투덜거렸다. 그 무식한 힘으로 밤새도록 했다면 지금 일어난 게 용하다며 희를 향해 감탄사를 날렸다.

“가서 먹기 쉬운 음식을 만들어 별당에 전해주고 오너라. 입맛이 없으시더라도 오늘 밤을 대비해 기운을 비축하셔야 된다고 전하거라.”

이 집안 사내들의 욕심을 익히 알고 있는 사미로서는 불시에 공격당한 희가 불쌍했지만 어쩔 수 없었다. 이미 횬이 그녀를 맛보았기 때문에 막을 도리가 없었다. 꿀맛을 본 곰을 막아서기란 그녀라도 불가능한 일이기 때문이었다. 그저 얼른 몸이나 추슬러 부디 그에게 하루라도 빨리 적응하기만을 바라줄 수밖에 없었다.

그리고 사미의 말을 한 치의 오차 없이 전한 안향이 나중에 와서 한다는 말이 오늘 밤이란 말에 희가 눈을 하얗게 까뒤집으며 기절했다는 것이었다.

아득한 수면의 세계에서 서서히 떠오른 그녀를 맞이한 것은 눈부신 햇살도, 소곤거리는 주위의 소음도 아니었다. 발가락을 살짝 움직이는 것만으로도 찌르는 것처럼 아픈 다리 사이의 통

증도 아니었다. 바로 숨조차 쉬기 어려울 만큼 가슴을 짓누르는
후회와 막연한 두려움이었다.

허리가 욱신거리는 것이 심상치 않았다. 저도 모르게 끙끙거
리는 소리만 날 뿐 몸에 힘이 하나도 들어가지 않아 몸을 일으
킬 수조차 없었다. 한참을 씨름하다 결국 포기하고 주욱 늘어져
버렸다.

한숨이 그녀를 짓누르듯 흘러나왔다. 멍하니 천장을 올려다
보며 멍하니 새벽까지의 일을 떠올렸다. 떠오르는 것은 시큼한
사내의 체취와 그의 뜨겁고 열정적인 육체, 그리고 자신을 바라
보는 뜨거운 시선이었다. 홀린 듯이 그를 바라보며 그의 몸짓에
맞춰 교성을 내지르고 몸을 비틀었던 기억이 떠오르자 얼굴이
홧홧 달아오르며 그제야 무슨 짓을 저질렀는지 깨달았다.

혼인도 치르지 않고 낯선 사내를 덜컥 받아들인 자신이 얼마
나 경박스러웠는지 깨닫게 되자 도저히 고개를 들 수 없을 지경
이었다. 주위를 훤히 밝히는 햇살마저 그녀를 책망하는 것만 같
아 이불을 머리끝까지 뒤집어쓰고 몸을 웅크렸다. 자신만의 공
간을 만들자 그제야 조금 살 것만 같았지만 이내 그 보금자리마
저 답답하게 숨이 조여왔다.

좀처럼 가라앉지 않는 허리의 통증과 다리 사이의 날카로운
자상이라도 입은 것 같은 느낌에 희는 마음이 조마조마했다. 해
서는 안 될 짓을 저질렀다는 두려움이 밀려와서였다. 하룻밤 새
자신이 달라진 것만 같아 초조하고 심란했다.

"정말…… 이게 무슨 짓이람?"

왈칵 눈시울이 뜨거워지면서 불안함이 가슴을 가득 메우기 시작했다. 어젯밤 그를 밀어내는 것인데 하는 뒤늦은 후회가 밀려왔지만 이미 늦었다는 것을 너무나 잘 알고 있었다.

"정말, 내가 무슨 짓을 저지른 것이람?"

가슴속이 터무니없게 허전했다. 어째서 그렇게 쉽게 사내의 꼬드김에 넘어갔는지 이해할 수가 없었다. 무언가가 잘못된 것처럼 마음속에서 경고가 메아리 쳤지만 어젯밤엔 막을 힘이 없었다. 다시 화연희가 되겠다고 했지만 혼인도 안 올리고 낯설디낯선 사내를 덜컥 받아들인 자신이 마치 창기 같아 수치스러웠다.

설화 공주에 대한 그리움과 그녀를 지키지 못한 죄책감이 함께 가슴을 억눌렀다.

"하지만……."

이내 변명같이 흘러나온 말끝엔 휼에 대한 무언가가 감춰져 있었다.

이상하게 기억이 없는 장면들이 그를 보면 겹쳐졌다. 익숙한 듯 그리운 듯 다가오는 그의 미소에, 몸짓에, 다정한 행동에 낯설다는 말이 의심스러울 정도였다.

"어떻소? 어여쁘지 않소?"

문득 떠오른 잔상 하나에 희는 무엇이 생각났는지 벌떡 목을 일으켰다. 금세 찌르르 하고 울려오는 허리 통증에 잠시 멈칫거렸지만 곱게 개여진 옷을 대충 걸쳐 입고 무언가를 찾아 나섰다. 경대의 한쪽 서랍에서 발견한 황옥 비녀를 꺼내 들고 어렴풋이 떠오른 기억을 더듬어보았다.

"이건…… 가?"

반대쪽 서랍을 열자 그곳엔 휼이 정표로 그녀에게 선물해 준 금팔찌가 곱게 자리 잡고 있었다. 집어 들자 작은 방울들이 짤랑거리는 소리를 내며 그녀의 기억을 일깨웠다. 그 순간 순식간에 물밀듯이 기억들이 밀려들어 왔다. 그녀를 위해 옷감을 골라 주며 수줍은 듯 미소 짓고 있는 그의 모습이, 그녀를 누군가에게 정인이라 소개하던 모습이, 그녀를 바라보며 정표라 건네주는 모습이 떠올랐다.

흐릿하던 기억 중에 일부분이라도 분명하게 떠오르자 희는 마음 한구석에 조용히 자리 잡고 있는 의혹 하나가 사라짐을 느꼈다. 그의 말대로 자신이 그의 정인이었음을 깨닫자 알게 모르게 안도감이 든 것이었다. 그러나 여전히 무언가 께름칙한 것이 마음 한구석에 남아 있었다.

"일어나셨어요?"

아직 잠들어 있을 희를 생각해서 조심스레 곁방 안으로 들어서던 소아가 인기척을 느끼고 방 안을 살피다 경대 앞에 서 있는 희를 발견하고 반색했다.

"목욕부터 하시겠어요?"

"으응? 그래, 부탁하마."

아무리 자신의 시중을 드는 아이라 하더라도 엉성하게 걸친 옷자락이 부끄러워 황급히 여몄다. 그녀의 몸에 분명히 남아 있는 흉의 흔적에 부끄러워하는 희와는 달리 소아는 부러운 듯 부드러운 미소를 지었다.

"대군 저하께서 아가씨를 정말 많이 연모하시는 모양이에요. 아가씨께서 정신을 놓고 계실 때도 손수 식사를 떠주시고 늘상 곁에서 보살펴 주시고……. 아가씨는 정말 복 받으신 거예요. 그런 상냥한 남자는 별로 없다니까요. 물론 외모가 좀 험상궂긴 하지만, 뭐 남자가 외모가 문젠가요?"

"아, 소아야? 내가 정신을 놓았다니?"

그녀의 곁을 맴돌며 끊임없이 쫑알거리는 소아의 말을 끊고 희는 의아한 구석을 잡아챘다. 희의 질문에 소아가 눈을 동그랗게 뜨고 반문했다.

"아, 아가씨께서 그 부분에 대해서는 아직 기억이 없으신가 봐요. 처음에 이현대군께서 아가씨를 발견했을 때부터 내내 정신을 놓고 계셨잖아요. 다들 언제쯤 아가씨께서 정신을 차리실지 걱정했답니다."

"정신을…… 놓고 있었어? 그렇다면 내가 대군 저하의 정인이라는 말은……?"

"아, 그거요? 진성대군 저하께서 아가씨께 반하셔서 얼마나 애틋하게 대하셨는데요. 아가씨를 모시고 중성 구경도 다니시고, 산책도 함께 다니시고, 식사도 떠먹여 주시고, 얼마나 정성스레 보살펴 주셨는지 왕부 사람치고 저하의 아가씨에 대한 사모지정을 모르는 사람이 없답니다.”

“그럼 다 저하의 일방적인…… 연모였다는 것이구나.”

미묘하게 가라앉은 희의 분위기를 느끼지 못한 것처럼 소아는 신이 나서 쫑알거렸다.

“어휴, 일방적이라 해도 얼마나 애틋한지 보는 사람이 다 부끄러워할 정도였다니까요. 그럼 아가씨, 잠시만 기다려 주세요. 금세 뜨거운 물을 준비하겠습니다.”

소아가 나가자 희는 쓰러지듯 근처의 의자 위에 주저앉아 버렸다. 답답한 한숨이 그녀의 입술을 비집고 흘러나왔다.

“맙소사!”

끄응 하고 신음이 흘러나왔다. 아무리 생각해도 자신이 당한 것이란 생각을 지울 수가 없었다. 어처구니가 없으면서도 이상하게 은근한 웃음이 흘러나왔다. 속았다는 불쾌감보다, 안 지 얼마 되지 않았지만 우직스러운 그의 성품에 거짓말을 하면서까지 자신을 곁에 두려한 점이 그녀를 미소 짓게 만들었다. 얼마나 다급하고 마음을 졸였으면 허겁지겁 연을 맺어 곁에 묶어 두려 했을까. 어느새 입가에 떠오른 미소가 그녀의 가슴을 무겁게 짓누르던 불안감을 사라지게 만들었다.

황후는 어제부터 징징거리는 인원 때문에 죽겠다며 한 번만 만나달라는 아비의 청을 매몰차게 거절했다. 분명 또 무슨 사고를 치고 그녀에게 뒷수습을 부탁한 것이겠지 생각하니 머리가 지끈거렸다. 이번엔 무슨 사고를 쳐 아비까지 동원해 그녀를 채근하는지 알고 싶지도 않았다.

"어마마마, 머리가 아프시옵니까?"

이제 세 살이 된 어린 태자가 눈을 동그랗게 뜨고 걱정스런 표정으로 그녀의 안색을 살피고 있었다. 또랑또랑한 눈빛과 말투에 황후는 피식 웃으며 고개를 저었다.

"아닙니다. 우리 태자가 곁에 있는데 뭐가 아프겠습니까? 그래, 오늘은 무엇을 배우셨습니까?"

다정하고 자애로운 눈빛으로 황후는 태자의 머리를 쓰다듬으며 부드러운 목소리로 물었다. 황후가 묻는 말에 눈까지 반짝이며 열심히 답하는 아이를 황후가 흐뭇하게 바라보았으나 속내는 차디찼다.

'이 아이가 아무리 황제폐하의 아들이라 하나 외척의 불순한 움직임을 참아줄 분이 아니다. 괜히 태자에게까지 불똥이 튀지 않으려면 애초에 모른 척해야 한다. 그게 아무리 오라비라도 말이야.'

어두컴컴한 골목길 안쪽으로 한 사내가 허둥지둥 뒤를 살피며 달리고 있었다. 건은 반쯤 벗겨져 있었고 포 역시 흐트러져 있었다. 숨이 턱까지 차 있었고 눈은 불안하게 구르고 있었다. 연신 뒤를 돌아보며 초조하게 발걸음을 놀리던 사내는 무언가에 걸려 앞으로 고꾸라지고 말았다.

"아이쿠."

돌멩이에라도 걸려 넘어진 것인가 바닥을 살폈지만 아무것도 없었다. 분명 무언가에 걸려서 넘어진 것인데 하는 생각이 들자 등 뒤로 식은땀이 주룩 흘러내리기 시작했다.

"이제 다 도망친 것인가?"

그의 등 뒤로 내려앉은 유유자적한 목소리에 교강은 경련을 일으키는 얼굴을 억지로 돌려 뒤를 돌아왔다. 달빛을 등지고 있는 사내는 여유로워 보이면서도 사람을 억누르는 위압감도 동시에 풍기고 있었다. 그를 샅샅이 해부라도 할 것처럼 서늘한 눈빛과 반대로 매끄럽게 올라간 입매가 사내의 오금을 저리게 만들었다.

"벌써 포기하면 섭섭한데……."

넋을 놓고 바닥에 주저앉아 버린 사내를 노려보며 윤은 진심으로 실망했다. 쥐새끼마냥 이리저리 도망쳐 놓고 조금 궁지에 몰았다고 벌써 주저앉아 버린 사내의 나약함을 비웃었다.

"네놈이 그자의 책사 노릇을 한다고 소문이 파다하더군."

"누, 누구를 말씀하십…… 니까?"

이현대군이 자신을 찾는다는 말을 듣는 순간 가슴이 철렁 내려앉았다. 기현왕부의 발빠른 조치에 욕을 해대며 무작정 제헌원으로 달려갔다. 인원을 을러 돈 몇 푼 받아내고 중성을 빠져나가려던 그의 계획은 문마다 그를 잡으려 즐비한 군사들로 인해 물거품이 되어버렸다. 집은 이미 왕부의 사람들에 포위당했을 터이니 더 더욱 갈 수가 없었다.

"나리, 왜 이러십니까? 소인이 무슨 잘못을 저질렀다고 이리 핍박하십니까?"

이쯤 되자 나 몰라라 배짱을 튕겼다. 무작정 모른다고 잡아떼면 어쩔 것인가 하는 심보에서였다.

"그래? 그리 나올 줄 알았네. 그래서 자넬 위해 내 친히 준비해 놓은 사람이 있지."

윤의 미소가 화사한 살기를 내뿜으며 피어올랐다. 푸른 그의 미소가 왜 그리 섬뜩하게 다가오는지 교강은 마른침을 삼키며 엄습하는 불안함에 몸을 떨었다.

"리온."

윤의 나지막한 부름에 어둠 속에 몸을 숨기고 있던 리온이 모습을 드러냈다.

"저자의 손가락뼈를 하나하나씩 분질러 놔라. 그래도 저자가 아무 말도 하지 않을지 두고 보지."

손가락을 부러뜨린다는 말에 교강은 사색이 되어 윤의 발밑에 엎드려 빌었다.

"아이구, 나리. 살려주십시오. 살려주십시오."

"그럼 말하겠는가?"

"뭐든지, 뭐든지 아는 대로 말씀드리겠습니다. 그러니 제발 살려주십시오!"

눈물, 콧물 다 빼며 손이 발이 되도록 싹싹 빌며 애걸했다.

"그럼 말해보거라. 네가 그자의 앞잡이 노릇을 한다고?"

"그…… 자라니요?"

굳이 콕 찍어 말하지 않는 윤의 말끝을 잡고 교강이 슬쩍 머리를 굴리려 들자 윤이 버럭 노성을 내질렀다.

"지금 나랑 말장난하자는 거냐!"

심상치 않게 노려보는 윤의 눈빛에 교강은 얼른 두 손까지 내저으며 고개를 흔들었다.

"아이구, 아닙니다. 아닙니다. 네, 제가 제헌원 나리의 앞잡이 노릇을 했습니다."

울며불며 겨우 실토하는 교강의 대답에 윤은 희미하게 웃었다.

"그래, 그자의 목적이 무엇이더냐?"

또다시 반문하려던 교강은 심상치 않은 윤의 눈초리와 위압적으로 그를 내려다보는 이족의 눈빛에 기가 질려 사실대로 털어놓고야 말았다.

"그…… 그게, 제헌원 나리께서 기현왕부의 사미라는 계집을 네 번째 부인으로 들이려 했습니다. 처음엔 황후폐하께 요청을 드렸다가 단번에 거절당하고 황궁마저 출입금지를 당한 나머지 분기에 그만……."

"그래? 그렇단 말이지."

달빛에 가려 윤의 표정이 잘 보이지 않았지만 음산한 공기가 주변에 깔리는 것으로 보아 단단히 화가 난 모양이었다.

"그런데 내 정보에 의하면 그건 네놈 생각이었다고 하더군."

"네엑? 그…… 그것이……."

크게 숨을 들이키며 불안하게 눈동자를 굴리는 교강의 모습에 윤의 눈빛이 더욱 잔인하게 빛났다.

"그래, 네놈 생각이었군. 그 교활한 혓바닥으로 감히 내 귀한 여인을 욕보였다 이 말이군."

"나…… 나리?"

여유가 사라지고 남은 것은 메마른 살기뿐이었다. 온몸이 쩌릿쩌릿할 정도로 전해지는 강렬한 살기에 교강은 금방이라도 숨넘어갈 것처럼 굴었다.

"리온, 저놈의 혓바닥을 뽑아버리고 가락산 갱도의 노예로 팔아버렷!"

"히익! 나…… 나리, 살려주십시오! 나리, 제발 살려주십시오!"

리온의 손에 강제로 어디론가 끌려가는 교강이 울부짖으며 발악을 했으나 리온에게 혈을 짚혀 결국 질질 끌려가고 말았다.

"더러운 돼지 주제에 감히 뉘를 능멸하려 해?"

어둠 속에서 윤의 차가운 목소리가 조용히 흘러나왔다. 처음 기현왕부에 발을 디뎠을 때부터 사미는 그녀에게 가장 귀한 여인이었다. 세상에서 가장 귀한 것만 주고 싶고 예쁜 것만 보게 해주고 싶고 어려운 일 겪지 않게 소중히 품고 싶은 여인이었다. 주제도 모른 채 함부로 더러운 손을 대려 한 짓을 절대 용서할 수 없다.

그 뒤로 밤이면 어둠마냥 그녀 방으로 스며드는 휼로 인해 희는 난감하면서도 집어삼킬 것만 같은 격렬한 휼의 애정 공세에 마음 한구석이 설레고 있었다. 남녀 간의 애정 따윈 자신과 상관없는 일인 줄로만 알았던 터라 자신만을 뜨겁게 바라보는 휼의 시선에 부담스러우면서도 자신도 미처 알지 못했던 여인의 허영심을 발견할 수 있었다.

거침없던 첫 밤의 정염 때문에 희가 그의 접근을 두려워하는 기색을 보이자 휼은 자신의 욕심을 접고 그저 허락해 주기만을 곁에서 기다렸다. 아무 말 없이, 강요하지도 않고 그저 애가 타는 눈빛으로 자신을 바라보는 휼의 시선을 마주칠 때마다 희는 그의 말없는 간청을 애써 모른 척하며 갖은 애를 태우곤 했다. 슬쩍 곁으로 다가와 그녀가 곁을 내줄 때까지 몸이 달아 기다리는 그를 볼 때마다 희는 웃음이 터질 것만 같아 참을 수가 없었다. 일종의 벌이었다. 그녀에게 제대로 상황도 설명해 주지 않고 그의 욕심을 채워 버린 그 밤에 대한 벌이었다.

그러나 끝내 그 말없는 간청에 손을 들고 만 것은 그녀였다. 곁으로 바짝 다가서 끙끙거리며 허락해 주길 기다리는 그의 행동에 입가가 간질거려 참을 수가 없었다. 할 수 없다는 듯이 손을 내밀어주면 휘몰아치듯 열렬하게 사랑해 주는 휼 때문에 정신을 차릴 수가 없을 지경이었다.

희의 반대에도 불구하고 등잔을 끄지 않아 형형한 불빛 아래 그녀의 유려한 몸이 눈부시게 드러냈다. 지친 기색이 완연한 희는 휼이 이끄는 대로 그와 손을 맞잡고 그의 허리 위에서 엉덩이를 흔들고 있었다. 휼의 허리 짓에 희의 몸이 금세라도 고꾸라질 듯 넘실거렸다.

"아흑."

벌써 몇 번이나 사랑을 나누는데도 그 일은 희에게 벅차고 두려웠다. 아직도 익숙해지지 않아 허벅지 안쪽 깊은 곳이 저려왔다. 이내 빨라지는 휼의 움직임에 숨죽이며 기다렸다. 한순간에 그녀 안으로 깊이 파정한 다음 만족스런 한숨을 내쉬는 휼의 젖은 가슴 위로 희가 쓰러지듯 몸을 기대왔다. 한 손만한 좁은 등을 어루만지며 휼은 못마땅한 눈치였다. 뼈가 훤히 만져지는 작은 몸이 불만인 것이다. 생각 같아서는 음식을 잔뜩 먹여 살을 토실토실 찌우고 싶은데 좀처럼 되지 않으니 속이 상했다.

"너무 작소."

그의 큰 손이 덮듯이 그녀의 등을 어루만졌다. 지쳐 대꾸할 기력도 없기에 희는 휼의 가슴에 얼굴을 기대고 가만히 눈을 감았다. 이대로 잠을 잤으면 좋겠건만 조금 뒤에 다시 그녀를 재촉할 휼임을 경험상 알고 있기에 마음 편히 쉴 수가 없었다.

"그러고 보니 하륜국 어디 출신이오?"

전부터 묻고자 했던 질문이었다. 며칠 동안 기회를 벼르고 별러 결국 지금에서야, 지나가는 질문인 양 묻고 말았다.

"……남하 지역입니다."

설마 했는데 역시 하륜국의 사람이었다. 그렇다고 그것이 그에게 있어 크게 문제되는 것은 아니었다. 단지 그녀의 정체에 대해 몇 가지 미심쩍은 것이 없진 않아서였다.

"남하라……."

머릿속으로 하륜국의 지도를 그리며 남하가 어디쯤인지 찾고 있었다.

"수도 윤조에서 남쪽으로 말을 타고 열흘을 달려야 있는 도시입니다. 윤조 다음으로 큰 도시지요. 그곳에서 태어나 그곳에서 십육 년을 자랐답니다."

"그 다음은 어디서 지냈소?"

잠시 망설이더니 내키지 않는 목소리로 대답했다.

"그 뒤로는 내내 윤조에서 지냈습니다."

무언가 꺼리는 느낌에 휼은 본능적으로 윤조에서 좋지 않은 일이 있음을 직감했다.

"흐음, 그대가 자란 남하는 어떤 곳이오?"

고향을 떠올려서인지 가슴에 닿은 희의 입가가 희미하게 올라가는 것이 느껴졌다.

"바다 내음이 물씬 풍기는 것이지요. 배들이 많고 사람들도 무척이나 활기차고 인정 많은 곳이랍니다.”

“부모님은 어떤 분이시오?”

“흠, 아버지는 바다 같은 분이십니다. 언제나 듬직하고 깊은 속내를 가진 분이시죠. 딸인 제가 배를 타고 싶다고 졸랐을 때 선원들의 반대에도 불구하고 저를 위한 배를 구해주셨을 정도로 저를 아끼시는 분입니다.”

“큰일났군. 그런 분의 귀한 딸을 냉큼 낚아채 버려서 말이오.”

가볍게 농담을 했지만 정말 걱정하는 표정은 아니었다.

“그런데 어머님은?”

부모에 대한 질문에 희는 아버지에 관한 것만 대답했다. 그 사실을 지적하며 어머니에 대해 묻자 희의 표정이 금세 침통하게 가라앉았다. 그의 가슴에 얼굴을 묻고 한참 만에야 침울하게 대답했다.

“돌아가셨습니다.”

“저런, 미안하오. 내가…….”

난처한 표정으로 말끝을 흐리는 흄에서 애써 괜찮다고 웃어 보였다.

“저하의 어머님도 돌아가셨다고 들었습니다.”

“아아, 돌림병 때문이었소. 때문에 아버님께서 많이 힘들어하셨지. 참, 그나저나 아버님은 어디 계시오? 우리 혼인을 보셔야 하지 않겠소? 남하 어디로 연통을 넣으면 되오?”

침울해지려는 화제에서 벗어나려 일부러 말을 바꾸었다.

"글쎄요."

난감하게 얼굴을 흐리는 희의 대답에 휼이 의아해했다.

"무슨 대답이 그러오? 무슨 문제라도 있소?"

"……제가 윤조로 떠난 이후 아버지와는 연락이 전무하다시피 하여 지금은 어디 계신지 모릅니다."

"그럼 계속 따로 지낸 것이오?"

"네."

휼이 왜냐고 묻지 않는 것이 이상했지만 안심이 되기도 했다. 그녀가 적영대에 들어갔다는 소식에 그녀의 아버지는 연락을 끊고 잠적해 버리셨기 때문이다. 아마도 자신과 연락을 계속하게 되면 왕의 심기를 거슬려 그녀나 수향마마가 곤란한 상황에 빠지게 되리라는 것을 알고 있었기 때문인지 모른다.

휼은 희의 과거 이야기를 들을수록 꼭 자신의 이야기인 것만 같아 묘한 기분이 들었다. 어머님이 돌아가신 것도 그러하고 아버지들의 행동들도 그러했다. 물론 휼의 아버지야 못 말리는 방랑벽인지라 그런 것이지만……. 어째서 아버지와 떨어져 지내게 된 것인지 묻고 싶었지만 윤조에서의 일을 묘하게 거북해하는 눈치에 더는 캐물을 수가 없었다.

"그럼 우리 혼례식 때 장인어른은 참석하지 못하시는 건가? 무척이나 서운해하실 텐데, 어찌 연락을 취할 방도가 없소?"

"저도 애를 써보았지만 언제가 아버지께서 연통만을 보내신

적이 있었습니다. 굳이 찾으려 들지 말라고, 당신께서는 언제나 지척에 계시다고 그리 알려왔었습니다.”

“그것참…….”

희와 담소를 나누면서도 연신 그녀의 몸을 어루만지던 휼은 문득 손가락 끝에 닿은 검상에 말을 멈추었다.

“이건 도대체 어찌 된 상처요?”

희의 하얀 피부 위에는 간간이 검상이 자리 잡고 있었다. 그녀의 피가 흘렀을 그 상처들을 발견할 때마다 휼의 심장이 덜커덕거렸다. 희는 난처하게 웃음을 흘렸다.

“검술 연습을 하다 다친 것입니다.”

“그러고 보니 언제부터 검을 잡았소?”

“음, 여덟 살 때부터인가? 아버지께서 제 몸 하나는 지켜야 한다시며 가르쳐 주셨습니다.”

“장인어른께 배운 것이오?”

놀란 휼의 질문에 희의 표정이 뿌듯해졌다. 아버지에 대한 자부심 때문이었다.

“도대체 아버님은 뭐 하시는 분이시오?”

흐뭇하게 미소 짓던 희의 미소가 흐려지기 시작했다. 가만히 입을 다문 그녀의 모습에서 흘러나오는 슬픔에 휼의 가슴이 답답해졌다.

“왜 그러오? 대답하기 곤란하오?”

“무인이십니다. 아주 뛰어난…….”

한때 하륜국을 호령하시던 아버지셨다. 하륜국의 바다를 지키며 해적들로부터 백성을 지키고 나아가 왕가를 지킨 분이셨다. 친우 같은 왕에게 사랑하는 아내를 빼앗기고 장군직마저 내놓고 초야에 묻힌 아버지를 떠올리자 가슴속에서 서러움이 치솟았다. 한순간에 모든 것을 잃고 허무한 심정을 드러내는 아버지의 뒷모습이 떠올라 그리움에 가슴이 벅차올랐다.

그리움이 가득한 희의 대답에 휼은 더 이상 물을 수가 없었다. 더 물었다가는 금방이라도 눈물을 흘릴 것만 같았다.

"그래서 그대가 그리도 검을 잘 다룬 것이었구려. 아버님을 닮아서 말이오."

휼의 찬사에 다시금 기분이 좋아졌는지 희는 못내 쑥스러워하는 얼굴로 배시시 웃음을 지었다.

"언제 나와 비무를 하지 않겠소? 그대의 검도 상당한 명검이던데 한번 검을 겨뤄보고 싶소."

검이라는 말에 희는 일부러 잊어버리고 있던 희백검을 떠올렸다. 빈손이 허전한 느낌을 애써 지우려 했는데 휼의 제안에 희백검의 존재가 뚜렷하게 떠올랐다.

왕실 무도회가 끝나고 설화 공주의 위사로 임명될 당시 수향 마마가 하사한 검이었다. 검날 안쪽에 새겨진 '희(熙)'란 글자로 보아 그녀를 위해 만든 검임을 알 수 있었다. 간곡하게 바라는 경옥의 눈빛에 희는 아무 말 없이 감사히 검을 받아 들었다. 그리고 그 검을 받아둠으로써 그녀는 설화 공주의 위사가 되어 그녀의 수하가 됨을 인정한 것이었다.

희백검의 의미가 그러하기에 희는 애써 검을 잡을 생각을 하지 않았다. 위사 희를 버린 순간 희백검마저 버려야 함을 알았기 때문이다. 그러나 무인 집안에서 타고난 그녀답게 때때로 솟구치는 검에 대한 갈망에 몹시도 마음이 흔들렸었다.

"희?"

갑자기 말이 없어진 그녀에게 말을 걸자 무거운 한숨이 그의 가슴을 간지럽혔다.

"졸려요."

잊을 수 있다고 생각한 것이 오만인지도 모른다. 과거를 덮고 새로 시작하는 것이 충분히 가능하다 생각했었다. 그러나 부지불식간에 어디선가 튀어나오는 과거의 끈적거리는 손길은 어김없이 그녀의 발목을 낚아채고 있었다.

지치고 잔뜩 가라앉은 목소리에 휼은 새로 시작하려는 욕망을 아쉽게 누그러뜨려야만 했다. 그 말을 끝으로 희가 그대로 곯아떨어졌기 때문에 더 이상 어쩔 수가 없었다. 결국 허탈한 표정으로 자신의 가슴 위에서 잠든 희를 바라보다 할 수 없이 그녀의 등 위로 이불을 끌어올리고는 내키지 않았지만 그 역시 수면을 취하기 위해 눈을 감았다.

비단보에 감싸 벽장 안쪽 깊숙이 넣어두었던 희백검을 꺼내놓았다. 탁자 위에 올려진 희백검을 물끄러미 바라보며 무거운 한숨을 밀어냈다.

"왜 그리 무서운 표정을 하고 계십니까?"

마침 별당으로 발걸음한 사미가 희의 처소에 들어서다 그녀의 표정을 발견하고 말을 걸었다.

"아, 사미 아가씨."

상념에서 깨어난 희가 황급히 몸을 일으키며 그녀를 맞이했다.

"동생이라 부르세요. 이젠 가족이 될 사람들인데."

"아⋯⋯."

사미의 제안에 희가 멋쩍게 웃음만 흘렸다. 그다지 밝아 보이지 않는 희의 안색을 살피며 사미는 희가 권한 의자에 앉았다.

"표정이 그리 밝지 않습니다. 무슨 문제라도 있으신가요? 불편한 점이 있으시면 무엇이든지 말씀해 주세요."

"아닙니다. 다들 잘해주셔서 너무 편하게 잘 지내고 있답니다."

그럼에도 불구하고 희의 안색은 밝아지지 않았다.

"특히 휼 오라버니께서 아주 잘해주시지요?"

의미심장한 사미의 말이 무엇을 의미하는지 알아차린 희는 은근히 붉어지는 얼굴로 고개를 끄덕거렸다.

"휼 오라버니를 잘 부탁드립니다. 겉모습은 그러하지만 워낙에 속정이 깊은 분이시랍니다."

"네? 겉모습이 그러하다니요?"

고개를 갸웃거리며 영문을 모르겠다는 희의 반문에 사미는 잠시 말을 잃었다. 보통 사람보다 머리 하나는 더 크고 도깨비 같다는 소리를 들을 만큼 체격도 좋은 데다가 늘 바깥에서 검을 휘두르는 일 때문에 피부도 검게 그을린 휼이었다. 특히나 수슬란족과의 전투 이후 삭막해진 눈빛이 더욱 매섭게만 느껴지는 그를 보고도 아무렇지 않게 생각하는 것인가 하는 의아함이 생겼다.

"휼 오라버니께서 좀…… 험상궂게 생기셨잖습니까?"

확실히 사미가 생각하기에는 윤도 비슷하기는 하지만 휼에 비하면 귀공자처럼 생겼다고 생각했다.

"음, 그런가요?"

진지한 표정으로 고개를 갸웃거리는 희의 모습에 사미는 당황스러우면서도 재미있다고 생각했다.

"그럼 희 언니께서는 그리 생각지 않으십니까?"

희는 어째서 사미가 휼을 험상궂게 생겼다고 생각하는지 알 수가 없었다. 어릴 적에 아버지를 따라 배를 타게 되면 한쪽 눈이 없다거나 심한 검상이 얼굴에 그어진 사람, 한쪽 다리가 없는 사람, 얼굴이 흉측하게 일그러진 사람들을 많이 봐왔던 희에게 휼은 다른 사람들보다 조금 덩치가 클 뿐 말끔하게 생겼다고 생각했기 때문이다. 게다가 휼의 눈동자는 무척이나 부드럽고 풍성한 속눈썹에 가려져 순하게 보인다고 생각한 희였다.

"저하께서는 굉장히…… 순박하게 생기셨어요."

휼의 눈동자를 떠올리며 하는 말이었다. 그러나 그 사실을 알던 모르던 사미는 휼이 순박하게 생겼다는 말을 쉽게 받아들일 수가 없었다. 사미와 안향의 표정이 거의 경악한 것처럼 보이자 희는 어리둥절한 표정이었다.

"왜 그러십니까?"

가까스로 충격을 떨쳐 내고 짐짓 태연한 얼굴을 가장했지만 내면의 충격은 여전했다.

"아니, 아무것도 아닙니다."

희의 의견에 동조하기보다는 차라리 그녀의 심미안을 의심하는 것이 낫겠다 싶었다.

"참 살다 보니 그런 말을 듣는 날이 오기도 하는구나 싶어서요."

"네?"

영문을 모르겠다는 희에게 사미는 아무것도 아니라는 듯이 살짝 미소를 머금었다. 안향이 내려놓은 차를 권하며 사미는 어지러운 마음을 다스리려 애써 차에 집중했다.

"그나저나 왕야께서 하루라도 빨리 오셔야 두 분의 혼인을 치를 텐데요."

"아."

혼인이라는 말에 희의 표정이 부끄러움과 복잡한 두려움으로 물들어갔다. 다정한 그의 품에 안겨 잊고자 했건만 막상 혼인이라는 인륜지대사를 치를 것을 생각하니 덜컥 두려움이 밀려들었다. 정말 모든 것을 잊고 그의 곁에서 새신부마냥 해맑게 웃을 수 있을까 하는 걱정이 들었다. 정녕 하륜국에 아무 미련도 없다고 자신할 수 있는지 스스로에게 물어보았으나 대답은 '없다' 였다.

"무슨 문제라도 있으십니까?"

흐려지는 희의 표정에 사미가 걱정스레 물었다. 자신만의 상념에서 깨어난 희는 어색하게 웃음을 흘렸다.

"아, 아버지께서 제 혼인식에 참석하실 수 없을 것 같아서……."

"그러고 보니 희 언니의 아버지께서는 어디 계신가요? 혹시나 오라버니와의 혼인을 반대하시면 어쩌지요?"

"그분은…… 제가 혼인을 한다는 사실만으로 충분히 축복해 주실 분입니다. 다만…… 행방이 묘연하여……."

말끝을 흐리며 얼굴빛마저 어두워지는 희의 모습에 사미는 안쓰러운 눈빛으로 혀를 찼다.

"어째 양가 아버님들이 다 똑같으십니다."

못마땅해하는 사미의 말에 희가 가까스로 미약하게 웃음 지었다.

"듣자하니 왕야께서도 여행을 많이 다니신다고요?"

"그건 여행이 아니라 방랑이지요. 몹쓸 방랑벽에 자식들 걱정이나 끼치시는……. 바보같이 여린 분이라 저러시는 것이지요."

거침없이 기현왕을 비난하는 사미의 말투 속에는 그래도 그에 대한 염려가 묻어 있었다.

"그러니 희 언니도 흉 오라버니 두고 먼저 죽거나 그러시면 안 됩니다. 흉 오라버니는 아니라고 하시지만 왕야의 판박이나 다름없으니까요."

짐짓 진지하게 당부하는 사미의 말에 희는 어색하게 웃기만 했다.

"정말 놀랐습니다. 세상에, 어찌 진성대군 저하를 순박하다고 표현할 수 있는지……. 진심일까요?"

돌아오는 길에 안향이 사미의 곁에서 침을 튀기며 호들갑을 떨었다. 사미 역시 스스로가 상당히 객관적이라 생각하지만 희의 의견만큼은 쉽게 납득하기가 어려웠다.

"그러게 말이다. 그래서 콩깍지가 씌었다는 말이 나오잖느냐. 희 언니 눈에는 정말 그리 보이시는 것이겠지."

"정말 살다가 그런 소린 처음 듣습니다."

"그러니 천생연분이라 하지 않겠느냐? 희 언니 눈엔 그리 보이시니 오라버니가 두렵지 않으시겠지. 오히려 난 괜찮다고 생각한다."

"네에?"

다시 생각해 보니 희의 발언이 상당히 충격적이긴 하지만 나쁘지만은 않다고 생각했다.

"오라버니를 그리 생각하시니 대하는 것도 남다르겠지. 늘 상대방의 시선 속에 상처 입으신 분이다. 타고난 외모를 어찌할 수는 없으니 오라버니의 상처도 클 테지. 그러나 희 언니 눈에 그분이 순박하게 보인다면 그렇게 다정히 대해주시겠지. 오라버니께서 다행히 여인을 잘 만나신 것 같다. 이래서 연분은 하늘이 정해주는가 싶구나.”

“그런가요? 뭐, 아가씨께서 그렇다고 하신다면 그런 것이겠지요.”

별당을 벗어날 즘 꺾어진 골목에서 큰 걸음으로 걸어오는 휼과 하마터면 부딪칠 뻔했다.

“아이쿠, 사미야. 괜찮으냐?”

가까스로 발걸음을 멈춘 덕에 사미를 밀치지 않아 안도의 숨을 내쉬며 휼이 걱정스레 물었다. 그의 이야기를 하던 도중이니 불쑥 나타난 휼의 등장에 사미가 크게 놀란 표정이었다. 그녀의 표정을 오해한 휼이 걱정스럽게 바라보자 이내 정신을 수습한 사미가 아무렇지 않다는 얼굴을 했다.

“괜찮습니다. 헌데 어딜 그리 급하게 가시는지요?”

이 길이 어디로 통하는지 알면서도 사미는 짓궂게 물어왔다. 광대뼈 부근으로 은은히 홍조가 띠며 쑥스러워하는 휼의 모습에 사미는 웃음을 삼키며 그에게 길을 비켜주었다.

“마침 희 언니를 보고 오는 길이랍니다. 방에 계시니 가보시어요.”

“그래, 고맙다.”

“참, 오라버니.”

“응?”

쑥스러워하면서도 행복한 표정을 짓고 있는 휼의 모습이 반가워 사미가 살짝 그를 불러 세웠다.

“오라버니와 희 언니, 정말 잘 어울리세요. 오라버니께서 희 언니를 원하신 것이 탁월한 선택인 것 같습니다.”

“그…… 그러냐?”

사미의 찬사에 휼이 더욱 몸 둘 바를 모르며 쑥스러워하였다. 잘 어울린다는 말이 그렇게나 좋은지 몸을 배배 꼬는 휼의 모습에 헛웃음이 나오면서도 아주 오랜만에 무척이나 행복해하는 그를 보자 사미 역시 마음이 뿌듯해졌다.

“가보세요.”

“그래, 너도 살펴가거라.”

허둥지둥 희에게 달려가는 휼의 뒷모습을 사미는 흐뭇하게 바라보았다.

“저리도 좋으실까.”

12장

황후는 그의 알현을 무시하기만 하고, 교강은 기현왕부에서 자신을 찾는다고 그에게 돈을 뜯어가 자취를 감추어 이리저리 기댈 데가 없는 인원은 하루하루가 가시방석만 같아 숨이 턱턱 막혀 견딜 수가 없었다. 결국 생각해 낸 것이 중성을 떠나는 것이었다. 한동안 떠나 있다가 사태가 잠잠해지면 그때 다시 중성으로 돌아오면 된다고 생각한 인원은 어디가 좋을까 고심하다 서남쪽 경부 지방으로 가닥을 잡았다. 항상 따뜻한 기후로 일 년 내내 꽃이 지지 않는다는 경부를 떠올리자 더할 나위 없는 선택에 흐뭇해하며 서둘러 가솔들을 다그치며 짐을 꾸리기 시작했다.

느닷없이 왜 중성을 떠나느냐 투정 부리는 처들에게 험악하게 손찌검을 해대며 얼른 짐을 꾸리라 윽박질렀다. 아니, 차라리 가서 새로운 첩을 끼는 것이 낫겠다 싶어 인원은 처첩들을 몽땅 남아 있게 한 후 시중들 몇만 데리고 떠나기로 했다. 감시가 삼엄한 중성 동문을 벗어나자 그제야 살 것 같던 인원은 크게 안도의 숨을 내쉬었다. 중성이 멀어지면 멀어질수록 마음이 더욱 편안해졌다. 그때 갑자기 주변이 소란스러워졌다.

"무슨 일이냐?"

경부로 향하는 길목을 들어서는데 느닷없이 일행의 앞을 막는 이들로 소란스러워졌다. 험상궂게 생긴 장정 여럿이 그들을 둘러싸자 혼이 빠져나갈 만큼 놀라고 말았다.

"누, 누구냐?"

복면을 쓰고 있는 사내들은 일부러 상품에 값을 매기는 듯한 시선으로 인원을 주욱 훑어 내려갔다. 그 시선에 덜컥 겁이 났지만 사람들 앞에서 약한 모습을 보이기 싫어 애써 큰 소리로 호통을 쳤다.

"무, 무엄하다! 이 내가 누군지 알고 감히 길을 막느냐?"

도를 어깨 위에 걸치고 있는 맨 앞의 사내가 코웃음을 치는 모습이 보였다.

"무…… 무엄한 놈 같으니……."

그 모습에 인원이 펄쩍 뛰었지만 사내는 아랑곳하지 않고 다른 사내들에게 신호를 보냈다. 불안한 마음으로 그들을 지켜보던 인원은 사내들이 다가오자 더럭 겁이 났다.

"뭐, 뭐냐? 오, 오지 마라."

"시끄럽다. 꼭 개구리같이 생긴 놈이 무슨 말이 많아?"

사내는 인원을 말 위에서 거칠게 끄집어 내리자 인원은 얼른 돌아보며 구원을 요청했다. 함께 데려온 무사들이 얼른 자신을 구해주길 바라서였다. 그러나 뒤를 돌아본 순간 그가 고용한 무사들이 인원의 시종들을 에워싸고 위협하는 것이 아닌가?

"아…… 아니, 네놈들이 한패거리더냐?"

"이제 알았수?"

인원의 목덜미를 움켜잡고 있는 사내가 히죽 웃자 누런 이가 보기 흉하게 드러났다.

"뭐…… 뭘 원하느냐? 난 황후의 오라비다. 원하는 것은 뭐든지 다 들어줄 테니 목숨만은 살려다오."

"아이구, 그러십니까?"

인원의 말에 사내가 연극조로 얼른 허리를 굽히며 굽실거리자 금세 의기양양해진 인원은 자리를 털고 일어나 으스대기 시작했다.

"험험, 이 몸을 몰라본 일이나 자네의 무례는 내 용서해 주도록 하지."

몸을 돌려 빠져나가려는 인원의 목덜미를 다시 낚아채며 사내가 히죽거렸다.

"웃기고 있네. 네놈이 황후의 오라비면 난 옥황상제다."

어안이 벙벙한 인원의 얼굴을 바짝 끌어당기며 사내는 소리 죽여 위협했다.

"넌 이미 내 노예니까 쓸데없는 짓 하면 죽는다."

"이, 이것 놔라. 누가 네놈의 노…… 컥."

대장의 손에서 벗어나려 버둥거리자 대번에 거친 발길질이 인원에게 쏟아졌다.

"아이고, 나리. 왜 이러십니까? 살려주십쇼. 한 번만 살려주십시오."

태어나서 처음으로 무참하게 짓밟히는 경험을 한 인원은 막무가내의 폭력에 굴복하고 눈물콧물 빼며 두 손을 모아 싹싹 빌었다.

"헹, 이제야 정신을 차니 모양이군."

실컷 밟았는지 속이 시원해진 사내가 의기양양하게 소리쳤다. 오래전에 인원에게 정인을 빼앗기고 그의 부하들에게 모진 수치마저 받았던 기억이 떠오르자 진절머리를 내며 이를 아득 갈았다. 결국 강제로 욕을 본 그의 정인이 그의 세 번째 첩으로 들어가 눈물로 세월을 지새우고 있다는 소리에 분을 참을 수가 없었다. 이 일을 사주한 사람이 인원을 노예로 어디론가 팔아버릴 터이니 정인을 데리고 멀리 도망쳐 살 수 있는 자금을 주었다. 비록 이 돼지 같은 사내에게 몸은 빼앗겼지만 마음만은 여전히 그의 것이기에 사내는 당장이라도 쳐죽이고픈 마음을 달래며 인원의 얼굴 위로 침을 내뱉었다.

멀리서 그 모습을 지켜보던 윤의 입매가 고소로 일그러졌다. 이미 인원의 시종들은 자유의 몸으로 풀어주어 제 갈 길 가라 보냈고, 인원은 윤이 사주한 사내들의 손에 이끌려 상천국을 노예로 돌아다니다 둥형으로 향하게 될 것이었다. 한주보다 더 혹독하고 매섭게 춥다는 둥형에서 모진 고생을 하게끔 미리 손을 써둔 상태였다.

"이런 인정을 베푸는 건 내 취향이 아니지만 어찌 됐든 황후의 오라버니에다 태자의 숙부시니 정신 좀 차리는 게 좋을 것이오. 당분간을 돌아올 길이 막막하긴 하나 그대가 인간이 되었다 싶으면 자비를 베풀지도 모르니 개과천선하길 절대 바라지는 않겠소."

사미를 넘보았다는 더러운 음심만으로도 갈기갈기 찢어 죽여도 시원찮을 노릇이지만 황후의 오라버니였다. 내치긴 했어도 혈육의 정마저 내치지 못한 황후 덕분에 그나마 목숨을 건진 것이라 비웃으며 윤은 그들에게서 등을 돌렸다.

"형님, 드릴 말씀이 있습니다."

희가 깨어나고 며칠 동안 마음을 졸이던 윤은 인원의 일을 처리하고 나서 겨우 결심을 굳히고 휼의 집무실로 들어섰다. 심각한 표정의 윤을 본 휼은 이내 불길한 예감이 들었다. 마치 희에 관한 이야기인 것 같아 마음이 언짢기 시작했다.

"화 낭자에 대한 이야기입니다."

그의 예감은 적중했다. 휼이 긴장된 표정으로 윤의 입술이 열리기를 기다렸다.

"사실…… 말씀드리지 않은 것이 있습니다. 화 낭자에 대한 형님의 마음이 깊어 말씀을 드려야 할지 말아야 할지 망설였지만 아무래도 아셔야 할 것 같아 말씀을 드리겠습니다. 사실, 화 낭자는 한주 사람이 아닙니다."

알게 모르게 휼의 몸에서 긴장이 빠져나갔다.

"아아, 하륜국의 사람이라 말하고 싶은 게냐?"

별거 아니라는 듯 휼의 어조에 윤의 미간이 꿈틀거렸다.

"알고…… 계셨습니까?"

"그래."

"그럼 화 낭자께서 하륜국 왕실 위사라는 것도요?"

그제야 휼의 시선이 날카로워지기 시작했다.

"그게 무슨 소리냐?"

"화 낭자는 하륜국 왕족의 호위위사입니다. 그것도 하륜국 전대 왕의 고명딸을 지키는……."

뜻밖의 사실에 휼의 표정이 굳어버렸다. 역시나 하는 생각에 윤이 조금은 누그러진 어조로 덧붙였다.

"이번에 등극한 령후왕의 누이이기도 한 설화 공주의 호위위사라고 합니다. 아마도 반역죄를 쓰고 설화 공주와 국경 부근으로 달아나다 사고를 당한 모양입니다."

"그렇다면 그 공주는?"

굳은 어조로 공주의 행방을 묻는 휼의 말에 윤이 무거운 한숨을 내쉬었다.

"그게…… 저희가 화 낭자를 발견한 곳은 산지기 오두막에서였습니다. 아마도 산지기 노인이 그녀를 구한 것 같아 공주의 행방은 알지 못합니다."

"산지기 오두막이라고?"

혼란스러워하는 휼의 눈빛에 윤은 이 이야기를 해야 하나 망설이다 결국 털어놓고 말았다.

"아마도 산지기 노인이 구해준 모양인데 웬 무뢰배들에게 욕을 보이려다 무의식중에 모두 살해한 것 같습니다."

"뭐라?"

역시나 그 부분에서 휼이 두 눈을 번득이며 노기를 드러냈다.

"산지기 노인 곁에서 며칠 동안 얇은 옷차림으로 앉아만 있어 늦었다면 결국 목숨을 잃었을지도 모릅니다. 겨우 눈에 보이는 외상을 치료하고 있던 차에 형님께서 월추군사를 보내서 함께 중성으로 온 것입니다."

가만히 윤의 말을 듣고 있던 휼은 그제야 석연치 않던 점들이 납득이 가는지 작게 고갯짓을 했다.

"헌데 네가 어찌 그 사실을 안 것이냐?"

한 가지 의구심을 가지고 묻는 휼의 말에 윤은 머리를 긁적이며 답변했다. 차마 호기심 때문이라 말하기 그러하여 생각해 두었던 답변을 내놓았다.

"처음 화 낭자를 발견했을 때 그만한 미인이 알려지지 않았다는 점도 기이했거니와 여인이 다루는 검치고는 상당한 명검인데다가 그만한 빙화석 머리꽂이를 가지고 있다는 점도 수상하여 좀 조사를 해보았습니다. 화 낭자가 소유하고 있는 희백검의 독특한 내력 때문에 더욱 쉽게 알아냈고요."

"독특한 내력?"

"그 검은 왕실 무도회에 입상하여 공주의 호위무사가 되면서 공주의 어미 되는 여인에게서 하사받은 것이라 하더군요."

"그래?"

왕실 무도회에 입상까지 하였다는 말에 휼의 눈빛이 반짝거렸다. 그렇잖아도 희의 실력에 궁금하던 참이었다.

"애초에 여인이 다루도록 주문 제작되어진 것인지 보통의 검보다는 가볍고 얇은 폭에 눈에 띄는 백피로 감싸져 있는 데다가 다루는 사람 때문에서라도 꽤 많이 알려져 있다 하였습니다."

"흠."

가만히 턱을 어루만지며 생각에 잠겨 있던 휼이 불쑥 말을 꺼냈다.

"헌데 왜 이제야 말을 하는 것이냐?"

의심스러운 표정을 짓는 휼에게 윤은 잠시 망설이다 힘겹게 대답했다.

"형님께서 너무 화 낭자에게 빠지는 것이 아닌가 우려되었습니다."

"그러면 안 되는 것이냐?"

태연하기 그지없는 휼의 대답에 오히려 윤이 당황하고 말았다.

"그, 그렇지는 않습니다만, 혹여나 그녀가 떠나겠다고 한다면……."

쾅!

휼의 주먹이 탁상 위를 힘껏 내려쳤다. 그 박력에 잠시 밀린 윤이 움찔한 표정으로 휼을 바라보았다.

"절대! 절대 보내줄 일이 없다."

노기 탱천한 휼의 모습에 만류할 때는 이미 지났음을 간파한 윤이 체념 어린 어조로 말했다.

"그러나 모릅니다. 화 낭자는 하륜국의 사람이잖습니까? 돌아가겠다고 한다면……."

"반역죄를 물어 달아났다고 하지 않았느냐? 돌아간다면 죽음뿐이거늘 돌아갈 이유가 있겠느냐? 설령 간다 할지라도 내가 보내지 않아."

그 말을 끝으로 휼은 자리에서 벌떡 일어나 집무실을 나가 버렸다. 그렇지 않다는 것을 알면서도 당장 희의 존재 여부를 두 눈으로 확인하고 싶은 마음에서였다.

떠날지도 모른다는 윤의 말이 뇌리를 계속 맴돌고 있었다. 그 때문에 휼의 발걸음이 더욱 급하게 별당을 향하고 있었다.

성큼성큼 다가오는 휼의 급박한 기척을 느꼈는지 희는 서둘러 희백검의 손질을 멈추고 방 밖으로 나가 그를 맞이했다.

"무슨 일이 있으셨습니까?"

무언가에 화난 듯 잔뜩 굳어 있는 휼의 표정에 희가 걱정스럽게 물었다. 다정하게 물어오는 목소리에, 시선에 감격한지 휼이 손을 내밀어 그녀를 와락 끌어안았다.

"저하?"

휼의 우악스런 힘에 갇히다시피 한 희가 답답한 목소리로 힘겹게 그를 부르자 한참 만에야 휼이 정신이 든 듯 그녀를 풀어주었다.

"왜 그러십니까?"

의아해하는 희를 물끄러미 바라보던 휼은 가만히, 이번에는 적당한 힘으로 그녀를 끌어안았다. 누가 볼세라 빠져나오려 품 안에서 꼼지락거리는 그녀의 온기를 느끼며 안도감에 가만히 미소 지었다.

"뭐 하고 있었소?"

한참 만에 그녀를 풀어준 휼은 부드럽게 눈동자를 휘며 물었다. 뜬금없는 그의 행동에 영문을 알 수 없었지만 다정하게 미소 짓는 모습에 희는 그냥 넘어가기로 했다.

"그냥…… 오랜만에 검을 손질하고 있었습니다."

말을 끝내자마자 아차 싶었다. 휼이 눈을 반짝이고 있었던 것이었다. 그렇잖아도 그녀에게 내내 비무를 신청하는 것을 거절하고 있던 터라 안 좋은 예감이 들었다.

"호오, 드디어 나와 비무를 할 마음이 생긴 것이오?"

반색하는 휼의 말에 희는 그럴 줄 알았다며 한숨을 내쉬었다.

"왜 그리 저와 비무를 못해 안달이십니까?"

"흠, 그야……."

이유를 떠올리던 휼은 그만 입을 다물고 말았다. 첫 번째는 희백검이라는 명검을 소유하고 있기에 생긴 실력에 대한 호기심이었고, 두 번째는 괴한들을 모두 물리치고도 상처 하나 없기에 생긴 무인으로서의 순수한 열정이었고, 세 번째는…… 세 번째는 검을 휘두르는 희를 상상하는 것만으로도 이상하게 피가 들끓는 기묘한 열기에 따른 것이었다.

"저하?"

자신을 내려다보는 휼의 눈빛이 점점 열기로 일렁거리자 희가 불안한 목소리로 그를 불렀다. 점점 익숙한 표정으로 바뀌는 그의 표정에 등 뒤로 식은땀이 주르륵 흐르고 말았다. 설마 이 대낮부터겠냐 싶어도 은근히 퍼지는 우려감에 희가 슬그머니 뒷걸음질을 쳤다. 그 사실을 깨달은 휼의 짙은 눈썹이 불쾌한 듯 일그러지자 희는 어설프게 웃으며 변명했다.

"음, 조금 더워서요."

덥다는 사람이 경계 어린 몸짓으로 그를 대하자 휼의 눈빛이 가늘어졌다. 순간 사냥꾼의 번득이는 눈빛을 발견한 희가 재빨리 몸을 피했으나 이내 휼의 손아귀에 잡혀 그의 어깨 위로 들쳐지고 말았다.

“꺄악! 저하, 내려주세요.”

순식간에 그의 어깨 위로 들쳐진 희는 비명을 내지르며 발버둥을 쳤다.

“흥, 내려놓으면 또 달아나게?”

짐짓 심술궂게 대꾸한 휼이 얼른 희의 방 안으로 들어가 발로 쾅 소리가 나도록 문을 닫고 성큼성큼 침상으로 걸어갔다. 휼이 향하는 곳을 확인한 희는 더욱 기겁하여 필사적으로 발버둥을 쳤다.

“저하, 저하. 아직 낮입니다. 진정하세요.”

침상 위로 내동댕이쳐진 희는 몸 위로 서서히 내려오는 휼의 어깨를 밀치며 혼비백산한 어투로 소리를 질렀다. 희의 소리에 잠시 몸을 멈춘 휼이 짐짓 고민하듯 눈동자를 굴리더니 이내 빙긋 웃으며 다시 침상 위로 기어올라 갔다.

“그게 어때서?”

“저, 저하.”

당황한 희가 황급히 휼을 밀쳐 내려 했으나 그의 힘을 막기에는 역부족이었다. 익숙하게 앞섶으로 파고드는 휼의 손길에 희는 누가 올까 봐 쩔쩔매며 그를 만류했다.

“저하, 누가 듣습니다. 이러지 마세요.”

“들으라지.”

태연자약한 휼의 태도에 더욱 식겁한 희는 결국 자포자기의 심정으로 소리쳤다.

“알았습니다. 비무든 뭐든 할 테니 제발 그만두세요.”

그제야 휼의 손길이 멈추었다.

“흠, 정말이오?”

빙그레 웃는 휼의 표정에 희는 자신이 그의 계략에 넘어갔음을 깨닫고 분한 듯 입술을 부루퉁 내밀고 그를 흘겨보았다. 그러자 휼은 히죽 웃으며 톡 튀어나온 희의 입술에 쪽 소리가 날 정도로 입을 맞추었다.

“그건 그거고 이건 이거지.”

겨우 멈추나 싶던 휼의 손이 더욱 깊숙이 파고들자 잠시 안도감에 젖었던 희는 시뻘겋게 얼굴을 붉히며 그의 손길을 제지하는 데 여념이 없었다.

“저하, 낮입니다. 제발 체통을 지키시어요.”

거의 애걸하다시피 만류하는 희의 요청에 휼은 못내 아쉬운 듯 그녀에게서 몸을 일으켰다. 벌겋게 달아오른 희의 얼굴이 금방이라도 터질 것 같았다. 더 했다간 울음이라도 터뜨릴 것 같은 분위기에 애써 욕망을 억누르며, 매무새를 가다듬는 희를 바라보았다. 살짝 그에게서 등을 돌린 채 매무새를 가다듬는데 말아 올린 머리 아래로 붉은 물이 함뿍 배인 목덜미가 보였다. 한 손이면 쥐고도 남을 것 같은 가련한 품새에 미묘한 흥분이 찾아들었다. 슬쩍 팔을 뻗어 끌어안은 다음 그녀의 목덜미에 고개를 파묻어보았다. 당황했는지 움찔거렸지만 그가 더 이상 움직일 기미를 보이지 않자 이내 긴장을 풀고 편안히 그에게 몸을 기대왔다.

"그대 향기가 좋소."

이상하게도 그녀는 체취가 아주 약한 편이었다. 때문에 쉽게 그의 체취가 묻어가곤 했다. 그러나 은근히 무방비한 그녀의 드러난 목덜미에 코를 박자 아주 미약한 연(蓮) 향이 느껴졌다.

"향이요?"

희는 사향을 쓰지 않고 목욕할 때도 꽃잎을 쓰지 않았다. 예전에 남하에 살 때는 어느 귀족 여식 못지않게 호화로운 향욕(香浴)을 즐겼지만 윤조에서의 일 때문에 체취를 강하게 할 수가 없었다. 가능하면 자주 씻어 몸에 배인 피내음을 없애곤 하여 그녀에게서는 물내음 외엔 맡기가 힘들었다. 그런데 휼은 그녀에게서 향이 난다 하였다.

"음, 좋은 향이 나오. 다정하고 부드러운, 그대만의 향이……."

기분 좋은 듯 중얼거리는 휼의 속삭임에 희도 마음 한구석이 따뜻해져 갔다. 허리춤을 끌어안은 휼의 손등 위로 자신의 손을 가만히 포개어 온기를 나누었다.

공기를 가르며 날카롭게 그의 허리를 찌르고 들어오는 희백검을 간발의 차로 막아냈다. 귓가를 때리는 날카로운 마찰음이 일었다. 휼은 내심 왼손으로 상대하겠다고 약조한 것을 후회하는 중이었다.

기어이 희에게서 비무 승낙을 받은 흘은 여전히 머뭇거리는 희에게 내키지 않아하는 그녀의 망설임을 남녀 간의 힘 차이 때문이라 생각하곤 자신은 왼손으로 상대하겠다고 큰소리쳤다. 그 말에 불쾌한 빛이 희의 눈빛에 스며들었지만 너무 얕잡아보아 그런 것이라 여기고 흘은 대수롭지 않게 여겼다.

"너무 오랫동안 방 안에만 있으면 갑갑하잖소. 가볍게 상대하자는 것이니 너무 부담 갖지는 마시오."

그의 생각대로 상대하는 것이 부담스러운 것이 아니라 다시 희백검을 잡는다는 것이 꺼림칙했던 희였으나 결국 그의 도발에 넘어가 비무를 승낙하고 말았다.

처음에는 그녀의 실력을 가볍게 알아볼 겸 장난삼아 검을 맞댔지만 이내 매섭게 들어오는 희의 날카로운 공격에 허를 찔리고 말았다. 생각보다 날카롭고 빠른 공격에 당황했지만 여유를 버리지 않은 흘에게 희가 생긋 웃어 보였다.

"그럼 가볍게 가볼까요?"

왠지 그녀의 말투 속에 담긴 가시를 느낀 흘은 자신이 그녀의 자존심을 건드렸다는 것을 깨달았지만 이미 늦어버렸다. 빠르고 매섭게 달려든 그녀의 검을 받아치며 왼손으로는 계속 상대하기가 어렵다는 생각이 들었다. 후원에 침입하여 사미를 납치하려 했던 괴한들을 제압했다던 말을 듣고도 이 정도일 것이라고는 상상도 하지 못했다. 방금 그의 콧날을 스쳐 지나가는 매서운 공격에 등골이 서늘해졌다.

"이거, 아무래도 내가 그대를 너무 과소평가한 모양이오. 진심으로 상대해도 되겠소?"

그제야 휼이 자신의 실수를 순순히 인정했다. 분위기를 바꾸어 진지하게 비무를 바라는 휼에게 희는 몸을 바로 세우며 마찬가지로 진지하게 대답했다.

"바라던 바입니다."

두 사람이 몸을 바로 세우고 진지하게 상대방을 겨루자 두 사람의 주위로 긴장감이 흐르기 시작했다. 근처에서 연습을 사던 왕부의 사병들도, 지나가던 시종들도 삼삼오오 몰려들어 두 사람의 비무를 지켜보기 시작했다.

선방은 희가 먼저였다. 공기를 가르듯 날카롭게 검을 휘두르며 원을 돌듯 연속적으로 공격하는 그녀의 검을 아슬아슬한 거리로 받아치는 휼의 이마로 굵은 땀방울이 흘러내렸다. 사내들처럼 무거운 공격은 아니지만 빠르게 치고 물러서는 재빠름이 있었다. 지아비 될 처지에 쩔쩔매는 모습을 보일 수도 없고 그렇다고 전력으로 상대하자니 희가 다칠 것만 같아 휼은 공격은 엄두도 내지 않고 희의 공격만 가까스로 막아내고 있었다.

"진심으로 상대해 주시겠다더니 어찌 공격을 하지 않으십니까?"

뒤로만 물러서는 그를 불만스럽게 노려보았다.

"미안하오. 생각 밖의 실력에 잠시 탄복하던 중이라 그렇소. 그렇지만 그대도 진심으로 상대하고 있는 것은 아니잖소."

은근히 자존심 상한 희의 어조에 휼은 자신의 잘못을 인정하
고 다시 마음을 가다듬었다. 같은 무인으로서 자신의 태도에 희
가 기분 나빠하고 있다는 알았기 때문이다. 그러나 조금 전부터
느꼈던 미묘한 이질감의 정체를 깨달은 휼이 살짝 나무라듯 말
하자 희의 안색이 미미하게 굳어버렸다.

"내 말이 틀리오?"

잠시 떠본 말에 희가 정색하자 휼은 내심 단단히 마음을 먹었
다. 이내 희의 한숨 같은 대답이 흘러나오고 그녀의 눈빛이 서
늘하게 가라앉기 시작했다.

"아니, 맞습니다. 소녀가 감히 저하를 기만하였습니다."

"그럼 이제 서로 진정한 실력으로 상대해 보겠소?"

점점 기대감으로 두근거리는 마음을 힘겹게 가라앉혔다. 무
인으로서 강한 자와 상대한다는 기대감만큼 즐거운 것이 없기
때문이었다. 그러나 이내 휼의 눈빛이 진지하게 바뀌었다. 희의
분위기를 감지한 것이다. 조금 전과는 전혀 달라진 음산한 공기
의 흐름에 휼은 물론이거니와 주위를 둘러싸고 있는 사병들과
시녀들 또한 바짝 긴장하기 시작했다.

얼음장처럼 차가운 눈빛의 희를 마주하자 휼은 오감이 흥분
으로 떨리기 시작했다. 그러나 자신을 자신으로 보지 않고 한
명의 무인으로 바라보는 희의 시선에 그 역시 마음을 바짝 조이
며 단단히 검을 다잡았다.

사선 아래로 물 흐르듯 내려선 희의 검이 섬광같이 빠른 속도

로 휼의 가슴을 노리고 들어섰다. 검 끝을 바로하며 휘몰아치는 희의 검을 비스듬하게 막아서며 공격을 비껴냈다. 다음 공격까지 잠시 시간이 걸릴 줄 알았지만 유연하게 몸을 돌린 그녀가 허를 찌를 공격을 가까스로 막아내며 슬쩍 뒤로 물러나 좁힌 거리를 떨어뜨렸다. 가까스로 거리를 넓혀났다 싶더니 눈 깜짝할 새 사정거리로 다가오는 희의 속도에 감탄을 금할 수밖에 없었다.

군더더기 하나 없이 깔끔하게 급소만을 노리며 매섭게 공격해 오는 희의 무표정한 얼굴이 묘하게 마음을 아프게 만들었다. 이것이 그녀가 감추고자 했던 그녀의 진정한 모습이 아닌가 싶어 안쓰러웠지만 숨 돌릴 틈 하나 주지 않고 공격해 오는 희 때문에 더 이상 생각이란 것을 할 수가 없었다.

검 끝을 아래로 비스듬하게 세우며 잡은 손을 다잡는 모습이 눈에 들어왔다. 그녀의 몸이 회전하더니 화려한 꽃송이를 본 듯한 착각이 일었다. 잠시 그녀의 화려한 몸놀림에 시선을 빼앗겨 위협적으로 날아드는 검 끝을 놓칠 뻔했다. 그러나 구사일생으로 팔을 휘둘러 막아내고 그녀의 품 안으로 파고들어 재빨리 허리를 낚아챘다. 그리고는 주변의 시선 따위는 아랑곳하지 않고 그녀의 허리를 꺾어 뒤로 젖힌 다음 뜨겁게 입을 맞추었다.

자신의 공격을 막아내는 순간 자연스럽게 다음 수를 쓰려던 희는 자신의 허리를 감싸는 휼의 손길을 느끼고 손속을 늦추었다. 뒤늦게서야 이것이 비무일 뿐이라는 생각이 떠올랐다. 그

틈을 타 휼의 입술이 자신에게 와 닿자 주변에 즐비한 시선들을 떠올리며 희가 두 눈을 부릅뜨고 그의 가슴을 떠밀었다.

"도대체!!"

체면이고 뭐고 없냐고 다그치려다가 휘파람을 불며 내지르는 사병들의 환호성에 얼굴을 붉힌 채 씩씩거리며 연무장을 떠나고 말았다. 창백한 희의 안색이 마음을 적셔 비무 중에 저도 모르게 그만 그녀의 입술을 훔치고 만 휼은 겨우 그가 알고 있는 그녀의 모습으로 돌아와 씩씩거리며 화를 내자 그 모습이 너무나 사랑스러워 히죽 웃기만 했다. 토라진 얼굴로 연무장을 떠나는 그녀의 뒤를 쫓으려다 한심한 표정으로 서 있는 월추를 발견했다.

"왜 그렇게 보는가?"

"저하께서 너무 한심해서 그렇습니다. 그리도 좋으십니까? 사내의 채신머리도 다 팽개칠 만큼 말입니다?"

그러자 휼이 바보처럼 천연덕스럽게 히죽 웃으며 물었다.

"자네는 여인에게 빠져본 적이 있는가?"

뜻밖의 질문에 월추의 표정이 일그러졌다. 곰곰이 생각한 끝에 고개를 저었다.

"없습니다."

그러자 휼의 입가가 의미심장하게 살짝 말려 올라갔다. 눈빛도 부드럽게 휘면서 말이다.

"그럼 더 이상 잔소리하지 말게."

마치 월추 자네가 모르는 일이니 간섭하지 말라는 뜻 같았다. 그 미소를 본 순간 월추는 왜 그리 속에서 열불이 나던지, 마치 아무것도 모르는 무지렁이가 된 기분에 조금 자존심이 상한 표정이었다.

뒤에 남아 씨근덕거리던 월추는 군사들 틈에서 리온을 발견하고 눈을 반짝였다. 다른 사내들과 조금 전 일을 웃으며 이야기하는 리온의 모습이 단연 돋보였다. 잘 그을린 구릿빛 피부에 짙은 쌍꺼풀이진 한 쌍의 눈동자가 신비스러울 정도였다. 사내답게 각이 진 턱 선, 옷 위로도 도드라져 보이는 단단한 가슴 근육과 탄탄한 허벅지. 생각만 해도 가슴이 설렐 지경이었다.

"하아."

"하아."

어디선가 월추와 비슷한 나른한 한숨 소리가 동시에 들려와 정신을 차리고 주위를 둘러보자 언제 왔는지 안향이 곁에서 리온을 향해 침을 흘리고 있었다. 서로를 발견한 월추와 안향은 잔뜩 경계 어린 시선으로 상대를 노려보았다. 이미 서로의 목표가 같다는 사실을 파악한 것은 오래인 터라 둘은 연적이나 다름 없었다.

"남의 남자한테서 그만 침 흘리시지?"

안향이 먼저 선수쳤다. 조그만 계집애가 바락바락 대드는 것이 같잖아 월추는 코웃음을 칠 뿐이었다.

"흥, 냄새 나는 계집 주제에."

“어머? 저는 아이도 낳을 줄 모르는 사내인 주제에?”

서로의 시선이 다시 허공에서 번개처럼 파직거렸다. 이를 앙다물고 얄미워서 견딜 수 없다는 시선으로 서로를 노려보는 안향과 월추를 발견한 리온의 표정이 심상치 않았다. 서로를 끈질기게 노려보는 두 사람의 시선을 열렬한 애정의 시선으로 착각한 나머지 리온은 격렬한 질투심에 휩싸여 두 사람을 노려보고 있는 것이었다.

씩씩거리며 별당으로 돌아온 희는 생각만 해도 홧기가 치솟는지 영 분을 못 삭이는 표정이었다. 검을 거칠게 탁자 위에 올려두고 진정하려고 방 안을 서성거려 보아도 그 많은 사람들 앞에서 창피를 준 휼을 생각하자 도저히 마음이 가라앉지 않았다.

“아직도 화가 많이 났소?”

뒤따라온 휼이 미안한 듯 눈치를 살피자 희의 앙칼진 시선이 날아들었다. 위사 희로서의 자신을 버린다고 다짐한 이래 잊혀졌던 화연희의 본성이 서서히 드러나기 시작했다. 세상 누구보다 든든하게 자신을 지켜주고 위해주는 아비 덕에 거침없이 나아가던 성미가 조금씩 모습을 드러내고 있는 것이다.

“그 많은 사람들 앞에서 어떻게 그러실 수 있습니까?”

씨근덕거리며 그의 앞으로 득달같이 다가와 쫑알거리는 희의 입술이 너무도 맛있게 보여 다른 말은 하나도 들리지 않았다.

“제 말 듣고 계십니까?”

멍하니 그녀의 입술만 바라보는 휼의 태도에 더욱 성이 나 언성을 높이자 그제야 들었는지 휼이 멍한 시선을 허둥지둥 들어 올렸다.

"제 말 하나도 안 듣고 계셨지요?"

눈을 가늘게 뜨고 입술을 잘근거리는 희의 화난 표정이 휼의 눈을 사로잡았다. 휼의 눈빛이 심상치 않게 짙어지자 그 익숙한 표정에 희가 당황스러워 주춤거리며 뒤로 물러났다.

"왜……?"

눈 깜짝할 사이에 휼이 희의 얼굴을 양손으로 잡아채더니 열렬히 그녀의 입술을 탐하기 시작했다. 짓누르다시피 막무가내로 탐하는 휼의 입술에 미약하게 반항하던 희는 엉덩이에 닿는 탁자의 감촉에 언젠가의 밤의 기억이 되살아났다. 이 다음에 어떤 일이 벌어질지 충분히 예상한 희가 재빨리 그를 밀어내려 했으나 동시에 그녀의 등이 탁자 위로 눕혀지고 말았다.

"저하, 아직 해가 떠 있습니다. 이러지 마시라니까요. 누가 보면 어쩌려고?"

허겁지겁 그녀의 치맛자락을 들추는 휼을 만류하며 희가 소리 죽여 소리쳤으나 그는 들은 척도 하지 않았다.

쨍그랑.

"헉! 죄, 죄송…… 저는, 저는……."

아직 열려진 문밖에서 차를 준비해 오던 소아가 얼굴을 잔뜩 붉히며 어쩔 줄 몰라 허둥거리고 있었다. 소아의 모습을 발견하자 희는 재빨리 휼을 밀쳐 냈지만 꿈쩍도 하지 않는 휼은 오히려 그의 팔로 그녀를 더욱 조여들었다.

"문 좀 닫거라."

그리고 소아에게 태연하게 문을 닫으라 명했다. 소아가 허둥지둥 문을 닫고 사라지자 다시 그녀의 옷고름을 푸는 데 집중했다.

"저하!"

소아에게 낯 뜨거운 장면을 들킨 희가 짜증스럽게 그를 불렀지만 휼은 오히려 왜 그러냐는 표정으로 그녀를 내려다보았다.

"남들 보기 부끄럽지도 않습니까? 도대체⋯⋯."

"우리가 몸을 나누는 일이 하늘 아래 부끄러운 짓이오?"

"그⋯⋯ 그런 것은 아니지만 도가 지나치시기에⋯⋯."

"내 여인을 내가 예뻐한다는데 뭐가 지나친 것이오?"

"남들이 뭐라고들 합니다."

"왜 그네들 말을 들어야 하지?"

당황해하는 희와는 달리 휼은 고집스런 얼굴로 풀어헤친 희의 가슴을 어루만졌다.

"하⋯⋯ 하지만 저하, 아직 날이 밝습니다. 그러니 그만 하시지요."

희의 가슴에 얼굴을 묻은 휼은 들은 척도 하지 않았다. 결국 참다못한 희가 주먹으로 힘껏 휼의 어깨를 내려쳤다.

"아흑⋯⋯."

부상을 입힐 생각은 아니었기에 단순한 정권이었다. 하지만 근육으로 단단한 사내의 육체를 간과하는 잘못을 저지르고 말았다. 때문에 때린 것은 희지만 도리어 아픈 쪽은 그녀였다. 어찌나 어깨가 단단한지 바위를 후려치는 것 같아 손목이 욱신거렸다.

"괜찮소?"

희가 손목을 부여잡고 신음을 흘리자 당황한 휼이 얼른 그녀의 손목을 살폈다. 그러자 희가 입술을 삐죽이며 못마땅하게 눈을 흘겼다.

"이게 누구 때문인데요. 그러게 하지 마시라니까."

"어쩔 수가 없잖소. 그대가 너무 고와서 환장하겠는걸."

희의 손목을 살피면서도 휼은 어린아이처럼 투덜거렸다. 은근한 투정에 희의 얼굴이 다 붉어질 정도였다.

"게다가 이미 소아도 봐버렸는데 뭐가 그리 걱정이오?"

"저하!"

희의 손목이 부러진 것 같지 않아 휼은 재빨리 희를 들어올렸다. 깜짝 놀란 희가 휼의 가슴을 콩콩 때리며 버둥거렸지만 휼은 아랑곳하지 않고 침상 위에 그녀를 눕히고 말았다.

"날이…… 이렇게나 밝은데……."

주위가 훤히 드러나는 햇빛이 싫은지 희가 미약하게 투덜거리자 휼이 침상 주위의 휘장을 단단히 둘렀다.

"정말이지……."

허둥지둥 걸치고 있던 옷을 벗어 젖히며 열기 가득한 휼의 표
정에 희가 못 말린다는 듯이 눈을 흘겼다. 작게 투덜거리는 희
의 주먹을 배시시 웃으며 맞아주면서 그녀의 옷자락을 벗겨냈
다. 결국 그의 뜻대로 몸을 내주게 된 희는 휘장을 뚫고 비추는
훤한 햇빛을 원망하며 두 손으로 얼굴을 가렸다.

"이렇게나 아름다운데 무엇을 감추려 드오?"

부끄러움에 얼굴을 가리는 희와는 달리 휼은 온전히 드러나
는 그녀의 나신에 탄성을 터뜨렸다.

"그래도……."

적나라하게 몸을 드러내는 것이 부끄러워 선홍빛으로 온몸을
붉히는 희가 사랑스러운지 휼은 드러나는 하얀 속살에 일일이
입을 맞추기 시작했다.

"편하게 있어요."

아직도 그와 살을 부비는 일이 어렵고 힘든지 희의 몸이 긴장
으로 뻣뻣했다. 힘겹게 미소를 지으며 긴장을 풀려 하는 그녀의
미소가 애처로워 휼은 안쓰러운 손길로 그녀의 뺨을 어루만졌
다. 손끝에 닿은 그녀의 조그만 발가락이 눈에 들어왔다. 긴장
으로 피부가 차가워져 있었다. 그의 새끼손가락보다 작은 그녀
의 엄지발가락이 앙증맞아 들어올려 입을 맞추었다.

"꺄앗."

생각지 못한 휼의 행동에 놀란 희가 미약한 비명을 터뜨렸다.
그의 손바닥보다 작은 발에 입을 맞추며 섬세한 발목을 쓸어 올

리자 아찔한 감각에 희의 몸이 전율했다. 그와는 달리 온몸이 부드러운 살로만 이루어졌는지 종아리 살도, 허벅지 안쪽도 모두 말랑거리고 부드러웠다.

"오늘은 멈추지 않을 거요."

휼의 숨결이 맨살에 닿는 것으로도 여전히 당혹스럽고 얼어붙은 희의 귀에 짓궂은 그의 목소리가 들렸다. 무슨 말인가 싶어 살곰 눈을 뜨는데 시선보다 감촉이 먼저 알아차렸다. 휼의 뜨거운 숨결이 은밀한 숲 위로 닿은 것이었다.

"저하!"

놀란 희가 황급히 그의 얼굴을 밀쳐 내려 했지만 그녀의 허리를 끌어안고 고개를 파묻은 그를 떼어내기가 쉽지 않았다.

"아…… 안 돼요."

필사적으로 그를 밀어내며 애원하였지만 휼은 들은 척도 하지 않았다. 오히려 더욱 깊게 고개를 파묻고 그녀를 자극할 뿐이었다.

"흑, 아흣."

온몸이 튕겨 나갈 것 같은 전율에 희가 허리를 비틀었다. 그러나 집요한 휼의 혀가 그녀의 꽃잎 사이를 헤집으며 비밀스런 숲을 샅샅이 정복하기 시작했다. 거침없는 그의 공격에 몸에서 서서히 힘이 빠져나가고 그 자리를 차지하는 것은 감질나는 열기였다.

"저하……."

단단해진 욕망으로 나긋해진 희의 음성에 그제야 휼이 고개를 들고 그녀 위로 올라왔다. 어찌할 수 없는 열기로 발그레 달아오른 희의 입술 위로, 코끝으로, 이마로 차례로 입을 맞추고 천천히 그녀 안으로 몸을 밀어 넣기 시작했다.

"하앗."

평소와는 달리 그를 버거워하면서도 그녀의 신음이 사뭇 달라져 있었다. 좀 더 뜨겁고 나긋하게 바뀌어 있었다. 그를 휘감는 속살도 훨씬 감칠나 있었다. 스스로도 느끼는지 살짝 눈을 뜬 그녀의 표정이 당혹스러워하고 있었다.

"이…… 이상해요."

"곧 괜찮아질 거요."

드디어 남녀 간의 정사의 비밀을 알게 된 듯한 희의 몸짓에 휼은 은근한 만족감을 드러내며 평소보다 더 격렬하게, 그리고 더 뜨겁게 그녀를 소유하기 시작했다.

모시는 주인의 은밀한 사정을 보고 만 소아는 너무 놀라 평소 절친하게 지내던 안향에게 달려가 훌쩍거리며 놀란 마음을 다스렸다. 그리고 소아에게서 소식을 전해 들은 안향은 바로 사미에게 달려가 이르듯이 고하였다. 그 말을 들은 사미는 못 말린다는 표정으로 눈살을 살짝 찡그렸다. 그리고 그들이 방을 나왔다는 소리를 듣고 나서 자신이 찾는다는 전갈을 보냈다.

"잘들 하십니다."

어차피 두 사람이 혼인을 올릴 것이라 왕부 안에서 두 사람의 정분에 대해 이러쿵저러쿵하는 이는 별로 없다지만 그래도 혼인을 올리기 전이라 사미는 한소리를 하지 않고는 배길 수가 없었다.

"철없는 애들도 아니고 어찌 눈만 마주치면 그리 불타십니까?"

자리해 있는 희와 휼, 그리고 사미 중 가장 연치가 어리지만 그 문제에 대해서는 가장 박식하다고 생각했기에 휼은 아무 말도 못한 채 무안한 표정으로 다른 곳으로 시선을 던졌다.

"아랫것들의 입방아도 좀 생각해 주시어요."

"내 안해 내가 아끼겠다는데 그게 뭐가 어째서⋯⋯."

불만스럽게 구시렁거리던 휼은 매섭게 빛나는 사미의 눈빛에 얼른 뒷말을 삼키고 딴청을 부렸다.

"두 분이 혼인을 올리려면 아직 시간이 많이 남았습니다. 혹시나 해서 여쭙는 것인데, 혹 예방조치는 하고 계신지요?"

"예방이라니?"

사미의 말을 이해하지 못한 휼이 순진하게 되묻자 사미가 답답한지 가슴을 내리쳤다.

"두 분, 혹 수태에 대해 아무 생각도 없으신 것이지요?"

그제야 사미가 말하는 의도를 알았는지 희의 얼굴에는 홍조가 더욱 짙어지고 휼은 기대감이 가득한 얼굴로 희를 돌아보았다. 그럴 줄 알았다는 듯이 사미가 눈살을 더욱 찡그렸다.

"정말 혼인 전에 별말들을 다 만드시려 하십니다. 아이 낳고 혼인을 올리려 드십니까? 흎 오라버니, 희 언니의 명예 같은 것은 조금도 생각해 주지 않으시는 겁니까?"

그녀의 배가 금방이라도 부풀어 오를 것처럼 잔뜩 기대를 품고 있던 흎의 표정이 사미의 다그침에 움찔하게 일그러졌다. 그로서는 아무래도 좋았던 것이다. 골치가 아픈지 사미가 한 손으로 머리를 감싸며 한숨을 내쉬었다.

"희 언니는 어찌 생각하십니까? 혼인 전에 아이를 낳으시겠습니까?"

희는 눈앞의 사미가 자신보다 더 어른스럽다고 생각했다. 그녀로서는 생각지도 못한 문제로 그들에게 설교를 늘어놓는 것이 당황스럽기도 하지만 내심 생각만 했던 문제를 끄집어내 준 것이 고마웠다. 열심히 도리질 치는 희가 섭섭한지 흎의 표정이 불만스럽게 일그러졌다.

"오라버니께서는 잠시 나가 계세요."

희의 곁을 떠나고 싶지 않았던 흎은 사미의 축객령에 미적거렸으나 희까지 나서서 떠밀자 아쉬움 가득한 표정으로 발걸음을 떼었다. 둘만 남게 되자 사미는 안쓰러운 마음으로 희를 위로했다.

"흎 오라버니 때문에 힘드시지요? 워낙 정에 굶주린 분이라 그러니 언니께서 관대하게 받아주세요. 그리고 우선 의원을 불러 수태가 되었는지 확인을 하고 아니 되었다면 수태를 막는 약을 드시는 것이 좋겠습니다. 왕야께서 한시라도 빨리 오셔야 이 난감한 상황에서 벗어날 텐데요.”

그 말에 동조하듯 민망한 빛을 지우지 못한 희가 미미하게 고개를 끄덕거렸다.

간만에 황제와 독대를 한 흉을 물끄러미 바라보던 황제가 툭 말을 내뱉었다.

“요새 그리도 바쁘다지요?”

종종 늦게 입궐하는 데다가 입궐하기가 바쁘게 퇴궐하고, 혹은 아예 오지도 않는 날이 잦자 황제가 그를 부른 것이었다.

“무슨 사무가 그리 바쁘시답니까?”

은근히 돌려 나무라는 황제의 말에 흉의 얼굴 위로 미미한 홍조가 올라왔다. 그 모습에 황제는 기가 막히는지 코웃음을 쳤다.

“그리도 그 여인이 좋으십니까? 정사도 잊으신 채 말입니다. 아주 신선놀음이 따로 없습니다.”

“혼인을 할 것입니다.”

뜬금없는 발언에 황제는 몸을 바로하고 반색했다.

“정말이십니까? 정말로 그 여인과 혼인할 생각이십니까? 그렇다면 한번 궁에 데려오십시오. 내 궁금해 몸살이 날 지경이오.”

“대신 폐하께서 혼례를 주례해 주십시오.”

“뭐라?”

혼인을 올리지 않았다고 뒷말들이 많다 하니 도저히 기현왕이 도착할 때까지 기다리지 못할 것 같아 휼은 대뜸 황제에게 혼인을 주선해 달라 청을 하고 있었다. 한시라도 빨리 세상에 그들의 혼인을 알려야 마음이 편할 것 같아서였다.

고집스런 휼의 얼굴에 서린 단호한 결심을 읽어 내린 황제는 어이가 없다는 표정이었다.

“그리도 급하오?”

머지않아 기현왕이 왕부로 돌아온다는 소식은 들었건만 그새를 못 참아 저리 안달하니 헛웃음밖에 나오지 않았다. 어느새 장성하여 그의 기억 속의 기현왕처럼 듬직한 모습으로 앞에 읊조리고 있는 휼의 모습에 묘한 감회가 돌았다.

아주 오래전 기현왕의 손에 이끌려 황궁에 왔을 때부터 휼은 아이답지 않은 체격과 과묵함으로 그를 불편하게 만들었다. 지금의 황제보다 나이가 많다는 것도 있지만 기현왕을 닮아서인지 체격도 성인에 가까웠다. 게다가 다른 아이들처럼 그의 비위를 맞추는 것도 아니고 놀아주는 것도 아니었다. 단지 그의 뒤에 한 발짝 물러나 정승처럼 그렇게 그를 지키고 서 있을 뿐이었다. 마냥 호기심 넘치고 제멋대로인 태자 시절의 어린 그에게 그런 휼은 그저 부담스러운 존재에 불과했다. 옆에서 내관들처럼 잔소리하지는 않았지만 무심히 바라보는 그 시선에 때때로 자신이 잘못하고 있다는 것을 깨달을 때면 심히 불쾌감까지 느끼곤 했다. 장차 이 나라의 황제가 될 자신을 무안하게 만든다는 이유였다.

그와 달리 윤은 살가운 태도로 태자를 즐겁게 만들어주었다. 언제나 즐거운 이야기를 들려주어 윤이 오는 것은 무척이나 반기고 있었다. 기현왕처럼 쾌활하고 서글서글한 윤은 휼과 함께가 아니면 입궁하지 않았다. 그래서 언제나 휼과 함께였지만 태자는 일부러 그를 무시했다. 그래도 휼은 아무런 표현도 하지 않고 묵묵히 그들의 뒤만 지킬 뿐이었다.

언젠가 태자가 윤을 꼬드겨 강학 시간에 후원으로 나가 논 적이 있었다. 어떻게 알고 휼이 그들 곁에 있었지만 돌아가라는 소리는 하지 않아 조금은 휼에 대한 마음이 풀린 태자였다. 다들 연등제 준비로 후원 쪽의 인적이 드물자 휼은 내심 초조해졌지만 겉으로는 표현하지 않았다. 윤은 휼의 마음을 깨닫고는 슬며시 태자에게 그만 돌아갈 것을 권해도 모처럼의 자유라 생각한 태자는 고개를 도리질 치며 거부했다. 난처해하는 윤이 어쩌지 못하는 사이 자객이 그들을 습격해 왔다. 아무리 휼의 무예가 뛰어나다 하나 그 역시 이제 막 열두 살을 넘긴 나이였다. 윤역시 태자를 보호하느라 그동안 익혀온 무예를 펼쳤지만 그의 나이 열 살에 불과했다.

휼이 자객들을 상대하고 윤이 태자를 보호하는 동안 다행히 후원의 소란스러운 기색에 금군들이 달려와 그들은 무사할 수 있었다. 그러나 휼은 이미 심하게 부상당한 뒤였다. 필사적으로 피투성이 된 몸으로 휼이 그에게 다가와 그의 안전을 염려했다.

"다치시진 않으셨습니까?"

그제야 태자는 휼의 눈동자 속의 숨어 있는 진심을 엿볼 수 있었다. 진정으로 그를 염려하고 아끼는 마음이 느껴져 그동안 자신이 저지른 장난들이 부끄럽게 생각됐다. 기현왕까지 달려와 휼에게 됐다고 말해주자 안심이 되었는지 그대로 기절하고 말았다. 이미 피를 많이 흘린 데다가 기력이 다한 탓이었다. 윤역시 휼만큼은 아니었으나 부상이 심했다. 그들 덕에 태자에겐 다친 상처 하나 없었다. 그 사실이 태자에게 분하고 안타깝게 다가왔다. 자신이 어려서, 나약해서 그들이 다친 것이라 생각되니 억울하기까지 했다. 그런 태자에게 기현왕은 훌륭한 왕이 되는 것이 그들에게 보답하는 길이라 말해주었다.

한참의 시간이 지나 그가 왕위에 오른 다음 그 자객들이 기현왕과 그의 아버지인 선황의 계략임을 알게 되었다. 휼과 윤은 아직 그 사실을 모르나 이 일을 알게 되었을 때 황제는 기가 막히고 기현왕이 두렵게까지 느껴졌다. 단지 그에게 황제의 길로서의 의지를 일깨워 준다는 일만으로 자신의 아들들에게 부상을 입힌 기현왕이 두려웠다. 그리고 그런 제안을 승낙한 선황마저 원망스러웠다.

그러나 지금은 안다. 그렇게 함으로써 휼과 윤이 주변에 인정을 받고 당당히 그의 곁을 지킬 수 있다는 사실을 말이다. 진실을 모르면서도 목숨을 걸고 자신을 지켜내던 휼과 윤에게 황제는 더없는 은혜를 입었다고 생각했다. 욕심이 없기에 곁에 붙잡아둘 명분이 별로 없다고 생각한 황제는 자신의 목숨을 지켰으니 앞으로도 지키라는 억지를 부려 가까스로 금군지휘권을 내리고 중성에 머물게 했다. 윤이 종종 방랑을 떠나곤 했지만 돌아올 때마다 황제에게 즐거운 이야기, 혹은 은밀하게 부패한 관리들의 실정을 전해주기에 묵인해 주었다. 억지로라도 중성에 묶어두었으니 고운 여인 하나 안겨주어 가정이라도 꾸려가게 해주고 싶었지만 기현왕의 부재를 핑계 삼아 중신을 거절한 휼이었다. 그 점이 괘씸하면서도 섭섭한 황제였다.

조만간 억지로라도 고운 여인 하나를 떠안겨 주어야겠다고 다짐하는 찰나 그에게 정인이 생겼다는 소식에 얼마나 반색했는지 모른다. 한술 더 떠 휼이 이제 혼인을 하고프다고 말하니 황제는 절로 득남했을 때보다 더한 기쁨을 느끼며 재빨리 하문하였다.

"그래, 어느 집 여식인가?"

웃음을 머금고 황제가 부드럽게 묻자 그 부분에서 휼의 얼굴이 딱딱하게 굳어졌다. 한참 만에 그의 입에서 흘러나온 말이 황제를 기함하게 만들었다.

"하륜국 사람입니다."

"뭣이라? 진성대군! 그게 참이란 말이오?"

황제의 얼굴이 파르라니 떨며 노기를 드러냈다. 여염집의 여식이라도 곱게 봐주려던 마음이 사그라졌다. 다른 것도 아닌 하륜국의 사람이라니…….

"혹 귀족이오?"

그럼에도 휼이 그녀에게 갖는 애틋함을 보아 애써 이해해 보려 했다. 그나마 귀족이라면 어느 정도 눈을 감아줄 용의가 있었다.

"……."

그러나 머뭇거리는 휼의 태도에 귀족도 아닌 여인과 혼례를 치른다는 생각에 피가 거꾸로 흐르는 것처럼 분기가 치솟았다. 휼이 상천국에 얼마나 중요한 인물인데 다른 나라 사람과 그것도 귀족도 아닌 평민 따위와 혼인을 맺어 그를 우스갯소리로 만들 수는 없었다.

"불허하오."

완강하게 거부한 황제의 반대에 휼은 앉아 있던 의자에서 내려와 황제 앞에 넙죽 머리를 조아렸다.

"그 여인 외에는 누구도 싫습니다. 부디 윤허하여 주시옵소서."

"진성대군! 대군은 자신의 위치를 알긴 하는가?"

대전이 쩌렁쩌렁 울릴 만큼 노기가 가득한 황제의 음성에도 휼은 물러서지 않았다.

"불허하오. 기현왕이 와서 혼인을 승낙한다 하여도 짐은 절대 허락할 수 없소. 굳이 그 여인을 부인으로 맞이할 것이면 귀족 여식 중 한 명을 정실로 들인 다음 첩으로나 들이시오."

“폐하!”

황제의 매정한 말에 휼이 기함하자 황제는 더욱 잔인하게 이죽거렸다.

“아니면 나라와 나에게 충성을 맹세한 것을 저버리고 여인을 택할 것이오? 부디 잘 생각해 선택하기 바라오.”

“폐…… 폐하.”

더 이상 말하기 싫은 듯 황제는 자리를 박차고 일어섰다. 뜻밖의 반대에 부딪친 휼은 망연자실하여 멍하니 사라지는 황제의 뒷모습을 바라보고 있었다.

황제의 말을 전해 들은 월추는 심각한 표정으로 고개를 주억거렸다.

“폐하의 심정을 이해 못할 것도 아니지요. 저하께서 일을 너무 단순하게 생각하신 겁니다. 첫째로 그 여인의 이름만 알 뿐 정확한 신분은 모르잖습니까? 둘째, 여인의 몸으로 그런 고강한 무예를 가지고 있다는 점이 마음에 걸립니다. 셋째로 처음에 그녀를 데려왔을 때 심한 부상을 입었다고 했지요? 제가 생각하기에는 이현대군께서 무언가 숨기고 계시는 듯 보였습니다.”

월추의 말이 틀리지 않았으나 굳이 희의 정체를 밝힐 필요는 없는 것 같아 휼은 가만히 입을 다물었다.

“……그럼 난 그녀를 아내로 맞이할 수 없다는 것인가?”

무겁게 가라앉은 휼의 목소리에 월추의 마음도 무겁게 가라앉았다.

"차라리 황제폐하의 첫 번째 조건을 따르심이 어떠신지요? 다른 귀족의 여인을……."

"닥치게! 자네 어찌 그런 말을 함부로 올릴 수 있단 말인가?"

벼락같이 터져 나오는 휼의 노성을 예상한 월추는 한숨을 내쉬며 그를 타일렀다.

"그럼 나라를 버리시겠습니까, 그녀를 버리시겠습니까?"

"으읏."

뼛속 깊이 상천국의 무장이자 황족인 그에게 나라를 버리라는 것은 그의 뿌리를 버리라는 것과 같았다. 그리고 단 하나뿐인 여인, 희를 버리라는 것은 그의 생명을 내던지라는 것과 같은 말이기에 휼은 이러지도 저러지도 못한 채 아무런 말도 할 수가 없었다.

"허울 좋은 귀족의 딸을 정실로 맞이하시고 별당의 그분을 총비로 삼으십시오. 정실부인에게서 자식을 보지 않고 그분의 배를 빌려 나오는 아드님을 후계자로 삼으십시오. 그게 별당 아씨를 위하는 길입니다."

"……정녕 그리해야만 하는가?"

양손에 나라와 희를 두고 견주어보아도 휼은 어디의 손도 들 수가 없었다. 나라를 버릴 수도, 희를 버릴 수도 없기에 그나마 둘 다 가질 수 있는 방법을 택해야만 했다. 겨우 마음을 잡은 듯한 휼의 질문에 월추 역시 안타까웠지만 할 수 없었다.

"네, 그리하셔야만 합니다. 그것만이 저하와 아씨를 위한 일이기도 하니까요."

"생각…… 좀 해보겠네."

힘겹게 대답을 한 휼의 어깨가 세상을 짊어진 사람마냥 무겁게 늘어져 있었다. 그 모습이 안쓰럽고 가련하기는 하나 주군을 위해서는 어찌할 도리가 없다며 월추는 고개를 가로저었다. 차라리 희에게 떠나달라 말을 해볼까 생각하던 참에 기현왕부로 도착한 그들의 앞으로 문 총관과 윤이 굉장히 당황한 얼굴로 뛰쳐나왔다.

"형님!"

"무슨 일인가?"

"저하, 큰일났사옵니다. 왕야, 왕야께서 탄 배가 난파했다 하옵니다."

"뭣이라?"

"무슨 소린가?"

휼은 빼앗다시피 윤의 손에 들린 서찰을 빼내 황급히 읽어 내려갔다.

"어찌 된 일입니까?"

곁에선 월추가 다급하게 물었다.

"폭풍우 끝에 해적들에게 공격을 당했다는군. 아직 아버님의 생존에 관한 연락이 없구나."

느닷없는 비보에 휼은 정신이 멍해졌다. 황제에게서 희와의 혼인을 거부당한 일에 겹친 악재에 머릿속이 복잡하게 엉키기 시작했다.

“찾아야 합니다. 당장 유타로 내려가 아버님의 흔적을 찾겠습니다.”

유타는 상천국 제일의 무역항이다. 중성에 들어오는 대부분의 교역품들이 유타를 통해 들어온다 해도 과언이 아니었다. 덕분에 중성에 버금가는 번화한 도시기도 했다. 그리고 기현왕이 도착한다던 항구도 유타항이었기에 윤이 비장한 표정으로 말을 꺼냈다. 나라와 희를 선택할 것인가, 아니면 목숨보다 귀히 여기는 여인을 두고 다른 여인을 정실로 맞이해야 하는 것인가로 혼란스러웠지만 휼은 내색하지 않고 윤의 말에 고개를 끄덕거렸다.

“아버님의 배가 난파당한 주변을 샅샅이 뒤지거라. 그리고 월추도 함께 내려가서 군수와 함께 근해의 해적을 모두 쓸어버리도록 하게.”

“네, 저하.”

곧 큰 잔치가 있으리라 여기며 흥겹던 기현왕부의 분위기가 순식간에 무겁게 가라앉아 버렸다. 기현왕의 실종 소식은 안채의 사미와 별당의 희에게까지 전해지고 말았다.

“오라버니, 왕야께옵선 괜찮으시겠지요?”

소식을 듣자마자 사미가 새하얗게 질린 얼굴로 달려왔다. 윤이 다정하게 어깨를 감싸 안으며 그녀를 다독거렸다.

“걱정 말거라. 우리 아버님이 누구시냐? 금세 털털 웃으시며 어디선가 나타나실 분이다.”

“윤의 말이 맞다. 그러니 넌 아무 걱정 하지 말거라.”

“하지만…….”

사미답지 않게 초조한 기색을 드러내자 윤이 씨익 웃으며 그녀의 이마에 입술을 내렸다.

“내가 유타로 내려가 아버님의 행방을 찾을 테니 넌 걱정하지 말고 있거라.”

“저도 따라가겠어요.”

두 주먹을 움켜쥐고 고집을 피우는 사미 때문에 윤은 나지막이 한숨을 흘렸다.

“사미야, 네가 나를 따라오면 왕부의 살림은 누가 보느냐? 희소저는 어찌하라고? 아버님을 걱정하는 네 마음은 잘 아니 나를 믿고 기다려다오.”

“……네, 알겠어요.”

한참 만에야 수긍한 듯 사미의 기운없는 대답이 흘러나왔다. 윤이 힘없이 늘어진 사미의 어깨를 감싸 안으며 안채로 데려가는 모습을 지켜보며 휼은 다소곳이 서 있는 희에게 마지못해 시선을 주었다.

미안하고 부끄러워 그녀에게 어찌 말해야 할지 망설였다. 그런 그의 태도를 아버님의 실종 문제로 힘들어하는 것이라 여긴 희가 다가가 다정히 그를 끌어안았다.

“별일없으실 것입니다. 저하의 아버님이시잖습니까? 무탈하실 테니 너무 심려치 마십시오.”

품에 안긴 따스한 몸이 주는 온기가 너무도 반갑고 그리워 휼의 눈가가 촉촉이 젖어들었다. 행방을 알 수 없는 아버님의 생존 여부도 걱정이 되지만 이 품 안의 온기를 잃어버릴 것만 같아 두려웠다.

“저하?”

휼의 분위기가 사뭇 다르다는 것을 알아차린 희가 의아한 표정으로 그를 불렀다. 황궁에서 무슨 안 좋은 일이라도 생긴 것이 아닌지 걱정스러웠다.

“왜 그러십니까? 왜, 황궁에서 무슨 일이라도 있으셨습니까?”

움찔하는 그의 반응에 기현왕의 일이 아닌 다른 일이 그를 힘들게 하고 있다는 것을 알아차렸다.

“무슨 일이십니까?”

그녀를 끌어안은 그의 가슴으로 고통스러운 비명이 들리는 것 같아 마음이 좋지 않았다.

“저하?”

“어찌…… 어찌하면 좋겠소.”

“네?”

말을 해야 하는 것인지 다물어야 하는 것인지 그 순간까지도 휼은 망설였다.

“저하.”

말을 하다가 멈춰 버린 휼의 침묵이 심상치 않게 다가왔다. 그답지 않은 침울한 분위기조차 마음 한켠을 불안하게 만들었다.

“아니오, 아무것도 아니오.”

끝내 휼은 아무 말도 할 수가 없었다. 희가 상처받을까 봐, 그리고 그녀가 떠나 버릴까 봐 두렵고 걱정되어 아무 말도 할 수가 없었다. 아니, 솔직하게 말해 그가 두려워 말할 수가 없었다. 황제의 명을 전하면 마음 상해 그가 모르는 곳을 떠나 버릴 것만 같은, 언제나 곁에 있어도 때때로 시선을 멍하니 어디론가로 향하는 그녀가 불안해서 도저히 말을 꺼낼 수가 없었다.

“잠시만…… 잠시만 이렇게 있어주오.”

무슨 일이 있었는지 말해주지 않는 휼이 서운했지만 그녀에게 매달리다시피 안겨 위안을 찾는 그의 나약한 모습에 희는 가만히 팔을 휘둘러 널찍하지만 작은 그의 등을 힘껏 끌어안았다.

“응? 단주님, 저기 사람이 떠 있습니다!”

돛대 위에서 주변을 살펴보던 정찰병 하나가 아래를 향해 크게 소리치자 그가 가리키는 방향을 향해 사람들의 시선이 쏠아졌다. 끝없이 푸른 바다 위에 미미한 점처럼 작은 물체가 눈에 힘을 주고 쳐다봐야 가까스로 보일 정도였다.

“시체일까요?”

비단옷을 입고는 있지만 길고 거추장스러운 상의는 벗어 던

지고 여느 선원들과 마찬가지로 편한 차림새로 간판을 돌아다
니는 중년 사내에게 곁에선 젊은 사내가 물었다. 머리와 수염에
희끗희끗했지만 눈빛은 젊은이보다 더 형형했다.

"이 근처에 해적의 출몰이 잦다고 하더군. 혹시 모르니 우선
은 가까이 가보자."

며칠 전에 태풍이 분 것도 있고 하니 혹시 생존자일까 싶어
선원들은 초조한 마음으로 방향을 틀었다. 배를 가까이 가져가
니 사내가 힘겹게 고개를 들었다. 배의 파편에 실낱같은 희망을
기대며 매달려 있는 사내를 보니 선원들의 손길이 다급해졌다.

"살아 있습니다. 아직 살아 있는 자입니다!"

뱃머리에서 바다 위에 떠 있는 사내의 생존을 눈으로 확인한
선원 하나가 큰 소리로 알려왔다. 그 소리에 단주라는 자라 황
급히 뱃머리로 달려갔다. 사내의 모습을 직접 확인하기 위해서
였다.

"정말이군. 어서 구조작업을 서둘러라."

우렁찬 사내의 명령이 아니더라도 선원들은 이미 구조에 필
요한 작업을 서두르고 있었다. 작은 배를 내려 표류하고 있는
사내에게 다가간 그들은 지친 기색이 완연한 중년 사내를 힘겹
게 배 위로 끌어올렸다. 체온이 내려가 피부가 파르스름하게 얼
어 있지만 아직 사내의 숨은 붙어 있었다.

"가…… 감사……."

얼마나 오래 바다 위를 떠돌았는지 사내의 목소리는 다 갈라

지고 눈이 풀렸지만 몸에 밴 예의로 자신을 구해준 이들에게 감사의 말을 꺼냈다. 힘겹게 말을 하는 사내에게 중년의 선원 하나가 피식 웃으며 그의 몸 위로 모포를 덮어주었다.

"인사는 나중에 기력이 생기걸랑 하시오."

그 말에 사내는 희미하게 미소 지으며 삶에 대한 안도감으로 그래도 쓰러지고 말았다. 잠시 놀란 선원들은 사내의 숨이 붙어 있는 것을 확인하고 마음을 놓았다. 쓰러진 사내를 비어 있는 선실로 옮기고 가장 나이 어린 견습으로 하여금 간병을 도맡게 하고는 아무 일도 없었다는 듯이 태연하게 각자의 일로 되돌아 갔다.

13장

타앗.

바닥에 떨어진 희의 황옥 비녀가 경쾌한 소리를 내며 반으로 조각나고 말았다. 희의 머리를 담당하던 시녀는 크게 당황하며 앞으로 떨어질 날벼락에 오들오들 떨며 잘못을 빌었다.

"죄, 죄송합니다, 마님. 손이 미끄러져서 그만……."

어느새 시녀들이나 하인들이 그녀를 마님이라 부르기 시작했다. 그 호칭이 낯설고 버거워 불편하면서도 그의 여인이기에 불리는 호칭이라 쑥스럽지만 감당하고 있었다.

안쓰러울 정도로 몸을 떠는 시녀가 가여울 정도였다. 일부러 그런 것이 아니기에 희는 크게 나무라지 않았다.

"됐다. 이리 다오."

부서진 황옥 비녀는 휼이 그녀에게 선물한 것이었다. 반으로 뚝 부서졌으니 더 이상 사용할 수는 없겠지만 혹시나 싶어 수리가 가능할지 알아봐야겠다고 생각했다.

"저하께서는 식사를 하셨다더냐?"

기현왕의 실종 사건이 터진 날 황궁에서 돌아온 이후 휼은 입궐도 하지 않고 집무실 안에만 틀어박혀 무언가 골똘히 고심 중에 있었다. 아무리 물어보아도 말해주지 않고 미안한 표정만 짓는 그의 모습에 자신이 관련된 일인가 싶어 마음이 무거웠다. 게다가 요즘 들어 식사하는 것도 잊은 채 멍하니 생각에 빠져 있는 시간이 많아 걱정이 앞섰다.

"아뇨, 벌써 점심때가 지난 지 한참인데 아직 집무실에 계십니다."

소아가 냉큼 고자질하듯 일러바쳤다. 희는 남몰래 한숨을 내쉬며 천천히 자리에서 일어났다. 얼른 가서 함께 식사하라는 무언의 압력이 느껴져서였다.

"저하, 소녀 잠시 들어가겠습니다."

나지막하지만 힘있는 희의 목소리가 들리고 곧 휼의 집무실 안으로 단장을 마친 그녀가 모습을 드러냈다. 워낙 치장과는 거리가 먼 삶은 살아온 데다가 본인도 그다지 좋아하지 않아 희의 모습은 화려한 귀족 여인들과는 사뭇 달랐다. 언제나 간결하게 머리를 올려 하나 정도의 머리꽂이로만 간단하게 장식하고 장신구 역시 단순하면서 작은 것만 걸쳤다. 휼은 그게 내심 불만이었다. 원한다면 귀한 화빙석으로 머리부터 발끝까지 몽땅 치장시켜 주고 싶지만 희가 원치 않아했다. 사미더러 희에게 다른 귀족 여인들처럼 화려하게 꾸며주라고 해도 희가 싫어하니 어쩔 수가 없었다. 그래도 대군비답지 않은 소박함도 휼의 눈에는 그저 곱게만 보였는데 오늘따라 짜증이 났다. 그녀 스스로가 대군비에 어울리지 않는다고 말하는 것만 같아 울화통이 솟구쳤다.

"어쩐 일이오?"

뜻밖에 뚱하게 묻는 휼의 어조에 희는 주춤거리고 말았다.

"아니, 아직 식사를 하지 않으셨다길래 걱정이 되어……."

"……나중에 먹을 터이니 그만 물러가 보시오."

그가 걱정되어 온 희에게 야박하게 굴었다는 생각에 어조를 누그러뜨렸다.

"저하께서 쓰러지고 나면 더 밀릴 문서들입니다. 지금은 과감히 덮으시고 잠시 쉬었다 하세요."

예전에 설화 공주가 글공부가 하기 싫다고 떼를 쓰며 희를 붙잡고 늘어질 때처럼 단호한 어조로 휼이 보고 있는 서류들을 모두 덮어버렸다.

"자아, 그만 일어나서 식사부터 하세요."

"나중에 한다지 않소?"

버럭 소리를 내지르며 그녀의 팔을 뿌리치는 휼의 행동에 그녀가 더 놀랐는지, 그가 놀랐는지 알 수가 없었다. 다만 명백한 휼의 거부에 희의 얼굴이 하얗게 질리며 망연자실한 얼굴로 그를 올려다보았다.

"죄…… 죄송합니다. 제가 방해를 한 모양입니다."

바들바들 떨리는 입술을 한껏 깨물고 희는 자신도 모르게 눈동자로 내비치는 상처를 보이기 싫어 냉큼 몸을 돌려 집무실을 빠져나가려다 휼의 손에 붙들렸다.

"미안하오. 다 내 탓이오. 내가 못난 탓이오. 내가 못나서 그대를…… 내 귀한 여인을 첩으로밖에 만들 수가 없소."

순간 몸이 굳어버렸다. 머릿속이 하얗게 변해가는데도 무심한 혀가 그에게 진실을 묻고 있었다.

"네? 그게…… 무슨 소리십니까?"

"그대를 버릴 수도, 나라를 버릴 수도 없소. 그러니 용서해 주오. 그대가 아닌 다른 귀족 여인을 부인으로 맞아들여야만 황제께서 그대를 인정해 주겠다 하셨소. 하륜국 사람이기에 그대를 내 정실로 맞이할 수 없다 하셨소. 미안하고, 또 미안하오. 다 내가 못난 탓이오. 다 내 탓이니…… 제발 떠나지만은 말아주오."

"그게……."

무슨 소리인가요?

희는 멀어지는 정신을 붙잡으며 휼이 물기 어린 목소리로 속삭이는 말을 이해하려 애를 썼다.

"그…… 러니까 상천국의 다른 여인을 정실로 삼고 저를 첩으로 삼아야 한다, 그 말씀입니까?"

그녀를 끌어안은 휼의 팔에 힘이 더욱 들어갔다. 부정하지 않는 그의 침묵에 희는 정신이 혼미해지는 것을 가까스로 버텼다. 누가 그들이 철없다 하였던가? 그 말이 맞았다. 그녀가 철이 없었다. 휼이 상천국의 황족임을 알았을 때 그의 손을 잡는 것이 아니었다. 아니, 차라리 하륜국 사람이라 밝히는 것이 아니었다.

한때는 하륜국에서 위세 높은 해군수령부 대장군의 여식이었고, 왕족의 호위위사였더라도 지금은 한낱 몸뚱어리밖에 남아 있는 않는 여인이었다. 황족인 그에게 오히려 해가 될 만한 이국의 여인. 왜 그 사실을 일찍 깨닫지 못한 것일까?

황제의 명이 야속타 여겨지지 않았다. 오히려 그것이 당연하다 생각하면서도 마음이 납득할 수가 없었다.

"언제…… 언제 혼인을 올리시나요?"

그들의 혼인이 아니었다. 빛이 꺼진 눈빛으로 그를 올려다보는 희의 시선에 휼의 가슴이 타는 것처럼 고통스러웠다.

"아직…… 아버님의 문제도 있고 하여 정해진 것은 없소."

"그런가요?"

멍하니 시선을 내리는 그녀의 표정에 생기가 사라져 버렸다.

"희, 내가 그대를 사모한다는 것은 누구보다 잘 알거요. 그대 외에 다른 여인은 누구도 원치 않소."

마치 내버려 두면 공기 중으로 산화할 것만 같이 창백하게 질린 희의 모습에 기겁한 휼이 황급히 그녀를 붙잡고 소리쳤다.

"그래도 다른 여인과 혼인을 하시잖아요."

원망하는 어조가 아니라 담담하게 사실을 뇌까리는 그녀의 속삭임에 휼은 더욱 비참해졌다.

"그래도 내가 사랑하는 여인은 당신뿐이란 말이오."

"그래도 저하는 다른 여인의 부군이 되시지요."

아무리 휼이 사랑한다 소리쳐도 희는 고집스럽게 그의 사랑을 되받아쳤다.

"물러가겠습니다. 조금 피곤해서요."

휼의 손을 뿌리치고 희는 힘겹게 발걸음을 옮겼다. 허망해진 휼은 사라지는 희의 뒷모습을 허탈하게 지켜볼 수밖에 없었다.

무슨 정신으로 별당으로 돌아왔는지 알 수가 없었지만 정신을 차리고 보니 그녀는 벽장 안에 넣어둔 희백검을 어루만지고 있었다.

"나를 부른 것이냐?"

반쯤 혼백을 빼내고 있는 모습으로 앉아 멍하니 희백검에게 말을 건넸다.

"저하께서 다른 여인과 혼인을 하셔야 한단다. 내가 하륜국의 사람이기에 그리하셔야만 한단다. 나는 결국 여기에 머물러선 안 되는 사람인가 보구나."

멍하니 뇌까리던 희의 말에 동조하듯 위로하듯 희백검의 백

피가 유난히 반짝이고 있었다.

"으……."

꼬박 하루를 잠들어 있던 사내가 신음을 흘리자 곁에서 간병하던 견습 선원이 반색하며 다가갔다.

"이보오, 정신이 좀 드시오?"

"으……. 무…… 물……."

"자아, 천천히 마시오."

젊은 선원이 물 사발을 사내의 입가에 조심스레 가져갔다. 꽤나 목이 탔는지 사내는 눈도 뜨지 않고 벌컥벌컥 사발 안의 물을 모두 비워 버렸다.

"여긴……?"

갈증이 가시고 나서야 눈을 뜰 힘이 생겼는지 사내가 힘겹게 눈을 뜨고 주변을 둘러보았다.

"란시국으로 향하는 배 안이오."

"란시국?"

"우린 한성단의 사람들이오. 마침 란시국으로 향하다가 댁을 발견한 것이니 아무튼 우리를 만난 것을 천행으로 아시오. 댁 다음에 다른 이들도 바다에서 건지긴 했지만 거진 시신이라……. 쯧쯧. 아참, 단주님께 깨어났다고 알리고 올 테니 잠시만 기다리시오."

젊은 선원이 선실을 나가자 사내는 비척비척 몸을 일으켰다.

여기저기서 욱신거리며 몸이 서걱거리자 저도 모르게 얼굴을 찡그리고 말았다. 조심스럽게 몸을 움직여 보자 욱신거리는 데는 있어도 크게 다친 곳은 없는 모양이었다.

"어쨌든 목숨을 건졌으니 다행이라 해야 할지……. 다른 이들은 어찌 됐을지……."

운이 나빴다고 할 수밖에 없었다. 하필이면 태풍을 만나 돛까지 부러지는 대형 사고가 일어난 뒤에 무자비한 해적들을 만나 맞서는 것은 고사하고 목숨을 건지기에 급급했다. 그 역시 부서진 뱃조각을 부둥켜안고 며칠이나 바다를 떠돌아다녔는지 헤아릴 수가 없었다. 젊은 선원의 말대로 하늘이 도와 이렇게 목숨을 건졌구나 싶었다. 헌데 란시국으로 가는 배라고 했다. 그의 도착지와는 반대 방향의 항로에 난처해졌다. 예정대로 도착했다면 이미 상천국 유타에 도착하고도 남았을 텐데 오히려 목적지에서 멀어지니 가족들이 걱정할 것이란 생각보다는 그저 돌아가는 시간이 좀 걸릴 것 같다는 낙천적인 생각이었다.

조심스럽게 운기조식을 하며 주변의 상황에 귀를 기울였다. 바다를 가르는 배의 움직임을 느끼며 갑판 위에서 선원들의 힘찬 함성 소리가 들리고 하늘을 나는 갈매기의 울음소리도 들렸다.

"아, 몸은 좀 어떠합니까?"

상념을 깨고 들려온 목소리에 입구 쪽을 돌아보았다. 그와 비슷한 연배의 중년 사내와 젊은 무장과 좀 전의 젊은 사내가 함께 들어서고 있었다. 선실 안으로 들어선 중년의 사내를 사내는 습관처럼 짧은 순간에 꼼꼼히 살펴보았다. 비단옷이지만 보통의 선원들처럼 간편하게 차려입고 있었고 바닷바람에 그을린 듯한 구릿빛 피부에 서글서글한 눈매가 인상적이었다. 나이에 비해 눈빛에 총기가 서려 있고 걸음걸이가 일반인들과는 달리 우아하면서 균형 잡혀 있었다. 일반 뱃사람과는 다르게 다소 마른 듯한 체구에 근육이 알맞게 자리 잡혀 있었다. 자연스러우면서도 가볍고 일정한 간격의 걸음으로 보아 무예를 익힌 사람 같았다. 제휘는 부드럽게 미소 지으며 인사를 건넸다.

"덕분에 목숨을 구했습니다."

"별말씀을요. 저희는 사람으로서 당연한 일을 한 것일 뿐입니다. 헌데 어쩌다가 난파를 당하신 것입니까?"

"하하, 그게 말입니다. 가까스로 폭풍을 뚫고 지나니까 해적 놈들이 진을 치고 있더군요. 제대로 대항 한 번 못하고 배를 잃고 말았습니다. 상천국으로 돌아가기만 하면 이놈의 해적들을 몽땅 쓸어버리라고 해야지, 정말 어이없는 일이 아닙니까? 기껏 다른 나라를 돌아다니며 진귀한 물건들을 사 왔는데 바다의 변덕에 당하고, 해적들에게 당하고……."

"하하하, 원래 바다란 것이 여심과도 같다 하지 않습니까? 너무 흥분하지 마시고 마음을 가라앉히세요."

"그러고 보니 이 배는 란시국으로 간다고 들었습니다."

"아, 교역 때문에 그렇습니다. 혹 유타가 목적지셨습니까?"

"안타깝게도 그렇습니다."

말은 안타깝다고 하지만 제휘는 크게 걱정하지 않는 표정이었다. 무진과 제휘는 서로 한눈에 비슷한 사람임을 알아보았다. 서로에게서 나는 바람의 체취를 느낀 것이었다. 무진은 하루를 꼬박 잠들었다가 방금 깨어났음에도 불구하고 금세 생생한 모습으로 자신을 맞이하는 제휘의 체력에 감탄하고 있었다. 머리와 수염은 이미 희끗했지만 눈동자는 청년의 것보다 훨씬 맑고 빛이 났다. 단단한 몸도 그를 더 젊게 보이게 했다. 천진하게 웃을 때는 아예 나이를 가늠할 수 없을 정도였다.

"그런데 아까 듣자하니 한성단이라고 하더군요. 혹, 제무도의 그 한성단을 말하는 것입니까?"

북쪽의 하륜국과 서남쪽의 상천국 사이에 일만 여호가 살고 있는 제무도는 무역의 중심지였다. 제휘 역시 오다 가다 몇 년 전부터 제무도에서 급부상하고 있는 한성단에 대한 이야기를 들은 적이 있었다. 공격적으로 교역을 확대해 가지는 않지만 수익이 큰 굵직한 일거리 몇 개만 중점적으로 다뤄 크게 차액을 남기는 편이라고 들었다. 단주라는 자의 정체도 불분명하지만 인망이 높고 신용관계가 분명하다는 말을 어렴풋이 아는 상인에게서 들은 것이 있었다.

"하하, 그렇습니다. 그다지 큰 상단이 아닌데 알아주시니 민망합니다."

"한성단의 이름은 근래에 자주 들어 궁금하던 참이었습니다.

아, 인사가 늦었군요. 저는 상천국 중성 출신의 문제휘라고 합
니다.”

“한성단의 단주, 화무진이라 합니다.”

선실에 들어섰을 때부터 제휘에게서 풍기는 위엄과 기품은
오랫동안 하륜국 왕실을 위해 일했던 그에게는 낯선 것이 아니
었다. 귀족 특유의 당당함과 거만함이 몸에 배어 있지만 정중한
말투와 쾌활한 눈빛이 여느 귀족과 달라 보였다. 무진은 상천국
의 중성 출신이라는 말에 내심 움찔했지만 내색하지 않았다. 중
성 출신이라면 꽤 높은 집안의 사람일 것이라는 예감이 들었다.
이젠 하륜국에서 떠났지만은 여전히 그의 마음은 하륜국 왕실
을 위하고 있었다.

“선실 안에 있지만 배의 움직임이 아주 빠르고 부드럽다는 것
은 충분히 느껴지는군요. 배를 많이 타지만 이렇게 느낌 좋은
배는 오랜만입니다. 기왕 신세지는 거, 당분간 함께 가도 되겠
습니까?”

제휘의 왕족 특유의 당당함과 구김살없는 쾌활한 천진함이
마음에 드는지 무진은 호탕하게 웃음을 터뜨렸다.

“하하하, 저희 배가 마음에 드셨다니 다행이군요. 저희는 란
시국을 거쳐 샤하란국까지 갈 예정인데 괜찮으시겠습니까?”

“샤하란이라고요?”

시원시원한 무진의 대답에 제휘는 눈을 반짝이며 반문했다.

“괜찮으시다면 샤하란국까지 동행할 수 있을까요? 그곳에 아

는 이가 있으니 마침 가는 길에 어찌 지내나 얼굴도 볼 겸 상천국으로 돌아갈 도움도 받고자 하는데 허락해 주시겠습니까?”

“샤하란국에 아는 분이 계시다고요? 그것참 다행이군요. 저흰 야뮬이란 무역상과 거래를 하니 아는 분을 찾는 데 도움을 드릴 수 있을지도 모르겠군요.”

“야뮬이라고요?”

낯익은 이름이 무진에게서 나오자 제휘는 눈을 동그랗게 뜨고 반문했다.

“아십니까?”

“마침 제가 만나러 가려던 이도 바로 야뮬이란 자입니다. 이런 인연도 있군요.”

뜻밖의 인연에 무진과 제휘는 서로 무척이나 신기해했다.

“허어, 그것참. 이런 우연도 다 있군요. 그럼 더욱 잘됐습니다. 저희와 함께 샤하란국까지 가도록 하지요. 그 다음에 제무도로 돌아갈 예정이니 함께 움직이면 되겠군요.”

“이것참, 단주님께 많은 폐를 끼치게 됐습니다.”

“별말씀을요. 사람이란 서로 돕고 살아야지요. 오늘은 좀 더 쉬십시오. 바다에 시달리느라 지친 몸을 추슬러야 하지 않겠습니까?”

“아닙니다. 이미 괜찮아졌습니다. 도움을 받았으니 저도 배 위에서 할 일을 찾아봐야지 않습니까?”

“하하하, 손이 필요하면 그때 알려 드리지요. 몸부터 추스르는 것이 먼저입니다. 자아, 이쪽은 나수입니다. 이 아이가 당분간 보살펴 드릴 것입니다.”

무진을 데려온 젊은 선원의 이름이 나수라고 했다. 무진은 나수에게 제휘를 맡기고 선실을 빠져나갔다.

“주방에 내려가서 먹을 것 좀 가져다 드릴 테니까 잠시만 기다리세요.”

“그래, 고맙네.”

나수가 선실을 나가자 무진은 오랜만에 샤하란로 가서 친우, 야물을 만날 생각으로 들떠 그의 행방을 찾느라 기현왕부가 야단법석일 것이라고는 조금도 생각하지 못했다.

휼이 사준 황옥 비녀를 고칠 수 없겠느냐고 샀던 상점에 문의하자 바로 다음날 상점 주인이 직접 왕부로 모습을 드러냈다.

“직접 오시었소?”

주인이 몇 가지 상품도 가져왔다기에 구경도 할 겸 사미도 함께 자리를 지켰다.

“아이고, 귀한 손님이신데 어찌 아래 사람을 시켜 보내겠습니까? 마침 이번에 새로 나온 장신구도 있기에 한번 선보이려 제가 직접 온 것입니다.”

매끄러운 말투에 사람 좋은 웃음을 보이는 부원두가 장사엔 소질이 있는 사내라 여기며 사미는 그가 내미는 장신구들을 면밀히 살펴보았다.

“그리고 이것은 맡기신 비녀입니다. 다행히 황옥만 깨졌을 뿐 다른 곳엔 이상이 없어서 구해놓은 비슷한 조각을 갈아 끼운 것 뿐입니다.”

부서진 황옥 나비는 새로 황옥을 갈아 끼워 새것이나 다름없어 보였다.

“다행이네요. 언니께서 아끼시던 비녀인데 이리 말끔하게 고쳐져서 말입니다.”

“……그러게요.”

묘하게 분위기가 가라앉은 휼과 희 때문에 사미는 여간 신경 쓰이는 것이 아니었다. 둘 사이에 뭔가 불온한 기류가 흐르고 있었지만 도통 원인을 알 수가 없어 신경이 쓰였다. 오늘도 아끼는 비녀가 고쳐져서 돌아왔건만 시큰둥하게 대답하는 희의 모습이 석연찮았다.

“희 언니, 왜 그러세요?”

물끄러미 비녀를 바라보던 희의 눈빛이 서글프게 느껴지자 사미가 걱정스레 물었다.

“새로운 것으로 갈아 끼운 이 나비처럼 심장도 깨어지면 새로운 것으로 바꿀 수는 없을까요?”

“네?”

뜬금없는 말에 사미는 눈살을 찌푸렸다. 의아해하는 사미의 시선에도 아랑곳하지 않고 희는 무거운 한숨만 내쉴 뿐이었다.

“아이고, 이 기현왕부에는 어쩜 이리 아리따운 소저들만 계신지요? 이쪽의 소저에겐 이 산호초 귀걸이가 딱일 것 같습니다.”

무겁게 가라앉은 분위기를 깨고 부원두가 재빨리 사미에게 선홍색의 산호초 귀걸이를 내밀었다. 연신 희에게 힐끔힐끔 시선을 던졌다.

“이쪽의 소저는 이 노리개가 어떻습니까? 저희 제품은 하륜국 특산품으로 만든 것이라 다들 우수한 작품들이랍니다.”

부원두가 일부러 꺼낸 하륜국이란 말에 희의 눈빛이 일렁거렸다. 자신을 바라보는 원두의 눈빛이 무언가를 말하고 있다는 것을 알아차린 모양이었다.

“그런가?”

곁에 앉은 사미는 대수롭지 않게 받아넘겼지만 희는 그럴 수가 없었다. 똑바로 자신을 바라보는 그의 시선이 그녀의 심장을 옭아매는 기분이 들었다.

“헌데 다른 아가씨는 아니 계신지요? 이 큰 저택에 두 분만 계십니까?”

사미는 별소리를 다 한다며 그를 가볍게 흘겨보며 펼쳐 둔 황금으로 세공한 팔찌를 집어 들었다.

“우리 둘뿐이라니, 대군 저하들도 계시지 아니한가?”

“하하, 그렇지요. 아, 한번 보십시오. 곱지 않습니까?”

은연중에 경계심을 드러내고 있는 희에게 원두가 노리개 하나를 권했다. 그가 내민 노리개를 어쩔 수 없이 받아 든 희는 순간 눈을 동그랗게 뜨고 원두를 쳐다보았다. 노리개 아래로 작은 쪽지가 전해졌기 때문이다. 아무 일도 없다는 듯이 태연한 얼굴로 사미를 상대하는 그를 당혹스럽게 바라보다 사미가 알아차리기 전에 황급히 쪽지를 소맷춤으로 재빨리 숨겨 버렸다. 가슴이 쿵쾅거리는 것이 불안한 것인지 기대감인지 알 수가 없었다. 혹시나 아버님이 보낸 사람이 아닐까 하는 기대감이 더욱 컸다.

"어여쁘군."

나지막이 한마디 꺼낸 희의 말에 사미가 반색하며 나섰다.

"마음에 드십니까? 다행이네요. 훌 오라버니께 그것을 사달라 졸라보세요. 두 분이 뭣 때문에 다투셨는지는 모르겠지만 모른 척 먼저 져주십시오. 사내들이란 워낙 나이를 먹어도 철이 없…… 어머."

원두를 의식해서인지 사미가 얼른 말을 멈추었다. 그러나 원두는 아무렇지 않은 듯 씨익 웃으며 사미의 말을 받아쳤다.

"그렇지요. 사내들이란 다 쓸데없는 자존심만 커서 자기 여자에게 이기려고 든답니다. 진정한 승자는 알면서도 져주는 관용을 가진 자지요."

"호호호, 어쩜 말을 그리 잘하는가?"

"장사를 하려면 이 정도는 기본입니다."

원두와의 담소가 즐거운지 사미가 까르르 웃자 원두는 어깨를 으쓱이며 농을 쳤다. 그의 말솜씨가 만족스러운지 사미는 결국 산호초 귀걸이와 팔찌를 구입하고 말았다. 사미의 재촉에 희역시 망설임 끝에 노리개를 집어 들고 말았다.

“모처럼 마음에 드는 귀걸이를 샀어요. 꽤나 재미있는 사내 같지 않습니까?”

“으응? 뭐라 하셨습니까?”

원두에게서 산 귀걸이를 만지작거리며 사미가 희에게 말을 걸었다. 멍하니 딴생각을 하던 희는 화들짝 놀라 사미를 쳐다보았다.

“도대체 무슨 일이기에 그러십니까? 휼 오라버니께서도 안색을 저리 어둡게 하고 다니시니 집안 분위기가 더욱 가라앉는 기분입니다. 가뜩이나 왕야의 문제로 분위기가 흉흉한데…….”

“……송구합니다.”

“언니께서 미안해하실 문제가 아니지요. 말씀해 보세요. 도대체 무엇이 문제인 것입니까?”

단단히 마음을 먹고 다그치는 사미의 기세에 희는 결국 황제의 명에 대해 말을 하고 말았다.

“황제폐하께서 저하께 제가 하룬국 사람이기에 아니 된다 하셨답니다. 굳이 곁에 두겠다면 다른 귀족 여인을 정실로 삼고 저를…… 첩으로 삼으라 하셨답니다.”

아무렇지 않게 말을 하려 했으나 첩이란 말에서 그만 울컥하고 울화가 치밀어 말이 제대로 나오지 않았다. 그럼에도 자신을 놔주지 않으려는 그에게 기뻐해야 하는 것인지 서러워해야 하는 것인지 분간할 수 없었다.

“세상에…….”

들고 보니 기가 막혔다. 만약 그녀 역시 황제가 윤에게 그런 명령을 내렸다면……. 생각하기도 싫을 만큼 끔찍했다. 윤을 키우다시피 공을 들여 겨우 내 남자로 만들었는데 다른 여자에게 고스란히 떠넘기고 둘째 부인 자리로 만족해야 하다니, 생각만 해도 역겨웠다.

진주 같은 눈물을 뚝뚝 흘리는 희의 서러움을 이해할 수 있어 사미는 아무 말 없이 그녀의 등을 쓸어내렸다.

"그래서 오라버니도, 언니도 심란한 분위기인 것이군요."

지난 며칠간 두 사람 사이에 기묘하게 흘렀던 긴장감의 연유를 알게 되자 사미 역시 마음이 무겁게 가라앉았다.

사미가 돌아가고 나서 한참 뒤에 마음을 진정시킨 희는 원두가 전해주고 간 쪽지를 남몰래 펼쳐 보았다. 지금 같아선 아버님께서 나타나 그녀를 어디론가 데려가 주었으면 하는 바람이 컸다. 그러나 쪽지에 나타난 글귀는 그녀가 생각한 쪽이 아니었다.

〈혹 설화 공주님의 위사 희님이 아니신지요? 맞으시다면 꼭 뵙고 싶습니다. 내일 기다리고 있을 테니 어떻게든 전중상점으로 와주시기 바랍니다. 저는 부원두라는 자입니다.〉

가슴이 철렁 내려앉았다.

　그토록 잊어 바라지 않았던 과거가 수면 위로 급부상하고 있었다. 얼마 전부터 희백검이 우는 듯한 소리를 듣는 착각마저 일었건만 결국 이렇게 될 것을 애써 모른 척했구나 싶어 희의 뺨 위로 두 줄기 회한의 눈물이 흘러내리기 시작했다.

『만월의 연』 제2권으로…

chungeoram *herstory* novel

herstory [hə́:rstɔ̀:ri] n.
여성의 시각에서 본, 여성에 의한 역사적 저작물

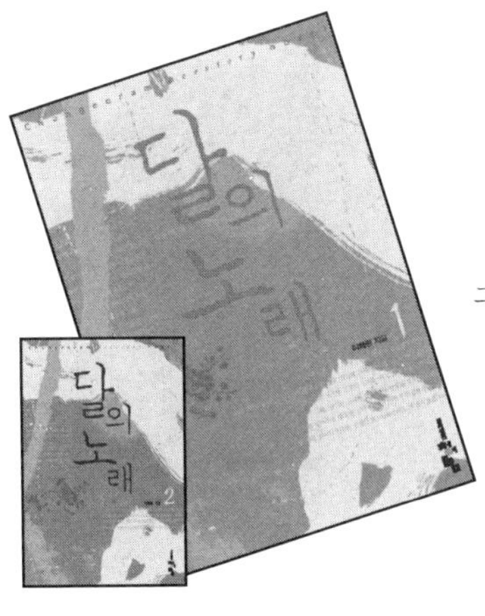

『달의 노래』 1, 2

산호석을 구하기 위해 뭍으로 올라온 그녀를

잡아챈 것은 억세디억센 사내의 손길,

그리고 바람과 달빛의 음색을 지닌 사내의 음성.

교인들의 백일가례 의식,

그것은 교접지몽(交接之夢).

● 이예린 지음 값 각 9,000원

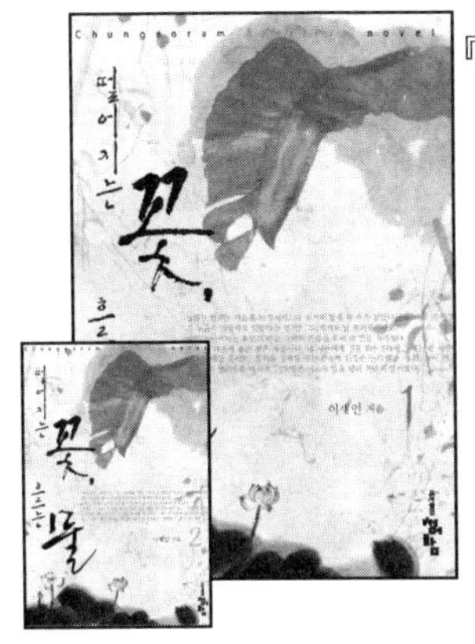

『떨어지는 꽃, 흐르는 물』 1, 2

"높은 곳에 핀 꽃은 늘 물을 그리워할 것입니다."

핏빛의 만남. 주술이 되어버린 사랑.

상화…….

그의 입속에서 처음으로 불려지는 이름이 서러웠다.

● 이새인 지음 값 각 9,000원

도서출판 **청어람**   chungeoram@chungeoram.com
☎ 032-656-4452 FAX 032-656-4453

『악당 클리닉』

지상에서 가장 달콤한 악당, 그를 길들이다!

오만하고 제멋대로인 악당에게 그녀가 전하는 '사랑백신'.

오명과 무기력증에 빠져 하루하루를 술로 연명 중인

이지상을 위해 슈퍼해결사 류이헌이 출동했다!

● 홍윤정 지음 값 9,000원

『관능의 연인』

한 약혼식장에 갔다가 그의 품 안으로 떨어진

연보랏빛 드레스와 하얀 운동화의 아름다운 그녀.

그녀에게 첫눈에 반한 우혁은 연희를 도망치게 도와준다.

인생의 결정적 순간을 찾기 위한 두 남녀의 애절한 기다림.

● 이예린 지음 값 9,000원

『삼인 동거를 위한 테크닉 강론』

막무가내 천방지축 게으름뱅이 작가 노이다.

잘생기고 성격 좋고 돈 잘 버는 이 시대의 퍼펙남 유진파.

10대부터 80대까지 넓디넓은 팬층을 가진 국민 남동생 강유.

자, 이중 한 명이라도 동거하고 싶은 이가 있다면 이 책을 집어라.

● 이윤아 지음 값 9,000원

『이별한 사람들만 아는 진실』

이별을 했다.

더 이상 애틋한 감정 없이 관계를 지속한다는 건

어리석은 짓이란 생각에 이별을 했다.

그러나 진실 하나,

처음 사랑하기 시작할 때

'지금부터' 라고 말하고 시작한 건 아니라는 것.

● 진양 지음 값 9,000원

도서출판 **청어람**   chungeoram@chungeoram.com
☎ 032-656-4452   FAX 032-656-4453

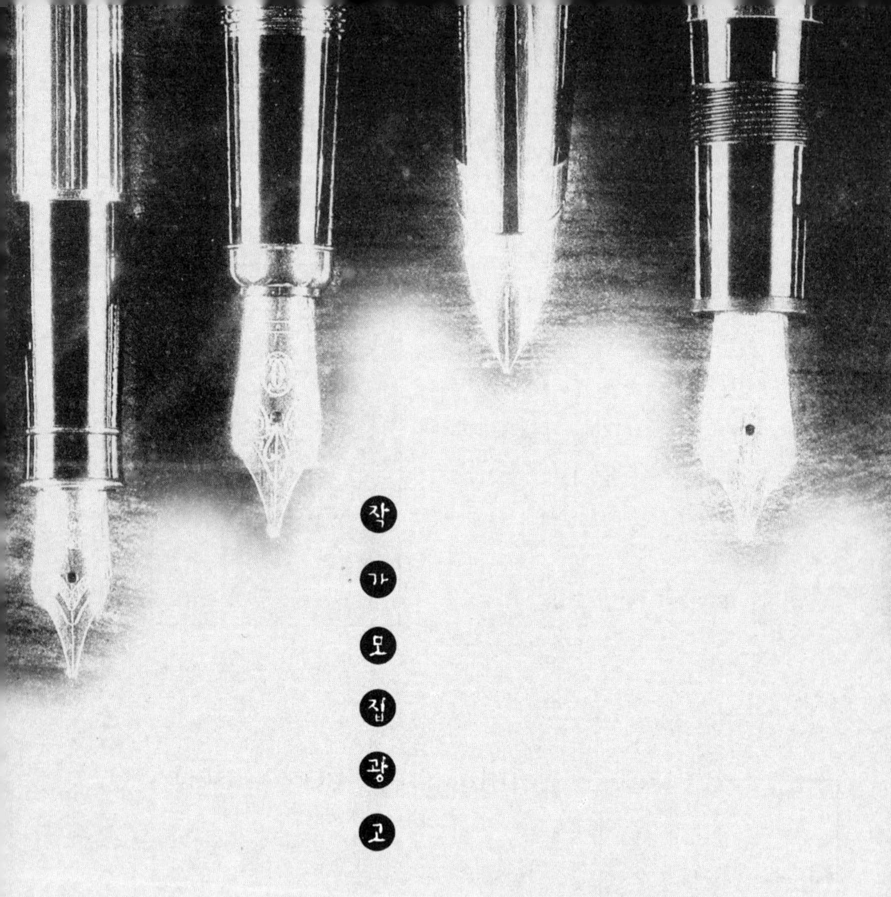
작
가
모
집
광
고